Illustrazioni: Simone Massoni
Progetto grafico: Simonetta Zuddas
Impaginazione: Rocío Isabel González

www.giunti.it

Via Bolognese, 165 - 50139 Firenze - Italia
Via Dante, 4 - 20121 Milano - Italia

Prima edizione: dicembre 2008

Ristampa	Anno
6 5 4 3 2 1 0	2012 2011 2010 2009 2008

Stampato presso Giunti Industrie Grafiche S.p.A. – Stabilimento di Prato

Moony Witcher

GENO

e lo Specchio Rosso della Verità

GIUNTI Junior

Al piccolo merlo che ho visto danzare
sulle pietre eterne del maestro Djagilev.
Il suo canto ha sollevato il mio dolore.

Capitolo Primo

“GantOssum, AeterNummus e VerbuLapis”

I deserti della conoscenza

L’ultimo cassetto della vecchia scrivania scricchiolò per alcuni istanti, mentre le grandi mani del paffuto dottor Flebo Molecola lo aprivano, tirando con insistenza. Una lievissima nuvola di polvere grigia salì e raggiunse occhiali e capelli del goffo medico di Campana di Sotto, che tossì infastidito.

«È da chissà quanti anni che non guardo qua dentro. Ma vedrai: troverò quello che voglio mostrarti» disse al nipote che lo stava osservando curioso.

A Geno sembrò strano che lo zio, dopo tutto quello che era successo nella farmacia il giorno prima, avesse voglia di scherzare: il giorno prima Flebo e Nicosia avevano assistito all’unione delle due metà della Wied-Nion, la Runa Bianca della Conoscenza Universale. Sicuramente erano rimasti colpiti, per non dire scioccati, quando la Paskas aveva ingoiato le Ombre Viventi di Yatto Von Zantar, l’ex Summus Sapiens, di miss Butterfly O’Connor e della perfida Antea Agata Woicik.

Certo, pensò Geno, le magie dell’Arx Mentis non erano facilmente comprensibili per chi non era mai stato in quel luogo straordinario. Addirittura persino il Sapiens tibetano Nabir Kambil si era sorpreso davanti alla Paskas, che lui stesso aveva poi preso, colma delle vite dei tre maledetti nemici, per consegnarla al Summus Sapiens madame Margot Crikken.

In ogni caso l'agitazione di Flebo Molecola appariva davvero fuori luogo: Geno era già pronto per tornare alla Rocca della Mente e non voleva perdere tempo per un'improvvisa idea dello zio.

«Deve essere veramente importante quello che cerchi» disse il ragazzo abbozzando un sorriso.

«Riguarda la tua famiglia. La famiglia Hastor Venti» rispose Flebo togliendo la polvere dagli occhiali con un fazzoletto. «Non sono impazzito, so bene che ora i tuoi pensieri sono altrove. Non vedi l'ora di partire per l'Arx e liberare i tuoi genitori. Lo capisco, lo capisco... Pier e Corinna ti abbracceranno presto e così tornerete qui assieme a René. Ma quello che ti darò potrebbe aiutarti. L'ho tenuta in camera mia tra gli oggetti più cari e adesso è il momento che tu la veda. Sì, proprio tu. Nessun altro».

«Una cosa dei miei genitori?» chiese ansioso il ragazzo.

«Non proprio». Flebo infilò le mani nel cassetto e tirò fuori nell'ordine una lente mezza rotta, un pennino d'argento, un sacchetto di velo oramai grigio contenente confetti ammuffiti e un rotolo di fogli azzurri piuttosto scoloriti. Con delicatezza srotolò le carte, che rimasero arricciate ai lati.

«Ecco, questa è una lettera di tuo nonno, Svevo Hastor Venti. Me la consegnò il giorno del matrimonio dei tuoi genitori, dicendomi di non farla mai leggere a loro. Guarda, qui c'è ancora la bomboniera... i confetti oramai sono da buttare» concluse e le sue mani iniziarono a tremare. La pressione gli era salita di colpo e la sua fronte si stava riempiendo di goccioline di sudore.

Il dottor Molecola aveva deciso di consegnare la lettera a Geno perché, forse, in quelle righe scritte dal vecchio Hastor Venti, morto oramai da vent'anni, c'era la spiegazione di tutti gli avvenimenti che avevano scombussolato l'Arx Mentis.

Con il respiro fermo in gola guardò gli occhi neri e grandi di Geno e si sedette sul letto: «Tuo nonno si raccomandò di conservare questa lettera con cura, perché un giorno qualcuno sarebbe stato in grado di comprenderne il significato. E quella persona sei tu. Ora ne sono convinto» spiegò Flebo, aumentando la curiosità del nipote.

«Quando sono nato, nonno Svevo era già morto da un pezzo. Nemmeno mio fratello René lo ha mai conosciuto...» Geno prese in mano quei fogli impolverati e lesse con trepidazione.

IL SEGRETO DELLA SOLITUDINE

Caro dottor Flebo Molecola,

oggi le nostre famiglie si sono unite. Mio figlio Pier trascorrerà la vita con tua sorella Corinna e il mio augurio è che il loro matrimonio sia felice e sereno.

La mia adorata consorte, Clelia, è morta quando Pier aveva solo dieci anni, e per questo ho cresciuto mio figlio con amore e severità occupandomi della farmacia di Campana di Sotto. Farmacia che consegno, oggi stesso, come dono di nozze ai due sposini.

Crescere Pier senza la madre è stato davvero difficile, ma ancor più gravoso da sostenere è il peso che porto nel mio cuore. Un giorno, però, qualcuno potrà finalmente capire perché sono stato lasciato solo dalla famiglia Hastor Venti.

Nessuno mi ha aiutato. Nessuno è mai venuto a cercarmi. Ho ragione di credere che ci siano altri Hastor Venti, ma non conosco i loro destini né dove trovarli. Purtroppo i miei genitori, Flemmo e Dionisia Hastor Venti, non ci sono più. Loro sapevano tutto. Loro avevano capito.

Ti sembrerà incomprensibile ciò che sto scrivendo, mio caro Flebo, ma sappi che qualcuno capirà. E saprà anche riconoscere i due nomi che lascio in questa lettera: Geno e Margot.

Di più non posso spiegare.

A questi nomi è legato il segreto della mia solitudine.

Il segreto dei miei genitori, Flemmo e Dionisia.

Flebo, ti prego di custodire la lettera fino a quando potrà leggerla qualcuno davvero speciale.

Ci sono capitoli della storia della famiglia che non sono riuscito ad accettare, affrontare e svelare. Non ho le doti per farlo e neppure mio figlio Pier può capire misteri così fitti e profondi.

Solo il tempo farà giustizia.

Con gratitudine
Svevo Hastor Venti

Geno sentì un brivido lungo la schiena e quello stesso ronzio alle orecchie che aveva provato al primo incontro con madame Margot Crikken. E proprio a lei pensò in quell'istante.

"Margot? Il suo nome è scritto accanto al mio! Come faceva mio nonno a sapere che sarei nato e che avrei avuto questo nome? E come faceva a conoscere la Crikken? Lei non me ne ha mai parlato! Forse mio nonno aveva poteri magipsichici... È possibile?" pensò.

E mentre le domande si sovrapponevano una all'altra, Geno sentì una tal confusione in testa che dovette sedersi sul letto accanto allo zio, tenendo i fogli azzurrini tra le mani tremanti.

«Dubito che madame Crikken conoscesse Svevo. Anche se, pensandoci bene, Margot è piuttosto anziana. Se tuo nonno fosse ancora vivo, avrebbero più o meno la stessa età» borbottò Flebo.

«Madame non può averlo conosciuto. Me lo avrebbe detto! E poi, se avesse conosciuto bene la famiglia Hastor Venti, non si spiegherebbe perché accettò di rapire i miei genitori e René. E in più è rimasta sbigottita quando ha saputo che il mio avo Paul, nel 1666, era stato un Summus Sapiens. Insomma, lei non ha mai visto nonno Svevo né ci ha mai parlato, e poco sapeva del ClonaFort. Le formule di Erboria, la Runa Bianca... tutto il resto è saltato fuori adesso... capisci zio?» Geno era nervosissimo, stringeva la lettera e continuava a mordersi le labbra.

«Il fatto che tu ti chiami Geno non può essere un caso. Forse nonno Svevo aveva detto a tuo padre che gli sarebbe piaciuto quel nome per un nipote. E così è stato. Ti pare?» lo zio Flebo tentava di calmare il giovane Anteo, accarezzandogli i riccioli neri.

«Troppo semplice. E comunque non si spiega il perché di questi due nomi. È davvero strano. Troppo strano» il ragazzo rilesse ancora una volta la lettera e il suo volto s'illuminò, come per un'intuizione. «Mio padre ha trovato la Botte Sacra con il ClonaFort in farmacia, e dunque è possibile che Svevo e il bisnonno Flemmo l'avessero bevuto!»

Geno sentiva i pensieri galoppare come Ippovoli e continuò a ragionare, parlando ad alta voce.

«Ma nonno Svevo scrive che non aveva le doti richieste, e neppure Pier. Quali doti? Quelle magipsichiche? Allora non avevano bevuto il ClonaFort! E chi sono questi parenti che nemmeno io so di avere?» il ragazzo sentì le tempie pulsare come tamburi.

Ancora una volta la sua mente era messa alla prova.

Ancora una volta il sangue che scorreva nelle sue vene lo costringeva a pensare al suo destino. Al destino che segnava gli Hastor Venti.

L'arcano motivo della solitudine di nonno Svevo e i nomi di Geno e Margot erano come un enigma sospeso nell'aria. Il mistero non riguardava solo loro, ma anche

Flemmo e Dionisia Hastor Venti, i suoi bisnonni. E questo sembrava a Geno troppo inquietante.

«Ma zio, ti rendi conto? Perché non mi hai mai detto che avevo un nonno così strano e dei bisnonni pieni di segreti. Sei sicuro che non ci siano altre lettere? Altri documenti? Devo capire, devo cercare la verità. Aiutami, ti prego» chiese Geno con i nervi del collo tesi come corde di violino. Strinse i denti e cercò di controllare la rabbia.

Il giovane Anteo sapeva perfettamente che non poteva usare la Magipsia nel mondo reale, ma era tentato di farlo. Se da un lato voleva sapere tutto subito, dall'altro temeva di scoprire un'ennesima scomoda verità sulla sua famiglia.

«Aiutarti? Io? Sai bene che sono un pasticcione. So solo fare il medico e nulla di più. Se potessi cancellare ogni tuo dolore con una medicina lo farei, ma non è così semplice. Tu, solo tu puoi trovare la verità. Io ti sarò accanto, sempre. È l'unica cosa che riesco a fare» disse Flebo, portandosi le mani sulla testa, disperato.

Geno lo abbracciò forte: «Non fare così. Ti voglio bene, lo sai. È che sento un vuoto dentro me. La mancanza dei miei genitori e l'inquietudine che circonda ogni mia azione mi fanno sempre sentire in difficoltà... paura di non farcela» confessò il ragazzo, con lo sguardo al soffitto. Le vecchie travi piene di tarli lo riportarono alla nuda realtà della povera casa di Flebo.

Geno non voleva arrendersi, non poteva farsi travolgere dai dubbi. Doveva reagire!

«Rifletti, cerca. Parla con la Crikken, oramai lei è il Summus Sapiens e magari potrà sciogliere il mistero» consigliò Flebo.

«Certamente. Lo farò appena posso. Devo anche dirle che so chi ha ucciso Paul Hastor Venti».

«Chi?» chiese sbalordito Flebo.

«Paul era un Summus Sapiens, ucciso nel 1666 da un Oscurabio e...» ma subito Geno si rese conto che non poteva raccontare troppe cose: era contro i regolamenti dell'Arx.

«Ma cosa stai dicendo?» lo zio ricominciò a grondare di sudore.

«Insomma, Paul era a capo dell'Arx. E fu ammazzato per invidia. Ma lo fecero passare come cattivo, come malvagio. La maledizione sulla mia famiglia è antica... capisci?» Geno aveva gli occhi iniettati di rabbia.

«Santo cielo! Le cose sono molto complicate. Non posso immaginare quale segreto nasconda questa lettera! Non la vuoi tenere tu?» chiese lo zio, tremante.

«No, preferisco lasciarla qui, in quel cassetto dove è rimasta per tanti anni. Io ora devo scoprire la verità» e così gli riconsegnò la lettera, scese le scale traballanti, e, davanti al calendario appeso in cucina, disse ad alta voce: «È l'11 marzo e domani riparto. Spero sia l'ultima volta».

Uscì di casa in modo frettoloso infilandosi il giubbotto.

Erano le quattro del pomeriggio e il cielo era limpido, l'aria era fresca, ma già si sentivano i profumi di primavera. Sui rami degli alberi di via del Dolce Rosmarino stavano spuntando le prime gemme e nei prati era comparsa già qualche margherita.

La semplice bellezza di Campana di Sotto apparve a Geno come la più preziosa delle meraviglie: il luogo che lo avrebbe atteso per il suo ritorno definitivo.

Con gli occhi bassi e il viso tirato salì sulla sua bicicletta arrugginita e pedalò, ripensando alla lettera di nonno Svevo e ai misteri del bisnonno Flemmo, uomini che non aveva mai visto, neppure in fotografia. Si rese conto che non sapeva quasi nulla delle sue origini e sentì il mondo magipsichico dell'Arx Mentis incombere come una nuvola pesante e nera.

Chi erano dunque gli Hastor Venti? Maghi, stregoni, ciarlatani? O persone geniali? E perché mai suo padre non aveva doti magiche? René sapeva altro ancora?

Immerso nei suoi pensieri ingarbugliati smise di pedalarc proprio sotto l'insegna della farmacia.

«Ehi, vuoi forse tornare nel vicolo del Giglio Nero? Vuoi entrare ancora in farmacia?» gli urlò Nicosia Fratti, seduto sul marciapiede di fronte.

«Amico mio! Che bello trovarti qui! Tornerò nella farmacia con i miei genitori, te l'ho detto tante volte» gli rispose Geno. Poi appoggiò per terra la bici e si accucciò accanto a lui.

«Sono ancora sconvolto per quello che ho visto ieri. Non sono riuscito a chiudere occhio stanotte. Adesso devi raccontarmi per bene chi erano quei pazzi scatenati. Devi dirmi tutto, Geno, ho provato tanta paura nel vedere le folli magie che avete fatto».

Il giovane Hastor Venti non aveva scampo: doveva dare una spiegazione all'amico. Al tempo stesso, però, non poteva trasgredire la prima di tutte le regole dell'Arx: la RI-AM.1.

«Non posso spiegarti nulla, Ma quelli che hai visto ieri sono esseri perfidi» rispose Geno, facendosi molto serio.

«Che impressione! Hanno compiuto magie assurde, sono anche rimasti sospesi per aria, hanno provocato un incendio e poi... si sono trasformati in ombre! Quando sono stati inghiottiti da quella strana scatola che avevi in mano, è stato terribile! Non è normale che accadano queste cose. Ho avuto tanta paura... e, adesso, anche tu mi fai paura» disse. A testa bassa, lo sguardo per terra, Nicosia sperava che Geno si decidesse a parlare, ma all'Anteo non era permesso spiegare, poteva soltanto cercare di calmarlo.

«Non avere paura di me. Anche se uso la magia lo faccio solo a fin di bene. Quelle persone sono state trasformate in Ombre Viventi e racchiuse nella Paskas perché...».

Nicosia, con gli occhi sbarrati, lo interruppe: «Paskas? E che roba è?».

«Nulla, nulla... non puoi capire. Sappi solo che adesso non possono più nuocere». La spiegazione piuttosto vaga di Geno non fu sufficiente e Nicosia si alzò dal marciapiede sbuffando.

«Sarà come dici, però io ho paura lo stesso» disse grattandosi la pancetta che sbucava dalla maglia.

«Non vuoi più essere mio amico?» chiese con timore Geno.

«Non lo so. Anche Mirta Bini ha visto quelle cose e di certo ne parlerà agli altri. Figurati cosa diranno le sue stupide amiche, Gioia e Marlonia. Per non parlare di mio cugino Galimede, quello ci prenderà in giro per il resto della nostra vita. Nessuno crederà che in questi mesi sei andato in una clinica per curarti come hai raccontato. E a scuola neppure i professori ci crederanno! Diranno che sei proprio pazzo e tutto ricomincerà. Riparleranno dei tuoi genitori e delle loro stranezze. Capisci?» Nicosia aveva ragione.

«Ti scongiuro, credimi: non posso spiegarti tutto. Dovremmo fermare Mirta in qualche modo» disse Geno, poi, alzatosi di scatto dal marciapiede, prese sotto braccio Nicosia. «Aiutami. Tra un mese sarà tutto diverso. Tornerà tutto... normale» concluse, temendo di perdere l'unico amico che aveva a Campana di Sotto.

«Un mese? E come si potrà tenere buona Mirta per tutto questo tempo? Quella non starà zitta!» ribatté Nicosia preoccupato.

«Parli del diavolo e spuntano le corna!» esclamò Geno.

Mirta era comparsa davanti a loro in sella alla sua bici.

«Accidenti! E adesso?» l'amico si agitò parecchio.

Mirta Bini frenò di colpo, saltò giù dal sellino e, a testa alta, si rivolse con aria di sfida ai due ragazzi:

«Non sono riuscita a dormire per la curiosità e, be', anche la paura. Allora? Chi erano? Chi erano quelli della farmacia?» domandò la ragazzina sistemandosi i suoi orribili occhiali. Poi, mani sui fianchi, attese.

«Non meriti alcuna risposta, perché ti sei comportata malissimo. Scommetto che avresti riso, se io fossi finito a terra, morto. Vero?» l'aggredì Geno.

«Be', non esagerare. Mi stai antipatico e per me sei uno scemo. E se vuoi saperlo, anche le mie amiche Gioia e Marlonia la pensano così. Galimede sostiene che sei proprio fuori di testa. Dopo ieri, però, lo ammetto: mi incuriosisci. Quella gente strana che ti porti dietro non sembra stimarti molto... come la ragazza con gli occhiali simili ai miei...» Mirta lo guardò in faccia aspettando la sua reazione.

«Ti riferisci ad Agata? Certo, Agata Woicik. La polacca è molto molto perfida... come te!» rispose Geno, con un atteggiamento quasi minaccioso.

Mirta indietreggiò di qualche passo un po' intimidita.

«Non mi piaci per niente» continuò infuriato. «E non desidero spiegarti cose che il tuo minuscolo cervello non potrebbe mai comprendere. Sappi solo che se parli con le tue amiche, se solo ti azzardi a raccontare ciò che hai visto in farmacia... potresti diventare ancor più brutta di quella che sei!».

«Vuoi spaventarmi? Io dico e faccio quel che mi pare!» Mirta voleva sfidarlo, anche se sentiva che quel ragazzo aveva una forza mentale notevole. Non capiva bene chi fosse, o chi fosse diventato, ma certo non era più il bamboccio pazzerello che lei credeva.

«Sento i battiti del tuo cuore, sento la paura che provi. Non puoi mentire. Non a me. Per un mese te ne starai buona, non infastidirai Nicosia e nemmeno mio zio Flebo. Quando tornerò, allora capirai. Capirai ciò che ora non immagini neppure» terminò Geno e si avvicinò a Mirta a tal punto che sentì il suo alito sul viso.

«Un mese? Non ci penso proprio» Mirta proprio non voleva accettare.

«Lo farai! Guarda i miei occhi, non sono pazzo. Se vuoi odiami, detestami ma ascoltami. Le parole che dico hanno un senso» mentre Geno parlava, il suo sguardo si fece di ghiaccio e, per la prima volta, Mirta lo fissò senza fiatare.

Nicosia era immobile come un baccalà, sperando con tutte le sue forze che la ragazzina cedesse.

«Va bene... attenderò un mese» la voce di Mirta Bini diventò flebile. Si era arresa!

Geno le tese la mano, che lei strinse mollemente.

«Incredibile!» sbottò Nicosia spostandosi la frangia dagli occhi.

Il patto tra Geno e Mirta, nemici da sempre, era siglato.

In via del Dolce Rosmarino, al tramontar del sole, calò il silenzio.

In quella notte lunga, il sonno non arrivava mai e Geno rimase a fissare le travi del soffitto della sua cameretta. Accanto al letto c'erano i resti della Botte Sacra, pezzi di legno assai preziosi che un tempo avevano custodito il ClonaFort. Tra le tante cose che il giovane Anteo doveva tentare, la ricostruzione della botte era una delle più importanti.

Geno strinse la Wied-Nion, la preziosa Runa Bianca, e respirò profondamente.

"René mi aiuterà. Ho bisogno di lui in questo momento" pensò sfiorando i pezzi di legno.

Quando spuntò l'alba, Flebo era già sceso in cucina, in trepidazione per la partenza del nipote. Avvolto nella sua consumata vestaglia gli preparò il latte, ma il ragazzo non ne volle bere neppure un sorso.

«Vado. Aspettami senza preoccuparti. Ce la farò e presto saremo una famiglia unita. Nessun segreto ci dividerà più. Stai vicino a Nicosia, ne ha bisogno» si raccomandò il giovane Hastor Venti. Agitatissimo per il ritorno nel Sigillo Nero e per il terzo viaggio che lo aspettava, non riusciva a stare fermo con le gambe.

«Porti via i resti della botte nello zaino?» chiese Flebo.

«Sì, certo. Madame Crikken, René e gli altri Sapientes mi aiuteranno a ricostruirla» la risposta fu secca.

«Hai paura?» domandò lo zio.

«Temo di non avere la forza necessaria. Ho troppi pensieri e mi sento solo... Forse mio nonno Svevo si sentiva solo come me» Geno si avvicinò alla porta e rimase così per un istante.

«Guardami» Flebo tremava e sudava.

Il ragazzo si girò, rivolse lo sguardo verso lo zio e provò grande affetto per lui. Gli mostrò la Wied-Nion, che brillava come una stella. Lo zio congiunse le mani come per pregarlo di stare attento e di non correre troppi rischi.

«Ti voglio bene. E te ne vorrò sempre, qualsiasi cosa succeda» disse Geno, uscendo senza più voltarsi.

Attraversò via del Dolce Rosmarino in sella alla bici, pedalò velocissimo e, quando fu davanti alla villetta rosa, il numero 67, fece un profondo respiro, aprì il cancello ed entrò nella casa che a Campana di Sotto tutti consideravano la dimora dei fantasmi. Il profumo del tè alla Rosa Severina e dei biscotti al Pistacchio Nullo lo riportò a pensare a madame Crikken e alla Cucina Metafisica.

Sul suo volto apparve un'espressione dolce come quel profumo che da mesi impregnava i muri e i mobili. Aprì la porta alla sua destra e in penombra vide l'enorme e magico Sigillo Nero. Le lampade a terra illuminavano lievemente la stanza e sul pavimento era posata la divisa del Secondo Livello: Tonca, stivali e guanti bianchi. Geno sapeva bene che non li avrebbe più indossati.

Ora, nella stanza numero 5 dell'Arx, la sua, avrebbe trovato la divisa rossa del Terzo Livello. Prese il Tonca bianco e i ricordi riaffiorarono veloci. Girò lo sguardo verso il tavolino: c'erano la chiave a uncino, pronta per essere inserita, accanto alla cintura con il Vertiglio, che indossò subito. Tolte scarpe e calzini, a piedi nudi si avvicinò al Sigillo.

Fuoriuscì lo sbuffo di vapore e il profumo di Lavanda Gorgiana inondò la stanza. Il ragazzo infilò la chiave nella serratura posizionata in basso. Il meccanismo degli scrocchi funzionò a meraviglia: i giri a destra e sinistra andarono in automatico.

La prima sensazione che Geno provò, entrando nel Sigillo Nero, fu un'estrema leggerezza. Il corpo sembrava non avere peso, intorno percepiva solo un alone di luce grigia. Nessun vento, nessuna corrente d'aria proveniva dall'orizzonte nebuloso. Controllò di avere in tasca la Wied-Nion, si sistemò sulle spalle lo zaino contenente i pezzi di legno della botte e avanzò senza timore. Sapeva perfettamente che quel viaggio verso l'Arx Mentis sarebbe stato una prova davvero impegnativa: l'ingresso al Terzo Livello non poteva essere più facile dei precedenti.

A testa alta, con le braccia ben distese lungo i fianchi e le mani pronte ad agire, s'incamminò verso l'ignoto.

Nessuna parete, nessun soffitto. Solo il pavimento rosso cupo, scarsamente illuminato. Improvvisamente fu accecato dal bagliore di una specie di virgola d'argento fluorescente. Chiuse le palpebre per qualche secondo.

Lo scenario che si aprì davanti a lui subito dopo era spettacolare: il respiro si arrestò davanti a tanta straordinaria bellezza.

Chilometri e chilometri di dune sabbiose blu brillavano sotto un cielo di stelle giganti.

«Pazzesco!» esclamò stupefatto.

Un unico oggetto gli stazionava davanti, un cartello ovale di legno nerissimo con la scritta:

I piedi nudi affondarono nella sabbia finissima bluastra, lasciandogli sulle caviglie e sulle dita piccoli granelli luccicanti.

Si inginocchiò, ne prese una manciata e si guardò intorno: l'immensità del deserto era inquietante. Il silenzio che governava quel luogo del Sigillo era surreale, nemmeno un fruscio feriva il paesaggio incantato.

"Forse troverò qualcosa al di là delle prime dune" pensò avanzando con lentezza.

Ma più andava avanti e maggiore sembrava la distanza

per raggiungere i primi due promontori. Il percorso non finiva mai e il terreno blu, come la notte che avvolgeva il deserto, si dilatava senza che nemmeno un granello di sabbia si spostasse. Altra cosa sorprendente era che i piedi non lasciavano alcuna orma.

"Un gioco della mente. Sì, certo, questo è un tranello del Sigillo" pensò provando paura. "Devo seguire le indicazioni del cartello. Devo ascoltare il silenzio che parla... ma non sento nulla. Sono solo in mezzo al blu".

Il cuore batté più forte e il respiro aumentò, come se Geno stesse correndo. Di colpo il bagliore illuminò nuovamente il paesaggio e il contorno delle dune diventò azzurro chiaro.

Il ragazzo fu attratto da un minuscolo puntino bianco che si stagliava nel blu della sabbia. Raggiunto quell'oggetto misterioso, si chinò e lo raccolse, estraendolo dal manto granuloso del deserto. Era un osso lungo circa venti centimetri.

«Questo deserto è pieno di scheletri sepolti dal tempo» disse con terrore.

La sua voce, per la prima volta, echeggiò in quel mare infinito di sabbia colorata.

Nella penombra bluastra lesse una parola incisa su quello che restava di chissà quale sfortunato Anteo, che non era riuscito ad attraversare il primo passo del Sigillo.

L'incisione luccicava: era d'oro.

CantOssum

«Cantossum?» ripeté ad alta voce.

L'eco delle sue parole questa volta si estese fino alle dune più lontane. E, mentre riascoltava se stesso, percepì un alito di vento avvolgergli le gambe e le braccia per poi sfiorargli la schiena. Gli sembrò che qualcuno stesse alle sue spalle. Una presenza. Una persona che lo osservava in silenzio.

D'istinto si girò, ma non non vide nessuno: solo sabbia blu e granelli scintillanti.

Strinse l'osso e socchiuse gli occhi per concentrarsi: «Chi sei? Fatti vedere! So che c'è qualcuno. Sento le vibrazioni. Fatti avanti. Non ti temo» disse con voce calma e decisa.

Un velo di fumo celeste si levò dalla sabbia come una piccola tromba d'aria e girò attorno a Geno scompigliando i suoi capelli neri e ricci.

Il ragazzo sbarrò gli occhi e non perse di vista quel vortice che lo circondava. D'un tratto apparvero le orme di due piedi impresse sulla sabbia e una voce tuonò come un uragano.

«Benvenuto Geno Hastor Venti,
la calma del Deserto Cobalto entri nel tuo cuore».

Geno indietreggiò: «Chi parla?».

«Sono la voce del silenzio, quella che devi ascoltare».

«Io non lascio le mie orme e invece vedo le tue, ma non il tuo corpo» disse sospettoso il ragazzo.

«Ora sono solo energia».

«Energia?» chiese con stupore.

«Sì, energia magipsichica. La Magipsia è stata la mia unica
e insostituibile conoscenza della vita».

L'Anteo provò sgomento. Non sapeva chi o cosa fosse quella voce. Certamente sembrava appartenere ad un uomo molto anziano. Le gambe iniziarono a tremargli e sentì arrivare il solito ronzio nelle orecchie.

«Eri anche tu all'Arx Mentis?» domandò Geno.

«Sono stato Summus Sapiens per moltissimi anni.
E di me hai sicuramente già sentito parlare da madame

Margot Crikken, che finalmente occupa il posto che fu mio».

Il giovane Hastor Venti capì immediatamente di chi era quella voce ed esclamò deciso: «Riccardo del Pigio Ferro!».

«Sì. Sono venuto qui per te».

Geno si sentì immensamente felice di poter parlare con l'uomo che aveva fatto tanto per l'Arx Mentis: i suoi segreti, gli insegnamenti a madame Crikken e poi ancora l'Uffio-Servo che nascondeva chissà quali magie che ancora non aveva provato.

«Sono onorato della sua presenza, egregio Summus. Ma ora lei è diventato un... fantasma?» chiese impacciato, cercando di scorgere in quel fumo azzurro una forma umana.

«No. Ti sbagli. Te lo ripeto, sono solo energia».

Il ragazzo era confuso e agitato, non sapeva cosa dire e l'angoscia lo assalì: «Summus, lei conosce tante cose anche della mia famiglia. Vicino alla sua tomba, nel cimitero dell'Arx, c'è quella del mio avo Paul Hastor Venti. Perché?»

«Lo saprai. Ma non ora. Io sono qui per aiutarti a percorrere una nuova strada di conoscenza».

«Conoscenza?» Geno alzò la testa e guardò il cielo colmo di stelle enormi.

«Pensa a ciò che ti detta il cuore».

«Il mio unico grande desiderio è abbracciare i miei genitori. E all'Arx infuria una lotta tra Psiofi. Madame Crikken è sostenuta dalla Nuova Alleanza e i Ribelli stanno dalla parte di Yatto Von Zantar. Ma io sono riuscito a trasformare Yatto in ombra vivente e adesso si trova dentro la Paskas...» Geno era un fiume di parole, voleva spiegare tutto e subito al vecchio Summus Sapiens, ma fu interrotto.

«Conosco i fatti. Il destino è già segnato e i tuoi occhi sapranno sopportare altri dolori e altre sfide».

«Ma io ho questa» disse Geno mostrando la Wied-Nion «e riuscirò a ricreare il ClonaFort. Guardi, nello zaino ho anche i resti della Botte Sacra».

«Riponi nella tasca la Runa Bianca. Non serve che la mostri.
E spero che tu riesca a ridare vita alla Botte Sacra.
Ma non parlarmi di queste cose. Ascolta la mia voce».

«Sì, l'ascolto anche senza vederla» rispose diligentemente l'Anteo.

«Devi sapere che per tutti coloro
che affrontano il terzo viaggio nel Sigillo,
di solito, la voce del silenzio è di un'altra presenza.
Però, viste le circostanze che stai vivendo
e i misteri che dovrai ancora sciogliere, ho preferito venire io
e parlarti in questo luogo dove la vita si trasforma in sabbia».

«Cosa?» domandò Geno allungando, le mani verso il fumo azzurro che continuava a muoversi davanti a lui.

«Usa la mente, come hai sempre fatto.
Segui le mie parole e comportati di conseguenza».

La voce di Riccardo Del Pigio Ferro diventò più cupa.

«Tu non sai chi sei. Non lo sai ancora. La verità è lontana».

«La verità?» il ragazzo si agitò. Ripensò alla lettera di nonno Svevo, ai suoi genitori, a René e naturalmente a madame Crikken. E a quel punto la voce del defunto Summus Sapiens ripetè:

«Non sai ancora chi sei veramente».

«Sì che lo so. Sono Geno Hastor Venti e devo liberare i miei genitori» rispose d'impeto.

«Nemmeno loro sanno chi sei davvero».

Geno sentì il sangue ribollire. Cosa voleva insinuare quella voce?

«Summus, non capisco. So che la mia famiglia ha qualcosa di misterioso e importante, però è troppo complicato per me. Mio fratello René è stato trasformato in falco e ora è metà ragazzo e metà uccello e gli Oscurabi dicono che andrà a vivere nella Domus Ermetica». Geno parlava a quella voce che non aveva corpo, mentre guardava il deserto e le dune. Era solo, solo con una voce che gli imponeva di capire ciò che non aveva apparentemente nessuna logica. In quel momento gli sembrò di sognare, di essere il protagonista di un'allucinazione, un delirio della mente. Sapeva di essere dentro al Primo Passo del terzo viaggio nel Sigillo Nero, eppure ebbe la netta sensazione di vivere in una dimensione ancor più irreale.

Di botto gridò: «Sto impazzendo!».

«La follia non è certo la tua verità.
Imparerai a sentire l'energia della vita.
Imparerai a conoscere il senso stesso dell'esistenza.
La tua mente ti aiuterà. È nel tuo destino attraversare l'angoscia
che segna il futuro. Un futuro che porterà alla pienezza
del cuore e alla serenità di sapere chi sei davvero».

Il giovane Hastor Venti capì in un istante che ogni sua azione e ogni suo pensiero sarebbero stati guidati da un'unica ragione: conoscere l'infinito valore della vita.

«Hai tra le mani il CantOssum.
Impara ad usarlo e comprenderai l'immensità della Magipsia.
La strada verso la verità è appena cominciata».

Il giovane guardò l'osso che aveva in mano, lo strinse e, senza rendersene conto, lo gettò in aria.

Il CantOssum volteggiò e un canto melodioso si diffuse per tutto il deserto. Una musica che scuoteva l'anima.

«Segui l'armonia e pensa al tuo destino.
Conserva il CantOssum. Ti servirà.
Non farti mai rapire dalla paura e lascia che il fiume della vita
scorra nelle tue vene. Cerca chi sei. Cerca senza indugi».

Il fumo azzurro svanì tra le dune blu, lasciando in completa solitudine il giovane Hastor Venti che avrebbe avuto ancora molto da chiedere a Riccardo Del Pigio Ferro. Ma il tempo delle domande era finito, ora doveva trovare le risposte per vivere nella conoscenza delle cose.

Geno riprese al volo il CantOssum, che brillava come le stelle. Lo sfiorò e le lettere che componevano l'incisione si staccarono dall'osso e caddero morbidamente sulla sabbia, formando una frase:

Cerca
Ancora
Non
Temere
Osserva
Sempre
Senza
Usare
Malignità

Geno si accucciò e mentre, con le mani immerse nella sabbia, leggeva e rileggeva quella frase, sentì una forza interiore venirgli in aiuto. Un'energia grande, potente, universale: l'energia che nutriva i pensieri magipsichici.

L'incontro in mezzo al deserto blu con il defunto Summus Sapiens fu per Geno una delle più importanti lezioni di vita.

Con la testa china e gli occhi puntati sulla frase, sentì di essere qualcuno che ancora non conosceva. Una sensazione indescrivibile, come se il suo corpo fosse pieno di vuoto e d'amore nello stesso tempo.

Alzò lo sguardo verso il cielo stellato.

Nel momento in cui Geno tentò di rialzarsi, le lettere ritornarono esattamente a posizionarsi sull'osso e un cerchio di fuoco le circondò.

Fiamme viola e rosse, lingue incandescenti gialle come il sole avvolsero Hastor Venti, impietrito. Urlò spaventato e quel suo grido spalancò la porta che dava sul Secondo Passo del Sigillo.

Questa volta la chiave ad uncino non servì.

Un caldo infernale lo aggredì, come se stesse dentro un forno. Le fiamme e il fuoco gli impedivano di vedere il nuovo paesaggio. Si tolse il giubbotto e con gli occhi chiusi s'incamminò in fretta, sperando di uscire vivo da quel rogo.

Improvvisamente una ventata di aria gelida lo investì in pieno. Sulle braccia e sulle gambe, sul viso e sui capelli si formarono minuscoli cristalli di ghiaccio che lo fecero tremare.

Geno fu scosso dai brividi per alcuni secondi. Quando riaprì gli occhi, vide uno scenario simile a quello precedente, anche se il deserto e le dune non erano più blu ma di un verde acceso.

La distesa di sabbia sembrava un prato immenso. Mentre i cristalli gli scendevano sulle guance come gocce gelate, Geno guardava perplesso lo scenario. Il cielo stavolta era di un verde limpidissimo e all'orizzonte si vedeva una linea fluorescente.

Un cartello, perfettamente tondo, indicava il nome del posto.

«No, non ho paura. Il Sigillo è il grande cuore che contiene ciò che devo capire e devo affrontare» sussurrò, stringendo il CantOssum.

La sabbia iniziò a vibrare, come se nel sottosuolo si agitasse un grosso animale.

Geno puntò i piedi per tenersi in equilibrio, mentre le spinte sotterranee muovevano cumuli di polvere verde che ondulavano davanti ai suoi occhi.

Un getto d'acqua scese dal cielo a formare una pozza fangosa. Al suo interno apparvero delle scintille. Geno ne fu così colpito che, messo il CantOssum in tasca con la Runa Bianca, infilò la mano destra nel cerchio melmoso.

La luce s'irradiò d'improvviso e il ragazzo sentì dapprima una scossa allo stomaco e poi un conato di vomito. Aprì la bocca per respirare profondamente: stava per accadere qualcosa.

Un vento leggero gli accarezzò le spalle e lui, con la mano ancora immersa nella pozza, gridò con tutto il fiato che gli rimaneva:

«Sei ancora tu Summus?».

Geno pensò che Riccardo Del Pigio Ferro lo avesse

seguito anche nel Deserto Smeraldo. Ma non era così. Alle sue spalle avvertì una presenza sconosciuta.

Il silenzio abbracciò l'immenso deserto, neppure un granello di sabbia si mosse più. Anche Geno rimase immobile. Attese la voce del Secondo Passo del Sigillo.

Il vento si spostò davanti al ragazzo e prese la forma di una spirale color del mare. Dentro il vortice si formò un oggetto lucente, che cadde dentro la pozza fangosa. Geno l'afferrò: era una moneta d'oro purissimo. Su entrambi i lati era incisa una parola:

AeterNummus

La moneta era liscia e fredda. Hastor Venti la tenne sul palmo della mano, osservandola incantato. Emanava una brillante luce gialla. Non fece in tempo a chiedersi a cosa servisse che la spirale di vento avanzò di qualche metro, puntando su una duna.

Il vento, magicamente, non spostò la sabbia verde.

Il vento attendeva Geno.

Con la moneta in mano s'incamminò e, quando fu vicino alla spirale, vide che al suo interno volteggiava una pietra verde muschio.

Come attratta da una calamita invisibile, lasciò il vortice e si attaccò sulla maglietta di Geno, all'altezza del petto.

Il ragazzo non sentì dolore, non ne sentì il peso, non provò alcuna sensazione, ma rimase fermo in attesa che accadesse ancora qualcos'altro.

Infatti dalla pietra, magicamente, si staccò un piccolo biglietto di carta trasparente che finì sulla sabbia. C'era scritto:

Sono VerbuLapis. Scrivo per te.

Geno raccolse il foglietto e deglutì, respirò pianissimo per non sollevare troppo il torace e sussurrò: «Sei una pietra... viva?».

La pietra pulsò come una luce intermittente.

Il giovane Anteo abbassò lo sguardo sul petto e l'osservò: era attaccata come una ventosa alla sua maglietta. Non osava toccarla, pensando che avrebbe sputato un altro messaggio, ma fu distratto dal fruscio del vento che trasportava lentamente una voce lontana.

Quella voce, arrivata come in volo, ripeté, morbida e calma, per dieci volte la stessa frase:

Tantre Sheng Vioo.
Questo è il mio e il tuo nome.
Noi siamo uno.
La pietra sa la verità. Scrive quando serve.
La moneta d'oro ti salverà dal buio.

Geno sentì la testa girare, le gambe piegarsi e le forze abbandonarlo a tal punto che non fu più in grado di reggersi in piedi. Si afflosciò e cadde come una tenda di seta.

Il suo corpo, leggerissimo, si adagiò sulla sabbia verde. Con gli occhi spalancati rivolti al cielo gli sembrò di morire, perdendosi in quel deserto del Sigillo.

Chi era Tantre Sheng Vioo? Cosa voleva dire che quel nome era anche il suo? E soprattutto che cosa significava che erano "uno"?!

Pensieri come fili sottili s'intrecciavano nel vuoto. Le labbra gli diventarono secche e ripeterono con un movimento rallentato quel nome misterioso: Tantre Sheng Vioo.

Nella solitudine e nel silenzio Geno si sentì come uno di quei granelli di sabbia verde. Il nulla lo avvolse come un velo e i suoi pensieri si diradarono come nuvole, senza lasciare traccia.

La pietra era ancora attaccata alla maglietta, la moneta d'oro sempre nel palmo della mano destra e in tasca il CantOssum e la Wied-Nion: chi era dunque Geno? Chi erano gli Hastor Venti?

Gli oggetti magipsichici dei due deserti gli suggerivano la strada da percorrere per diventare grande.

Per crescere.

Per affrontare la vita.

In quel momento neppure la necessità di riabbracciare i suoi genitori lo fece reagire, e nemmeno la lettera del nonno lo riportò alla lucidità. Le paure, le angosce, i dolori, i pianti e la rabbia sembravano confluire in un imbuto immaginario. Tutto avrebbe avuto una fine scoprendo la verità del suo destino.

Rimase fermo, disteso, immobile.

In attesa di ciò che non conosceva.

Il vento se ne andò con la voce di Tantre Sheng Vioo, lasciandolo in preda alla solitudine della conoscenza.

Un lungo e profondo sonno lo rapì: il respiro diventò lieve mentre la sabbia verde saliva verso il cielo, rabbuiando il Secondo Passo del Sigillo.

Solo lo scroscio della pioggia risvegliò l'Anteo. Il picchiettare delle gocce sugli alberi del bosco della *Valleé des Pensées* e il profumo dell'erba accolsero il suo sguardo ancora assonnato. Si ritrovò sdraiato sul pavimento dello sgabuzzino del Sigillo.

Le chiavi non erano servite neppure per aprire l'ultima porta. La tenda amaranto che dava sul bosco svolazzava, sollevata dall'aria umida, mentre la pioggia scendeva dolcemente.

Si alzò, controllò che dentro lo zaino ci fossero ancora

i legni della botte. In mano stringeva l'AeterNummus che luccicava, in una tasca erano rimasti ben protetti il CantOssum e la Runa Bianca, e la pietra verde non si era staccata dalla maglietta.

Infilò la moneta nell'altra tasca e decise di togliere quel sasso magico.

«VerbuLapis! Tu scrivi per me e non voglio certo perderti» disse tirandolo con forza fino a staccarlo dalla maglia. Mentre se lo metteva in tasca, vide sul pavimento dello sgabuzzino i suoi amati Schizzosi.

Questa volta, vista la fretta, li indossò a piedi nudi rischiando vesciche e ammaccature. Strinse i lacci alle caviglie, schiacciò i bottoncini sulle punte e i tubi d'acciaio posizionati dietro rombarono, provocando una fiammata. Con gli occhi pieni di speranza scostò la tenda amaranto e, tenendosi in equilibrio con lo zaino che dondolava sulla schiena, si tuffò in una trepidante corsa tra i sentieri che portavano all'Arx Mentis.

Affrontò la pioggia e le raffiche di vento che sferzavano il suo volto. I piedi gli dolevano, ma continuò a zigzagare evitando pietre e sassi.

"Sto arrivando e vi libererò" pensava, mentre correva come un razzo schivando i rami degli alberi. Immaginava già l'abbraccio della mamma e le carezze del padre ma nel cuore e nelle vene sapeva di avere un'altra ricerca importante da compiere: se stesso.

In prossimità del prato dell'Arx, Geno cercò di evitare alcuni sassi, perse l'equilibrio e scivolò. Con un bel salto, si ritrovò disteso nell'erba alta e bagnata.

Rimase qualche secondo seduto sotto la pioggia a guardare le nuvole nere e gonfie che coprivano le cupole d'oro dell'Arx. Pensò a Suomi: "Arriverà adesso. Lo sento. Le racconterò tutto quello che mi è successo".

L'intuizione di Geno fu premiata: la bella Antea finlandese sbucò dal bosco. Stava in perfetto equilibrio sugli Schizzosi, aveva le braccia aperte e, tra le mani sporche di sabbia blu e verde, stringeva le estremità del suo bastone bianco. I suoi capelli biondi erano completamente bagnati ma a lei non importava nulla. Indossava una graziosa gonna rosa e una camicetta lilla completamente zuppe di pioggia: conciata in quel modo faceva tenerezza.

«SUOMI!» gridò forte Geno, correndole incontro con gli Schizzosi in mano.

La ragazzina scese dai pattini, aggiustò la cintura con il Vertiglio e si rivolse nella sua direzione: «Anche tu sei qui? Siamo arrivati insieme come la prima volta che ci siamo incontrati» rispose sorridendo gioiosa.

Geno la strinse forte.

Bagnati come pulcini, rimasero in balia dell'acqua del cielo e dei loro cuori che battevano allo stesso ritmo sotto le magliette inzuppate.

«Sono felice» sussurrò Suomi romantica più che mai.

«E lo sarai ancor di più, perché non ti lascerò per nessuna ragione al mondo» Geno le accarezzò i capelli provando quel meraviglioso sentimento d'amore che fa stringere lo stomaco.

L'Antea alzò il viso e i suoi grandi occhi spenti rifletterono le nuvole gonfie di tempesta: «Quando ho capito che stavo attraversando dei deserti mi sono sentita davvero sola dentro il Sigillo. E tu?» chiese curiosissima.

«Anch'io, e sapessi quanto! Sono deserti che ti costringono a pensare alla vita. Tu non potevi vedere i colori, ma uno era blu e l'altro verde» Geno strinse ancor di più la ragazzina. Avrebbe voluto raccontarle di Riccardo Del Pigio Ferro e di quello strano personaggio di nome Tantre Sheng

Vioo, ma aveva bisogno di calma e meditazione per spiegare la sua esperienza.

«Hai tante cose da raccontarmi, vero?» aggiunse l'Antea che sentiva forti vibrazioni provenire dal corpo del giovane italiano.

«Sì, e molto importanti. Yatto, miss Butterfly e Agata sono stati ingoiati dalla Paskas e ora sono Ombre Viventi» le spiegò frettolosamente.

Suomi esultò e alzò in alto il bastone bianco: «Ce l'hai fatta! Sei unico. Sei il mio stregone innamorato».

La risata di Geno si udì per tutta la Valle dei Pensieri. Lui e Suomi erano davvero una coppia magica.

«Presto, saliamo le scale ed entriamo all'Arx. Davanti ad un buon tè alla Rosa Severina parleremo di tutto. Sapessi cosa devo ancora dirti» il giovane Hastor Venti la prese per mano e insieme corsero sul prato colmo di pozze d'acqua fino ad attraversare il grande ponte levatoio. Da là videro che il canale dell'Arx era oramai libero dal ghiaccio: dal LagoStorto gli arrivava veloce l'acqua turchina mentre le gocce di pioggia entravano ininterrottamente come pallottole filanti. Nessun Subcando era nei pressi: con quel tempaccio anche i grandi cigni bianchi preferivano starsene al coperto.

I due Antei salirono a fatica i cinquecento gradini scavati nella roccia fino ad arrivare al portone. Il BassAlto era fermo: nessuno Psiofo era in arrivo e nemmeno una Bi-Flap volava all'orizzonte. Con il temporale chissà quando sarebbero mai giunti alla Rocca della Mente.

«Entra per prima, così ti vai subito ad asciugare» Geno cedette il passo a Suomi che tirò la corda. Il coro di bambini salì al cielo e il portone si spalancò. Ad attendere l'Antea c'era sua cugina, la Psiofa Dorathea Liekko.

«Ben arrivata, cuginetta. Mi sembri appena uscita da

una lavatrice» esordì, sistemandosi il fiocco rosso che stringeva la treccia bionda.

«Tu? Ma che cosa fai qui?» chiese sorpresa Suomi, sentendo la voce di Dorathea.

«Mia cara, il malefico Cerimoniere Pilo Magic Brocca non poteva certo riceverti. Sai bene che è rinchiuso dietro la porta bianca e tiene prigionieri Pier e Corinna. E, come puoi ben immaginare, anche per la Governante miss Butterfly era piuttosto difficile trovarsi qui ad accogliervi: Geno l'ha trasformata in ombra vivente e ora divide la Paskas con Yatto e Agata. Quindi, mia cara cugina, sono venuta io a riceverti. Sapessi quanto ho bramato il tuo ritorno! Madame Crikken è assai agitata, attende Geno» Dorathea accarezzò affettuosamente i capelli di Suomi.

«Immagino che anche stavolta non sarà facile superare un nuovo ciclo all'Arx. Geno mi ha detto poco fa della Paskas. È qui fuori, fallo entrare» spiegò l'Antea, e intanto il Pendolo Secco suonò, sputando dal cassetto la sua Scheda d'Identità.

«Vai dentro, a Geno ci penso io. Poi dovremo parlare a lungo» disse la Psiofa, spingendo la cugina verso l'ingresso.

A quel punto il coro dei bambini si levò nuovamente: stava entrando Geno.

«Eccoti, finalmente!» disse Dorathea con una certa enfasi.

«Tu qui?» anche Hastor Venti era rimasto di stucco.

«Non c'è nessun altro che possa stare qui davanti al portone e ricevere gli Antei. E sai bene perché: la Paskas l'hai usata tu!» Dorathea fece l'occhiolino e Geno annuì.

«Già, la Paskas. Nabir Kambil ha già raccontato a Margot che cosa è successo in Farmacia?» domandò curioso.

«Stai tranquillo, oramai tutti sanno della Paskas. Incontrerai presto Margot ma... che cos'hai dentro lo zaino? Sai bene che non si può portare nulla durante il viaggio nel Sigillo» la giovane Psiofa s'irrigidì al solo pensiero che Geno avesse trasgredito le regole dell'Arx.

«Dentro ci sono i pezzi della Botte Sacra, quella che serve per creare il ClonaFort» rispose con sicurezza.

«Ah, però... bravo!» la Psiofa si sentì un po' a disagio per l'esuberanza di Geno.

«E mio fratello? Sta bene? Voglio andare subito da lui» il ragazzo fu preso da un'irrefrenabile voglia di parlare con René.

«Sta bene, tutte le sere si ritrasforma in falco. Mi sto abituando a vederlo così. Il problema più grave è rappresentato dalla Setta dei Ribelli. Gabor Haag, quello non molla!» spiegò Dorathea.

«Ma la Nuova Alleanza non sarà sconfitta, madame Crikken saprà guidarci» replicò Hastor Venti.

Mentre i due chiacchieravano, il Pendolo Secco suonò e dal fondo scattò fuori il cassettino con il documento di riconoscimento di Geno.

IDENTITÀ
Posizione: Anteo
Livello: III°
Nome: Geno
Cognome: Hastor Venti
Età: 12 anni
Nazionalità: Italiano
Capacità: Telecinesi, Telempia, Psicofonia, Fandonfia, Meditazione, Psicofonia Retrocognizione
Giorno d'ingresso: 11 marzo
Ore: 9
Giorno d'uscita: ...
Ore: ...
Calendario: Ingresso I° Livello, 21 dicembre ore 19,33 - Uscita 21 gennaio, ore 8.
Ingresso II° Livello, 1 febbraio, ore 10,45 - Uscita 2 marzo, ore 9

Mentre l'Anteo prendeva il foglio, la Batacchia Tremula scoccò le 9, facendo tremare le spesse mura della Rocca.

Geno e Dorathea attraversarono l'ingresso illuminato dalle lampade gialle, che creavano strane ombre sui dipinti alle pareti. A passo veloce superarono la grande statua dell'Ippovolo posizionata sopra i tre alti gradini di cristallo e inforcarono il corridoio. Sbucarono nel Salotto dei Fenicotteri dove c'era una grande confusione.

Gli Psiofi della Nuova Alleanza erano visibilmente agitati e ognuno cercava la soluzione per sconfiggere Gabor Haag e i suoi seguaci. Un paio di veggenti erano intente a osservare un monolite di vetro giallo dal quale fuoriusciva un sottile filo di fumo nero. Una medium piuttosto eccentrica dialogava con un mago svedese, tenendo sulla spalla sinistra un pappagallo viola che ripeteva ogni loro parola. Quattro stregoni di diverse nazionalità studiavano una vecchia pergamena e un'esperta alchimista mostrava con entusiasmo un'ampolla piena di occhi di rospo che galleggiavano in un liquido verdognolo.

Appena Geno entrò, gli Psiofi smisero di chiacchierare e un applauso fortissimo scosse i muri della stanza:

«Hai fatto proprio una magia straordinaria!» gridò la medium dal pappagallo viola.

«Sì, sei un Anteo davvero speciale! Hai incastrato Von Zantar!» disse sorridendo un grasso stregone argentino.

Hastor Venti si emozionò: oramai tutti sapevano della Paskas!

Suomi, che era accanto alla libreria con Anoki Kerioki e l'anziana Psiofa Daphne Hogrogian, arrossì per il successo di Geno.

Daphne si avvicinò a lui, prendendolo per un braccio: «Bisogna bloccare la Setta dei Ribelli, e io userò tutte le malefiche pozioni alchemiche che conosco» cominciò rabbiosa.

«*Tanyan yahi yelo.* Sono felice che tu sia arrivato» lo salutò Anoki in lingua lakota. «È necessario agire presto perché la Setta è potente» disse, dando una pacca sulla spalla all'amico italiano.

«Ciao guerriero Sioux, sono pronto alla battaglia» gli rispose Hastor Venti con entusiasmo.

Anoki non indossava più alcuna divisa: niente Tonca, niente stivali e niente guanti. Oramai era pronto per diventare Psiofo e il suo sguardo era più fiero che mai. Il pellerossa, detto Lupo Rosso, era agghindato a festa: portava piume gialle e nere sul capo, e al collo il suo amato amuleto.

I due si salutarono calorosamente finché Daphne, tra un colpo di tosse e l'altro, pose le sue mani sulla fronte di Geno: «Ti è successo qualcosa d'importante. Lo sento e lo leggo nei tuoi occhi».

«Sì, cara Psiofa armena, dentro di me è cambiato qualcosa» rispose imbarazzato.

«Il viaggio nel Sigillo è stato istruttivo?» chiese l'anziana Psiofa, osservando lo zaino che il ragazzo teneva sulle spalle.

«Molto» confermò il ragazzo, e tirò fuori dalla tasca l'AeterNummus, il CantOssum e la pietra verde VerbuLapis.

In un attimo l'intera congrega degli Psiofi della Nuova Alleanza smise di parlare, e persino il pappagallo viola chiuse il becco. Nel Salotto dei Fenicotteri non fiatò più nessuno. Tutti guardavano Geno Hastor Venti e gli oggetti che teneva in mano. La moneta d'oro, splendente di una luce mai vista, l'osso, bianchissimo come il latte, e la pietra verde muschio sembravano provenire da chissà quale luogo magico.

Daphne indietreggiò, Dorathea s'irrigidì, Anoki strinse il suo amuleto e Suomi sbottò: «Che cosa c'è? Cosa sta succedendo?».

Geno si guardò intorno e incrociò gli occhi di maghe e stregoni, alchimiste e medium. Erano tutti puntati su di lui. Pensò che l'osso, la pietra e la moneta fossero strumenti magipsichici rari e ingenuamente disse ad alta voce:

«Non li uso ora. Non temete. E poi non sto trasgredendo il Regolamento Mediano. Insomma, conosco bene la regola del Contegno RM-AM6. Qui non ci sono Antei di Primo e Secondo Livello e posso parlare del mio viaggio nel Sigillo».

Due stregoni giapponesi sorrisero, una maga russa e due medium spagnole annuirono con la testa e insieme, tutti gli Psiofi della Nuova Alleanza, dissero in coro: «Geno, sei un Anteo speciale».

Il ragazzo fece un profondo respiro liberatorio, poi accarezzò le mani di Suomi e spiegò che aveva trovato quegli oggetti nei due deserti del Sigillo.

«Io non ho trovato nulla nei deserti!» affermò sorpresa la ragazzina.

A quel punto Geno si sedette sulla poltrona accanto alla libreria e, a bassa voce, raccontò l'incontro con Riccardo Del Pigio Ferro e con Tantre Sheng Vioo.

I suoi amici lo ascoltarono con attenzione mentre il resto degli Psiofi si rimise a parlottare in modo telempatico facendo brillare i Vertigli. Improvvisamente Daphne cominciò a pestare i piedi per terra e, con un certo nervosismo, sbottò: «Basta, non dire più nulla. È meglio che prima parli con madame Crikken, lei è il Summus e potrà spiegarti quello che ancora non sai. Di Riccardo Del Pigio Ferro lei conosce moltissime cose. E poi, non nominare più quell'altro nome...» la Psiofa guardò in faccia Dorathea, che arrossendo annuì.

«Perché? Chi è Tantre Sheng Vioo?» chiese sospettoso Geno.

«Già, chi è? Io non l'ho incontrato nel mio terzo viaggio nel Sigillo. Così come non ho avuto il piacere di parlare con Riccardo Del Pigio Ferro» s'intromise, un po' sconcertato, Anoki Kerioki.

«Nemmeno io» ripeté Suomi agitatissima.

«Sì, lo so. Del Pigio Ferro mi ha spiegato che di solito la Voce del Deserto Cobalto è un'altra. Lui è venuto appositamente per me» disse Geno, sempre a bassa voce per non farsi sentire dagli altri Psiofi.

Dorathea e Daphne pensarono nello stesso istante che il destino di quel giovane Anteo era certo assai nebuloso e che il nome di Tantre Sheng Vioo ne era una conferma.

«Ora stai calmo e preparati a incontrare madame Crikken. C'è molto da fare qui all'Arx anche se, come sai, è stata proclamata l'Infida Stallo e le attività magipsichiche sono tutte bloccate. I Ribelli tenteranno di attaccarci ancora. Bisogna trovare il sistema di aprire la Paskas e in qualche modo farci dare l'Anello da Yatto Von Zantar. Altrimenti la Porta Bianca non si aprirà mai. E i tuoi genitori... non potranno uscire» in pochi secondi l'anziana armena aveva fatto il punto della situazione.

Geno però continuò a pensare al suo particolare viaggio nel Sigillo, agli oggetti trovati e al misterioso Tantre Sheng Vioo.

Anche Lupo Rosso si stava interrogando sul quel nome strano che gli pareva di aver già sentito dal nonno, l'Extra Sapiens Orso Quieto.

Suomi, invece, era piuttosto preoccupata: non capiva proprio che cosa stesse succedendo al suo ragazzo.

In quel momento arrivò di corsa René. Aveva le ali piegate dietro la schiena e i capelli biondi gli incorniciavano il volto affilato e pallido. Maghe e medium lo lasciarono passare, facendogli spazio.

«Fratello! Fratello mio!» gridò felice abbracciando Geno.

I due Hastor Venti si strinsero forte e i loro occhi diventarono lucidi.

«Hai fatto una cosa straordinaria con la Paskas. Dobbiamo agire velocemente, non c'è tempo da perdere. Bisogna prendere l'anello a Von Zantar!» disse allargando lievemente le ali.

«Devo parlarti» esordì Geno con un'espressione estremamente seria.

Il fratello rimase immobile: «Hai qualcosa di diverso. Lo sento».

«Già, è così» aggiunse Daphne.

Geno non fece in tempo a rispondere che un molteplice suono di carillon invase il Salotto dei Fenicotteri, incuriosendo anche la moltitudine di Psiofi intenti a usare i Vertigli.

Stavano arrivando sei Paropalle dirette a Geno e ai suoi fedeli amici. Le sfere di legno portavano lo stesso messaggio del Summus Sapiens Margot Crikken.

«Appuntamento alle ore 12 nella Stanza della Visione. Conservate le energie magipsichiche. Serviranno!».

Daphne fu presa dall'ansia e tossì ripetutamente: «Vado subito a prepararmi una doppia Idea Platonica. Questo tipo di tisana calma anche un bufalo».

Dorathea e Anoki invece si diressero verso l'uscita posteriore dell'Arx per controllare se alla Scuderia era tutto in ordine: visto il maltempo nessun Ippovolo doveva essere cavalcato. L'appuntamento dal Summus sarebbe durato chissà quanto tempo e non si potevano certo lasciare i cavalli alati in balia degli Psiofi Ribelli capeggiati da Gabor Haag.

In realtà la Crikken aveva scritto soltanto a Geno un orario diverso: ore 11. Un'ora prima degli altri.

Il ragazzo sentì le gambe tremare e il solito ronzio

dentro le orecchie, chiese a René e a Suomi di seguirlo in camera sua. Aveva proprio bisogno di parlare prima di affrontare madame Crikken.

CAPITOLO SECONDO

“Daphne e Dorathea Sapientes”

La Stante Ferrosa

Appena la porta della camera numero 5 fu socchiusa, il profumo di ginepro accolse i due fratelli e Suomi.

L’illuminazione era più che sufficiente: una candela arancione piuttosto grande era accesa al centro del tavolo e dalla finestra entrava un po’ di luce, nonostante il cielo nero di pioggia. Geno mise una coperta sulle spalle di Suomi, che era ancora bagnata, poi si levò lo zaino e la maglietta e si asciugò i capelli e il petto con un grande telo di spugna. Rimasto a torso nudo mostrando la sua magrezza, posò sul tavolo la Wied-Nion, la moneta d’oro, l’osso e la pietra mentre la fiamma della candela ondeggiava al movimento d’aria.

«Sicuramente userò tutti questi oggetti preziosi, anche se ancora non so quando e in quale situazione. Poi ho portato i pezzi della Botte Sacra, così potrò ricreare il ClonaFort» disse aprendo lo zaino.

René si sedette sulla sedia in vimini e afferrò la Runa Bianca: «Bellissima. Vederla intera è proprio un’emozione».

Nella sua mente riaffiorò il ricordo di sua madre, Corinna, che gli aveva consegnato la metà di quella runa quando lui era Roi, il Re-falco.

Mentre sfiorava la preziosa Wied-Nion, nella mente gli apparve un’immagine offuscata. Un’allucinazione!

Vide un ragazzo di spalle con i capelli ricci, proprio come quelli di Geno, che si disperava tentando di girarsi e mostrare il suo volto. L’immagine svanì e René rimase stordito. Non capì cosa e chi avesse visto.

Quel ragazzo di spalle era Geno? Chi altri, se non lui?

Rimise la Runa Bianca sul tavolo e non disse nulla al fratello. Diventò serio. Poi prese in mano il CantOssum e si concentrò: «È stata usata la Materializzazione! L'osso è carico di energia» disse immediatamente.

«Spiegati meglio» disse Geno, desideroso capire come Suomi che, sul piccolo divano color smeraldo, si era avvolta nella coperta.

«Voi non avete ancora potuto seguire una lezione di Materializzazione nella Loggia Psiche. Per gli Antei ci vuole il permesso del Summus Sapiens. Anche se devo rispettare la RL.AM.1A, posso però dirvi che l'osso è stato creato usando questa tecnica magipsichica molto speciale. Il CantOssum è il pensiero trasformato in materia. Non potrei spiegarvi queste cose, sto trasgredendo il Regolamento Largo che imparerete prestissimo».

René mosse le piume dorate delle ali e guardò il fratello, che subito dopo si voltò verso il letto dove erano in bellavista i guanti rossi e il Tonca. Sul pavimento c'erano gli stivali e la cassa del Terzo Livello, aperta: dentro si trovava il Regolamento Largo.

«Imparerò quel libro a memoria, è mio dovere. E seguirò le prove di Materializzazione, sempre che madame Crikken me lo permetta e soprattutto che decida di interrompere l'Infida Stallo. Altrimenti non ci sarà nessuna lezione».

Mentre parlava, Geno prese il Tonca rosso e se lo mise in testa: «È stato Riccardo Del Pigio Ferro a farmi trovare il CantOssum nel Deserto Cobalto».

«Ma l'hai visto? Era un fantasma?» domandò curiosissima l'Antea finlandese, tirando su con il naso.

«No, era pura energia. Sentivo la sua voce. È stato davvero bellissimo e nello stesso tempo inquietante» rispose emozionato.

«E gli hai detto dei nostri genitori? Sa della situazione all'Arx e che la Crikken è Summus Sapiens?» René cercava di immaginare la scena dell'incontro di Geno con il grande Del Pigio Ferro.

«Conosce perfettamente cosa sta accadendo. Di mamma e papà non ha detto molto. Anch'io mi aspettavo di più. Invece ha parlato del CantOssum. Le lettere che vedi impresse sopra a un certo punto sono scivolate nella sabbia, formando la frase: Cerca Ancora Non Temere Osserva Sempre Senza Usare Malignità. Insomma, è un avviso, un consiglio» spiegò rivolgendosi al fratello.

«Ma cosa dovresti cercare?» la domanda di Suomi aprì il cuore del giovane Hastor Venti.

«Me stesso» disse portandosi le mani al petto. «Anche la moneta, l'AeterNummus, e la pietra VerbuLapis servono a questo. Non me le ha date Del Pigio Ferro, ma Tantre Sheng Vioo. Nel Salotto dei Fenicotteri, appena l'ho nominato, Daphne e Dorathea si sono innervosite. Tu sai chi è Tantre? René, tu lo conosci?» Geno sperava in una risposta.

«No. Forse ne ho sentito parlare da Yatto Von Zantar, ma non so proprio chi sia. All'Arx non è mai venuto» il ragazzo-falco provò una sensazione forte e strana, che si aggiunse all'inquietante allucinazione di poco prima.

Iniziò a pensare che Geno aveva qualcosa di straordinario, doti magiche sconosciute e potenti. Prese la moneta e la pietra, perché desiderava toccare gli oggetti di Tantre Sheng Vioo, ma sentì come se il fuoco gli bruciasse le mani e dovette riappoggiare immediatamente tutto sul tavolo.

«Accidenti! Il sasso e la moneta sono roventi!» gridò alzandosi dalla sedia.

Geno ci rimase male: «Roventi? No! Le ho tenute anche in tasca!» e così dicendo le toccò. In effetti non sentì alcun calore.

Allora volle provare Suomi. Ma anche lei, al semplice contatto, sentì il fuoco divorarle le dita: «Impossibile tenerle! Tu, come fai a non sentire che scottano?».

Hastor Venti capì che solo a lui era concesso usare quei preziosi oggetti. Solo lui doveva sapere cosa fare. Solo lui doveva trovare la strada della verità sulla sua famiglia.

Si stese sul letto e, guardando fuori dalla finestra, raccontò della lettera di nonno Svevo, ripetendo più volte che proprio non capiva come mai ci fossero scritti il suo nome e quello di Margot.

Poi si girò verso il fratello che ascoltava allibito: «René, a questo punto devi dirmi se sai qualcosa che io non so. I nostri genitori non ti hanno mai parlato dell'esistenza di altri parenti? Ti hanno mai raccontato di nonno Svevo e del bisnonno Flemmo?».

Le ali si aprirono di scatto, il Re-falco sentì brividi ovunque e iniziò a tremare come una foglia.

«Nonno Svevo, la lettera segreta tenuta dallo zio Flebo e il mistero dei due nomi. Tutto mi fa comprendere che non sappiamo la verità sulla dinastia Hastor Venti. E siamo qui, all'Arx Mentis, con i nostri genitori imprigionati e in preda ai dubbi» René terminò le sue parole, avvolgendosi nelle ali dorate. Mentre ripeteva, al fratello e anche a se stesso, di non sapere nulla e di essere stanco di quella vita così piena di dolore, non poté trattenere le lacrime.

Geno si alzò e gli andò accanto, accarezzò le sue grandi piume d'oro e gli rivelò la verità sulla morte di Paul Hastor Venti:

«L'Extra Sapiens Fionn Artek mi ha detto tutto durante lo scorso Intercanto: è stato ucciso da Vermine Fricasseo, un Oscurabio pieno di gelosia e invidia».

«Un Oscurabio? Ma è impossibile, non sono violenti!» reagì René.

«Forse è per questo che tu dovrai diventare Oscurabio, per riportare l'onore alla Domus Ermetica e riappianare la frattura tra la nostra famiglia e loro. In fondo al mio cuore spero invece che tu rinunci a quella vita, ma non posso pretenderlo» concluse, triste, Geno, che non ricevette risposta da René. «Presto saremo di nuovo una famiglia unita. Ti prego, dimmi che lo credi anche tu. Non possiamo impazzire».

I due fratelli rimasero uno di fronte all'altro mentre la fiamma della candela danzava sul tavolo e la pioggia picchiettava sulla finestra.

Suomi si pettinò i lunghi capelli biondi ancora umidi: «Anche la mia vita non è semplice. Ho una bella famiglia, ma il destino mi ha riservato il buio. Ognuno ha delle conquiste da fare, ognuno deve trovare la strada per crescere e affrontare i dolori. È vero, ci sono difficoltà e dobbiamo mettere in conto anche delle sconfitte, ma facciamo parte del mondo magipsichico e per questo dovremmo ritenerci fortunati, no? Ecco il nostro destino!».

Saggia e fragile, calma e inquieta allo stesso tempo, Suomi Liekko fece riflettere i due fratelli, che la guardarono in silenzio. Era bella, con una forza interiore che pochi conoscevano e con un'invincibile volontà di superare gli ostacoli e le insidie.

La Batacchia Tremula scoccò le 10. Per gli altri mancavano due ore all'incontro con la Crikken, per Geno solo sessanta minuti.

Suomi tornò in camera sua perché voleva cambiarsi e indossare la nuova divisa rossa, ma, prima di uscire, allungò una mano verso Geno per accarezzarlo: «Mi raccomando, leggi almeno un paio di pagine del Regolamento Largo. Ci troviamo alle Staffore Inverse e andiamo insieme al terzo piano».

«No. Devo andare dalla Crikken alle 11. Vuole discutere con me privatamente».

L'Antea annuì e se ne andò, lasciandolo con René, che desiderava parlare ancora di nonno Svevo: «Hai portato con te la lettera?» chiese.

«No. È meglio che rimanga a Campana di Sotto. Lì è al sicuro» Geno vide comparire un'espressione malinconica sul volto del fratello.

«Capisco. Ma perché Flebo te l'ha fatta leggere solo adesso? Se solo potessi parlare anch'io con lui...». René andò alla finestra.

«La leggerai, perché tu tornerai a casa con me e con i nostri genitori» rispose Geno fissando le grandi ali del fratello, che adorava.

«Non so se rivedrò Campana di Sotto. Sai bene che gli Oscurabi mi aspettano. Solo che sento dentro di me una specie di rabbia per tutti questi enigmi. Chi siamo? Quale maledizione ancora colpisce gli Hastor Venti?» affranto appoggiò le mani e la testa sul vetro della finestra e si agitò, muovendo la tunica dorata.

«Presto scopriremo tutto. E non so se sarà un bene, ma è il nostro destino e non possiamo averne un altro. Tu senti la rabbia che ti rode il cuore, mentre io provo un vuoto abissale e desidero sapere chi sono. Chi siamo... e perché mai nonno Svevo non aveva poteri magipsichici. Così come non li ha nostro padre e forse, nemmeno il bisnonno Flemmo. Forse sarà stato il ClonaFort a scatenare questa bufera nella nostra famiglia. C'è qualcosa che mi sfugge, che ancora non comprendo» Geno si avvicinò a René e in quel momento la porta si aprì.

Era Dorathea, che portava un vassoio con tre tazze di infuso al Giglio Heideggeriano, una bevanda metafisica molto calda, profumata ed energetica, valido aiuto pel pensare.

«Bevete, vi farà bene. Ora porto una tazza anche a Suomi». Mentre appoggiava sul tavolo la tisana fumante per i ragazzi, la Psiofa vide gli oggetti portati da Geno.

«Mi raccomando, mostrali al Summus. Lei ti darà le risposte che cerchi» affermò tenendo un atteggiamento serioso.

«Certo, lo farò» rispose l'Anteo indossando una maglietta pulita.

René si avvicinò alla sua ragazza e le diede un bacio: «Grazie, avevo proprio bisogno di bere qualcosa di forte» la guardò amorevolmente e le chiese se sapeva dell'omicidio perpetrato da Vermine Fricasseo.

Dorathea impallidì: «Un Oscurabio assassino? È terribile! Il mondo magipsichico nasconde molte persone malefiche, anche dove non te le aspetteresti!».

Geno non riuscì a trattenersi e di botto esclamò: «Sì, sono molte le persone perfide e pericolose. Appunto per questo, allora adesso devi dirmi chi è Tantre Sheng Vioo!».

La Psiofa lasciò cadere il vassoio per terra, rovesciando la tazza destinata a Suomi: «Non nominarlo! E non insistere. Madame Crikken ti spiegherà anche questo» e, così dicendo, raccolse i cocci e uscì in fretta lasciando di sasso i due fratelli.

«Non l'ho mai vista così nervosa. Ma chi è questo Tantre?» René allargò braccia e ali dallo stupore.

«Sicuramente non è troppo benvoluto. Ogni volta che dico quel nome sembra che abbia nominato il Diavolo» aggiunse Geno infilandosi gli stivali.

Il Vertiglio di Renè brillò: lo stava contattando telempaticamente la Sapiens greca Eulalia Strabikasios.

Il ragazzo-falco uscì in fretta dicendo: «Eulalia ha bisogno di me, una palla di Fuoco Striscio ha rotto la finestra della sua stanza al primo piano. Senz'altro è opera di Gabor Haag. I Ribelli stanno tornando!».

«Vengo anch'io?» Geno era pronto a combattere.

«No, stai tranquillo e preparati all'incontro con Margot. Ci vediamo più tardi» il fratello se ne andò veloce senza aggiungere altro.

L'agitazione e la confusione regnavano all'Arx, il brusio e il vociare degli Psiofi della Nuova Alleanza riuniti ancora nel Salotto dei Fenicotteri si udiva chiaramente. Geno cercò di concentrarsi, aveva poco tempo per leggere il Regolamento Largo.

Non fece in tempo a sfogliare le prime pagine che la porta si spalancò nuovamente: era il Sapiens tibetano Nabir Kambil. Indossava il suo saio di seta arancione che gli illuminava il volto.

«Sei pronto?» esordì con la sua solita calma.

«Nabir! Felice di rivederti. So che hai consegnato la Paskas alla Crikken, quindi sono prontissimo. Alle 11 vado da lei» Geno mollò il Regolamento e si aggiustò il Tonca rosso.

«Bene. Preparati a rispondere a molte domande, Madame è soddisfatta per ciò che hai fatto. Quando le ho dato la Paskas ha fatto ben quattro saltelli. Nonostante la sua età è ancora super arzilla. E la sua potenza magipsichica aumenta di giorno in giorno» spiegò il santone, passandosi le mani sulla testa pelata.

«Risponderò a tutte le domande. Ma temo che i Ribelli attacchino. So che hanno lanciato una palla di Fuoco Striscio e...» l'Anteo di Terzo Livello fu interrotto.

«Lo so già. René sta aiutando Eulalia a sistemare il vetro della finestra. Ma questo è niente. Di sicuro Gabor Haag sarà furioso, adesso che Yatto è imprigionato nella Paskas» Nabir fissò il tavolo e rimase immobile nel vedere gli oggetti che se ne stavano in bellamostra.

«Da dove vengono queste cose?» chiese preoccupato.

«Dai deserti del Sigillo. Me le hanno date Riccardo Del Pigio Ferro e...» non finì la frase perché il santone lo afferrò per le spalle.

«Il defunto Summus Sapiens? Era nel Sigillo?» chiese sbalordito.

«Sì, ma solo la sua voce. Poi ne ho sentita un'altra, quella di Tantre Sheng Vioo e...» ancora una volta Hastor Venti non poté terminare la frase.

«Non nominare quel nome!» si alterò Nabir Kambil.

«Ma perché ogni volta tutti mi fermano? Chi è Tantre?» gridò Geno. Si stava proprio arrabbiando.

Il Sapiens non rispose, passò le mani sopra gli oggetti e un tremore lo scosse dalla testa ai piedi: «Non lasciarli in giro. Portali sempre con te. Ora leggi il Regolamento» concluse Nabir. Poi, con una carezza, trasmise a Geno una corrente calmante.

Il ragazzo socchiuse gli occhi e sentì una carica di armonia ma, quando li riaprì, Nabir era già scomparso. Se n'era andato lasciandolo con i suoi dubbi.

Riprese a leggere il Regolamento Largo, quando la VerbuLapis sputò un secondo bigliettino trasparente:

Non puoi chiedere agli altri ciò che solo tu puoi sapere.
Apri la tua mente e lasciati avvolgere dai pensieri.
Troverai la forza e il coraggio che ti appartengono.

Hastor Venti rimase con gli occhi puntati sulla pietra verde: «VerbuLapis! Scrivi ancora... dimmi cosa devo fare» ma non ricevette alcuna risposta.

La Batacchia Tremula scoccò le 11 precise.

Il cuore di Geno batté veloce per l'emozione. Si sistemò i guanti, prese gli oggetti magipsichici e lo zaino, controllò il Vertiglio e uscì dalla camera come un fulmine. Attraversò il Salotto dei Fenicotteri tra gli sguardi curiosi degli Psiofi e, quando fu davanti alle Staffore Inverse, attese. Le grandi bocche nere rimasero in silenzio. Allora salì le scale di corsa, bloccandosi sul piccolo ponte levatoio in ferro battuto e oro che, dall'ingresso, portava da una parte alla Loggia Psiche e dall'altra alla Stanza della Visione, dove lo attendeva madame Crikken. Si accorse subito che, sulla parete di fronte, il mosaico era cambiato: le figure di miss O'Connor, Yatto Von Zantar e Pilo Magic Brocca erano scomparse, quella di Ranja Mohaddina era invece molto scolorita. In rilievo, tra gli altri Sapientes, spiccava la figura di madame Crikken e, alla sua sinistra e alla sua destra, due contorni di figure femminili erano ancora senza volto. Dietro c'erano ben chiare le immagini di Nabir Kambil, Eulalia Strabikasios e di Naso Bendatov. René era invece nell'angolo destro del mosaico: bellissimo, con la sua tunica dorata e le ali aperte.

Geno rimase sorpreso nel vedere i due spazi ancora vuoti vicino alla figura della Crikken e provò ad immaginare chi mai fossero le donne che presto avrebbero fatto parte del mosaico.

"Due nuove Sapientes" pensò, guardando ancora per qualche istante la parete.

Poi, la voce di Margot lo distolse: «Non c'è ancora un Cerimoniere che mi annunci gli arrivi e neppure una Governante che pensi al resto. Però li nominerò presto».

Geno si voltò con aria spaesata.

«*Bonjour, mon petit garçon.* Vieni qui e fatti abbracciare» l'anziana francese era seduta sullo scranno foderato di velluto rosso, indossava un cappello viola piramidale con incastonata una miriade di pallini e cerchietti di vetro. Il vestito di pizzo viola chiaro era lungo fino ai piedi accanto ai quali sonnecchiava Napoleon.

L'Anteo si diresse verso il grande braciere, sostenuto da tre draghi d'oro massiccio, che emanava un intenso profumo di gelsomino. D'istinto si tuffò tra le braccia della Crikken: «Madame... mio Summus, sono confuso».

Lei lo afferrò per le spalle, scuotendolo: «Controllati. E spiegami tutto» l'anziana francese guardò attraverso i suoi occhialini d'argento il volto del ragazzo.

Geno raccontò nei minimi dettagli ciò che era accaduto nel Sigillo e le parlò della lettera di nonno Svevo.

Margot si alzò di scatto dallo scranno, svegliando Napoleon che, con il pelo ritto, soffiò.

«Sento la paura dentro di me. Il sangue mi si è ghiacciato. Mai e poi mai Riccardo Del Pigio Ferro si era fatto sentire dentro un Sigillo! Per non parlare di Tantre! Io non l'ho mai visto. La sua forza mentale è talmente pericolosa che è in grado di distruggere una persona con il pensiero. Del Pigio Ferro spiegò a tutti che non era possibile incontrarlo. Si dice che divori le idee di chi si avvicina, che bruci con un solo sguardo ciò che lo circonda. La sua grande energia magipischica può travolgere il destino di chiunque» la Crikken congiunse le mani rugose e fissò il fuoco del braciere.

«Allora è un mago cattivo? Un fantasma?» domandò Geno in preda all'angoscia.

«No. È il Terzo Extra Sapiens. Vive in solitudine in un luogo lontanissimo. Solo Del Pigio Ferro poteva parlare con lui. Loro si scambiavano idee e opinioni. Ma non so dirti altro. Neppure Yatto Von Zantar, persino quando rivestì il ruolo di Summus Sapiens, ebbe modo di incontrarlo. Nemmeno Orso Quieto e Fionn Artek hanno mai avuto l'opportunità di dialogare con lui. Si dice che sia anziano quanto me. Ama la solitudine e compie magie straordinarie, che possono però essere molto pericolose, persino mortali».

Finalmente Geno cominciò a farsi un'idea su chi fosse

Tantre Sheng Vioo: «Ma cosa c'entra lui con me? Con i miei genitori? Dice che io sono lui e lui è me. E poi, che cosa significa che devo trovare me stesso?» chiese a raffica il ragazzo, in balia dell'incertezza.

«Questo lo sanno solo Riccardo Del Pigio Ferro e Tantre. Io posso dirti solo che in te si avverte l'esistenza di una parte oscura. Già la prima volta che ti ho incontrato, sentii la tua forza mentale. Pensavo fosse per via del ClonaFort, ma non è così. Quel farmaco ha semplicemente potenziato le doti che avevi dalla nascita» rispose serissima.

«Vuoi dire che c'è una parte di me maligna? Sono cattivo? Sono pazzo, così come dicono a Campana di Sotto? La lettera di nonno Svevo significa questo? Allora non ha avuto alcun significato l'uccisione del mio avo Paul Hastor Venti... non era malvagio, eppure è stato ammazzato dall'Oscurabio Vermine Fricasseo, me lo ha detto Fionn Artek. Quanti altri dolori, falsità, sofferenze dovremo patire, noi Hastor Venti? E perché?» Geno era sbiancato dalla paura: sentì il suo corpo farsi estraneo alla sua mente.

La Crikken provò sgomento: «Già, l'Oscurabio assassino. Temevo che questa orribile storia venisse a galla. Ma è meglio così. Gli Oscurabi vogliono sicuramente aiutarti, adesso, e ne hai già avuto la prova. René diventerà uno di loro e questo compenserà i dolori del passato».

«Eppure le ombre nere del male ci avvolgono ancora. L'Arx è in preda alla confusione, e tutto per colpa mia. Per colpa degli Hastor Venti. Voglio capire il perché. Dimmi che non sono pazzo. Dimmi che riabbraccerò i miei genitori e che mio fratello tornerà a casa» Geno fremeva, tremava e sudava.

«Penso che tu sia un giovane Anteo con un futuro di grande esperto di Magipsia. Hai ereditato tutte le forze magiche della tua dinastia. Anche René è bravissimo, e molto intelligente, ma ha doti diverse dalle tue. In verità la lettera di Svevo mi turba, perché anche io non riesco a capirne il senso. Non ho mai saputo di altri Hastor Venti» mai come in quel momento, madame Crikken fu più sincera.

«Ma nella lettera di nonno Svevo c'erano scritti il tuo nome e il mio. Ciò significa che il nonno ti conosceva e sapeva già di me. Ti pare?» il ragionamento di Geno non faceva una piega.

«In effetti è strano. Ma Riccardo Del Pigio Ferro non mi hai mai parlato di tuo nonno. E, facendo dei rapidi conti, dovrei essere coetanea di Svevo. Se lui fosse ancora vivo immagino che avrebbe più o meno la mia età» continuò Margot.

«Come Tantre Sheng Vioo?» la domanda fulminò il Summus.

«*Oui.* Sì, come Tantre...» la Crikken si bloccò e rimase con il pensiero sospeso, poi con agitazione disse: «Ti assicuro che non ho conosciuto il Terzo Extra Sapiens. Quella lettera è proprio un enigma». Madame chiese a Geno di leggerle quei fogli, ma il ragazzo non li aveva portati.

La donna appoggiò le mani sui braccioli dello scranno e tamburellò nervosamente. Non poteva ancora sapere quanto quella lettera fosse importante per la sua stessa vita. Il segreto degli Hastor Venti incatenava anche lei a un destino ancora sconosciuto. Un destino fortemente incrociato con quello di Geno, Svevo, Flemmo e Tantre.

Nella Stanza della Visione l'atmosfera si fece pesante: la Crikken sembrava impotente di fronte alle nuove circostanze. Geno sentiva la testa scoppiare: «Chi sono dunque io? Cosa devo capire?» urlò inginocchiandosi.

«Per saperlo non devi disperarti. Usa la mente, come hai sempre fatto» disse Margot, aiutando il ragazzo a rialzarsi e con affetto gli aggiustò il Tonca, cercando di alleviare la tensione.

«Allora, non sai dirmi neppure a cosa servono questi tre oggetti?» chiese sconvolto.

Il Summus Sapiens li guardò, ma non provò neppure a toccarli: «Saprai quando usarli. E quella pietra... sento che ti dice cose importanti».

«Infatti, sputa bigliettini pieni di frasi» rispose Geno, sfregando il sasso verde.

«Allora segui sempre ciò che ti dice» affermò Margot, guardando l'oggetto con quei suoi occhi azzurrini che incutevano timore.

Geno tirò fuori anche la Wied-Nion e aprì lo zaino per mostrare i pezzi della Botte Sacra: «Adesso possiamo rifare il ClonaFort... ecco i pezzi della botte. Basta ricostruirla. Ora ho la Runa Bianca e per le piante di Erboria penso che...».

«Calmati. Per la Botte Sacra chiederò aiuto agli altri Sapientes. Tu comunque hai bisogno di seguire le lezioni del Terzo Livello. Ti serviranno. Cesserò l'Infida Stallo: anche se il pericolo dei Ribelli è ancora forte, devo permettere la ripresa delle lezioni. Presto farò il Programma del Mese, tenendo presente che ci saranno dei cambiamenti. Non solo, ma nominerò altri Sapientes in sostituzione di miss O'Connor e di Pilo Magic Brocca, sempre sperando che Ranja Mohaddina si riprenda» concluse Margot, preoccupata per l'andamento dell'Arx Mentis.

«Ma i miei genitori? Dobbiamo liberarli al più presto» il desiderio di Geno contrastava però con la realtà.

Il Summus tirò fuori la Paskas, tenendola tra le mani: «Sei stato geniale! Qui dentro è contenuto il Male dell'Arx, ma dobbiamo trovare il sistema per far tornare in carne e ossa almeno Yatto. Lui ha l'Anello che apre la Porta Bianca. L'altra copia dell'anello, come sai, è finita dentro il canale che circonda l'Arx e nemmeno tuo fratello è riuscito a prenderlo per colpa della malefica Agata Woicik».

Geno puntò gli occhi sulla doppia piastra circolare di rame. Al centro della Paskas c'era la vite a forma di rospo e i vari punti, barre, linee e riccioli incisi forse rappresentavano un codice segreto.

«Bisogna chiamare Fionn Artek. Lui saprà come aprire la Paskas. Solo i druidi sanno come usare questo oggetto magipsichico» spiegò Geno e madame Crikken sorrise.

«*Je sais.* Lo so. Credo che lui possa far tornare in vita Yatto. Per questo mi metterò in contatto con lui tra poco e gli chiederò di creare la Stante Ferrosa».

L'idea di Margot fece sperare Geno.

«Stante Ferrosa? Cos'è?» domandò euforico.

«Ho letto tra i vari documenti magipsichici che i druidi possono aprire la Paskas con un procedimento assai complesso e costruire una gabbia per le Ombre Viventi. Perciò Fionn ci aiuterà: in questo modo Yatto non potrà nuocere e noi potremo prendergli l'Anello» come al solito l'astuta Crikken aveva trovato una soluzione.

«Prima però ho convocato una riunione, così potrò parlare con gli altri. Devo annunciare anche le nuove nomine in attesa dell'arrivo dell' Anteo di Primo Livello» concluse madame.

«Chi è?» Geno chiese con insistenza.

«Un inglese, ma di questo non desidero parlare. È necessario, ora, risolvere urgentemente i problemi che abbiamo. Tieni presente che la Setta dei Ribelli ci minaccia e non sarà facile per noi controllare l'intera situazione» disse Margot, agitandosi sullo scranno.

La Batacchia Tremula suonò: erano le 12.

La prima ad attraversare il piccolo ponte levatoio fu Dorathea, poi, di seguito arrivarono René, Suomi e Anoki, Eulalia con Nabir e Daphne. Per ultimo giunse, starnutendo, il dottor Naso Bendatov seguito dal piccolo Oscar, il bassethound che scodinzolava allegramente.

«Devo darvi due comunicazioni importanti» esordì il Summus Sapiens, con un'espressione seria.

Tutti guardarono Geno, pensando che si trattasse di provvedimenti per lui. Ma si sbagliavano.

«Per prima cosa ho deciso che da oggi stesso termina l'Infida Stallo. Proseguire con il blocco delle attività magipsichiche è nocivo per la vita dell'Arx e per tutti noi, nonostante l'insidia dei ribelli» appena Margot terminò di parlare i presenti fecero cenni di consenso.

«*Bien.* Ora passo alla seconda comunicazione. Con il potere a me conferito nomino Daphne Hogrogian Governante dell'Arx Mentis e Sapiens di Telempia, Telepatia, Telecinesi e Fantasmi. Occuperà l'Aula del Pensiero Sottile. Nomino Dorathea Liekko Cerimoniere dell'Arx Mentis e Sapiens di Spiccafili e Ippovoli. Ci sono obiezioni?» l'annuncio della Crikken fece esultare il gruppo dei presenti.

Daphne iniziò a tossire forte, per la troppa emozione. Dorathea abbracciò René che la coprì con le sue grandi ali.

«Spero di essere all'altezza. Sono vecchia e acciaccata. Ti ringrazio, Margot. Ti ringrazio, Summus Sapiens, per la tua fiducia» disse Daphne, appoggiandosi al dottore russo che sorrise impacciato.

«Io invece sono giovane e ho poca esperienza come Psiofa ma non ti deluderò. L'Arx vive un momento delicatissimo e prometto di mettere tutte le mie energie magipsichiche per portare a termine il mio compito. So che il ruolo di Cerimoniere è sempre stato maschile, ma non è certo un male che tu, Margot, abbia scelto me» Dorathea tenne stretto per mano René e si commosse.

«Felici di avervi come colleghi!» dissero in coro Eulalia, Nabir e Naso.

Suomi alzò il bastone bianco: «L'Arx ora è più potente con voi».

Anoki mise il petto in fuori e con orgoglio disse: «In attesa della cerimonia che mi nominerà Psiofo, saluto con estremo piacere le due nuove Sapientes».

René guardò madame Crikken e con soddisfazione cominciò: «Fierissimo della tua scelta, Summus. Felice di essere innamorato di Dorathea. E mi auguro che il nostro futuro possa trovare una strada comune. So bene che io sono destinato a vivere nella Domus Ermetica e non posso certo pretendere di cambiare le regole dell'Arx. Ma fin da ora chiedo a te, Summus Sapiens, di poter frequentare Dorathea senza vincoli» il giovane-falco aveva fatto una vera dichiarazione d'amore davanti a tutti. E madame Crikken ne comprese l'importanza.

«L'amore e i sentimenti non devono mai essere negati. Non metterò alcun vincolo per Dorathea, ma solo gli Oscurabi potranno darti il permesso di frequentarla. Il loro Regolamento Aureo è molto rigido ma, visto il grave precedente che macchia la loro storia, ritengo che tu possa essere speranzoso» Margot si rese conto di aver rivelato fin troppo sugli Oscurabi.

Infatti Naso intervenne: «Grave precedente? Una macchia? Gli Oscurabi hanno compiuto qualche azione nefanda?».

«Sì, uno di loro, di nome Vermine Fricasseo, nel 1666 uccise Paul Hastor Venti. E per questo loro hanno un debito con la nostra famiglia» rispose prontamente René.

Eulalia strabuzzò gli occhi in modo velocissimo, Nabir congiunse le mani e Daphne ricominciò a tossire rumorosamente.

«*Ocen mala.* Molto male! Che storia! Che brutta storia!» esclamò il dottore russo.

Geno sentì nuovamente il peso della maledizione e dei misteri che accompagnavano da secoli la sua famiglia e, preso dallo sconforto, rimase accanto a Suomi sussurandole: «Mi starai sempre vicina? Vero? Nulla ci dividerà. Promettilo!».

L'Antea finlandese chinò la testa: «Certo. Non avere dubbi. Io non ti lascerò mai».

A quel punto Geno gridò: «Insieme, uniti. L'Arx Mentis sarà un luogo d'amore e di pace. Per questo dobbiamo sconfiggere la Setta dei Ribelli, liberare i miei genitori e vivere finalmente in serenità, così come vuole la Magipsia».

Il fuoco del braciere si levò alto e la luce schiarì l'intera Stanza della Visione: sul mosaico apparvero le due figure femminili di Dorathea e di Daphne. Il gruppo dei Sapientes era così quasi del tutto formato: mancava solo che Ranja tornasse in sé. Grazie ai Vertigli e alle Paropalle, gli Psiofi della Nuova Alleanza ricevettero immediatamente le due comunicazioni del Summus, che intanto consegnò il documento delle nomine e della cessazione dell'Infida Stallo a Dorathea:

«Appenderai le comunicazioni nel Salotto dei Fenicotteri dopo la riunione» prese in braccio Napoleon, mostrò la Paskas e continuò: «Dobbiamo aprirla. Per questo chiamerò in aiuto due Extra Sapientes, il druido irlandese Fionn Artek e lo sciamano Sioux Orso Quieto. Entrambi riusciranno a trovare una soluzione giusta. Il druido costruirà la Stante Ferrosa, la gabbia che terrà al sicuro Yatto, Butterfly e Agata. E Orso potrà controllare se usano arti magiche contro di noi».

Nabir sospirò: «Temevo volessi chiamare anche il Terzo Extra Sapiens».

Gli altri lo guardarono impallidendo.

«No. E di lui ora non voglio sentir parlare. E sapete bene perché. La questione riguarderà strettamente Geno, che ora sa chi è il Terzo Extra Sapiens» esclamò la Crikken, raggelando i presenti.

Geno, parlando pianissimo spiegò ad Anoki, René e Suomi

che si trattava di Tantre Sheng Vioo. I due rimasero sorpresi: solo Geno avrebbe avuto un contatto con lui e il motivo di questa esclusiva era del tutto misterioso.

Anoki avanzò verso la Crikken: «Summus, proviamo a sfondare la Porta Bianca. Così non perdiamo tempo. I Ribelli si stanno organizzando e temo che presto ci saranno brutte sorprese».

«Sfondare? Penso che ci siano tecniche magipsichiche molto più potenti a cui ricorrere. La forza delle braccia è nulla in confronto a quella della mente. E tu, Anoki Kerioki, che ti appresti a diventare Psiofo, lo dovresti sapere benissimo» concluse Margot, alzandosi dallo scranno.

Lupo Rosso, in notevole imbarazzo, abbassò la testa e si scusò.

Un rumore elettrico, simile al friggere dell'olio, insospettì Suomi: «Sentite anche voi?» chiese l'Antea cieca che, proprio per via della mancanza della vista, aveva affinato moltissimo l'udito.

Eulalia piegò la testa tre volte a destra e due a sinistra, roteò gli occhi e disse: «No, io non sento nulla».

Margot e Geno invece avevano udito e, contemporaneamente, indicarono il mosaico. Lo strano e fastidioso suono proveniva da dietro la parete, dalla stanza della Crikken, che, preoccupata, propose di andare a vedere.

L'intero gruppo si spostò dalla Stanza della Visione all'appartamento del Summus. Margot aveva modificato un po' l'ambiente tetro amato da Von Zantar. Dalle travi scendevano graziose lampade di vetro giallo e sui tappeti erano sparsi, tra i cuscini e libri coloratissimi, una serie di cappellini infiocchettati.

«Dormo malissimo nel letto di Yatto. Così, spesso, mi stendo tra i miei cappellini e leggo» spiegò un po' imbarazzata Margot, guardando la Porta Bianca.

Napoleon soffiava nervosamente in quella direzione e anche Oscar abbaiava con rabbia, scuotendo le lunghe orecchie.

Nabir e Naso sfiorarono la porta, seguiti da Eulalia e subito dopo da Dorathea. La giovane Sapiens finlandese allungò le braccia e, con le mani lontane una dall'altra, cominciò a muovere le dita, come se suonasser il pianoforte, e così provocò onde elettriche. Con i palmi colmi di scintille, si appoggiò alla porta e spinse.

La risposta non tardò: un colpo fortissimo proveniente dall'interno fece tremare tutto e un velo azzurrino coprì l'intera porta.

«Cos'è?» chiese strabuzzando gli occhi Eulalia.

«Forse è un'Onda Ciarla, una barriera che solo i fantasmi possono creare» spiegò madame Crikken, sistemandosi gli occhialini.

Daphne chiuse gli occhi e aprì la bocca. La allargò a tal punto che il suo volto apparve deformato. Dal fondo della gola partì una scia nerissima di fumo denso che si sparse sull'Onda Ciarla. In un baleno il fumo della Sapiens armena venne assorbito.

«Nulla. È impossibile aprire questa porta. Serve l'Anello!» confermò Eulalia.

In quel preciso momento otto mani scheletriche e ghiacciate uscirono dall'Onda Ciarla: erano i Froder!

Il piccolo Oscar scappò terrorizzato: ricordava benissimo che sua madre Ofelia e suo padre Ottone erano stati uccisi proprio da quei fantasmi. Napoleon, invece, si nascose sotto un cuscino, miagolando spaventato.

«*Mon dieu de la France!* Via, via, allontanatevi!» urlò madame Crikken, strattonando Geno e Suomi.

Due enormi mani ossute riuscirono però ad afferrare un lembo della maglietta di Geno. Il ragazzo venne tirato con forza e sbatté contro l'Onda Ciarla. Inarcando la schiena come un acrobata, lanciò un grido fortissimo.

Mentre René apriva le ali provocando un vortice d'aria, Nabir afferrò le braccia di Geno cercando di salvarlo, ma la forza dei Froder era così potente che la temperatura della stanza si abbassò improvvisamente: ghiaccio e brina congelarono mobili e tappeti.

Madame Crikken levitò a circa un metro da terra, piegò le gambe e lasciò che il suo lungo abito viola svolazzasse nel turbine d'aria creato da René. Con un gesto rapido avanzò verso l'Anteo abbracciandolo. Le mani scheletriche avvinghiarono anche Margot, che urlò: «Indietro maledetti fantasmi!».

Nel trambusto, dalla tasca di Geno cadde il CantOssum piombando sul pavimento ghiacciato. Un canto di voci oscure squarciò l'aria e le mani dei Froder si ritirarono immediatamente lasciando liberi i corpi di Geno e Margot che continuarono a galleggiare ancora grazie alla levitazione.

I due, ancora stretti una all'altro, scesero lentamente. Nabir e Anoki soccorsero il Summus mentre René e Dorathea afferrarono Geno.

«Sono salvi? Ditemelo subito. Non sento più la malefica presenza dei fantasmi» gridò disperata Suomi.

«Sì, siamo salvi» la tranquillizzò l'Anteo, che con fatica la raggiunse raccogliendo il CantOssum.

«Terribili! Sono i diabolici fantasmi di miss O'Connor» commentò ancora stordita madame Crikken che aveva molto apprezzato la magia dell'osso donato da Riccardo Del Pigio Ferro a Geno.

La Porta Bianca, oramai libera dall'Onda Ciarla, sembrava comunque inaccessibile. E a confermarlo ci pensò Pilo Magic Brocca in persona: la sua voce, stridula e viscida, si udì chiaramente. L'ex Cerimoniere dell'Arx parlò da dietro la porta: «Non entrerete mai. Dovete liberare Yatto Von Zantar, miss Butterfly e Agata, altrimenti Pier e Corinna faranno una brutta fine. Froder e Olleni sono con me. La potenza della Magipsia, quella vera, è dalla mia parte».

René ebbe una reazione violenta, batté i pugni sulla porta e, agitando le ali, gridò con tutto il fiato che aveva in gola: «Apri maledetto! Se solo ti azzardi a toccare i miei genitori giuro che scatenerò tutte le mie energie contro la tua insignificante mente di piccolo servitore. Sei solo un verme e Yatto non potrà aiutarti. È un'ombra senza potere. Un'ombra finita».

Geno sentì una fitta allo stomaco e non riuscì a reagire. Rimase con le mani strette a quelle di Suomi, pensando che la lotta per la liberazione di sua madre e suo padre sarebbe stata davvero difficile.

Margot s'inalberò: «Pilo Magic Brocca, sono io ora il Summus e tu sei stato destituito. Sarai cacciato dall'Arx e per tutta la tua vita non potrai mai più metterci piede. Diventerai un omuncolo senza destino».

L'ex Cerimioniere scoppiò in una fragorosa risata: «Tu sei solo una vecchia strega».

La Crikken strinse i pugni dalla rabbia e invitò tutti ad uscire e tornare nella Stanza della Visione. Prese in braccio Napoleon ancora tremante e ordinò a Daphne di controllare l'Aula del Pensiero Sottile, per prepararla all'arrivo dei nuovi Antei, e a Dorathea di vigilare gli Ippovoli e gli Spiccafili.

«È il vostro primo incarico da Sapientes... Appena posso scriverò il Programma del Mese, la vita all'Arx deve andare avanti, nonostante le mille difficoltà che abbiamo».

Naso Bendatov se ne andò seguito da Oscar che ancora guaiva per via dei Froder: «Vado in Clinica Vaga a vedere come stanno Ranja e i due Antei di Secondo Livello, il giapponese Yudi Oda e Toam Ratandra, sono ancora appiccicati uno all'altro e la loro vita è in pericolo. Non possono certo continuare così!».

Il Summus scosse la testa: «Già, bisognerà al più presto trovare una soluzione per loro. Mi raccomando, fai tutto quello che puoi».

Eulalia allargò le braccia e si scusò ancora una volta: era stata lei, infatti, a combinare il guaio facendo una magia sbagliata tanto da provocare l'unione dei corpi di Toam e Yudi. Nabir la prese sotto braccio e insieme scesero a piano terra dicendo che avrebbero parlato con gli Psiofi e controllato eventuali azioni dei Ribelli.

La Crikken si aggiustò il cappello piramidale e si sedette nuovamente sullo scranno, accarezzando il gatto.

Davanti a lei erano rimasti Anoki, René, Geno e Suomi.

«*Alors,* voi state qui e imparate» Margot pose una mano all'altezza del cuore e l'altra sulla fronte. Chiuse gli occhi e bloccò il respiro. Iniziò così un contatto telepatico potentissimo con Fionn Artek, che se ne stava tranquillo nel tempio di Uisneach, in Irlanda, e Orso Quieto, proprio in quel momento, impegnato a osservare il galoppo di migliaia di bisonti che passavano a pochi metri dal suo villaggio Sioux, nel Dakota. Attorno al cappello della Crikken si formò un anello di luce rosa, che lentamente si allargò per tutta la stanza.

Suomi sentì l'energia del pensiero del Summus, Anoki, René e Geno rimasero con gli occhi sbarrati e non dissero una parola.

L'azione telepatica durò un paio di minuti, in cui la Crikken comunicò ai due Extra Sapientes l'estrema importanza della loro presenza all'Arx. Il fluido mentale fu intenso, Margot spiegò cosa aveva fatto Geno con la Paskas e chi aveva incontrato nel Sigillo. Il cerchio di luce rosa iniziò a rimpicciolirsi fino a scomparire. Madame si alzò dallo scranno e, indicando il ponte levatoio, disse: «Stanno arrivando nella O'Grande. I Tre Giganti sono attivi. Dobbiamo solo attendere qualche minuto e saranno qui».

Lupo Rosso era contento di rivedere nonno Orso Quieto e a Geno spuntò un sorriso perché i due Extra Sapientes potevano davvero risolvere il problema della Paskas.

La liberazione dei suoi genitori era vicina.

Nella Loggia Psiche, nella stanza della O'Grande, due delle tre pietre che permettevano la Bilocazione Traversa diventarono incandescenti e in un baleno apparvero Fionn Artek e Orso Quieto.

Il druido, alto e magro, con l'abito bianco come la neve si alzò agilmente e, toccandosi la lunga barba, respirò profondamente. Poi agitò il mantello rosso fuoco e, chinando il capo, salutò lo sciamano, che si stava alzando dalla pietra aiutandosi con un lunga lancia Sioux.

«Sei venuto armato?» chiese sorpreso Fionn, che teneva il suo lungo e antico bastone.

«*Hau!* La chiamata del Summus Sapiens era davvero potente. Qui all'Arx c'è aria di battaglia» spiegò Orso, sistemandosi il grande copricapo di piume bianche e rosse.

«È da anni e anni che non ci vediamo, vecchio sciamano. Io vivo in solitudine, ma ricordo bene le avventure vissute insieme quando eravamo giovani» disse Fionn accennando un sorriso.

«Il tempo segna i nostri volti ma ci insegna che le esperienze non finiscono mai» rispose Orso muovendo la lancia.

«Meno male che il Terzo Gigante della O'Grande non ha portato nessuno» Fionn guardò la pietra rimasta vuota. «Non avrei gradito l'incontro con il Terzo Extra Sapiens».

«*Wicahcala!* Tantre Sheng Vioo è rimasto tutto il tempo isolato. Non so cosa faccia e quali magie compia. Dicono che è pericoloso» affermò con voce preoccupata Orso Quieto.

«Non nominarlo! Per carità! Lasciamolo nella sua ignota magia, se si è messo in contatto con Geno temo conseguenze malefiche» replicò Fionn avviandosi verso l'uscita.

Quando i due Extra Sapientes attraversarono la Loggia Psiche, la voce di madame Crikken si udì chiaramente: «Sento che siete qui. Venite avanti, miei vecchi amici».

Fionn e Orso camminarono sul ponte levatoio e, quando videro Margot seduta sullo scranno, si bloccarono: era davvero strano vedere l'anziana francese, amante dei cappellini infiocchettati, seduta al comando dell'Arx Mentis.

«Summus Sapiens!» esclamarono i due arrivati.

«*Merci beaucoup.* Grazie tante, siete giunti in orario. E vi metterete subito al lavoro» esordì Margot accarezzando Napoleon.

Anoki salutò con onore nonno Orso e Fionn Artek fissò René, che se ne stava a testa alta tenendo le ali piegate. Il druido captò mentalmente la forza e l'energia del ragazzo. Poi, con sguardo amorevole, si rivolse a Suomi e a Geno: «Eccoli, i due Antei spericolati. Sono contento di vedervi qui». Poi, rivolgendosi ad Hastor Venti, aggiunse: «Hai usato bene la Paskas ma adesso è compito mio aprirla e tirarne fuori il contenuto. Non sarà uno scherzo far rivivere le Ombre Viventi, anche perché Yatto non se ne starà certo tranquillo».

Geno prese per mano Suomi: «Noi ti aiuteremo».

«Temo proprio che avrò bisogno di ben altro tipo di aiuto» disse con aria severa il druido, estraendo dal mantello un piccolo plico di fogli ingialliti.

Orso e la Crikken osservarono curiosi.

«Sono antiche pagine scritte dai druidi. Qui c'è la formula per realizzare la Stante Ferrosa. La gabbia che terrà le Ombre Viventi. Per la Paskas non preoccupatevi: l'aprirò al momento giusto usando l'Infidelmo» Fionn mostrò un sottile ago curvo.

«Benissimo. Allora, cosa ti serve per realizzare la Stante Ferrosa?» chiese Margot.

«Solo i Faber possono aiutarmi a costruirla. Le sbarre sono di pura energia e io non sono in grado di farle da solo» la risposta del druido impensierì il Summus Sapiens. La Crikken, infatti, non voleva certo scomodare gli speciali Psiofi che vivevano nella Domus Ermetica.

«È proprio necessario?» domandò Margot.

«Indispensabile» fu la secca risposta di Fionn.

Orso Quieto agitò la lancia: «Io allora baderò ai fantasmi che fanno da guardiani. Con me troveranno un avversario che non conosce la sconfitta». E così dicendo lo sciamano Sioux si diresse verso la Porta Bianca.

René aprì le ali e, tenendo le braccia aderenti ai fianchi, disse: «Summus, se me lo permetti, vorrei partire con Fionn. Gli Oscurabi e i Faber saranno lieti di vedermi. Il mio destino è vivere con loro...».

Il druido strinse forte il suo antico bastone e guardò con ammirazione quel ragazzo dalla tunica dorata che sembrava un angelo: «Sei dunque tu René Hastor Venti! Come tuo fratello, hai energie positive».

La Crikken si alzò in piedi, avvicinandosi al ragazzo alato: «Sono felice che tu voglia andare alla Domus Ermetica. Quando tornerai, mi saprai dire quali sensazioni avrai provato. Ricordati di mantenere il giusto contegno».

Poi, rivolgendosi a Fionn aggiunse: «Ricorda ai Faber che la Ruota Conica è ancora rotta. Quando verranno qui potranno riportare indietro il Sigillo di mio nipote Lambert De Solange al quale, oramai non serve più. È in riformatorio per la morte dell'Anteo americano Bob Lippman».

Il druido corrucciò la fronte: «Mi spiace che tu abbia un nipote accusato di un così grave delitto. Certamente i Faber riadatteranno quel Sigillo per un nuovo Anteo in arrivo».

Non era possibile partire in sella agli Ippovoli, poiché la pioggia scendeva a dirotto e forti raffiche di vento avrebbero reso il volo assai rischioso. Per questo fu deciso che il viaggio verso la Palude degli Oscurabi fosse compiuto tramite la Bilocazione Traversa e anche René poté servirsene.

«Torna presto» si raccomandò Geno.

In quel momento provò una sensazione strana, come se quel distacco momentaneo fosse il segno ineluttabile dell'allontanamento del fratello. Lo guardò partire e ancora una volta capì che la vita di ognuno aveva un percorso da seguire. René aveva il suo.

Il vuoto divorò la mente di Geno: qual era la sua strada? L'avrebbe trovata anche lui all'Arx?

Forse la liberazione di Pier e Corinna era solo un obiettivo da raggiungere per poi trovarne degli altri. Obiettivi intimi, soggettivi, personalissimi. Conquiste che si potevano compiere solo conoscendo se stessi. Geno forse cominciava a capire il suo destino.

Riprese lo zaino con i frammenti della Botte Sacra e insieme ai suoi due amici guardò René e Fionn oltrepassare il piccolo ponte levatoio per entrare nella Loggia Psiche.

Il giovane alato e il druido arrivarono nella O'Grande accompagnati dalla Crikken. Le pietre erano ancora calde, Fionn si distese su quella su cui era arrivato e René ne occupò un'altra. Sotto la guida attenta di Margot, l'energia si scatenò all'istante, trasferendo i corpi esattamente all'ingresso della Domus Ermetica.

La Crikken rimase in ansiosa attesa del loro ritorno. Senza la Stante Ferrosa non si sarebbe potuto fare nulla.

Capitolo Terzo

"Tertius gemellus"

Il mistero svelato

Il mantello rosso di Fionn e la tunica dorata di René fluttuarono nella dimensione magipsichica e i loro corpi formarono onde colorate che si mossero ritmicamente fino a ridiventare materia. Il vecchio e il ragazzo apparvero in un vortice di luce gassosa.

René dondolava con il corpo per via della forza della Bilocazione Traversa, mentre il druido, invece, riusciva a rimanere ben diritto, grazie al sostegno del suo lungo bastone.

Immersi in una sottile nebbia che offuscava l'ingresso della Domus Ermetica, si trovarono davanti al grande cancello d'oro massiccio, alto più di dieci metri, già aperto.

«Possiamo entrare. Gli Oscurabi hanno accettato il nostro arrivo» disse Fionn avvicinandosi al cancello.

Il terreno cominciò a sobbalzare: stava arrivando l'enorme piede addetto a ricevere gli ospiti. Le grosse dita e il tallone appoggiarono su sassi e pietre, sollevando un fastidioso polverone che si mescolò alla nebbia. René rimase basito davanti a quella "cosa" che sembrava viva.

«Non temere. Il grande piede creato dai Faber è innocuo» spiegò il druido, avvicinandosi senza batter ciglio.

Il piede si girò e fece strada ai due ospiti attraverso un viale bellissimo al termine del quale s'innalzava una maestosa costruzione tutta d'argento, la Domus Ermetica.

«D'ora in poi ricordati che non potrai guardare un Faber o un Oscurabio, secondo le RM-AM.7A e RM-AM.7B del

Regolamento Mediano che dovresti conoscere bene. Se trasgredisci, rischi la Glamura» lo avvertì severamente il druido.

«Sì, lo so, se non sto attento, potrei diventare muto o perdere la memoria. Quando Geno è venuto qui assieme ad Anoki e Daphne, ha rischiato davvero grosso» rispose René sistemandosi le piume dorate.

D'improvviso il gigantesco portone di giada e diamanti si spalancò, mostrando una luce splendente che proveniva dall'interno.

Contemporaneamente suonarono due gong e subito dopo partirono squilli di tromba talmente forti da rompere i timpani.

La luce svanì, mostrando il corridoio d'ingresso. Le pareti erano amaranto e il pavimento di marmo nero rifletteva le immagini dei grandi lampadari a forma di fiori e foglie che scendevano dal soffitto, oscillando come pendoli.

Da una porta mimetizzata sbucarono i Magiocchi, una coppia di grandi occhi azzurri alti un metro e mezzo, muniti di gambe e braccia. Come era loro solito si presentarono.

«Siamo i Magiocchi degli Oscurabi.
Unicamente per necessità, voi seguirete il percorso.
Usate la mente sana».

René sorrise e anche il druido sembrava divertito da quelle presenze stravaganti.

«Seguiamoli» disse Fionn, puntando il suo bastone sul pavimento nero.

Dopo solo pochi metri i Magiocchi si bloccarono davanti a una tenda scura e, diversamente da com'era successo con Geno, fecero passare per primo solo il druido:

«Siamo i Magiocchi degli Oscurabi.
La barba e il bastone segnano saggezza
Il parlatore sottile è gradito e parlerà

Chi ha il volto pulito e giovane
l'Ombola dovrà indossare».

E così dicendo, presero una specie di grande uovo di cera bianca, appoggiato su uno sgabello di legno verde, e lo infilarono come un cappuccio sulla testa di René, che non fece in tempo a fare il minimo gesto.

Non poteva vedere nulla. Non poteva parlare. L'Ombola, la maschera a uovo, gli impediva di sapere dove stava andando.

I Magiocchi sollevarono la tenda e spinsero il ragazzo, che scivolò su un tappeto, cadendo rovinosamente.

Fionn, che gli era davanti,0 non poté girarsi, un Oscurabio gli stava seduto di fronte mentre due Faber erano in piedi e tenevano tra le mani due grosse pinze di ferro.

«Aiuto, non vedo niente!» esclamò il giovane alato, sbattendo violentemente le ali sul pavimento.

«Zitto. Alzati e non fiatare» lo rimbrottò il druido.

L'Oscurabio indossava la classica tunica nera e i Duvi, speciali occhiali con lenti d'argento che permettevano di vedere l'interno delle cose. Sulle sue spalle stava appollaiato il Serpetrino dalle tre teste. Il serpente sembrava quieto.

I Faber erano invece avvolti dai loro mantelli viola e sul capo portavano il Pastro, un cappello a forma di ciambella intrecciata.

Un forte odore di ambra bruciata si sparse per tutta la stanza, arredata con mobili di marmo striato e divani rossi di morbidissima gommapiuma.

L'Oscurabio alzò la mano sinistra e fece cenno al druido di avanzare.

«Benvenuto, pensatore sottile che porti il nome Fionn Artek. Io sono Ilies Buchar. Occasioni rare consentono di incontrarci. Deve essere grave la situazione all'Arx, se hai chiesto di venire alla Domus Ermetica. Parla, ti ascolterò

con attenzione e lo stesso faranno i due Faber che, come sai, non amano la compagnia».

Il druido, infastidito dal Serpetrino, si schiarì la voce e spiegò il motivo della visita, mostrando gli antichi fogli con le formule per realizzare la Stante Ferrosa.

«Onore a te, Ilies Buchar. La lotta all'Arx diventa sempre più dura. Gli Psiofi Ribelli si sono riuniti in una Setta e vogliono destituire il Summus Sapiens Margot Crikken. Dietro alla loro rivolta c'è Yatto Von Zantar, ma la sua sorte è oramai segnata. L'Anteo di Terzo Livello, Geno Hastor Venti, che già conosci, è riuscito a trasformare Yatto, la Sapiens Butterfly O'Connor e l'Antea polacca, Agata Woicik, in Ombre Viventi e poi le ha imprigionate nella Paskas che io stesso gli ho consegnato. Purtroppo i genitori di Geno e del qui presente René sono prigionieri nella Cupola d'Oro dell'Arx. L'unica possibilità che abbiamo per liberarli è recuperare da Von Zantar l'Anello che apre la Porta Bianca. Ora a guidare la rivolta e sorvegliare i due ostaggi è Pilo Magic Brocca, che si è alleato con Froder e Olleni. Se vogliamo che all'Arx Mentis torni la pace, è necessario prendere l'Anello. Per questo dovremo riaprire la Paskas e far tornare in vita i tre malvagi. Ho bisogno di realizzare la Stante Ferrosa e solo i Faber possono aiutarmi a costruirla. Io ho la formula. Questo è il motivo della mia visita. Con me è venuto anche il giovane ragazzo-falco per il quale il destino è segnato: verrà a vivere con voi».

Ilies Buchar si alzò in piedi. Improvvisamente l'illuminazione della stanza cambiò: le pareti e il soffitto si trasformarono in nuvole gialle di denso fumo. L'Oscurabio parlò ancora e i Duvi diventarono brillanti.

«L'Arx Mentis deve tornare a risplendere. Nuovi Sigilli sono pronti per ricevere altri Antei. Sono stati realizzati altri oggetti magipsichici e presto saranno sottoposti al Summus Sapiens. Noi Oscurabi abbiamo il dovere di pro-

seguire le nostre ricerche magiche, rispettiamo il Regolamento Aureo e per questo i Faber non hanno mai smesso di lavorare. La Stante Ferrosa sarà dunque costruita».

I due Faber innalzarono le grosse pinze che stringevano tra le mani. A quel punto Fionn Artek s'inchinò e, con voce commossa, disse:

«Grazie. La vostra solerzia sarà premiata».

Gli occhiali dell'Oscurabio s'illuminarono ancor di più e, puntando verso René che era steso sul pavimento, lo analizzarono completamente.

«Alzati, giovane rapace e non parlare. Impara sin da ora che alla Domus Ermetica il pensiero vale più di ogni parola. Allarga le ali e attendi».

Ilies alzò le braccia e dalle dita partirono fili di luce che formarono curve di arcobaleno.

René si rialzò e, immerso nel buio dell'Ombola, aspettò. Le onde d'arcobaleno sollevarono le sue piume dorate e un'energia potente gli entrò in corpo.

«Rimani così e non ti muovere: lascia che la tua mente si prepari. La scelta che abbiamo compiuto è giusta: diventerai un Oscurabio. Il Summus Crikken te lo comunicherà ufficialmente e presto tornerai qui, perché questa sarà la tua dimora. Sei un Hastor Venti, una ferita grave è ancora aperta nella storia della tua famiglia. Noi abbiamo delle grandi responsabilità per l'orribile delitto del tuo avo, il Summus Sapiens Paul Hastor Venti. La mano del nostro fratello Vermine Fricasseo colpì seguendo il Male e noi ora siamo qui per accoglierti e appianare ogni dubbio. Questa è la nostra verità» la voce di Ilies tremò. Aveva confessato l'inconfessabile. E il druido, che conosceva la verità su Paul, rimase sorpreso della sincerità di quelle affermazioni.

René sbatté le ali. Avrebbe voluto parlare ma si trattenne. Di fronte alla macchia nera nella storia degli Oscurabi si sentì fiero di appartenere alla famiglia Hastor Venti, nonostante gli enigmi che ancora non gli permettevano di sapere tutta, ma proprio tutta, la verità.

Quando l'Oscurabio si rese conto che René si stava agitando, girò la testa a sinistra e fece un cenno al Faber, che immediatamente guardò in alto, verso le nuvole gialle.

Una pioggia di minuscole schegge di diamante cadde sul corpo di René che diventò simile a una statua. Non ebbe il tempo di reagire e finì dentro la dimensione magipsichica degli Oscurabi.

Fionn ebbe un fremito, perché temeva per la sorte del ragazzo, ma Ilies lo rassicurò imponendo le sue mani e bloccando l'ansia del druido.

«Il giovane ora sta attraversando la Prova Gruisa, lo stato di incoscienza che immobilizza ogni pensiero e rende il cuore privo di odio. Tra pochi minuti tornerà in sé» spiegò, mentre i due Faber avanzavano verso l'Extra Sapiens.

«Il delitto di Paul Hastor Venti rimane una piaga dentro la nostra storia e faremo tutto ciò che è in nostro potere per aiutare Geno e René. Ora, vecchio druido, concentra la tua mente, le grandi pinze dei Faber sono pronte per costruire la Stante Ferrosa. Presto tornerete all'Arx e potrete procedere con l'apertura della Paskas. I due Faber aggiusteranno anche la Ruota Conica, fuori uso da troppo tempo» affermò l'Oscurabio.

«Il Summus Sapiens vi chiede anche un altro favore: che i Faber vengano a riprendere il Sigillo dell'Anteo Lambert De Solange, espulso per aver provocato la morte di Bob Lippman» aggiunse con trepidazione Fionn Artek.

Ilies Buchar si bloccò:

«Un altro dramma. Un'altra morte voluta dal Male. L'Arx sta diventando un luogo davvero pericoloso. Rassicura comunque madame Crikken, il Sigillo verrà riportato qui».

I Faber sollevarono i loro mantelli viola e si misero a fianco del druido che si sentì pervaso da una corrente di aria gelida.

Il suo cuore batté fortissimo, il fluido magipsichico emanato dalle pinze era davvero potente. Gli strumenti dei Faber erano di ferro e rame, due piccoli tubi di acciaio sbucavano dai manici borchiati. Fionn pensò che proprio da quei tubi sarebbero uscite le scariche elettriche per realizzare la Stante Ferrosa. Emozionato e turbato si appoggiò al bastone e chiese a Ilies Buchar:

«Posso dunque ripartire con René?».

L'Oscurabio afferrò il Serpetrino, che mosse le tre teste sibilando e lo posò a terra. Poi levitò e, a pochi centimetri da terra, girò su se stesso ben cinque volte, provocando una leggera corrente d'aria che si diresse verso il giovane alato.

Le ali aperte si mossero e il corpo di René ebbe un sussulto. Un gemito, due colpi di tosse e il ragazzo tornò alla realtà. Aveva superato la Prova Gruisa.

La maschera a uovo era ancora infilata perfettamente sulla sua testa. Con il volto coperto e la bocca asciutta provò a parlare ma l'Oscurabio lo fermò subito:

«Il silenzio è un obbligo! Imparalo fin da ora».

Fionn guardò René con la coda dell'occhio e sospirò. A quel punto Ilies parlò nuovamente.

«Attenderò assieme agli altri Oscurabi il ritorno dei due Faber. Le insidie del Male non possono albergare nella Domus Ermetica. Contro la Setta degli Psiofi noi non possiamo combattere. Il Regolamento Aureo non ce lo permette. Solo l'armonia della mente porta alla pace. Ora potete partire» con queste ultime parole Ilies Buchar salutò il druido e René, per poi sparire nel nulla assieme al Serpetrino.

Una musica dolcissima di pianoforte e violini entrò nella stanza, le nuvole gialle si diradarono e comparvero i Magiocchi, con un'altra maschera a forma di uovo.

«Siamo i Magiocchi degli Oscurabi.

Il cancello è aperto e potete passare.

Una seconda Ombola servirà all'Arx».

René era in balia del buio e, barcollando, cercò il druido. Fionn allungò le mani e lo rassicurò: «Tranquillo. I Faber ci diranno per chi è l'altra maschera. Preparati a partire».

Mentre René e Fionn erano alla Domus Ermetica, all'Arx stava per accadere una cosa sconvolgente.

Alle 16,05 in punto smise di piovere, nonostante il cielo fosse ancora grigio e nero.

Nuvoloni carichi di tempesta si stavano preparando a scaricare sulla Valle dei Pensieri una cascata di grandine che avrebbe colpito nella notte.

Davanti al portone dell'Arx Mentis si presentò una visita del tutto inaspettata. Il coro di bambini si levò alto: era arrivato un Anteo.

In fretta Dorathea si recò all'ingresso senza la nuova Governante Daphne Hogrogian, che si era rifugiata nell'Aula Sublime Cibaria per mangiare. La sua golosità era nota a tutti.

Dorathea, come nuovo Cerimoniere, attese che il portone si aprisse e, con sua somma sorpresa, vide Lambert De Solange. Era senza divisa, molto dimagrito e con una cartellina sotto braccio.

«Tu? Ma come osi tornare dopo quello che hai fatto? Come sei riuscito ad usare nuovamente il Sigillo?» chiese agitatissima.

«Dovevo tornare! Ho bisogno di parlare con urgenza con mia zia. È davvero importante» rispose Lambert con voce sommessa.

«Sei scappato dal riformatorio? Madame Crikken s'infurierà. Non oso pensare quale punizione ti aspetta» affermò preoccupata la Sapiens finlandese.

Il Pendolo Secco non sputò alcun documento: il nome di Lambert era stato cancellato dall'elenco dell'Arx.

«Sei fuori da ogni regolamento. Non puoi entrare» disse inflessibile Dorathea.

«Ti prego, usa il Vertiglio e avvisa mia zia che sono qui» insisté il ragazzo.

Dorathea allargò le braccia e si arrese a tanta cocciutaggine. Nervosamente attivò il Vertiglio, facendo brillare quello della Crikken.

In un baleno il Summus Sapiens si precipitò all'ingresso, con tanta agitazione che persino il cappellino a piramide gli si era messo di traverso.

Quando vide il nipote trasecolò: «Sciagurato! Come osi? Vattene immediatamente!».

«Ti prego, ascoltami, devo parlarti di una cosa vitale. Credimi, non sarei tornato mai più se non fosse davvero importante. Quando saprai di cosa si tratta, deciderai se posso rimanere oppure no» affermò Lambert con grande trasporto.

«Come hai fatto ad usare il Sigillo?» domandò infuriata.

«Ho forzato la serratura e sono entrato. Non è stato difficile» spiegò a testa bassa.

«*Incroyable. Très grave*» madame non riusciva a controllare la rabbia.

«Excusez moi. Je demande pardon» Lambert congiunse le mani, pregando madame.

«Bien! Parla, ti ascolto» disse adirata Margot.

«Preferisco che non ci sia nessuno» sottolineò il ragazzo, fissando Dorathea.

«Che impudente!» replicò madame, incrociando le braccia.

«Te lo ripeto, è una questione delicatissima» la testardaggine lo premiò, poiché finalmente convinse la zia a congedare il Cerimoniere.

Dorathea se ne andò sbuffando, e non ci mise molto ad avvisare la Governante armena e gli altri Saggi dell'indesiderato ritorno dell'Anteo francese.

«*Alors?* Dimmi e fai in fretta. Il tuo Sigillo molto presto sarà portato via» madame Crikken fissò il nipote con riprovazione.

Davanti al portone dell'Arx e al Pendolo Secco Lambert De Solange consegnò la cartellina, che conteneva dei documenti sconosciuti a madame.

«Ecco, leggi. Queste carte me le ha date l'amministrazione del riformatorio. Stavano facendo dei controlli sulla nostra famiglia e tu... tu non ne fai parte» spiegò Lambert con un filo di voce.

«Come non ne faccio parte? Sono tua zia! La tua povera madre Caterine, morta da qualche anno, era mia sorella!» protestò con un certo fastidio.

«No. Non sei una Crikken e il defunto Riccardo Del Pigio Ferro lo sapeva».

L'affermazione del ragazzo scosse l'anziana, che reagì prontamente.

«Ma che dici? Sei impazzito?! Riccardo Del Pigio Ferro era un grande amico di tutti i Crikken di Parigi. Perché mai affermi che non sono tua parente?» arrabbiata come non lo era mai stata aprì la cartellina e cominciò a leggere.

Dopo il primo foglio il suo volto diventò bianco come un lenzuolo e si sentì mancare. Si aggrappò alla grande statua dell'Ippovolo e, scivolando lentamente, si sedette sul terzo gradino di cristallo.

«*Mon dieu de la France! Incroyable! Ce n'est pas possible!* No, no, non è possibile» continuò a dire Margot, stringendo i fogli.

Lambert si sedette accanto a lei e l'abbracciò: «Anch'io sono rimasto molto male quando ho letto. Ma è la verità. Il certificato è del notaio Carl Debois, che all'epoca era molto famoso a Parigi. Sono venuto immediatamente proprio per evitare di dover dare informazioni su di te a quelli del riformatorio. Non sarebbe stato semplice spiegare cosa sia l'Arx Mentis o cosa significhi che tu sei il Summus Sapiens!».

«Se questo è uno scherzo te la farò pagare salatissima! Tornare all'Arx per questa grossa bugia è deplorevole. Non posso credere che tu abbia una mente così perversa. Mi verrebbe da prenderti a ceffoni. Uno schiaffo certamente non risolverebbe il problema, ma te lo meriteresti proprio» aggiunse rabbiosa.

«No, non è uno scherzo e non sono venuto qui per farmi accettare per forza. So bene di aver sbagliato, la morte di Bob ancora mi perseguita. Anche se non ci credi, sono pentito. Sono qui per te. Leggi bene quei documenti» rispose serio Lambert.

L'anziana si tolse il cappellino e, con mani tremanti, si accarezzò i candidi capelli raccolti in uno chignon.

I suoi occhi stanchi rilessero ancora le carte che le comunicavano inesorabilmente la sua vera origine. In quel momento le arti magipsichiche passarono in secondo piano: era troppa l'emozione per quei fatti così importanti e sconvolgenti.

Quel vecchissimo certificato riportava chiaramente che lei non era affatto una Crikken. O meglio, non era un'autentica Crikken.

E la conferma era in un documento firmato da Alan e Justine Crikken, che fino a quel momento aveva ritenuto i suoi genitori naturali.

Alan e Justine l'avevano adottata. La madre e il padre naturali di Margot erano... Flemmo e Dionisia Hastor Venti!

Certificato di adozione

Parigi – Ufficio del notaio Carl Debois

Alla presenza del sottoscritto,
notaio Carl Debois,
i coniugi Alan e Justine Crikken divengono
a tutti gli effetti i genitori della piccola Margot,
di due mesi, proveniente dall'Italia.
I genitori naturali, Flemmo e Dionisia Hastor Venti,
essendo impossiblitati a garantire alla bambina
un'educazione e un tenore di vita consono,
l'hanno affidata al signor Riccardo Del Pigio Ferro.
Il suddetto galantuomo non può seguire la crescita
della bambina e dunque è favorevole all'adozione
da parte dei richiedenti.
La famiglia Crikken, di ottima estrazione sociale,
potrà crescere la piccola Margot con amore e affetto,
in un ambiente dove c'è già una bambina,
Caterine, la figlia naturale di tre anni.
Resta comunque agli atti che la piccola Margot
ha due fratelli gemelli, Svevo e Geno.
Il piccolo Svevo è l'unico rimasto con i genitori
in Italia, esattamente a Campana di Sotto,
mentre del terzo gemello, Geno, non si hanno notizie,
nemmeno se sia morto o affidato ad altre famiglie.

In fede
Notaio Carl Debois

Sottoscrivono e accettano Alan e Justine Crikken

«Io una Hastor Venti? Sono italiana? Sono sorella gemella del nonno di Geno, Svevo Hastor Venti? Ma l'altro gemello, il terzo... porta lo stesso nome dell'Anteo Geno! Ma... allora... dov'è il mio terzo fratello? È morto quando era piccolo o è vissuto a lungo ed è ancora in vita» Margot si alzò in piedi agitando i fogli e sentì il cuore in gola, le gambe tremare come foglie e la testa scoppiare.

Le venne in mente la lettera di Svevo nella quale effettivamente c'erano scritti i due nomi: Margot e Geno.

«Dunque Svevo aveva scritto il mio nome e quello del terzo gemello. Voleva che questa informazione potesse arrivare a qualcuno in grado di cercare la verità su noi fratelli... ecco la spiegazione! E quella persona è Geno, che porta il nome del mio gemello» madame era in balia di ragionamenti complessi ma sempre più chiari. Aveva capito il senso della lettera di Svevo. Continuò a parlare a voce bassa, passeggiando avanti e indietro vicino alla statua dell'Ippovolo.

Che cosa poteva essere avvenuto alla sua nascita? Perché i suoi genitori naturali, Flemmo e Dionisia Hastor Venti avevano tenuto solo Svevo, lasciando ad altro destino lei e il terzo gemello Geno?

Queste domande le provocarono un dolore fortissimo.

«Sono vecchia, sono passati tanti anni. Sono cresciuta con l'amore di Alan e Justine e per me sono loro i miei genitori. Ho amato tanto anche Caterine, che considero una vera sorella. Ma ora, scoprire che sono nata dalla famiglia Hastor Venti mi porta una confusione terribile» l'anziana non sapeva più cosa pensare.

«Nemmeno Riccardo Del Pigio Ferro è stato molto leale con te. Non ti ha mai detto la verità. Perché?» le chiese Lambert, tenendo lo sguardo basso.

«Già, perché nascondermi che sono una Hastor Venti? Sicuramente Riccardo sapeva quale sorte è toccata a mio fratello Geno» continuò madame. Sul suo volto apparve una luce grigia, la sua pelle diventò ancor più rugosa e l'angoscia l'assalì fino a quasi toglierle il respiro.

«Tradita! Presa in giro! Usata! Io ho voluto bene davvero a Riccardo, lo stimavo. Lo adoravo. E ora... ora voglio capire quale destino oscuro hanno gli Hastor Venti e come mai questi intrecci e misteri facciano pensare ad una vera maledizione!» la Crikken si ricompose e guardò in faccia Lambert.

«Giurami che non dirai niente a nessuno. Io sono e resto il Summus Sapiens madame Margot Crikken. Devo trovare la verità sugli Hastor Venti e poi sarò io a renderla nota a tutti, perché è giusto che sia così» madame alzò l'indice della mano destra e lo puntò su Lambert:

«Giura che non parlerai!».

«Lo giuro!» esclamò portando le mani al petto.

«Non dirai una parola nemmeno a Geno e a René» sottolineò Margot.

«Stai tranquilla. Terrò la bocca cucita ma...» Lambert le afferrò una mano.

«Ma? Ma... cosa? Cosa vuoi?» domandò sempre più nervosa l'anziana.

«Posso rimanere qui? Come Summus Sapiens, solo tu puoi darmi questa chance» sembrò supplicare il ragazzo, con gli occhi lucidi.

«Hai compiuto un'azione terribile. Hai provocato la morte di Bob Lippman. Come posso perdonare una cosa simile e far finita di nulla? Sapientes, Psiofi e Antei non lo accetteranno mai» rispose in preda allo sgomento.

«Inventati qualcosa. Io voglio rimediare. Non te ne pentirai. Seguirò con diligenza le lezioni. Combatterò al tuo fianco contro i Ribelli» le motivazioni di Lambert erano forti.

Madame annuì anche perché non aveva alternative. Se non faceva rientrare Lambert, chissà cosa avrebbe combinato:

«Va bene. Ci penso io» accettò infine e, così dicendo, lo prese per mano, incamminandosi verso il corridoio.

I due attraversarono il Salotto dei Fenicotteri tra lo sconcerto di tutti i maghi e streghe presenti. Molti borbottarono, altri s'indignarono nel vedere ancora Lambert De Solange all'Arx.

Due alchimiste e uno sciamano manifestarono alcuni dubbi sul Summus Sapiens, sostenendo che stava facendo un favore al giovane francese semplicemente perché era suo parente.

Nessuno poteva sapere la verità né tantomeno il dramma che stava vivendo Margot.

«Non c'è nulla da guardare» affermò madame rimettendosi il cappello viola. «Questo Anteo, come sapete, è stato da me espulso, ma ora è qui. Solo più tardi potrò darvi una spiegazione. Continuate pure le vostre discussioni, e pensate a come prepararvi all'attacco dei Ribelli».

Con una rapidità pazzesca la Crikken inviò una serie di Paropalle a tutti i Sapientes in cui diceva loro che aveva riammesso Lambert e che al più presto ne avrebbe chiarito le motivazioni.

In realtà Dorathea aveva già avvisato gli altri Saggi, che non avevano reagito molto bene. Per la prima volta i Sapientes erano in forte disaccordo con Margot.

La Batacchia Tremula scoccò le 17.

Brontolando e imprecando, l'anziana trascinò Lambert sino alle scale.

Le Staffore Inverse questa volta parlarono:

«Rischioso e bellicoso è il suo ritorno. Lascia che vada via e prosegui le scale da sola» disse la bocca nera di sinistra.

Quella di destra, invece, mosse le grosse labbra e affermò il contrario:

«Benvenuto sia colui che porta la verità. Solo con la giustizia l'Arx tornerà all'antico splendore».

Madame strattonò Lambert e in fretta e furia lo portò al primo piano. Attraversarono di corsa il corridoio fino alla statua della donna con il vaso rosso in testa. Il ragazzo vide l'anziana francese girare il vaso della statua e aprirsi nel muro un varco segreto.

«Entra senza fare storie» gli intimò la Crikken, poi lo spinse dentro l'UffioServo e sparse la polverina Quercio-Sà.

«Ma dove siamo? E perché alle pareti ci sono solo cassetti?» Lambert era spaesato e impaurito.

«Questo è l'UffioServo, il luogo segreto dove Riccardo Del Pigio Ferro e io ci incontravamo. Qui ho imparato tecniche raffinate di magia e ho trascorso mesi e mesi a studiare. Ora siediti su quei cuscini e non fiatare» il Summus prese la scala e, stringendo sempre i documenti del Certificato come fossero oro, salì tenendosi ben salda.

Il giovane osservò la stanza esagonale e la miriade di cassetti numerati, seguì curioso i movimenti di quella che fino a pochi giorni prima considerava sua zia.

Margot aprì come una furia i cassetti collocati in alto: erano tanti e pieni di oggetti, libri, carte, fotografie. Era certa di trovare qualcosa che spiegasse i misteri degli Hastor Venti e, soprattutto, della sua adozione.

«Riccardo deve aver lasciato traccia della mia nascita e del destino di mio fratello Geno!» borbottò nervosamente.

Aprì ben 150 cassetti passando da una parete all'altra con la scala. Trovò libri piccoli di alchimia medievale, appunti di stregoneria, quaderni ricchi di disegni e formule magiche. Sfinita, acciaccata, con le gambe e le braccia che le dolevano rimase a metà scala, appoggiò la testa sulla parete di cassetti e, con disperazione, ripensò alla sua vita.

"Come è possibile che le tecniche magiche dell'Arx non mi abbiano mai rivelato la mia vera origine? Non mi abbiano mai provocato visioni o premonizioni sui miei fratelli gemelli?" e mentre rifletteva il suo sguardo si fermò in un punto preciso. Tra i cassetti 55 e 56 c'era un sottile divisorio.

Madame lo sfiorò, ma non accadde nulla. Allora tirò contemporaneamente i due cassetti e il divisorio si aprì cigolando. Dentro era stata incastrata in verticale una scatola di legno piatta, simile a un contenitore di sigari. Ma da lì non proveniva alcun odore di tabacco. Infilò le dita nella fessura e riuscì ad afferrarla. Se la rigirò tra le mani, sentendo che all'interno c'era qualcosa. Si concentrò chiudendo gli occhi e la sua forza mentale provocò un'energia così potente che in un sol colpo il coperchio della scatola saltò per aria.

Curiosa e agitata, la Crikken tirò fuori il contenuto: tre lettere e una fotografia sbiadita, vecchissima. Si sistemò gli occhialini e guardò ansimando:

«Bambini! Questi sono tre bambini. Gemelli! Una femmina e due maschietti di pochi mesi».

Un flash le illuminò la mente. Toccando la foto, mise in atto la tecnica della Retrocognizione e immediatamente si rese conto che la bimba era lei! Sì, era lei da piccolina, con i fratelli Svevo e Geno. Girò la foto ma sul retro non c'era alcuna data e alcun nome.

Prese le tre lettere e scese lentamente la scala. La testa le girava a mille, per cui si sedette accanto a Lambert e, tremando, iniziò a leggere. La prima lettera era la copia esatta del *Certificato di Adozione* che le aveva dato Lambert. Passò alla seconda e sentì il sangue gelare. Era di Flemmo e Dionisa Hastor Venti, bisnonni dell'Anteo Geno.

L'ONORE E L'AMORE

Egregio Riccardo Del Pigio Ferro,

dopo lunghe riflessioni mia moglie e io abbiamo deciso di tenere con noi solo uno dei tre gemelli, Svevo, l'unico che appaia del tutto normale, privo di alcuna capacità magica.

Margot e Geno, invece, provocano strani fenomeni già solo con i loro vagiti di neonati, sono in grado di spostare oggetti e creare pioggia o nebbia in casa.

So bene di appartenere ad una famiglia che ha avuto degli avi maghi, ma da tempo nessuno aveva più manifestato queste stregonesche capacità. Io non ho alcuna dote di questo tipo e ne sono contento. Mia moglie Dionisia è disperata e preoccupata, e io con lei: noi non siamo in grado di gestire i piccoli Margot e Geno ed è per questo che li affidiamo a voi, gentile Riccardo.

È una scelta d'onore e d'amore. Sappiamo che lei certamente darà una vita migliore ai nostri figli aiutandoli anche in quelle facoltà che noi non riusciremmo a gestire. Con dolore ci stacchiamo da loro perché speriamo che lei possa crescerli nel migliore dei modi. A Campana di Sotto non si possono educare dei piccoli maghi. Noi abbiamo una Farmacia, siamo gente semplice e onesta. Venga dunque a prendere Geno e Margot quando lo ritiene.

Con gratitudine infinita
Flemmo e Dionisia Hastor Venti

Madame non riusciva a parlare, le lacrime scendevano tra le rughe fin sui cuscini.

Lambert sentì un nodo alla gola e si commosse nel vedere quella donna così forte e potente piegarsi come un fuscello.

«Non mi hanno voluto. Non hanno accettato me e Geno. Come possono due genitori affidare i figli in questo modo? E come potevano pensare che fosse una scelta d'onore e d'amore?» esclamò Margot singhiozzando.

Poi prese la terza lettera e la lesse piangendo a dirotto. Era di Riccardo Del Pigio Ferro.

TERTIUS GEMELLUS

Mia carissima e devota Margot,
quando leggerai questa lettera io sarò morto da un pezzo
e tu un'anziana, venerabile signora.
Sono certo che mentre leggi sei agitata. Ora sai la verità.
Le lettere e la fotografia che hai trovato
sono una prova concreta.
Ma non devi odiarmi perché non ti ho mai detto nulla,
non devi odiare i tuoi genitori naturali, Flemmo e Dionisia Hastor
Venti. Loro non sapevano come fare per tenere te e Geno,
il "tertius gemellus". Tu sei stata accolta da Alan e Justine
Crikken, che ti hanno cresciuto con amore e affetto
insieme alla loro figlia Caterine. Non lo puoi negare.
Sono riuscito a portarti all'Arx Mentis da ragazza proprio
perché avevi il cognome Crikken. Come sai, nessun Hastor Venti
avrebbe potuto mettere piede alla Rocca della Mente
per via dell'inquietante vicenda del Summus Sapiens Paul Hastor
Venti. E anche sulla sua morte spero venga a galla la verità.
Rispetto a tuo fratello Geno sei stata fortunata.
Tu hai avuto una famiglia e una carriera all'Arx,
mentre a lui è toccato in sorte un destino assai diverso.

Aveva doti potentissime, una genialità che pochi stregoni e maghi hanno. Non ho potuto farlo adottare e, con enormi difficoltà, è cresciuto lontano dall'Arx Mentis... molto lontano.
Lui sa della tua esistenza, sa tutta la verità ma ha preferito non avere alcun contatto con te né con Svevo.
Si addolorò moltissimo quando gli comunicai che Svevo era morto ma fu confortato dall'esistenza di un nipote, figlio del fratello. Forse, quando leggerai questa lettera, saranno avvenuti molti cambiamenti all'Arx.
Forse qualcuno avrà scoperto chi uccise Paul, mago davvero straordinario. Avrai modo di scoprire la sua tomba accanto alla mia, è una tomba nascosta che nessuno ha mai trovato.
Forse tu ora avrai preso il mio posto e sarai il Summus Sapiens.
Me lo auguro con tutto il cuore.
Ricorda che sei una Hastor Venti e per questo dovrai affrontare i tanti misteri e dolori della famiglia.
Non cercare tuo fratello Geno.
Il "tertius gemellus" ha bisogno di solitudine.
Secondo le mie previsioni potrà incontrarlo solo un altro giovane. Un giovane con il suo stesso sangue.
Ma su questo non posso essere più chiaro: le mie percezioni si fermano qui.
Sei stata la migliore delle mie allieve e so che anche adesso affronterai questa sconvolgente notizia con grande dignità.
Usa la tua potenza magipsichica, difendi la tua origine.
Sei una Hastor Venti anche se sei stata cresciuta dalla famiglia Crikken. Ritengo sia opportuno che tu mantenga entrambe i cognomi.
Per me tu sei: Margot Crikken Hastor Venti.
Sarai tu a decidere quando e come comunicare questa nuova verità ai componenti dell'Arx Mentis.

Con doverosa stima e immenso affetto
Riccardo Del Pigio Ferro

La luce fioca del lampadario dell'UffioServo illuminò il volto di Margot. Le lenti degli occhiali con i riccioli d'argento erano appannate, le labbra strette e fini tremavano. Il Summus Sapiens stava male. Malissimo.

«È una storia davvero triste» commentò Lambert chinando la testa.

«Già. Ora capisco perché sentivo un trasporto particolare per Geno e per René. Sono la loro prozia. Il sangue non mente mai. Però non potevo immaginare di essere una loro parente. Se lo avesse saputo Yatto! Se solo avesse sospettato chi ero, non mi avrebbe certo coinvolto nel rapimento di Pier e Corinna e del piccolo René. Ora comprendo perfettamente l'angoscia di questi due fratelli e dei loro genitori. Penso che mio padre Flemmo e mia madre Dionisia abbiano fatto male. Eppure, se Riccardo non mi avesse fatto adottare, chissà che fine avrei fatto. Molto probabilmente non mi troverei qui ad occuparmi dell'Arx e degli Hastor Venti. Non cercherò il mio gemello Geno. Rispetterò la volontà di Riccardo, anche perché non so nemmeno se il "tertius gemellus" sia ancora vivo. Oramai devo seguire la sorte che mi porta sulla stessa strada di dolore di Geno e René» madame parlava con il cuore. Sfogò la sua angoscia con Lambert che, da ragazzo cattivo, diventò il detentore del segreto più intimo di Margot.

«Quando dirai la verità agli altri?» chiese il giovane francese.

«Non lo so. Troverò il momento adatto. Prima però bisogna affrontare tanti altri problemi. Primo tra tutti l'attacco imminente dei Ribelli. Inoltre entro poche ore devo stilare il Programma del Mese e avviare il nuovo ciclo» la Crikken non spiegò altro. Non poteva certo raccontare a Lambert che stava attendendo il ritorno di Fionn Artek e René o che presto all'Arx sarebbero arrivati i Faber per realizzare la Stante

Ferrosa. Lambert non poteva sapere queste informazioni poiché era solo un Anteo di Primo Livello, oltretutto espulso. E non conosceva certo l'esistenza degli Oscurabi e dei Faber descritta nel Regolamento Mediano di Secondo Livello. La Crikken fu costretta a svelargli che Yatto, Butterfly e Agata erano state ingoiate dalla Paskas.

Il ragazzo scattò in piedi: «Ombre Viventi? Anche Agata? Geno ha fatto tutto questo?» domandò spaventato.

«Sì. Ma tu non te ne devi occupare. Controllati e non essere mai arrogante. Sarà già abbastanza complesso farti accettare nuovamente» Margot si alzò in piedi con fatica.

I due uscirono dall'UffioServo e salirono velocemente al terzo piano. Giunti davanti alla Loggia Psiche, accanto al piccolo ponte levatoio, trovarono, schierati uno accanto all'altro, tutti i Sapientes.

Eulalia Stabikasios, aveva più tic del solito: agitava le gambe, dondolava la testa e alzava le spalle. Nabir teneva le mani unite e le dita incrociate, il suo sguardo era assai severo. Daphne Hogrogian tossiva ripetutamente e Dorathea aveva il volto segnato dalla rabbia. Il dottor Bendatov sbuffava e starnutiva.

«Summus, abbiamo ricevuto il tuo messaggio e, a nome di tutti noi, ti dico che siamo molto, molto adirati» iniziò Nabir fissando la Crikken.

«Lo so. Ma l'arrivo improvviso e inaspettato di Lambert De Solange ha una motivazione importante» rispose Margot tenendo per mano il ragazzo, fortemente a disagio.

«Come puoi accettarlo dopo quello che ha combinato?» gridò isterica Eulalia.

«Quale ragione può esserci per perdonare un assassino?» aggiunse Naso, starnutendo per ben sei volte di seguito.

Daphne e Dorathea erano sconcertate dal comportamento di Margot e continuavano a scuotere la testa: «È deplorevole quello che stai facendo! Noi, in qualità di Governante e Cerimoniere ci opponiamo» disse la prima a nome di entrambe.

Il Summus attraversò il ponte assieme a Lambert e i Sapientes li seguirono fino alla Stanza della Visione. Madame si sedette sullo scranno e tutti poterono chiaramente vedere la sua aria afflitta.

Arrivarono anche il gatto e il cucciolo bassethound, ma entrambi non si avvicinarono alla Crikken, e, accanto alla parete del grande mosaico, abbassarono mesti le loro code.

«Vi chiedo di accettare il suo ritorno» continuò Margot indicando Lambert. «È pentito e non può stare al riformatorio di Parigi. La sua espulsione all'Arx deve essere revocata. Vi prego, credetemi, espierà la sua colpa eseguendo perfettamente tutti gli ordini che gli impartirete. Anche i peggiori. Ho una ragione molto profonda per chiedervi questo, ma non posso ancora rivelarla. Se avete fiducia in me, aiutatemi a non mettere in difficoltà questo ragazzo. Spiegate agli Psiofi e agli altri Antei che è necessario accettare la sua presenza all'Arx» concluse il Summus, poi abbassò lo sguardo, senza avere il coraggio necessario per guardare in faccia i suoi amici Saggi.

«Sei forse impazzita? O c'è qualche segreto dietro a tutto ciò?» esordì Eulalia, girando gli occhi sei volte.

«In effetti è un segreto personale che però ha conseguenze per l'intera vita dell'Arx. Non fatemi dire di più» madame attivò la Parola Bloccante sussurrando "Cum Imperio Esse" in modo da impedire la lettura dei suoi pensieri ai Sapientes.

Eulalia si girò verso gli altri e arrabbiatissima gridò: «Allora? Accettiamo questa folle decisione?».

Nabir Kambil avanzò di un passo: «Non vorrei il ritorno di Lambert, la coscienza me lo impedisce. Ma se tu sostieni che è necessario, allora mi adeguerò. Però devi dirci il perché al più presto. Altrimenti penso che non potrai più avere la nostra fiducia e il nostro appoggio».

«Se mi abbandonate adesso, consegnerete l'Arx ai Ribelli» aggiunse la Crikken, cercando di persuaderli.

«*Da*, infatti. È solo per questa ragione che accettiamo Lambert. Non possiamo permetterci di destituirti e non avere un Summus alla guida dell'Arx» esclamò Naso.

«Destituirti dopo tutto quello che abbiamo fatto insieme? No, no. Non si può. Sarebbe come dimostrare che Yatto aveva ragione. Che di te non ci si poteva fidare. Che hai dei lati oscuri. Insomma, che non meritavi di sedere in quello scranno» Daphne parlò con affetto e severità. Era davvero dispiaciuta per la vecchia amica Margot.

Dorathea non aprì bocca, era molto confusa e desiderava parlare al più presto con René, Suomi, Geno e Anoki.

La Batacchia Tremula scoccò le 18.

«È tardissimo. Devo scrivere il Programma del Mese, dall'elenco so che arriverà un nuovo Anteo di Primo Livello. Non solo, bisogna anche decidere la cena» la Crikken si alzò in piedi.

«Per la cena non ti devi preoccupare. Devo dare una buona notizia a tutti» annunciò il dottore russo, sollevando il colbacco.

«Finalmente una buona notizia!» aggiunse Daphne sospirando.

«Ranja Mohaddina sta bene. Anche se non è stato semplice, sono riuscito a guarirla» Naso sorrise soddisfatto.

Madame gli andò incontro e lo abbracciò: «Grazie. Sapevo che potevi salvarla. Ma la sua mente è sana? Oppure...».

«Certamente è sana più della tua!» rispose in modo impertinente il Saggio russo.

La Crikken fece un mezzo sorriso: «Sì... forse in questo

momento voi pensate male di me. Ed è comprensibile. L'importante è che l'Arx funzioni».

Daphne e Dorathea si complimentarono con il dottore russo, Nabir approvò con entusiasmo ed Eulalia alzò quattro volte le spalle e girò la testa a sinistra prima di esclamare: «Perfetto! Allora anche l'Aula Sublime Cibaria tornerà a sfornare cibi metafisici per tutti».

Naso, con il fazzoletto in mano, starnutì altre due volte: «Volevo dire un'ultima cosa. Ranja verrà qui da te, Summus. Penso proprio che voglia parlarti. Io invece non sono molto tranquillo per Toam e Yudi: stanno davvero male. Farò altri tentativi per staccarli, però temo di non farcela».

La Governante armena prese per un braccio il dottore: «Vengo con te. Vedrai che guariranno anche loro».

I Sapientes fecero per andarsene seguiti da Oscar, quando la timida voce di Lambert echeggiò nella Stanza della Visione: «Scusate, ma io... posso occupare la camera che avevo e indossare una nuova divisa di Primo Livello?».

La Crikken annuì, solo Nabir intervenne: «Attento, ragazzo, ti controllerò. Ogni tuo passo sarà giudicato».

Il gruppo se ne andò seguito mestamente dall'Anteo francese. Madame rimase sola con Napoleon, che si distese morbidamente ai piedi del braciere. Con la stanchezza impressa sul volto, l'anziana prese carta e penna e scrisse il menù della cena metafisica senza indugi. Doveva ancora superare lo choc delle lettere, aveva bisogno di ritrovare un minimo di serenità.

In quel preciso istante il coro di bambini cantò: era arrivato il nuovo Anteo. Daphne si precipitò al portone, lasciando di stucco Naso Bendatov che sperava in un suo aiuto con Yudi e Toam. Anche Dorathea corse immediatamente verso l'ingresso. Il portone si aprì ed entrò Ezra Moore, ragazzino inglese di 11 anni, capelli castani cortissimi, occhi tondi, nasino corto e orecchie a sventola. I suoi genitori, entrambi Psiofi, gli avevano spesso parlato di miss Butterfly O'Connor in toni entusiastici e gli avevano più volte mostrato foto della Sapiens mentre cavalcava gli Ippovoli. Per questo, appena arrivato, al cospetto di Daphne e Dorathea chiese serio:

«Buonasera, ma miss O'Connor non c'è?».

Daphne si diede un contegno e rispose: «No. La nuova Governante sono io».

«Io invece sono il Cerimoniere» aggiunse la Sapiens finlandese.

«Un Cerimoniere donna? Che cosa è successo all'Arx? Sono cambiate le regole?» s'indispettì Ezra Moore, dimostrando così di essere un Anteo un po' troppo puntiglioso.

«Prendi la tua carta d'identità dal Pendolo Secco, e seguici» disse Daphne storcendo il naso.

Il ragazzino fece un salto di gioia. Vedendo che sul documento era scritto che era esperto di Telempia, la Governante lo calmò subito: «Vedremo se sei così bravo. Tengo io le lezioni di quella disciplina, nell'Aula del Pensiero Sottile».

Ezra entrò nel corridoio e notò che nella Stanza Cerchiata c'erano altri Antei. Infatti Suomi e Geno stavano studiando il Regolamento Largo seduti sul bordo di una delle tre vasche colme di fiamme che si levavano allegramente verso il soffitto.

«Posso andare da loro?» chiese sperando in un sì.

«Assolutamente no! Ora ti accompagno in camera tua, la numero 4. Era dello sfortunato Bob Lippman» disse con un certo cinismo Daphne Hogrogian.

«Sfortunato? Perché, cosa gli è successo?» domandò curiosissimo.

«È morto!» la risposta secca della Governante fece impallidire Ezra.

«E... come è morto?» il ragazzino s'impaurì.

«Il suo Spiccafilo è stato manomesso da Lambert De Solange, Anteo di Primo Livello. E sai una cosa?» Daphne lo guardò dritto negli occhi.

«Cosa?» riuscì a ripetere terrorizzato.

«Lambert è qui. È nella stanza numero 9. Non ti consiglio di fare amicizia con lui. Capisci?» la Governante armena aveva preso in antipatia l'Anteo inglese.

«*Thanks.* Ascolterò il tuo prezioso consiglio» lo ringraziò Ezra, ora meno borioso. Daphne, a quel punto, gli diede un buffetto sulla guancia e lo salutò:

«Avremo modo di conoscerci».

L'arrivo di Ezra aveva incuriosito Suomi e Geno, che attesero il momento giusto per incontrarlo. Ancora non sapevano che era tornato Lambert, e la notizia arrivò al giovane Hastor Venti con una Paropalla spedita da Anoki Kerioki.

«L'assassino francese è tornato.
E la Crikken è d'accordo.
C'è malumore tra i Sapientes e molti Psiofi
si sentono traditi e offesi».
L'amico Anoki

«Lambert è tornato!» esclamò a gran voce Geno, mentre Suomi reagì picchiando il bastone bianco sul pavimento. «Perché madame non l'ha cacciato? È davvero strano il suo comportamento!»

Geno iniziò ad avere pensieri negativi sul Summus Sapiens. Anche Suomi concordò e, accarezzandosi i capelli, cercò di fare mente locale e trovare una spiegazione logica. Ma non la trovò.

Nella Sala Cerchiata stava arrivando anche Anoki Kerioki, quando il suono di un gong, proveniente dal Megasoffio, bloccò ogni azione.

I Vertigli brillarono e un'infinita serie di Paropalle si riversarono nei corridoi, nelle sale e per le scale dell'Arx Mentis.

Era un avviso del Summus Sapiens Margot Crikken:

I Sapientes, tutti gli Psiofi e gli Antei di Terzo Livello si precipitino immediatamente da me, nella Stanza della Visione. Gli Antei di Primo Livello hanno l'ordine di rimanere nella loro camera. Potranno uscire, quando udiranno il secondo gong proveniente dal Megasoffio. I trasgressori saranno severamente puniti.

Summus Sapiens
Margot Crikken

Ezra Moore, già spaventato a sufficienza, si ficcò sotto le coperte. Un paio di camere più avanti, nella numero 9, Lambert, appena uscito dalla doccia, si asciugò rapidamente e si sedette sul letto pensieroso.

Geno, Suomi e Lupo Rosso corsero su per le scale già affollate dagli Psiofi.

«Cos'è successo? Perché tanta urgenza?» si chiedevano maghe e streghe piuttosto allarmate.

Nabir si avviò assieme a Daphne e Dorathea. Arrivati al terzo piano incrociarono Naso che teneva a braccetto Ranja, ancora un po' debole.

La Sapiens araba, finalmente guarita dalla follia provocata da miss Butterfly, sorrise a tutti emanando calma e felicità. Il piccolo Oscar dimenò la coda e sbatté le lunghe orecchie: anche lui, a suo modo, voleva fare le feste a Ranja.

La Stanza della Visione era stracolma. La Crikken era dritta davanti al braciere e portava un abito oro e un copricapo di piume azzurre intercalate a spighe gialle. In mano teneva la Paskas e la mostrava con soddisfazione. Visibilmente provata, prese la parola e subito il brusio dei presenti si attenuò.

«Vi ho convocati perché, come annunciato dal gong provocato dal Pianssereno del Megasoffio, sono in arrivo due Faber. Li accompagnano René e il druido Fionn Artek. I Faber costruiranno la Stante Ferrosa, che ingabbierà le Ombre Viventi di Yatto, Butterfly e Agata, ora qui dentro, nella Paskas. Perciò vi chiedo il massimo silenzio e la massima discrezione. Come recita la RM-AM.7A, i Faber possono parlare con gli Psiofi, i Sapientes e con il Summus, raramente con gli Extra Sapientes. In questa particolarissima circostanza Fionn si avvarrà dell'aiuto di René, che presto diventerà un Oscurabio con mia piena approvazione. Gli Antei di Terzo Livello qui presenti sono ovviamente invitati a rispettare il Regolamento, che non consente loro di avvicinarsi ai Faber».

Alchimiste e stregoni applaudirono, vociando più che mai. La medium con il pappagallo viola gridò: «Finalmente prenderemo l'Anello della Porta Bianca e libereremo Pier e Corinna. Non permetteremo ai Ribelli di portare altro dolore all'Arx».

Tutti guardarono Geno e sorrisero. L'Anteo chinò la testa in segno di ringraziamento, mentre Oscar lo onorava strusciandosi sui suoi stivali fiammanti.

Ma un'alchimista turca, piuttosto giovane, si fece avanti e rivolgendosi alla Crikken disse: «Tutto sembra procedere al meglio, ma noi Psiofi della Nuova Alleanza siamo sconcertati per la riammissione di tuo nipote, l'assassino. Vogliamo sapere perché».

I Sapientes si scambiarono rapide occhiate di preoccupazione: il ruolo di Margot era stato messo pubblicamente in discussione. Suomi ripestò il bastone bianco sul pavimento, Geno s'incupì e Anoki si sedette a terra, incrociò le gambe e attese la risposta della Crikken.

L'anziana francese, con un gesto rabbioso, strinse la Paskas e si andò a sedere sullo scranno.

«L'Anteo di Primo livello Lambert De Solange, che io stessa ho espulso per essersi macchiato della terribile morte di Bob Lippman, può frequentare l'Arx perché la sua colpa verrà espiata qui. Nel riformatorio dove l'avevo mandato si è creata una situazione incresciosa e...» madame non poté finire il discorso, perché arrivarono Fionn Artek e René.

Il giovane dalla tunica dorata si era finalmente tolto l'Ombola e la teneva in mano. I due oltrepassarono il piccolo ponte levatoio a passi veloci e annunciarono l'arrivo dei Faber. Gli Psiofi smisero di vociare, vedendo l'Extra Sapiens varcare la Stanza della Visione.

«Stanno usando la Bilocazione Traversa. Tra pochi secondi si materializzeranno nella O' Grande. Ti prego, Summus, serve silenzio. Tutti i presenti devono andarsene» disse il druido allargando il suo mantello rosso.

La Crikken sentì il cuore leggero, l'annuncio dell'arrivo dei Faber l'aveva salvata da un discorso che la stava mettendo in difficoltà.

«Riprenderemo la discussione in un altro momento. Vi chiedo di uscire dalla Stanza della Visione. Tra pochissimo l'esperta di Cucina Metafisca distribuirà la cena. È con grande gioia che vi annuncio il ritorno di Ranja Mohaddina, perfettamente guarita».

Margot guardò la Sapiens araba con benevolenza e lei rispose facendo un inchino e avvicinandosi con fare docile. La Crikken le consegnò le varie copie del menù della Cena, mentre Daphne se ne andò tossendo.

Il dottore russo e Nabir avanzarono spediti verso la Crikken. Il santone tibetano non era calmo come al solito: «Anche se i Faber riusciranno a costruire la Stante Ferrosa, non pensare che la storia di Lambert finisca qui. Come hai visto gli

Psiofi non sono d'accordo. Al più presto devi dire la verità, mia cara Margot».

A Naso partirono quattro starnuti: «Sii saggia come lo sei sempre stata. Non deluderci».

La Crikken rimase in silenzio, mentre ai suoi piedi il bassethound ringhiò mostrando i denti.

Il fuoco del braciere scoppiettò: sul mosaico si stava riformando la figura di Ranja Mohaddina. I Sette Sapientes dell'Arx Mentis erano al completo.

René e il druido si appostarono vicino al braciere in attesa dei Faber, mentre gli Psiofi e i Sapientes se ne andarono accompagnati da un brusio di malessere.

La Stanza della Visione si svuotò velocemente. Accanto al ponte levatoio rimase solo Geno Hastor Venti.

Margot lo guardò e il ragazzo, a testa alta, disse: «Perché l'hai fatto? Cosa è cambiato dentro di te, mio Summus? Lambert è un assassino. Non posso accettare che tu voglia salvarlo solo perché è tuo parente».

Le parole di Geno entrarono come frecce nel cuore della Crikken: «Parente? No, non pensare a questo. Tu e tuo fratello René siete ugualmente importanti per me. Non faccio preferenze».

«Che c'entriamo noi con Lambert? Che stai dicendo?» intervenne il giovane alato.

«Capirete al momento giusto» replicò Margot, guardando la Paskas che aveva in mano.

Fionn Artek intuì che la Crikken aveva un peso doloroso nell'anima e intervenne: «Le decisioni del Summus non si discutono. E tu, Geno, impara ad essere meno aggressivo. Devi molto a Margot. Lo stesso dicasi per te, René».

I fratelli Hastor Venti si scambiarono un'occhiata d'intesa. Geno fece per andarsene seguito dal cane, ma un raggio violaceo lo bloccò, facendogli perdere conoscenza.

L'Anteo rimase ritto e immobile, mentre Oscar se la filò giù per le scale. Madame capì che si trattava di una magia dei Faber e alzando le braccia fermò il druido e René che stavano per reagire: «È un raggio magipsichico. Non agite. Geno è sotto il fluido dei Faber. Ora ci spiegheranno perché». In quel momento si udirono dei passi provenire dalla Loggia Psiche: erano loro.

René indossò prontamente la maschera.

Madame Margot Crikken si alzò in piedi e accolse amichevolmente i due abitanti della Domus Ermetica: «Siete i benvenuti, vi ringrazio per l'aiuto che ci date. Sceglierete il luogo adatto per costruire la Stante Ferrosa e non sarete disturbati. Ma vi debbo chiedere perché avete bloccato in quel modo Geno Hastor Venti».

Un Faber si sistemò il mantello viola e pronunciò solo poche parole: «Saluti ossequiosi, Summus Sapiens. Geno ci servirà, ma di lui parleremo dopo. Il posto giusto per la Stante Ferrosa è a piano terra, accanto alle Staffore Inverse. Iniziamo subito il lavoro perché non possiamo rimanere qui a lungo. Inoltre siamo pronti ad aggiustare anche la Ruota Conica e porteremo via il Sigillo di Lambert De Solange, come hai chiesto».

«Benissimo. Procedete pure. Se avrete bisogno di René chiedete, lui eseguirà ogni vostro ordine. Riguardo al Sigillo di Lambert, potete lasciarlo qui. La situazione è cambiata, l'Anteo è tornato» aggiunse la Crikken.

I due Psiofi della Domus Ermetica ebbero un attimo di tentennamento ma preferirono non chiedere altro su Lambert. Il Faber che teneva in mano un'Ombola avanzò di un passo: «Il giovane alato ci aiuterà. Quest'altra maschera di cera è per Geno, che dovrà essere presente alla realizzazione della Stante Ferrosa per un semplice motivo: è lui che ha imprigionato nella Paskas le Ombre Viventi. Per questo la sua presenza è indispensabile. Anche se non siamo contenti di avere a che fare con due ragazzi, è necessario e ci adatteremo» e, così dicendo, consegnò l'Ombola alla Crikken. Spettava a lei metterla in testa a Geno.

La Batacchia Tremula scoccò le 19.

L'anziana svolse il suo compito immediatamente: si avvicinò al ragazzo, immobile e incosciente, e gli infilò la maschera ad uovo.

Uno scatto, un lamento. Geno tornò in sé e d'istinto tentò di togliersi l'Ombola, ma la Crikken lo bloccò: «Fermo! Devi tenerla ed aiutare i Faber. Non fare domande ed esegui gli ordini».

Il giovane Hastor Venti non mosse un dito e con voce sottile che rimbombava dentro l'Ombola, disse: «Onorato di poter aiutare i Faber».

Un tuono squarciò il cielo della sera e una scarica di fulmini e saette si riversarono sulle cupole dorate dell'Arx. Raffiche di vento fecero vibrare le grandi finestre e molte porte sbatterono per via della corrente. Il braciere si spense quasi del tutto, lasciando in penombra la Stanza della Visione.

«Sta arrivando un potente temporale. Spero che la grandine impedisca ogni azione dei Ribelli. Stanotte non è proprio adatta per affrontare i seguaci di Gabor Haag» il Summus camminò lentamente fino a raggiungere i due Faber.

«Noi siamo contrari alle battaglie» dissero, estraendo dai mantelli le due grosse pinze per costruire la Stante Ferrosa. «Se dovessero attaccare in nostra presenza, saremo costretti ad andarcene. Noi e gli Oscurabi siamo contro la violenza».

Il druido approvò e la Crikken pure: «Io vado nella mia stanza. Devo meditare. Quando servirà la Paskas, avvisatemi».

I Faber scesero le scale in fretta seguiti dal druido, che teneva sottobraccio i due fratelli con le Ombole in testa.

Quando furono davanti alle Staffore Inverse le due bocche si aprirono di scatto e sorrisero ai Faber: *«Salutiamo i nostri padri costruttori»*.

Gli speciali Psiofi della Domus Ermetica sollevarono il Pastro in segno di saluto. Poi usarono la telecinesi per spostare rapidamente i grossi candelabri e si misero uno di fronte all'altro. Alzarono le pinze e dalle punte fuoriuscirono scintille e piccoli fuochi che rimasero sospesi nell'aria. I Faber cominciarono a girare su se stessi, roteando i larghi mantelli viola in una specie di danza che creò sul pavimento un cerchio luminoso largo circa cinque metri. Era la misura perfetta per la Stante Ferrosa.

«Extra Sapiens Fionn Artek, vieni avanti e poniti al centro del cerchio. Recita la formula dei druidi» disse un Faber.

L'anziano si accarezzò la lunga barba bianca e avanzò, era pronto.

Alzò le braccia verso l'alto puntando il suo antico bastone e, con voce potente, gridò:

«*Amista crel indeflessus. Sitate in ermetica loga*».

La circonferenza del cerchio s'infiammò, lasciando il druido solo in mezzo al fuoco. Fionn rimase così, con le braccia alzate e gli occhi chiusi. Il calore delle fiamme raggiunse Geno e René. Le maschere di cera iniziarono lentamente a sciogliersi, preoccupando non poco i due fratelli.

I Faber attraversarono il fuoco senza bruciarsi neppure un lembo dei mantelli. Si misero a fianco del druido e sopra le fiamme disegnarono con le pinze sbarre e lucchetti, che si formarono all'istante. Erano di pura energia elettrica. La Stante Ferrosa apparve in tutta la sua inquietante potenza: sembrava una cupola di tubi luminosi intrecciati. I Faber urlarono con tutta la voce che avevano in corpo: «*Sollelum in acto*».

E, così dicendo, levitarono portando sottobraccio il vecchio

Fionn. Attraversarono le sbarre elettriche senza provare alcun dolore e atterrarono vicino ai due fratelli Hastor Venti.

A quel punto i Faber ordinarono ai ragazzi di camminare senza paura. Geno e René si tennero per mano, avanzando verso le sbarre che frizzavano. Le Ombole di cera si stavano sciogliendo sempre di più.

«Ho paura» mormorò Geno.

«Anch'io. Sento le piume delle ali bruciare» rispose tremante René.

I Faber e l'Extra Sapiens puntarono gli indici verso i fratelli Hastor Venti, provocando scie d'acqua sottili che li avvolsero completamente. I ragazzi attraversarono le sbarre elettriche senza sentire nulla.

«Fermatevi!!!» ordinarono i Faber.

Geno e René non mossero più un passo.

«Usate la mente!!!» gridarono gli Psiofi della Domus Ermetica, sotto lo sguardo preoccupato del druido.

Con le mani strette e i corpi vicini, i due Hastor Venti si concentrarono scambiandosi energia mentale. E mentre la cera delle Ombole scendeva gocciolando sul pavimento, la forza del pensiero si trasformò in parola.

Insieme, senza paura, Geno e René gridarono: «Stante Ferrosa, chiudi le Ombre Viventi e assicura il Bene dell'Arx».

Il respiro dei ragazzi si fece lieve, stavano per perdere conoscenza. I Faber e il druido ripuntarono gli indici e con la potenza del pensiero, li sollevarono e li trasportarono fuori dalla gabbia.

I due giovani crollarono a terra sfiniti.

Le maschere si erano quasi liquefatte.

Un Faber salì le scale senza parlare, mentre l'altro prese in braccio René, che sbatteva piano le ali, e disse: «Fionn, togli l'Ombola a Geno. A lui non serve più. Noi andiamo alla Loggia Psiche per aggiustare la Ruota Conica».

Il druido, con gli occhi arrossati dalla stanchezza, si chinò verso Geno che si lamentava: «Tranquillo. È andato tutto bene, ora ti levo la maschera così potrai respirare meglio».

La cera molle si era in parte appiccicata al volto del ragazzo, soprattutto sul naso e sulla fronte. Appena riaprì gli occhi, vide la gabbia elettrica e una luce brillante di scintille colorate che si sprigionavano, formando piccole stelline dentro le sbarre.

«Meravigliosa! Quando la Paskas sarà riaperta i tre malvagi non potranno scappare. E io prenderò l'Anello» esclamò sgranando gli occhi.

Fionn Artek curvò la schiena e si appoggiò al lungo bastone: «Certo. Ora è compito mio aprire la Paskas».

«Mio fratello dov'è? E i Faber?» chiese Geno guardandosi intorno.

«Sono andati nella Loggia Psiche ad aggiustare la Ruota Conica» gli spiegò il druido.

La Batacchia Tremula scoccò le 20 e contemporaneamente suonò il Fischiosugo: era l'ora di cena.

La RI-AM.6D del Regolamento Iniziatico era chiara: all'ora di cena tutti dovevano rientrare nei propri alloggi. Gli Psiofi uscirono dal Salotto dei Fenicotteri e raggiunsero le camere del primo e secondo piano.

Quando videro la Stante Ferrosa rimasero a bocca aperta. Le Staffore Inverse pronunciarono all'unisono la stessa frase: «Merito dei Faber, i nostri padri costruttori. Sono loro i veri maghi».

Fionn Artek alzò le braccia e bloccò gli Psiofi: «Attenzione, non avvicinatevi troppo alle sbarre. Il pericolo è mortale. Per salire le scale fate il giro più largo».

Maghe e sciamani, streghe e medium obbedirono all'istante.

Geno se ne andò in camera visibilmente soddisfatto.

Appena entrò, si diresse in bagno e si lavò per bene il viso ancora incerato. In quel momento entrò la Sapiens esperta di Cucina Metafisica, Ranja Mohaddina seguita da Oscar, che, con il muso sporco di pappa si stese sazio accanto al letto e si appisolò. Ranja era bellissima. Indossava un lungo abito di *voile* rosa confetto e in mano aveva il vassoio colmo di cibi prelibati.

«Ecco la tua cena» disse con un sorriso smagliante.

«Sono contento di vederti guarita» Geno ricambiò il sorriso e accarezzò il cane che già ronfava.

«E io sono fiera di te. Ti sarò grata per sempre. Hai castigato Yatto, Butterfly e Agata. Sei stato bravissimo» affermò con dolcezza la Saggia araba, andandosene soddisfatta.

Hastor Venti prese il vassoio e lo appoggiò sul letto, poi scorse in mezzo ai piatti il menù. La porta si aprì di nuovo, era Suomi. Aveva il suo vassoio in mano e con aria sbarazzina esordì così: «Cenetta romantica a due?».

Geno rise divertito e iniziò a leggere, mentre Oscar russava alla grande: «Stavolta tocca alle lettera G, come Gloria. Madame ha deciso un pasto davvero premonitore per l'inizio di questo nuovo ciclo. E speriamo che tutto finisca in gloria!».

ALLOGGIO 5

Cena del 12 marzo

ONORE ALLA LETTERA "G"

Gnocchi al Sugo Plotiniano

Gamberoni Machiavellici

Grissini Cartesiani con Burro Cogitante

Gelato al Cremoso Cioccolato Spinoziano

«Delizioso. Tutto ottimo. Forza, togliamo i coperchi d'argento e tuffiamoci sui piatti» esclamò l'Antea contenta.

Sapeva che l'amore di Geno era sincero.

Il ragazzo mangiò con avidità e, tra un boccone e l'altro, raccontò della Stante Ferrosa e di come i Faber fossero davvero bravi con la Magipsia. Si lamentò solo di aver dovuto indossare l'Ombola anche se, in fin dei conti, ne era valsa la pena.

Poi il discorso cadde su Lambert De Solange. E i due Antei si rabbuiarono.

«Pensi che la Crikken ci nasconda qualcosa?» domandò Suomi gustando una cucchiaiata di gelato.

«Attenta... forse Scantoppie e Timpatubi sono ancora aperti. E se prima ci ascoltava Yatto, ora ci potrebbe essere la Crikken. VERO, SUMMUS?» urlò pensando che Margot fosse proprio in ascolto.

«Già, non ci avevo pensato. Ma noi non possiamo non fidarci di lei. Ti pare? Credo che lei non ascolterebbe mai Scantoppie e Timpatubi per spiare» la ragazzina si pulì la bocca con il tovagliolo, ma sentì qualcosa avvicinarsi alle labbra.

Era Geno che la baciava.

A Suomi mancò il respiro, proprio non se lo aspettava.

«Sono pazzamente innamorato di te. Sei bella, e in questo momento non m'importa nulla se qualcuno ci spia» Geno sentiva nuovi brividi nel cuore.

L'Antea lo abbracciò: «Ti prego, non cambiare mai. Resta il ragazzo che sei».

Geno chiuse gli occhi e restò con il naso appoggiato sulla spalla di Suomi per sentire il suo profumo.

Era felice e nello stesso tempo drammaticamente solo. Anche con lei vicino, il vuoto che provava era immenso. Si ricordò le parole di Tantre Sheng Vioo e di Riccardo Del Pigio

Ferro e una domanda, una sola, rimase senza risposta. «Chi sono io? Chi sono davvero?».

L'attimo romantico e riflessivo fu interrotto bruscamente dal cigolio della porta, che svegliò anche Oscar, pronto subito ad abbaiare. Geno si alzò di scatto e andò ad aprire del tutto la porta.

«E tu chi sei?» chiese al ragazzino che si trovò di fronte.

«Ciao, mi chiamo Ezra Moore, sono inglese e sono al Primo Livello. Disturbo?» il nuovo aveva l'aria spaesata e la sua voce era deboluccia.

Geno si ricordò dell'ordine della Crikken: gli Antei di Primo Livello non potevano uscire dalle loro camere finché i Faber fossero rimasti all'Arx.

«Piacere Ezra, ma questo non è il momento di fare amicizia...» Hastor Venti non finì di parlare.

«Sono nella stanza numero 4 e la Governante mi ha detto che prima ci dormiva un certo Bob Lippman che è stato ucciso da Lambert De Solange...» iniziò Ezra.

Sembrava terrorizzato tanto che si teneva le orecchie a sventola ben strette.

«Zitto! Non dire altro...» ma Geno fu nuovamente interrotto.

«*Sorry but*... io non sono riuscito a mangiare nulla e stavo all'erta. Lambert è nella camera 9. Ma è davvero così pericoloso?» l'inglese fece tenerezza all'Anteo di Terzo Livello.

«Il discorso è lungo e ora non è il caso di proseguire. Dovresti aver ricevuto una Paropalla dal Summus che ti diceva di non uscire dalla tua camera. Solo dopo il secondo gong proveniente dal Megasoffio potrai farlo. Non posso spiegarti il perché. Quindi torna nella tua stanza e attendi» Geno guardò Ezra negli occhi.

«D'accordo, d'accordo. Non so ancora bene le regole dell'Arx» rispose andandosene.

«Studia il Regolamento Iniziatico, è importante. Ci vediamo presto» lo rassicurò Geno socchiudendo la porta.

Suomi aveva sentito tutto e sospirando disse: «Lambert crea problemi persino a chi non lo conosce».

«Parlerò con la Crikken. Questa storia non ha senso. Lambert se ne deve andare» Geno ingurgitò l'ultima porzione di gelato e in silenzio sfiorò lo zaino contenente i pezzi della Botte Sacra. Poi controllò di avere in tasca il CantOssum, l'AeterNummus e la VerbuLapis. Si specchiò nei grandi occhi spenti di Suomi e, giocherellando con la Wied-Nion, la baciò di nuovo.

Capitolo Quarto

“Marmalja Schiumix”

La cerimonia rovinata

Tre potenti saette squarciarono il cielo buio della Valle dei Pensieri illuminando le cupole d’oro dell’Arx. Il tuono fu simile all’esplosione di una bomba e la pioggia ricominciò a scendere a cascata.

Gli alberi del bosco erano mossi da raffiche di vento e i rami sembravano braccia di scheletri impazziti. La notte sarebbe stata lunga e faticosa per tutti gli ospiti della Rocca della Mente.

Al terzo piano, nella stanza della Bilocazione Chiusa, gli spifferi d’aria fredda e lo scrosciare della pioggia si sommarono ai rumori metallici provocati dal lavoro dei Faber: la Ruota Conica doveva tornare in funzione al più presto.

Con loro c’era René che seguiva esattamente gli ordini. Respirava male poiché la cera dell’Ombola gli colava sul volto, tappandogli naso e bocca. Il giovane con fatica reggeva i due pesantissimi bulloni di granito della Ruota e cercava di sorreggersi sulle gambe, che di tanto in tanto si piegavano.

I suoi lamenti diventarono tanto fastidiosi che i Faber dovettero interrompere le manovre.

«Stai male?» chiesero preoccupati, sforzandosi di parlare con il ragazzo.

«Sì. La cera mi impedisce di respirare, ma non è solo per questo che sto male. È giunta l’ora della trasformazione. Ogni sera ritorno falco. Non posso rimanere qui con voi» riuscì a dire muovendo la bocca in modo sempre più difficoltoso.

I due Psiofi della Domus Ermetica si scambiarono uno sguardo severo.

«Vi prego, lasciatemi andare, devo togliere questa cera dal viso. Tra un po' la mia testa sarà quella di Roi, il Girifalco d'Oro. Il mio corpo si riempirà di piume e le gambe diventeranno zampe. Per il dolore che proverò sarò costretto a gridare» implorò René.

«Va bene, esci dalla Loggia Psiche. La Ruota Conica è quasi pronta. Avviseremo noi il Summus, madame Crikken. Grazie dell'aiuto che ci hai dato» risposero senza scomporsi più di tanto.

René riappoggiò i due bulloni a terra e, sbattendo le ali, corse fino a raggiungere le scale. All'altezza del secondo piano incrociò Dorathea che lo accolse tra le sue braccia:

«Ero in ansia, sapevo che era giunta l'ora della trasformazione. Forza, appoggiati a me».

Il fratello di Geno iniziò a gridare dal dolore, mentre lentamente il naso e la bocca diventavano un tutt'uno, lasciando cadere sul pavimento i pezzi di cera dell'Ombola. I piedi di René si rattrappirono, gli spuntarono gli artigli e una nuvola di piccole piume d'oro si sparse sulle scale.

Il Re era tornato.

La Batacchia Tremula scoccò le 21. I Faber uscirono dalla Loggia Psiche e si avviarono verso la Stanza della Visione per comunicare a Margot che la Ruota Conica era in funzione e finalmente la RI-AM.5F poteva essere onorata.

Madame era vicino al braciere, con un abito molto particolare, giallo oro. Il tessuto era talmente brillante che, ad ogni suo movimento, creava un alone di luce intorno al corpo. In testa aveva un cappello straordinario fatto a forma di coppa, dalla quale spuntava una Ciliegia Kafkiana. Il frutto, rosso e maturo, era fortemente velenoso.

Quando vide avanzare i Faber, li accolse in modo formale.

In verità, la vecchia francese attendeva con ansia la buona notizia, ma non riusciva proprio a nascondere la sua aria malinconica. Il fatto che ora potesse essere usata la Ruota Conica, lo strumento magipsichico che permetteva la Bilocazione Chiusa, la rasserenava un po'. La presenza simultanea nell'Arx e nel mondo reale sarebbe stata nuovamente possibile.

E lei ne avrebbe approfittato subito: doveva cercare prove e documenti sulla famiglia Hastor Venti.

I due Psiofi della Domus Ermetica osservarono curiosi l'eccentrico abbigliamento di madame e s'inchinarono. La Crikken li ringraziò per il lavoro svolto con una succulenta Cena in Onore della Lettera G, che fu molto apprezzata. Tra una forchettata e l'altra i due spiegarono alla Crikken che ora poteva aprire la Paskas e imprigionare le Ombre Viventi all'interno della Stante Ferrosa già pronta a piano terra.

«*Merci beaucoup*. Siete stati eccellenti. Il druido Fionn e lo sciamano Orso mi aiuteranno ad aprire la Paskas» disse stringendo tra le mani la piastra magica.

«Summus, quando lo riterrai opportuno, mandaci René alla Domus Ermetica. Ilies Buchar lo attende» dissero chinando il capo e tenendo ben saldo il Pastro che portavano in testa.

I due si congedarono ed entrarono nella O' Grande per stendersi sulle pietre calde e tornare in pochi istanti alla palude degli Oscurabi.

In tutta l'Arx si udì il gong che avvisava della partenza dei Faber. Ezra si rasserenò e cercò di addormentarsi, senza pensare più alla morte di Bob Lippman. Geno e Suomi continuarono a chiacchierare, mentre Lambert se ne stette seduto sulla sedia della sua camera in profonda riflessione. Pensava e ripensava alla sua condizione di Anteo non accettato e al destino di madame Crikken Hastor Venti.

Mentre il frastuono del gong terminava, Orso Quieto raggiunse Margot: «La Porta Bianca è silenziosa. Froder e Olleni si sono al momento ritirati. Di Pier e Corinna non si hanno notizie, Pilo Magic Brocca non si è fatto sentire» disse l'Extra Sapiens che aveva lo sguardo stanco.

«Bene, allora scendiamo nel Megasoffio. Questa notte di pioggia e fulmini non fermerà la cerimonia» disse la Crikken accarezzando il suo amato Napoleon.

«Cerimonia?» domandò Orso.

«Certo, la cerimonia per tuo nipote Anoki Kerioki. Non ricordi il Regolamento Largo? La RL.AM.4A è importante. Sarà nominato Psiofo stanotte poiché, alla fine dell'altro ciclo, non era stato possibile per la incresciosa situazione qui all'Arx. Ne darò comunicazione a tutti gli altri tra poco» chiarì madame. Nonostante fosse sgomenta per la notizia che le aveva portato Lambert, tuttavia proseguiva con decisione nel suo ruolo di Summus Sapiens.

Orso alzò la sua lunga lancia di Sioux: «Lupo Rosso non deluderà. Sono fiero di poter partecipare anche io alla cerimonia».

Era infatti inusuale che un Extra Sapiens fosse presente alla nomina degli Psiofi e, in questo caso, ce ne sarebbero stati addirittura due: anche Fionn Artek avrebbe gioito della festa.

Gli unici che non potevano proprio intervenire erano gli Antei, come spiegava bene a quelli di Terzo Livello il Regolamento Largo: la RL.AM.4A era chiarissima. Agli altri livelli ci avrebbe pensato la Governante.

Geno, Suomi, Lambert ed Ezra sarebbero dunque rimasti nelle loro stanze.

Decine di Paropalle rotearono per le scale e corridoi raggiungendo gli alloggi di Psiofi e Psiofe, che stavano tranquillamente gustando la cena.

Contemporaneamente la Crikken attivò il Vertiglio e avvisò i Sapientes che alle ore 22 si sarebbe svolta la Cerimonia per Anoki nell'Auditorium dell'Arx.

Dorathea e il Re si erano accomodati nel Salotto dei Fenicotteri, il falco si era ripreso benissimo dalla trasformazione. Quando alla Psiofa finlandese arrivò il messaggio telempatico del Summus, ebbe un sussulto e, seguita in volo dal Re, corse nella stanza di Lupo Rosso.

Il giovane Sioux era disteso sul letto e leggeva un libro di storia della Magipsia.

«Preparati, questa notte ci sarà una festa. La tua festa» disse Dorathea entrando con Roi.

La gioia illuminò il volto di Anoki che si alzò, mostrando grande soddisfazione. Infilò il copricapo di piume gialle e nere, afferrò l'arco con le frecce: «Prontissimo e felice» rispose, mostrando il petto nudo e muscoloso.

Il falco gli girò intorno emettendo un canto armonioso. Insieme uscirono dalla stanza e si avviarono verso il Megasoffio mentre una fila di maghe e medium scendeva le scale. Tutti fecero attenzione e mantennero una certa distanza dalla Stante Ferrosa.

Le Staffore Inverse mossero le grosse labbra nere e in contemporanea dissero: «Un nuovo Psiofo si appresta a vivere tra noi».

Ranja e Fionn uscirono dalla Sublime Cibaria e incrociarono Naso Bendatov, Nabir ed Eulalia. La nuova e impacciata Governante, Daphne Hogrogian, pulì velocemente le lenti degli occhiali con un lembo del vestito e tossendo sorrise ad Anoki: «Ricordati di sistemare la tua camera. Poi sceglierai il tuo nuovo alloggio al secondo piano».

«Rispetterò con piacere la RL.AM.5» rispose Lupo Rosso.

Geno, Suomi, Ezra e Lambert udirono il vociare e la confusione che proveniva dalle altre stanze dell'Arx, ma la Paropalla che avevano ricevuto aveva portato un messaggio chiarissimo: loro non potevano uscire dalle loro camere. Suomi, come al solito, sapeva già cosa stava accadendo perché aveva già imparato a memoria il Regolamento Largo: «Peccato che noi non possiamo partecipare alla cerimonia» disse.

«Cerimonia? Quale cerimonia? E perché noi dobbiamo rimanere qui?» chiese Geno con la solita aria stralunata.

«Leggi la RL.AM.5! Tra poco ci sarà una festa per Anoki» rispose impettita.

Hastor Venti fece una smorfia: «Sai sempre tutto. E ciò non mi sorprende. Comunque spero che Anoki sia felice, se lo merita».

E in effetti Lupo Rosso era davvero contento. Quando entrò nel Megasoffio, tutti gli Psiofi si alzarono in piedi. Sul palco c'erano i Sapientes e gli Extra Sapiens con al centro madame Crikken. Il suo aspetto era come al solito assai originale: l'abito oro e il cappello con la grande Ciliegia Kafkiana facevano un grande effetto scenico.

Il Piansereno suonò una musica trionfale mentre mille candele rosse scesero dall'alto, formando un corridoio luminoso sospeso tra il soffitto e le poltrone. Anoki camminò fieramente tra le sgargianti candele che galleggiavano sopra la sua testa, fino a raggiungere il palco. Qui chinò il capo davanti alla platea.

Madame si avvicinò, gli sollevò la testa, fissò i suoi occhi neri e profondi e, mettendogli la mano su una spalla, si rivolse ai presenti: «Su questo palco dovevano esserci due giovani ma come sapete Bob Lippman ci ha lasciato a causa di una grave disgrazia. Una morte voluta e provocata dall'Anteo Lambert De Solange con la complicità di Agata Woicik, che ora è rinchiusa dentro la Paskas. Non mi soffermerò su Lambert e sulla sua presenza all'Arx. Ve ne darò giustificazione in un altro momento. Ora la cerimonia deve essere festosa come vuole la tradizione. Ecco a voi un nuovo Psiofo» madame fissò Anoki che rimase immobile e a testa alta. La Crikken si schiarì la voce e continuò annunciando la nuova nomina: «Rispettoso dei Regolamenti, giovane coraggioso e diligente. Le doti magipsichiche non gli mancano e cavalca gli Ippovoli come pochi. Ha superato egregiamente gli Intercanti e ha dimostrato lealtà e onestà. Da ora in poi Anoki Kerioki, detto Lupo Rosso, farà parte degli Psiofi della Nuova Alleanza dell'Arx Mentis e onorerà la nostra storia. Il suo destino è approfondire le tecniche del Volo e dei Sogni Vivi. Assieme a tutti voi potrà aumentare i suoi poteri magipsichici».

La Crikken sfiorò i capelli lunghi e nerissimi di Lupo Rosso e con aria soddisfatta abbracciò il pellerossa, consegnandogli una pergamena d'argento finissimo che portava il marchio A.M.

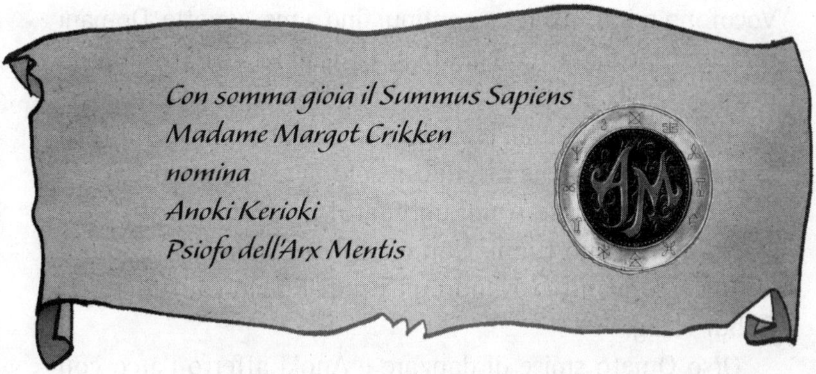

Anoki, emozionatissimo, strinse la pergamena e toccò l'amuleto che aveva al collo, ringraziando Margot, perché era davvero molto felice di poter approfondire le tecniche di Sogni Vivi. Girò lo sguardo verso Nabir. Il santone tibetano chiuse gli occhi e congiunse le mani in segno di approvazione. Lupo Rosso, che non stava più nella pelle dalla contentezza, prima di tutto andò da suo nonno Orso, visibilmente commosso. Poi si rivolse verso l'ampia platea e con voce sicura disse: «Giuro solennemente di servire la Magipsia finché la morte non coglierà il mio corpo di guerriero Sioux e di Psiofo dell'Arx».

L'applauso si levò caloroso e le candele rosse iniziarono a volteggiare, formando disegni di fuoco. Tutti gli Psiofi si alzarono in piedi ed ognuno di loro creò vapori profumati che incensarono l'aria. Con la tecnica della Telecinesi fecero arrivare sul palco piccoli oggetti portafortuna dedicati ad Anoki.

Orso Quieto iniziò una danza propiziatoria, saltellando e cantando antiche nenie Sioux. Anoki lo seguì accompagnato dall'applauso che continuava a rimbombare in tutto il Megasoffio.

Il Summus Sapiens alzò le braccia verso l'alto e con il Vocofono gridò: «La festa continui fino a mezzanotte. Domani sarà una giornata impegnativa. Le Ombre Viventi saranno rinchiuse nella Stante Ferrosa. I Ribelli sono in agguato, perciò dobbiamo stare all'erta» e, così dicendo, mostrò a tutti la piastra magica che attendeva solo di essere aperta.

Improvvisamente si udì un boato! E poi un altro!

No, non erano tuoni. Non era il temporale che scuoteva la notte. Stavano arrivando gli Psiofi Ribelli capeggiati da Gabor Haag.

Orso Quieto smise di danzare e Anoki afferrò l'arco con le frecce. Nabir puntò gli occhi sul portone del Megasoffio, Naso sollevò il colbacco ed Eulalia mosse ripetutamente le spalle e girò tre volte la testa verso destra. Roi iniziò a volare tra le candele sospese nell'aria e, come impazzito, sfiorò le teste di maghe e medium presi alla sprovvista.

Fionn Artek pestò sul pavimento del palco il suo lungo bastone e, guardandosi intorno, gridò forte: «Pronti ad agire!».

Il portone dell'Auditorium si spalancò e un getto violento di ghiaccio travolse gli Psiofi che occupavano le poltrone delle ultime file.

Il Piansereno cominciò a suonare una musica assordante e le canne alte e potenti sputarono acqua, sale e melma verde che imbrattarono i Sapientes e anche madame Crikken.

«Maledetti Ribelli! Come hanno fatto ad entrare?» chiese spaventata Ranja Mohaddina scendendo dal palco.

«Ho controllato bene la porta del retro. Era chiusa» spiegò agitata Dorathea.

Eulalia strabuzzò gli occhi e saltellò come un grillo: «Dobbiamo fermarli!».

La Crikken allargò le braccia e, con fermezza, ordinò a tutti gli altri Saggi di levitare tra le candele rosse della festa che ancora galleggiavano nell'aria. In un attimo tutti volarono e raggiunsero il soffitto. Tenendosi per mano, crearono un cerchio nel quale si formò una massa energetica potentissima. Da qui partirono scariche fluide e sfere di fuoco blu dirette contro l'onda di ghiaccio, che si sciolse quasi del tutto.

Nel frattempo un gruppo di Psiofi che stavano in platea si schierarono come militari davanti al portone, pronti ad affrontare i nemici Ribelli. Orso e Fionn si accucciarono uno a fianco all'altro e, concentrati al massimo, emanarono un fluido ferroso. Lentamente si formò una lunga catena di anelli ovali che, come un serpente metallico, strisciò sul pavimento in direzione del portone. Era un incantesimo potente ed efficace.

Intanto dalle canne del Piansereno continuava ad uscire la melma verde che oramai aveva imbrattato l'intero palco. La poltiglia color muschio marcio era pericolosa perché corrosiva.

Un altro boato scosse le spesse pareti del Megasoffio: davanti al portone squarciato dal ghiaccio apparve Gabor Haag.

«Siete finiti! Arrendetevi!» tuonò Gabor, avvolto da un mantello con il cappuccio e seguito da una folla inferocita di Psiofi Ribelli.

I Sapientes, ancora in lievitazione, continuarono ad aumentare la massa energetica in modo che le sfere di fuoco colpissero i nemici.

Gli Psiofi della Nuova Alleanza rimasero bloccati tra le poltrone. Medium e stregoni crearono spade d'acciaio incandescenti e le lanciarono in contemporanea verso i nemici. Ma Gabor non cedeva, anzi tentò di avanzare finché il fluido energetico lo colpì alle gambe. Cadde ma subito dopo si rialzò sofferente. I Ribelli entrarono nel Megasoffio posizionandosi lungo le pareti: impugnavano pericolosissime mazze chiodate che, roteando tutte insieme, creavano un boato da brivido.

Anoki fu preso dal panico, ma il suo coraggio da guerriero Sioux lo fece reagire: iniziò a puntare frecce infuocate e sibilanti verso i Ribelli e le lanciò riuscendo a colpirne qualcuno.

Dorathea e Daphne urlarono formule magiche per bloccare i movimenti dei ribelli e il Re, tra fuochi e vapori, fumo e scintille, volò in picchiata beccando sulla testa Gabor che, a quel punto, cadde in ginocchio.

I Ribelli continuarono a far roteare le mazze chiodate in modo minaccioso e ad accerchiare gli Psiofi della Nuova Alleanza.

La Crikken capì che la situazione era davvero estrema e spezzò il cerchio in aria, lasciando i Sapientes in lievitazione. Scese velocemente e, ruotando su stessa, creò un vortice d'oro brillante che impedì ogni azione dei nemici. A rafforzare la sua azione magipisichica ci pensarono Orso e il druido i quali, dal palco, trasformarono le loro voci tanto da sembrare belve feroci. A quel punto i Ribelli lanciarono le loro mazze chiodate in mezzo alla platea ferendo in modo serio molti Psiofi che, grondanti di sangue, si accasciarono sulle poltrone.

Madame Margot Crikken lanciò l'enorme Ciliegia Kafkiana che aveva sul cappello, spiaccicandola in faccia a due Ribelli, che stavano per aggredire Lupo Rosso.

Il veleno fece subito effetto e i due crollarono a terra privi di sensi.

Con occhi gelidi l'anziana francese si rivolse a Gabor: «Vattene! Non potrai mai avere l'Arx Mentis. Sei un bastardo traditore!».

Benché fosse in ginocchio, lo Psiofo reagì con violenza vedendo i suoi due alleati fuori combattimento: «Sei una vecchia pazza. Solo Yatto Von Zantar è il vero Summus Sapiens!».

La risata potente della Crikken fu come una stilettata: «Von Zantar? Ecco dov'è il tuo amato Summus Sapiens!» urlò mostrando la Paskas.

I Ribelli e Gabor fissarono la piastra magica e inorridirono. Compresero che il loro amico Yatto era proprio finito.

Perso. Reso inerme.

I Sapientes, ancora in aria, si tuffarono verso i nemici e li avvolsero con la Polvere Citrinica che indebolì il loro respiro. Intanto la catena di anelli ovali di fluido ferroso creata da Fionn e Orso aveva raggiunto il portone, strisciando come una vipera di metallo. La catena imbrigliò Gabor e gli altri Ribelli, anche se, con gesti veloci e grande destrezza, i nemici riuscirono presto a liberarsi.

Naso ed Eulalia si staccarono dal gruppo, la melma verde e corrosiva che usciva dalle canne dell'antichissimo organo dell'Arx stava compromettendo i meccanismi musicali della Batacchia Tremula, della Trombotta, del Fischiosugo e del Pendolo Secco.

«Il Piansereno si sta rompendo!» gridò il dottore russo.

Eulalia, sempre in levitazione, roteò la testa come una sfera impazzita, sferzando l'aria con la sua lunga treccia nera: «Andiamo e fermiamo la malefica magia dei Ribelli».

Il dottore e la Sapiens greca unirono le loro mani e, pronunciando una lunga formula magipsichica, crearono una grandissima goccia di Melagrana Benefica, una sostanza preziosissima che purificava gli ingranaggi. La goccia trasparente, di colore rosa, cadde sopra il Piansereno infrangendosi come un'onda dell'oceano. Il liquido ripulì le canne, tutti gli ingranaggi brillarono sotto la luce delle candele rosse che ancora vagavano tra il soffitto e le poltrone dell'Auditorium.

L'effetto fu immediato: suonarono in contemporanea la Batacchia Tremula, il Fischiosugo, la Trombotta e il Pendolo Secco.

L'enorme frastuono provocò una tale confusione che non si udirono più neppure i tuoni del temporale. L'Arx era in preda ad una furiosa battaglia.

Colpi, boati, grida di terrore echeggiarono in tutte le stanze. Sembrava un inferno!

Geno si affacciò alla finestra mentre la tempesta scalfiva i vetri: «Troppa confusione. Ma cosa sta accadendo? Questi rumori non possono essere provocati solo dal temporale! Qui suona tutto e non è normale» esclamò preoccupato.

«In effetti non credo che la cerimonia per Anoki sia così rumorosa. Sento delle urla e non sono certo canti festosi. Ho udito il suono della Trombotta e del Fischiosugo! Ma non sono questi i loro orari!» aggiunse Suomi alzandosi in piedi.

L'ennesimo boato fece tremare le pareti delle camere degli Antei che a quel punto, nonostante il divieto, uscirono tutti in corridoio seguiti da Oscar che annusava l'aria.

L'illuminazione delle lampade bluastre iniziò ad affievolirsi e nella penombra tutto appariva più pauroso. Geno diede la mano a Suomi, Ezra camminò lentamente incrociando per la prima volta Lambert: «Che succede? Cosa dobbiamo fare? E tu chi sei?» chiese il nuovo Anteo.

«Sono Lambert De Solange. E temo stia accadendo qualcosa di grave».

Ezrà si allontanò di colpo: «Tu sei... Lambert?».

Il ragazzo francese capì che Ezra Moore lo temeva: «Non ti faccio nulla. Stai calmo» rispose seccamente.

Geno intervenne subito: «Andiamo a vedere. Le urla provengono dal Megasoffio».

L'inglese si mise a fianco di Hastor Venti e, guardando storto l'altro Anteo, disse: «Lambert... io mi chiamo Ezra».

«Non è il momento delle presentazioni. Capisco che mi temi ma io non uccido nessuno» rispose il francese infastidito.

«Basta parlare! Andiamo!» esclamò nervosa Suomi.

I quattro ragazzi e il cane si avviarono verso il Salotto dei Fenicotteri, ma proprio in quel momento un bagliore illuminò gran parte dell'Arx, segno certo di una potente magia. Gabor Hagg ne era il responsabile.

Infatti, tutto il pavimento, dal Megasoffio sino alle Staffore Inverse fu invaso da una marea nera. Un liquido viscido e caldissimo. Era la Marmalja Schiumix, una schiuma che impediva ogni movimento.

I ragazzi si aggrapparono alle grandi labbra delle Staffore Inverse e videro scappare Gabor e i suoi seguaci dall'uscita posteriore dell'Arx. Stavano fuggendo verso il Prato Veloso, dove gli Spiccafili si agitavano in mezzo alla tempesta.

«I Ribelli!» gridò Geno.

«Quali ribelli?» chiese terrorizzato Ezra toccandosi le orecchie.

Lambert afferrò per un braccio l'inglese:

«Fai troppe domande. Usa la magia, se ne sei capace!».

Geno guardò la Stante Ferrosa: anche la gabbia elettrica era invasa dalla pericolosa Marmalja Schiumix! Allora il ragazzo fissò i grandi candelabri accanto alle Staffore Inverse e, con un'intensa concentrazione, usò la Telecinesi per spostare una parte delle candele, fino a farle appoggiare sulla schifosa melma che avanzava sempre più.

Le fiammelle infuocarono la massa puzzolente e formarono un tappeto di fuoco.

«Ci bruceremo piedi e gambe!» gridò Lambert.

«Forza, saliamo sulle scale. Dobbiamo fermare questa maledetta schiuma» disse Ezra reagendo al terrore.

Suomi si spaventò, non riusciva a staccare il bastone bianco invischiato nella Marmalja:

«È rimasto incollato e ora le fiamme lo bruceranno!».

Anche il piccolo Oscar era rimasto con le zampe immerse nella schiuma nera e guaiva disperato.

Geno abbracciò Suomi e con difficoltà riuscì a staccare la punta del bastone dalla schiuma melmosa. Ma il cane aveva le orecchie completamente bagnate e ululava per il dolore. Mentre Geno prendeva in braccio Suomi portandola in salvo sulle scale, Lambert corse e afferrò Oscar, stringendolo al petto.

Il tappeto di fuoco si spense lentamente e la marea di schiuma si cristallizzò in uno scivoloso strato marmoreo sopra i bei pavimenti dell'Arx.

I Sapientes, con in testa la Crikken, Fionn, Orso e Anoki, seguiti dagli Psiofi della Nuova Alleanza, uscirono dal Megasoffio, mentre i Ribelli erano già fuggiti correndo in mezzo alla pioggia e ai fulmini.

Nabir Kambil e Naso imprecavano contro Gabor giurando vendetta.

Quando arrivarono all'altezza delle Staffore videro che le

sbarre della Stante Ferrosa erano rimaste bloccate dalla marea nera. Fionn Artek li rassicurò:

«Funzionerà lo stesso. Basta solo togliere questo strato schifoso che ha invaso l'Arx».

Madame arrivò sorretta da Dorathea e Ranja. Quando vide sulle scale i quattro Antei s'infuriò:

«Che cosa fate qui? Gli ordini sono ordini! E vanno rispettati in ogni occasione».

«Calmati, Margot. Hanno avuto paura... è comprensibile» disse Nabir.

Ma la Crikken non s'intenerì: «In camera vostra! Subito!».

Ezra impallidì: era la prima volta che vedeva il Summus Sapiens. Lambert abbassò lo sguardo e Suomi agitò il suo bastone bianco:

«Sappiamo bene che non potevamo assistere a ciò che stavate facendo nel Megasoffio. Ma i Ribelli ci hanno spaventato».

Geno la bloccò e, scendendo le scale, si avvicinò alla Crikken: «Ora andiamo in camera, ma sappi che poteva accadere qualcosa di grave anche a noi. Ci sono troppi pericoli qui all'Arx e io voglio rimanere vivo per riabbracciare i miei genitori».

Serio, duro, con gli occhi neri che brillavano come perle, il giovane Hastor Venti se ne andò senza guardare in faccia la Crikken.

Madame, spettinata e con l'abito d'oro a brandelli, strinse la Paskas tra le mani e, irritata, rispose:

«Siamo tutti qui per risolvere il grande problema che avete tu e tuo fratello. Non dimenticarlo, mio caro Hastor Venti».

Il Re planò sulla spalla di Geno emettendo un grido fortissimo. Ezra, che non lo aveva mai visto e non sapeva nulla del falco-René, s'impaurì e, senza fiatare, non riuscì a distogliere lo sguardo da lui.

La piccola testa piumata tentennò. Roi, il Girifalco d'oro,

era in preda alla disperazione. Era evidente che la guerra scoppiata all'Arx era stata provocata dagli Hastor Venti. La liberazione di Pier e Corinna, la malvagità di Yatto Von Zantar e la scissione degli Psiofi ne erano prove evidenti e adesso si trattava soltanto di arginare il caos e lottare per la vittoria. Roi ne era consapevole e non desiderava affatto che il fratello si contrapponesse al Summus Sapiens che tanto aveva fatto per loro.

La Crikken inclinò la testa e nel suo cuore avvertì una fitta, come se un pugnale l'avesse trafitta e, con dolore, pensò: "Anch'io sono una Hastor Venti. E questa battaglia è anche per me. Sono la prozia di questi due ragazzi e nelle loro vene scorre il mio stesso sangue".

Abbassò gli occhialini d'argento e, voltandosi verso di loro, disse:

«Siete importanti per me. Siete importanti per l'Arx Mentis. Ma esistono le regole. Senza regole non si otterrà giustizia».

Mai come allora Geno e il falco sentirono madame Crikken più vicina ma anche più severa. Una severità che non compresero. E neppure gli altri Saggi compresero l'atteggiamento duro e perentorio del Summus Sapiens. Solo Dorathea captò il profondo dolore e il disagio dell'anziana francese e sentì che qualcosa d'importante la tormentava. Ma la giovane finlandese non riuscì a capire cosa.

Eulalia, stravolta dallo scontro con i Ribelli, si sistemò la lunga treccia e con gesti inconsulti portò le braccia verso l'alto:

«Calmiamo gli animi. I Ribelli torneranno. Dobbiamo ripulire il pavimento da questa orribile e schifosa schiuma diventata di marmo!».

Si fece avanti Lambert: «Pulirò io» disse, sperando che il suo gesto fosse apprezzato.

«Ti darò una mano» aggiunse timidamente Ezra Moore.

La Crikken diede uno sguardo all'Anteo inglese osservando le sue particolari orecchie ed entrò nella sua mente senza che lui se ne accorgesse. Sentì i suoi pensieri e la stima che provava per miss Butterfly O'Connor. A quel punto si irrigidì e, con le labbra sottili e semichiuse disse:

«Attento giovanissimo Anteo, qui le ruffianerie non servono. E soprattutto non tollero i tradimenti».

Eulalia e Ranja rimasero stupite dall'aggressività di Margot, ma non intervennero. Doratea e Daphne invece parlarono: «Summus, il ragazzo non ha detto nulla di sconveniente. Anzi, ci sembra volonteroso».

«La volontà spesso è foriera di falsità. Mi auguro che Ezra Moore sia onesto e sincero» e, così dicendo, squadrò dalla testa ai piedi l'inglese che, intimorito, iniziò a tormentarsi le orecchie.

Nabir dondolò con il corpo facendo svolazzare la sua brillante tunica arancione: «Serve la calma. Serve la meditazione. Usate le energie positive e non lasciatevi condizionare dalla tensione creata dai ribelli».

«*Ocen Xorocho*! Bravi Antei! Bravo Lambert e bravo anche Ezra» esclamò Naso Bendatov, cercando di sorridere.

La Crikken si ricompose e fece un cenno di assenso a Lambert, che s'inchinò davanti ai Sapientes: «Anche se non sono degno di essere qui tra voi, vi prego di giudicarmi per ciò che farò e non solo per ciò che purtroppo ho fatto. Sono profondamente pentito. Datemi una possibilità».

«Verrà il momento per parlare di te. Ora le tue parole non servono. Se vuoi pulire il pavimento fallo, ma certo questa tua buona azione non cancellerà la morte che hai provocato» rispose duramente Nabir Kambil.

Lambert arrossì, la Crikken fece un lungo respiro, Naso starnutì sei volte ed Eulalia picchiettò il piede sinistro sul primo gradino della scala. Il momento era delicato, così Dorathea e Daphne decisero di intervenire e consegnarono ai due ragazzi le piccozze d'argento, mentre Nabir e il dottore li rifornirono di due taniche di Acqua Ragiosa, fortemente corrosiva. Ranja guardò Ezra Moore con tenerezza, sperando che la circostanza non lo facesse emozionare ancor di più: «Sei appena arrivato, ma ti dai già da fare. Prometti bene, giovane inglese».

Ezra rimase serio e non distolse lo sguardo dalla Paskas che madame Crikken stringeva tra le mani. Dorathea se ne accorse e, avvicinandosi, gli sussurrò all'orecchio:

«Lì dentro c'è anche miss Butterfly O'Connor. Mi auguro che tu comprenda la situazione. Quella Sapiens irlandese non è certo amica nostra».

Il ragazzo arrossì di colpo e non ebbe il coraggio di dire nulla.

La Batacchia Tremula scoccò mezzanotte in punto.

Madame salì al terzo piano dicendo:

«Preparo il Programma del Mese. La notte non è finita. Mentre Ezra e Lambert puliranno i pavimenti, voi cercate di dormire. Ma tenetevi pronti, Gabor Haag non si è certo arreso».

Orso Quieto avanzò cercando di non scivolare sullo strato di Marmalja Schiumix: «Mi spiace molto che la cerimonia per Anoki sia finita così. I doni e i portafortuna che tutti voi, cari Psiofi, avete consegnato a mio nipote sono andati distrutti e questo non è di buon augurio».

Tutti condivisero le sue parole e Lupo Rosso, con la solita fierezza, mostrò la pergamena e le frecce:

«Sono uno Psiofo e non posso lamentarmi. Se i doni che mi avete fatto sono bruciati a causa dei Ribelli, sono certo che avrete altri doni per me. Doni importanti come quello della vostra amicizia e del vostro aiuto. Sto dalla parte della

Nuova Alleanza e il tradimento non è nel mio cuore. Perciò dormirò tenendo un occhio aperto e la mente sveglia».

Gli Psiofi applaudirono il nuovo nominato gridando ancora il suo nome che echeggiò in tutta l'Arx, così che le Staffore Inverse ripeterono all'unisono: «Anoki Kerioki, valoroso Psiofo».

Ezra e Lambert, nonostante non dovessero sapere cosa era successo nel Megasoffio, si scambiarono uno sguardo d'intesa. Un'occhiata che cancellò ogni timore di inimicizia. L'Anteo inglese capì che all'Arx regnavano segreti e regole che bisognava solo comprendere ed accettare.

Fionn Artek, stanchissimo, si rivolse alla Crikken: «Se tu devi scrivere il programma, allora all'apertura della Paskas ci penseremo domani. Ma sappi che io ho fretta di tornare nel Tempio di Uisneach. La mia natura solitaria deve essere rispettata».

La Crikken fu d'accordo e lo salutò muovendo leggermente la mano destra che stringeva la Paskas. Era avvilita e triste. Gli anni le pesavano ma doveva assolutamente sconfiggere i Ribelli, prendere l'Anello di Yatto e scoprire tutto sulla verità degli Hastor Venti.

Il Re volò tra le braccia di Dorathea che lo accolse con amore e se ne andarono insieme, Naso starnutì ancora due volte e poi entrò nella Clinica Vaga dagli sfortunati Toam Ratandra e Yudi Oda. I due Antei, uniti come siamesi, avevano udito il gran frastuono senza poter reagire. Non riuscivano a muoversi ma soltanto a urlare terrorizzati.

Naso li rassicurò e diede loro due bibite freschissime all'Arancia Fichtiana, promettendo che avrebbe fatto di tutto per dividerli al più presto. Il dottore fu raggiunto da un gruppetto di maghe e stregoni rimasti feriti durante l'attacco dei Ribelli. Li curò velocemente con fasce di Lino Levino e Cerotti Unguentati. Per fortuna nessuno di loro era grave e in pochi minuti tornarono in piena forma.

Davanti alle Staffore Inverse erano rimasti in pochi, perché quasi tutti stavano salendo nelle loro camere.

Geno e Suomi si diedero la buonanotte, sperando che il giorno avrebbe portato un po' di serenità. Solo nella sua camera, il giovane Hastor Venti si gettò sul letto e abbracciò gli oggetti magipsichici. Il suo pensiero andò immediatamente ai genitori: «Sconfiggerò Froder e Olleni. Pilo Magic Brocca sarà presto fermato e voi sarete finalmente liberi! Mi sento forte. Mi sento pronto. Il destino non può portarmi lontano da voi». Si addormentò con la Wied-Nion sul petto, mentre l'ennesimo tuono infrangeva la notte.

I fulmini e le saette continuarono a brillare nel cielo nero dell'Arx e i bagliori schiarivano le cime delle alte montagne della Valle dei Pensieri. Sulle finestre delle camere la luce si schiantava sui vetri creando aloni bluastri.

Ma la prima notte del ritorno alla Rocca della Mente non era finita. I Ribelli non erano fuggiti lontano. Gabor li aveva portati in un luogo segretissimo e inaccessibile. Il fedele amico di Yatto Von Zantar presto avrebbe organizzato un nuovo e potente attacco.

All'Arx la stanchezza prevalse sull'ansia, e molte maghe e streghe si abbandonarono a sogni inconsueti e colmi di scene paurose che solo Nabir Kambil avrebbe potuto interpretare. Troppa rabbia, troppa tensione regnavano nella Rocca della Mente.

Dal 1555, anno di fondazione dell'Arx, non c'era mai stata una confusione del genere e soprattutto era la prima volta che gli Psiofi si erano divisi a causa di un Anteo.

Solo Ezra e Lambert non dormirono per niente: con in mano piccozze d'argento e taniche d'Acqua Ragiosa smantellarono pezzo a pezzo lo strato malefico che aveva rovinato i pavimenti. Un lavoro faticoso e lungo. A vigilare su di loro rimase solo il piccolo Oscar che continuò a leccarsi le lunghe orecchie, guardando di tanto in tanto Lambert che lo aveva salvato.

Ezra non chiese nulla al francese, se ne stette in silenzio a fare il suo dovere. Di tanto in tanto lo osservava e, guardando quel volto affilato e dai lineamenti dolci, si convinse che non poteva essere cattivo. Che non poteva essere un assassino. E se davvero aveva provocato la morte di un altro ragazzo forse era stato convinto dal Male. Nel cuore dell'Anteo dalle orecchie a sventola non ci fu né perdono né comprensione. Lasciò che il tempo spiegasse la verità.

Al terzo piano, nella Stanza della Visione, il fuoco del braciere scoppiettava allegramente e le ombre dei tre draghi che lo sorreggevano danzavano sopra il grande mosaico. Madame Margot Crikken, con indosso il bell'abito d'oro ridotto a brandelli, si accasciò sullo scranno.

Era esausta e pensierosa. Solo il miagolio di Napoleon la fece sorridere un po'. Non aveva assolutamente voglia di riposare, anche perché la camera da letto, usata fino a qualche giorno prima da Yatto Von Zantar, provocava solo inquietudine.

L'idea di dormire a pochi passi dalla Porta Bianca l'agitava da morire. Aveva trascorso le altre notti usando tecniche di rilassamento ma quella notte... no! Non aveva la forza di concentrarsi e liberare la mente dai cattivi pensieri. La notizia di essere una Hastor Venti era stata davvero una frustata. Continuò a pensare alla lettera di Riccardo Del Pigio Ferro e alla storia del terzo gemello. Un uomo di cui non sapeva nulla. Anzi, solo una cosa sapeva: che si chiamava Geno. E non poteva essere certo una coincidenza che il giovane Anteo che lei stessa aveva portato all'Arx avesse questo identico nome. Bisognava cercare, bisognava capire quale verità si celava dietro l'intera storia. La Crikken prese dunque una decisione importante: doveva andare a Campana di

Sotto e parlare con Flebo Molecola. Ora poteva farlo perché la Ruota Conica funzionava alla perfezione.

"Flebo deve dirmi tutto quello che sa! Questa volta non mi lascerò intenerire dalla sua faccia da bonaccione» pensò facendosi serissima. Poi la sua mente corse verso Geno e René: "Come farò a dirgli che sono la loro prozia? Che nonno Svevo era mio fratello gemello? Come farò a raccontare questa storia senza provocare l'ennesimo trauma psicologico?". Gli occhi azzurrini si riempirono di lacrime. Sola con il gatto in braccio, con il viso illuminato dal braciere, pensò che la sua vita era trascorsa tra lotte e successi, ma ora doveva affrontare una prova importante. Forse la più importante: quella di scoprire la verità sulla famiglia Hastor Venti. La sua famiglia!

Prima di spostarsi a Campana di Sotto decise di scrivere il Programma del Mese.

Presi i fogli e una grande e preziosa penna di maiolica bianca e turchese, scrisse di getto il Programma, mentre il suo vecchio cuore batteva lentamente. Subito si rese conto che sarebbe stato un programma anomalo poiché non vi erano Antei di Secondo Livello. Anche questo non era mai accaduto all'Arx dal 1555.

Il mondo della Magipsia stava proprio prendendo un nuovo corso. Stava arrivando una nuova era, dove magia, psicologia, filosofia e alchimia avrebbero avuto un ruolo forse ancora più importante che in passato. In preda all'angoscia, la Crikken scrisse con passione il suo primo Programma da Summus Sapiens. Con gli occhi ancora umidi di commozione ebbe la tentazione di firmarsi Madame Margot Crikken Hastor Venti, così come aveva scritto Riccardo Del Pigio Ferro nella lettera trovata nell'UffioServo.

Ma si fermò.

Non era ancora giunto il momento della rivelazione.

Programma del mese

Madame Margot Crikken

LOGGIA PSICHE

MATERIALIZZAZIONE E BIOSMIA

Gli orari saranno comunicati per via telepatica o con le Paropalle.
Accesso libero agli Psiofi della Nuova Alleanza.
Per gli Antei è necessario il permesso.

BILOCAZIONE CHIUSA

I Sapientes possono usufruire della Ruota Conica a orari differenziati, dalle ore 12 fino alle ore 20.
L'uso della Ruota Conica non può durare più di due ore.

BILOCAZIONE TRAVERSA

Per i Sapientes solo su concessione di madame Crikken.

Ranja Mohaddina

AULA SUBLIME CIBARIA

Dalle 9 alle 12: CUCINA METAFISICA – Accesso libero
Dalle 14 alle 16: FANDONFIA – Accesso libero
Dalle 17 alle 19: CONTROFISICA – Accesso libero

Eulalia Strabikasios

AULA DELL'IPNOSI

Dalle 9 alle 12: VEGGENZA – Per Antei di III° Livello.
Dalle 15,30 alle 18,30: RETROCOGNIZIONE – Per Antei di III° Livello.
Dalle 23 alle 2: MAGIA BIANCA – Arcoloria, Odoria e Venofia – Accesso libero

Daphne Hogrogian

AULA DEL PENSIERO SOTTILE

Dalle 9 alle 11: TELEMPIA – Accesso libero.
Dalle 13 alle 15: TELEPATIA – Sospesa per mancanza di Antei di II° Livello.
Dalle 18 alle 19: TELECINESI – Accesso libero
Dalle 23 alle 3: FANTASMI – Per Antei di III° Livello.

Dorathea Liekko

SCUDERIA RICCARDO DEL PIGIO FERRO

Dalle 10 alle 2: IPPOVOLI – Accesso libero

PRATOVELOSO

Dalle 15 alle 17: SPICCAFILI – Per Antei di III° Livello.

AULA DELLA LEGGEREZZA

Dalle 9 alle 11: BIOENERGIA – Per Antei di III° Livello.

Dalle 21 alle 23: LEVITAZIONE – Per Antei di III° Livello.

Nabir Kambil

AULA DELL' OBLIO

Dalle 14 alle 16,30: MEDITAZIONE – Accesso libero.

AULA LIMBICA

Dalle 2 alle 8: SOGNI VIVI – Per Antei di III° Livello.

Naso Bendatov

LAGOSTORTO

Dalle 11 alle 13: SUBCANDI – Per Antei di III° Livello.

MEGASOFFIO

Dalle 21 alle 24: PSICOFONIA – Accesso libero

- Per assenza di Antei di II° Livello le lezioni saranno meno affollate, ma ciò sottolinea la grave mancanza di giovani all'Arx Mentis.
- Le lezioni di Salutria del dottor Naso Bendatov sono sospese poiché nella Clinica Vaga sono ancora ricoverati i due Antei: Toam Ratandra e Yudi Oda.
- Gli Psiofi della Nuova Alleanza sono liberi di frequentare ogni materia.
- Solo su concessione del Summus Sapiens tutti gli Antei possono accedere alle Aule fuori orario.
- Libero uso di Subcandi e Ippovoli per Psiofi e Antei di III° Livello.

Summus Sapiens Madame Margot Crikken

La Batacchia Tremula scoccò le 4. Madame Crikken arrotolò il Programma e lo infilò nella Paropalla diretta alla Governante Daphne Hogrogian, che ancora russava nella sua stanza. Nemmeno il carillon la svegliò. L'anziana armena era davvero stanchissima e solo al suo risveglio avrebbe trovato il messaggio del Summus. Con il Programma il nuovo ciclo dell'Arx avrebbe avuto inizio, anche tra le tante difficoltà.

Margot sbadigliò, alzandosi dallo scranno con un forte dolore di schiena che la rendeva curva e si avviò verso la sua camera. Oltrepassò il mosaico ed entrò. La Porta Bianca era silenziosa. Nessun lamento. Nessuna magia.

Si tolse l'abito lacero gettandolo tra i cuscini, poi andò alla bacinella colma di acqua tiepida alle rose e si sciacquò il viso. Spossata infilò una vezzosa camicia da notte di pizzo bianco, si distese sul grande letto assieme al suo gatto Napoleon e si versò una tazza di Tisana Pitagorea. A piccoli sorsi la bevette, osservando il soffitto, e finalmente chiuse gli occhi.

Fuori, il vento aveva smesso di agitare gli alberi e il cielo si stava preparando alla nuova alba. Nel silenzio della fine di una notte agitata, si udivano solo i rumori provenienti dal piano terra, dove Ezra e Lambert stavano ripulendo il pavimento.

L'inglese aveva già rovinato del tutto i guanti neri e anche quelli di Lambert si erano bucati usando la piccozza. Per fortuna lo strato marmoreo della Marmalja Schiumix era quasi smantellato e così, quando gettarono l'Acqua Ragiosa, i pezzi di marmo schiumoso si sciolsero e frizzarono come se stessero bollendo. L'antico pavimento tornò lucido come prima.

Lambert, seduto sui gradini delle scale, si aggiustò il Tonca e sbadigliò mentre Oscar lo annusava felice. Anche

Ezra aveva sonno: «Andiamo a riposare, tra poche ore inizieranno le lezioni e io voglio essere ben sveglio. Non desidero sbagliare».

«Anch'io non posso e non voglio più sbagliare. L'errore che ho compiuto è gravissimo e non me lo perdono» rispose Lambert De Solange.

«Un omicidio non si può perdonare. Spero che la vita dell'Arx ti aiuti e ti faccia capire cos'è l'amicizia. Io non so cosa è accaduto, perché non c'ero. Ora però sono qui davanti a te e posso ascoltarti» l'inglese appoggiò la piccozza e attese.

«Odiavo Geno e i suoi amici» disse subito.

«Perché, che ha fatto Geno?» chiese curiosissimo.

«Nulla. Solo che è un Anteo diverso da tutti noi. I suoi genitori sono stati rapiti e ora sono rinchiusi nella Cupola d'Oro con Pilo Magic Brocca. È una storiaccia. Von Zantar è stato malefico, così come miss Butterfly O'Connor. Anche lei non amava Geno e nemmeno suo fratello René».

Lambert raccontò l'intera vicenda che aveva portato a quelle gravi conseguenze. L'Arx era ridotto così proprio per via degli Hastor Venti e soprattutto per l'arroganza di Von Zantar.

Ezra ascoltò attonito. Si rese conto che vivere all'Arx Mentis non sarebbe stato per nulla facile. Ripensò a Butterfly, che tanto adorava e che invece si era comportata malissimo. Gli vennero in mente la Paskas e le parole dure di madame Crikken.

«I fratelli Hastor Venti sono sfortunati. René è stato trasformato in falco d'oro. Roi, il falco magico di Von Zantar era lui» continuò Lambert. Ezra lo fissava attonito, con gli occhi sbarrati.

«Il falco? René è quel falco che ho visto prima? E poi si trasforma in essere umano?» l'inglese era davvero sconcertato.

«Sì, proprio così. Ogni sera diventa falco e di giorno torna René» Lambert si morse le labbra, non sapeva se raccontare tutta la storia a quell'Anteo appena conosciuto.

«Ma Geno e René hanno davvero dei segreti?» chiese Ezra sperando di sapere qualcosa in più.

«Certamente la loro famiglia nasconde dei misteri. È stato per gelosia o per invidia che decisi di allearmi con Agata Woicik e Bob Lippman» rispose Lambert.

«Agata?» domandò Ezra che non sapeva minimamente chi fosse.

«È un'Antea Polacca di Secondo Livello. Ora è dentro la Paskas pure lei» il francese continuò a parlare mentre le candele illuminavano le Staffore Inverse.

«Lei e Bob volevano che Anoki Kerioki morisse durante il Contra Unico. Così abbiamo manomesso uno Spiccafilo, pensando che proprio Anoki lo avrebbe scelto. Invece poi...» Lambert mise le mani sulla testa e singhiozzò.

«Poi? Cos'è successo?» chiese Ezra avvicinandosi.

«Quel maledetto Spiccafilo è invece toccato a Bob. Ed è morto» disse con la voce spezzata dal pianto.

«Ma chi ha scambiato gli Spiccafili?» chiese l'inglese massaggiandosi l'orecchio destro.

«Fu il Summus Sapiens a decidere» Lambert rialzò la testa e, con il viso bagnato dalle lacrime, guardò l'Anteo inglese.

«La Crikken! È una donna fredda e cinica» esclamò Ezra, ma queste parole fecero scattare Lambert.

«No, è una donna molto saggia e buona. La conosco da tanto tempo. E ha fatto bene a cacciarmi» spiegò il francese.

«E come mai ora ha cambiato idea? Sei tornato e nessuno ti vuole più. Solo lei mi sembra...» ma il ragazzo fu interrotto.

«Non posso dirti altro. È fin troppo quello che ti ho confidato. E se ti dicono che lei mi difende perché siamo parenti, non crederci. Non è questa la ragione».

Lambert si alzò mettendosi di fronte a Ezra, che sentì la chiusura dei pensieri del giovane e non chiese più nulla.

«Andiamo a dormire. Ci aspetta una giornata pesante» e, così dicendo, i due si avviarono verso le loro stanze seguiti da Oscar che non vedeva l'ora di riposare sul serio.

Ezra Moore intuì che tra Lambert e la Crikken c'era qualcosa di segreto e certamente riguardava la loro parentela. Il giovane inglese, che usava la timidezza come scudo, in realtà aveva doti magipsichiche notevoli. Ancora non sapeva bene di chi fidarsi, però gli era ben chiaro che miss O'Connor era fuori gioco e non avrebbe potuto avere nessun aiuto da lei. Cercare di intenerire la Crikken non sarebbe stato facile e solo dimostrando lealtà e forza, forse, poteva ottenere la sua stima.

La Batacchia Tremula scoccò le 5.

Una calma apparente avvolse l'Arx: nelle viscere della Rocca stava accadendo qualcosa.

Nei profondi sotterranei si accesero dei fuochi, i Ribelli stavano covando altri attacchi furibondi. Gabor Haag e i suoi seguaci avevano occupato la Grotta Rossa, un luogo lugubre scavato dall'acqua e dal tempo. Gli elementi della natura avevano corroso la pietra dei fondali del canale che scorreva attorno all'Arx.

Giù in fondo, come all'inferno, avevano trovato il loro covo.

Era stato l'ex Cerimoniere Pilo Magic Brocca a svelare il nascondiglio a Gabor, mettendosi in contatto telepaticamente. Magic Brocca, sempre più magro, con le occhiaie nere e blu, era riuscito a pilotare le azioni di Gabor, dandogli indicazioni giuste su come raggiungere la Grotta

Rossa. L'obiettivo era rubare la Paskas per far tornare in vita Yatto, Butterfly e Agata.

Un'impresa difficile ma non impossibile. Pilo ricattava la Crikken, i Sapientes, gli Extra Sapiens, gli Hastor Venti e tutti gli Psiofi della Nuova Allenza perché teneva prigionieri Pier e Corinna. Una mediazione non era possibile: o il Summus Sapiens cedeva oppure i genitori di Geno e René avrebbero fatto una brutta fine.

Gabor Haag era certo di vincere e, fregandosi le mani, già assaporava la sconfitta della vecchia francese. Molti degli Psiofi Ribelli erano rimasti feriti nello scontro avvenuto nel Megasoffio, ma il loro odio verso Margot era talmente forte che non sentivano affatto il dolore.

L'alba stava per sorgere, il cielo si era schiarito mostrando le cime delle montagne ancora innevate. Il prato e il bosco della Valle dei Pensieri brillavano di un verde quasi trasparente. I segni della tempesta però erano ben visibili: molti tronchi e rami erano stati spezzati dai fulmini e due Spiccafili si erano staccati dai blocchi di cemento, volando chissà dove.

Orso Quieto e Fionn Artek furono i primi a svegliarsi. Scesero le scale e con soddisfazione videro l'ottima pulizia fatta da Ezra e Lambert. Però si accorsero che il portone del Megasoffio era ridotto proprio male: il getto di ghiaccio dei ribelli lo aveva completamente rotto. Inviarono contemporaneamente due messaggi telepatici al dottore russo, chiedendogli di intervenire al più presto. Naso si svegliò bruscamente starnutendo come un elefante:

«Bisogna aggiustare anche la porta dell'Auditorium ! Non ne posso più dei Ribelli!».

Intanto il druido e lo sciamano entrarono nella Scuderia: come ai vecchi tempi saltarono in groppa agli Ippovoli e, respirando l'aria purissima del mattino, compirono la loro meditazione sui cavalli alati, che si libravano felici sfruttando le correnti del vento.

Anche Daphne e Dorathea si alzarono e la Sapiens armena lesse subito la Paropalla inviata dalla Crikken:

«Il Programma! Benissimo. Ora preparo tutto. Con la colazione gli Antei avranno l'elenco e gli orari delle lezioni».

Le due nuove Sapientes si ritrovarono in corridoio dove incrociarono Ranja:

«La colazione sarà super energetica. C'è bisogno di forza per reggere i ritmi dell'Arx» disse la giovane araba, pronta a usare le magiche pentole della Cucina Metafisica.

Insieme scesero le scale e raggiunsero la Sublime Cibaria e proprio in quel momento Naso Bendatov uscì brontolando dalla Clinica Vaga:

«Vado ad aggiustare il portone del Megasoffio. Poi mi farò una nuotatina con un Subcando, altrimenti divento pazzo».

Daphne tossì: «Tranquillo, tranquillo. Fino alle 11 sei libero. Ecco, prendi una copia del programma, così sai già gli orari delle lezioni».

Pochi minuti prima dello scoccare delle 6 anche Nabir e Eulalia si aggiunsero al gruppo. Daphne consegnò direttamente il Programma e tutti concordarono con le disposizioni della Crikken.

«Finalmente la Ruota Conica funziona!» esclamò Nabir.

«Hai intenzione di usarla per farti un giro nel tuo Paese?» chiese Dorathea.

«Non so. È tanto tempo che non vado in Tibet. Magari ne parlerò con Margot» rispose calmo come al solito il santone dalla testa pelata.

Che ora i Sapientes potessero essere presenti contemporaneamente all'Arx e nel mondo reale era una vera fortuna, anche se il caos e il pericolo rappresentato dai Ribelli non rendeva la situazione tranquilla. Solo in casi eccezionali e su precisa motivazione i Saggi potevano usare la Ruota Conica, e la Rl.AM.5F lo specificava molto bene.

Daphne e Dorathea studiarono bene il Programma: per loro era il primo giorno di lezione come Sapientes. L'armena era nervosetta e tossiva in continuazione:

«Mi auguro che non accada nulla nell'aula del Pensiero Sottile» e, così dicendo, se ne andò a controllare se tutti gli oggetti erano al posto giusto. Invece, dopo aver fissato l'appuntamento alla Sublime Cibaria per le 7, Dorathea si diresse verso la Scuderia per spazzolare i cavalli alati.

Quando uscì, notò che la tempesta si era portata via un paio di Spiccafili e che Orso e Fionn erano ancora in volo. Il sole era già sorto e i raggi scaldavano l'intera vallata. Pregò che René non soffrisse per l'ennesima trasformazione che sarebbe scattata esattamente alle 8 del mattino. Diede del buon Fienareo agli Ippovoli e li curò a dovere.

Al primo piano dell'Arx, Daphne aveva messo in ordine l'Aula del Pensiero Sottile e si rese conto che l'ora della colazione era vicina.

In qualità di Governante doveva suonare la Trombotta alle 7 precise. Gli Antei attendevano il cibo metafisico, che Ranja stava già preparando. Ma la Saggia araba fu distolta dal brillare del suo Vertiglio. Era Margot che la contattava:

«Le lezioni inizieranno regolarmente. Io uso la Ruota Conica. Se qualcuno mi cerca, il mio doppio è comunque nella Stanza della Visione. Come sai, posso ricevere solo voi Sapientes, gli Psiofi e gli Antei di Terzo Livello. La regola RL.AM.1E va rispettata».

La Saggia araba rimase attonita con la brocca piena di Succo Hegeliano tra le mani.

Si domandò dove mai fosse diretta la Crikken. Era

alquanto strano che, proprio il primo giorno del nuovo ciclo dell'Arx, lei decidesse di usare la Bilocazione Chiusa.

Il suono della Trombotta la fece tremare e per poco non mollò tutto a terra. Daphne, sopraggiunta subito, si mise a ridere e, con un abile gesto di magia, spedì i vari vassoi colmi di delizie metafisiche e il Programma in bellavista, davanti alle porte degli Psiofi.

Daphne, come voleva il Galateo, dava infatti una mano all'anziana armena, e posizionava i vari fogli con il Programma del Mese: «Ora vado dagli Antei».

Quando stava per uscire dalla Sublime Cibaria, Ranja la bloccò:

«Margot sta usando la Ruota Conica. Non so dove sia diretta. Tu sai qualcosa?».

«No. Chissà cosa ha in mente! Forse la storia di Lambert l'ha confusa e starà cercando di convincere quelli del riformatorio a riprendersi il ragazzo. Forse andrà a Parigi!».

Ranja Mohaddina si fece seria: «Temo che la Crikken sia nei guai. È sono una sensazione, ma io mi fido del mio intuito».

Daphne s'intristì: «Guai? Be', madame ne ha senza dubbio: il ritorno di Lambert non piace a nessuno. Sono frastornata».

«Stiamo a vedere, ma se dovessimo sentire che le energie sono troppo negative, allora andiamo a parlare con lei. In fin dei conti, anche se è sdoppiata e una parte è qui e l'altra chissà dove, può perfettamente rispondere ai nostri dubbi» concluse l'armena uscendo con quattro vassoi in precario equilibrio. Ne teneva due con le mani, uno appoggiato sul braccio destro e il quarto era dondolante sulla testa.

Tossendo a più non posso, e cercando di non far cadere bicchieri e tazze, si presentò nella stanza di Geno:

«Colazione energetica! La mente ha bisogno di mangiare! Leggi il Programma e preparati».

Geno, ancora assonnato la guardò e rise di gusto: «Brava, Governante. Mi sembri un giocoliere. Sei senza alcun dubbio più simpatica di miss O'Connor».

«Lascia qui anche il mio vassoio» disse entrando Suomi.

Bellissima, con i capelli biondi raccolti ai lati, un abitino verde mela che ben si intonava alla divisa rossa del Terzo Livello.

Geno rimase a bocca aperta e Daphne arricciò il naso: «Bene, bene. Mi raccomando, non fate tardi. Leggete il Programma. Se volete vi aspetto per una durissima lezione di Fantasmi, è stasera alle 23».

L'anziana armena uscì in fretta per portare gli altri due vassoi a Ezra e Lambert.

Come al solito, Geno lesse il Programma a Suomi e insieme divorarono ottime brioche alla Crema Sartiana. La ragazzina ingurgitò ben otto bignè alla Panna Bobbiana, mentre Hastor Venti si versò tre bicchieri colmi di Succo Hegeliano.

«Dobbiamo chiedere il permesso alla Crikken per frequentare Materializzazione» disse Geno mordendo una Ciambella al Burro Cosmico.

«Sì, hai ragione. Però dobbiamo assolutamente andare a Retrocognizione e Veggenza, con Eulalia sarà divertente».

La porta si aprì di colpo: Ezra Moore era vestito come un vero lord inglese, e il Tonca nero gli donava in particolar modo.

«Salve. Alle 9 vado a Telempia per rinfrescarmi un po' le idee. Voi che fate?».

«Ciao Ezra» lo salutarono in coro i due fidanzatini.

«Noi siamo al Terzo Livello e seguiremo altre lezioni. Mettiti d'accordo con Lambert. Capisco che è un po' fastidioso frequentarlo ma non hai alternative» spiegò Hastor Venti.

E Lambert De Solange, che era nel corridoio assieme al cane, udì tutto. Spinse la porta e, rimanendo sulla soglia, disse: «Non pretendo che mi siate amici, ma per favore non prendetemi in giro».

A Geno andò di traverso la ciambella, Ezra guardò per terra imbarazzato e Suomi rovesciò la tazza di Tè al Papavero Marxiano.

Lambert se ne andò senza aggiungere altro ed Ezra lo raggiunse tirandolo per un braccio e scusandosi. Oscar si mise seduto a osservare curioso i comportamenti dei ragazzi, dimenando la coda contro le pareti del muro in attesa che qualcuno lo accarezzasse. Ma non era certo aria di coccole.

«Io non lo sopporto! E non sarò mai suo amico. Voleva ammazzare Anoki e ha ucciso Bob. Come si fa a perdonare una cosa simile?» urlò Geno mandando per aria il resto della colazione.

Suomi ingoiò due Fragole Pitagoree e disse:

«Andiamo dalla Crikken. Lei è il Summus e deve spiegarci tante cose».

«Sì, andiamo. Voglio anche sapere quando apriranno la Paskas. Io e mio fratello dovremmo essere presenti, sempre che i Ribelli non attacchino di nuovo» il ragazzo infilò il Tonca rosso, si aggiustò stivali e guanti, controllò il Vertiglio e mise in tasca la moneta, la runa e l'osso. Afferrò lo zaino con i resti della botte e se lo mise in spalla.

In corridoio Oscar sbadigliava mostrando denti e lingua. Lasciò che i ragazzi se ne andassero ed entrò nella camera di Geno, dove finalmente si accucciò e dormì.

Quando Hastor Venti e l'Antea finlandese attraversarono il Salotto dei Fenicotteri videro Naso Bendatov che parlava con Eulalia. Il dottore era alquanto agitato: «*Ocen mala! Ocen mala!* È intollerabile! Ho aggiustato la porta del Megasoffio e sono andato dalla Crikken per avvisarla ma ho trovato solo il suo doppione! Capisci? È partita, se n'è andata via usando la Bilocazione Chiusa. Sono appena passate le 8 del mattino, le lezioni stanno per iniziare e il Summus pensa bene di farsi un giro nel mondo reale. Con tutto quello che può accadere con i Ribelli, lei se ne lava le mani! E poi bisogna aprire presto la Paskas! Questo non è più un luogo di meditazione e apprendimento di tecniche magiche. Questo, mia cara Eulalia, è diventato un manicomio!!!»

Il dottore russo era davvero arrabbiato. Starnutiva e continuava a togliersi e rimettersi il colbacco. La Saggia greca lo ascoltava cercando di tenere gli occhi fermi, ma l'agitazione le provocava ulteriori tic che le impedivano di controllare il movimento delle mani e dei piedi.

«Suvvia Naso, calmati. Se fai così, divento nervosa anche io. Ci sarà pure una ragione. La Crikken non è certo una sprovveduta» Eulalia cercò di tranquillizzare il Sapiens russo ma senza risultato.

«Sdoppiata?» esclamò Geno fermandosi di colpo davanti ai due Saggi.

Il dottore e Eulalia si guardarono intorno e, dato che non c'erano Antei di Primo Livello, risposero tenendo comunque la voce bassa:

«Sì, secondo la RL.AM.1E, che dovreste ben conoscere. Però la Crikken non doveva sdoppiarsi proprio adesso».

Suomi sentì una fitta allo stomaco e le girò la testa: «Sta succedendo una cosa importante. Lo sento. Madame non sta bene».

«Ma cosa dici?» Geno la guardò esterrefatto.

«È malata? E, se lo è, allora poteva venire da me. Sono il medico dell'Arx Mentis! Credi forse che se ne sia andata in un ospedale con dottori "normali"?» Naso era preoccupato e offeso nello stesso tempo.

Dalla Stanza Cerchiata uscirono Ezra e Lambert che avevano ascoltato quest'ultima frase del dottore.

L'Anteo francese, sempre più pallido e con gli occhi tristissimi, guardò tutti e domandò serio: «Madame è malata?».

«Ma no, la tua zietta sta benissimo» rispose seccamente Geno.

«Zietta... già. Sapete dirmi solo questo. In effetti è vero, la parentela è importante. E lo è per tutti. Anche per te, caro Geno» la risposta del francese fu molto diplomatica, ma allo stesso tempo insinuava qualcosa che Geno e gli altri ancora non potevano capire.

L'unica a insospettirsi fu Suomi: «Parentele. Sentimenti, affetti. Ci sono troppe questioni in sospeso» sussurrò stringendo il suo bastone bianco.

«Affetti e sentimenti? Che ne sai tu, Lambert, di queste cose! Tu che sei riuscito a far morire un ragazzo come noi!» gridò Geno, con le labbra viola dall'ira.

Suomi lo afferrò per un braccio tirandolo con forza per non farlo parlare più: «Stai zitto. Non hai capito. Io sento che la Crikken sta male» ripeté la ragazzina.

Eulalia e Naso si scambiarono occhiate eloquenti: Margot stava combinando chissà cosa in qualche parte del mondo.

In quell'istante arrivò Anoki Kerioki con la sua solita camminata da guerriero. Quando si trovò di fronte a Lambert lo fulminò con i suoi occhi neri e profondi. Poi, sistemandosi l'arco con le frecce, si rivolse a Geno che non nascondeva la rabbia: «Che c'è?».

Il saggio russo avanzò spedito: «C'è che siamo tutti troppo nervosi».

«Capisco. I Ribelli ci tengono sotto pressione ma spero

che presto mio nonno e il druido aiutino madame ad aprire la Paskas» rispose Anoki girandosi verso Geno.

«Già, anch'io pensavo che il Summus volesse agire in fretta... e invece... » balbettò Geno senza riuscire a controllarsi.

«Basta, non dire altro. Rispetta la RL.AM.1E» lo interruppe Eulalia Strabikasios.

Lambert ed Ezra capirono che davanti a loro i Sapientes, gli Psiofi e gli Antei di Terzo livello non potevano parlare troppo della Bilocazione Chiusa perché riguardava il Regolamento Largo, allora in silenzio se ne andarono verso le Staffore Inverse.

La Batacchia Tremula scoccò le 9.

Le prime lezioni stavano per iniziare ma la giornata, benché il sole splendesse in cielo, non sarebbe stata per nulla pacifica.

Hastor Venti prese sotto braccio Suomi e disse ad alta voce:

«Noi andiamo lo stesso dalla Crikken. Doppione o meno ci darà le risposte che aspettiamo».

I due Sapientes rimasero impettiti e Anoki Kerioki sfiorò il suo amuleto:

«La rabbia non serve. Da giovane Psiofo vi dico di tenere i pensieri nel cuore e di parlare solo per dire cose giuste e buone».

Geno si girò verso l'amico Sioux: «Hai ragione. Ma nel mio cuore ci sono dolore e malinconia. Mi sforzo di ragionare, ma le spine che ho dentro di me da 12 anni continuano a torturarmi peggio del Suplicium. Forse un giorno mi sentirò libero e felice. Un giorno, che non so se arriverà mai».

Capitolo Quinto

"Giada Volante"

Il teschio di Geno

«Forza, cammina veloce. Andiamo dalla "doppia" Crikken! Sarà un incontro memorabile!»

Geno era furioso e trascinava Suomi con una violenza che la ragazzina non tollerò.

«Basta! Mi fai male al braccio. Ma sei pazzo?» gridò lei divincolandosi.

«Pazzo? Sì, a questo punto penso proprio di esserlo. Anche tu sei come gli altri! Non capisci la mia angoscia!». Hastor Venti aveva gli occhi fuori dalle orbite.

Suomi ebbe paura e vacillò: «Hai bevuto qualche pozione stregata? Sei diverso... sei aggressivo!» le parole uscirono dalla bocca della ragazza che non sapeva più chi era il "suo" Geno. L'amore, le tenerezze e le promesse: improvvisamente tutto cancellato. Calpestato da quell'odio che lei non poteva vedere negli occhi neri dell'Anteo italiano ma che sentiva forte nel suo cuore.

Geno si accorse di averla davvero spaventata. La lasciò andare e infilò le mani in tasca. Afferrò gli oggetti magipsichici e si accorse che il CantOssum emetteva suoni disarmonici. Lo tirò fuori e un fortissimo rumore di tamburi esplose improvvisamente facendo vibrare persino le Staffore.

Suomi era terrorizzata e Geno anche.

Un lampo di luce nera abbagliò Hastor Venti, che sentì come se un pugnale gli entrasse nel cervello. Cominciò a sudare freddo, e tremante si fermò davanti alle Staffore Inverse, poi prese Suomi per mano e con un filo di voce disse: «Scusami, amore mio. Non so cosa mi stia succedendo. Ma voglio raggiungere i miei genitori e non riesco a pensare alle lezioni e a tutto il resto».

Quando Suomi sentì che la chiamava amore lo abbracciò forte: «Non trattarmi più così. Non è da te».

«Non lo faccio più. Mi perdoni vero?» supplicò, scosso e dispiaciuto, temendo di perdere l'amore di Suomi.

«Ti perdono, anche se penso che in te è cambiato qualcosa. Geno... ho sentito suonare dei tamburi, ma non ho capito da dove provenissero...» chiese Suomi, che aveva captato energie negative.

«È stato il CantOssum, mi avvisava che stavo esagerando. Forse sono cambiato, forse l'esperienza che ho avuto nei due deserti del Sigillo mi ha lasciato troppi dubbi, ma una cosa per me è certa: io non ti voglio perdere» rispose Geno cercando di calmare l'Antea finlandese.

In quell'attimo le grandi bocche nere dell'Arx parlarono insieme: «L'onda odiosa non deve vincere. Tre oggetti hai nelle tasche. Tu sei quello che ancora non sai».

Geno rimise il CantOssum in tasca e toccò l'AeterNummus e la VerbuLapis, poi fissò prima la bocca di destra e poi quella di sinistra. Le Staffore avevano detto una frase simile a quella di Tantre Sheng Vioo. Un concetto che anche Riccardo Del Pigio Ferro aveva tentato di spiegargli nel Deserto Cobalto.

Il solito ronzio echeggiò nelle sue orecchie e la vista gli si offuscò per un istante. Il suo cuore batteva forte e i nervi di tutto il corpo si stavano tendendo e gli provocavano crampi alle gambe e alle braccia.

«Mio Dio! Ma chi sono io? Perché sempre la stessa domanda?» gridò Hastor Venti che non capiva più nulla.

Suomi urlò frasi in finlandese agitando il bastone e i

suoi bei capelli biondi si arruffarono diventando crespi: «Basta! Basta! Bisogna usare la mente!!!».

Anoki corse verso di loro: «Che vi prende? Non lasciatevi trascinare dal vortice malefico. State calmi! Tu, amico mio, hai la forza per vincere. Non mollare adesso».

Lambert ed Ezra avevano assistito allibiti alla scena che mostrava il lato più oscuro di Geno Hastor Venti. Salirono le scale in fretta ed entrarono nell'aula di Daphne Hogrogian: la lezione di Telempia stava per iniziare.

«Lupo Rosso, hai ragione, ma non ne posso davvero più. Vieni con noi dalla Crikken» riuscì a dire Geno salendo a fatica i gradini.

Arrivati al terzo piano, vicino al piccolo ponte levatoio trovarono Dorathea e René: «Che avete da urlare? Vi abbiamo sentito fino qui».

«La Crikken ha usato la Ruota Conica. Quella che vedi sullo scranno è una copia. Si è sdoppiata! Non doveva farlo adesso!».

«Non puoi decidere al posto del Summus Sapiens.

La RL.AM.1E è chiara. Se Margot è andata via ci sarà un'ottima ragione. Ricordati che ha sempre fatto di tutto per aiutare te e René» Dorathea puntò l'indice destro su Geno.

«Dobbiamo aprire la Paskas! Capisci?» ribatté l'Anteo.

«Tempo al tempo, la Crikken sa quello che fa».

Insieme si misero davanti allo scranno e videro Margot seduta comodamente, solo che la sua figura era in bianco e nero. Come una proiezione di un vecchio film. Sembrava un corpo fotocopia, e lo era davvero.

«Vi sento perfettamente, anche se la mia immagine non è quella solita. Controllo la situazione pur essendo sdoppiata. Dovreste avere già letto nel Regolamento Largo l'effetto della Bilocazione Chiusa. Sono alquanto adirata!» la voce del Summus era un po' più profonda del solito, ma i suoi occhi parlavano più di ogni parola.

«Che c'è? Che hai da agitarti tanto, mio giovane Geno?» chiese rimanendo immobile nel suo grigiore.

«Volevo che...» il ragazzo fu subito zittito.

«Volevo? Semmai devi dire desideravo... il volere con caparbietà in questo caso non serve. Non con me!» lo interruppe arrabbiatissima Margot.

«D'accordo. Desideravo che tu ti occupassi della Paskas, altrimenti i miei genitori...» Geno fu interrotto ancora una volta.

«Tu pensi veramente che io me ne freghi di Pier e Corinna? Che me ne vada a passeggiare chissà dove per puro piacere? Se ho usato la Bilocazione Chiusa ho le mie buonissime ragioni. E lo scoprirai quando tornerò. Ovvero, tra circa due ore».

«E di Lambert? Che dici? Lo dobbiamo perdonare?» Geno sembrava proprio aver perso ogni fiducia verso Margot.

«Capirai anche questo al mio ritorno. Ora comportatevi in modo magipsichico. Ci sono i Sapientes che vi attendono nelle aule. Non tollero affatto che siate così superficiali! Andate!».

René si sistemò le ali ben piegate dietro la schiena e, rivolto all'immagine sbiadita della Crikken, disse: «Ovunque tu sia, sappi che siamo con te. Mio fratello ha il cuore in pezzi e io anche.

Siamo allo sbando e temiamo che Pilo Magic Brocca possa fare del male ai nostri genitori».

«Voi siete importanti per me. Ve l'ho già detto. Forse il mio vecchio cuore è più in frantumi del vostro» rispose madame Crikken prima di far loro cenno di andare via. Poi abbassò la testa e i ragazzi, sgomenti, la poterono vedere così grigia, con l'abito e il cappellino che non brillavano più dei soliti colori che usava.

La donna alla quale avevano affidato i loro destini apparve loro come un'ombra triste e solitaria.

Dorathea, in qualità di Cerimoniere, si sforzò di spingere i ragazzi verso le scale. Anche lei era rimasta turbata da quell'insolito incontro.

Geno, sussurrando all'orecchio del fratello gli chiese: «Secondo te dove è andata la Crikken?».

«Non lo so. Ma deve trattarsi di una cosa davvero seria» rispose piano René.

Dorathea li sbirciò e fece finta di nulla dando una pacchetta sulle spalle alla cugina: «Tra un'ora inizio la lezione di Ippovoli e devo prepararmi. Voi siete in ritardo e, come ha detto la Crikken, il Programma va seguito».

«Hai ragione, la lezione di Veggenza è già in corso. Sbrighiamoci, altrimenti Eulalia non ci perdonerà» disse mestamente Suomi.

«Be', siamo solo noi due del Terzo Livello. Non può iniziare se non ci siamo» ribatté Geno.

A quel punto intervenne René: «Abbi rispetto per gli Psiofi. Loro ci saranno senza alcun dubbio. E questa volta anch'io verrò con voi».

Geno rimase sorpreso, ma l'idea che anche il fratello gli fosse accanto lo rassicurò.

Mentre scendevano al primo piano videro arrivare Orso e Fionn, che avevano terminato il loro volo di meditazione. Il druido captò i pensieri di Geno e Suomi. Emanavano energie squilibrate.

«Rilassatevi e seguite le lezioni. L'ansia è cattiva consigliera» Fionn Artek parlò accarezzandosi la lunga barba bianca e facendo roteare il suo largo mantello rosso.

«Il Summus ha usato la Ruota Conica. Tornerà tra due

ore. Per aprire la Paskas bisognerà aspettare» gli annunciò Geno senza alcuna inflessione nella voce.

«Se n'è andata? Io non ho tempo da perdere, stasera me ne torno a Uisneach» borbottò Fionn, con la fronte corrucciata.

«Ma aprirai la Paskas?» domandò ansioso il giovane Anteo.

«Lo spero. L'Infidelmo non sbaglia» il druido mostrò l'ago e, sollevando il mantello, salì le scale.

Anoki si avvicinò a nonno Orso Quieto e lasciò che René e i due Antei proseguissero verso l'Aula dell'Ipnosi dove li attendeva la Strabikasios: «Vado con loro, Geno è assai inquieto».

E mentre si apprestavano a vivere una nuova esperienza seguendo la lezione di Veggenza, lontano chilometri e chilometri dall'Arx, grazie alla Ruota Conica, madame Crikken era giunta a destinazione.

In realtà aveva avuto qualche difficoltà nel posizionarsi tra le due enormi ruote sostenute dai bulloni che i Faber avevano appena aggiustato. Rannicchiata, e con le mani sul cappellino, era riuscita a far scattare le tre molle che tenevano il marchingegno, ma il fluido bianco proveniente dal contatto mentale con l'ingranaggio era stato scarso.

Per fortuna era riuscita comunque a proiettare il suo corpo in una dimensione spazio-temporale che lo fece vibrare come un fuscello. La sua copia grigia era rimasta all'Arx mentre lei, in carne e ossa, si trovò a Campana di Sotto, proprio nella cucina della villetta rosa di via del Dolce Rosmarino. Cadde tra le pentole e il tavolo, brontolando come non mai: «Sono proprio vecchia. La Bilocazione Chiusa non mi riesce più perfettamente» disse sistemandosi il lungo abito verde smeraldo che ben si abbinava al giallo ocra del cappello a forma di cilindro appiattito.

Aveva solo due ore per scoprire tutta la verità sugli Hastor Venti e trovare altri documenti e certificati che chiarissero la sua identità.

Era domenica mattina e il sole tiepido scaldava l'aria. Madame Crikken s'incamminò con una certa fretta verso la casa di Flebo Molecola. Ma occhi indiscreti la videro passare. Alla finestra della sua cameretta era infatti affacciato Nicosia, che stava mangiando un'enorme brioche ripiena di cioccolata. Il boccone gli andò di traverso: «La vecchia è qui?» esclamò sputacchiando pezzi di dolce.

L'amico di Geno diventò rosso come un pomodoro e corse in strada ma non ebbe il coraggio di chiamarla. Si vergognava e la temeva. Quatto quatto, saltellando senza far troppo rumore, la seguì. Madame Crikken arrivò da Flebo. Il dottore era al piano superiore della casa e quando sentì bussare scese lento le scale: «Vengo vengo, l'ambulatorio non è aperto. Oggi è domenica» urlò spazientito pensando che si trattasse di qualche malato del paese.

Quando aprì, si trovò davanti la Crikken!

«Non sono e non sarò mai una tua paziente, mio caro medico condotto» l'anziana avanzò tenendosi ben dritta sulla schiena.

«Margot? Che cosa è successo? E Geno? E René? Dove sono?» chiese inforcando meglio gli occhiali semiappannati.

«Stanno bene. Ora siediti, non ho molto tempo. Dammi la lettera di Svevo Hastor Venti!» sbrigativa più che mai, la Crikken non sembrava affatto di buon umore.

«Lettera? Geno ti ha raccontato...» il dottore iniziò a sudare come sempre, quando era nervoso.

«Certo. Mi ha detto tutto. Ma c'è ancora molto da

sapere. Voglio leggere quella lettera. Senza fare storie, dammi tutti i documenti che hai sulla famiglia Hastor Venti. È importante» più che gentili richieste, le parole della Crikken erano davvero degli ordini.

«Non ho altro. Te lo giuro» disse Flebo sedendosi e tenendo le mani sul tavolo della cucina.

«Guardami bene negli occhi. Non farmi usare la magipsia, sai che non posso. Ma se mi costringi...» Margot s'interruppe, abbassò i suoi occhialini d'argento e fulminò con lo sguardo il povero dottore.

«Vado a prendere la lettera, non far volare nulla e soprattutto non creare strane magie. Lo sai che il mio cuore è debole e ho la pressione alta. Mi è già bastato quello che ho visto l'altro giorno in Farmacia. È successo un parapiglia che non dimenticherò facilmente» concluse.

Madame accennò un sorriso intuendo quello che Flebo aveva visto fare con la Paskas.

Il medico salì le scale, andò in camera e aprì l'ultimo cassetto, prese la lettera e riscese.

«Eccola, sono solo due fogli azzurrini. Geno ha letto tutto e ne è rimasto molto colpito. D'altra parte dovevo darla a lui e a nessun altro» il dottore di Campana di Sotto si rimise seduto e attese.

Madame prese i fogli e li lesse in un lampo. Deglutì, respirò piano e poi portò la testa all'indietro, tanto che il cappellino scivolò a terra.

«Lo vedo che scrive, ha il cuore gonfio di tristezza. Ha paura. Qui ha scritto la verità» mormorò entrando in trance sotto gli occhi terrorizzati di Flebo, pronto ad intervenire se si fosse sentita male anche se in realtà stava peggio di lei.

Usando la tecnica della Retrocognizione, Margot era riuscita a vedere l'immagine di suo fratello Svevo Hastor

Venti mentre scriveva quella benedetta lettera. Lo vide chiaramente impugnare la penna e annotare diligentemente i suoi pensieri. Provò tenerezza per quel fratello che non sapeva di avere e non aveva mai visto, il nonno del giovane Geno.

Madame sentì uno strappo al cuore.

Tornò in sé in pochi istanti e, ancora sgomenta, si rivolse a Flebo: «Questi due nomi: Geno e Margot... tu sai chi sono? Sai a chi si riferiva Svevo?».

Il dottor Molecola scosse la testa rimanendo con gli occhi sbarrati.

«Ovviamente Margot sono io e Geno... è mio fratello gemello» la frase entrò nelle orecchie di Flebo come una bomba.

«Tu?... Geno... fratello gemello? Cosa dici? Che storia è?» domandò a raffica il dottore, che sentiva la sua testa come un frullatore impazzito.

«Ho saputo solo ora che io sono una...» Margot s'interruppe, senza riuscire a dire altro.

«Una... una cosa?» domandò Flebo sempre più allucinato.

«Una Hastor Venti!» esclamò duramente l'anziana signora.

Il medico si alzò dalla sedia facendola cadere all'indietro, rimase con le mani all'altezza del petto e scuotendo la testa come un pazzo continuò a dire: «No, no, no...».

«Sì, Flebo. Io sono Margot Hastor Venti, figlia di Flemmo e Dionisia. Sono la sorella di Svevo e Geno. Eravamo tre gemelli, ma solo io e Geno avevamo poteri magici fin dalla nascita e i nostri genitori non se la sentirono di tenerci. Con loro restò solo Svevo, che non aveva alcuna dote magipsichica. Io fui adottata dalla famiglia Crikken di Parigi mentre il terzo gemello, Geno, fu portato via da Riccardo Del Pigio Ferro, un Summus Sapiens dell'Arx. Come sai non posso dirti di più, i Regolamenti lo vietano. Il fatto è che di mio fratello Geno non so nulla. Non so neppure se è vivo o morto. Io mi sento frantumata, divisa, con la memoria spezzata» le parole di madame Margot finirono in un singulto. Lacrime di rabbia e dolore scesero sulle sue rughe e bagnarono le lenti degli occhiali.

Flebo rimase con la bocca semiaperta. Ascoltò sconcertato quella signora che non sembrava più neppure una strega, una maga, una fattucchiera. Era solo una donna molto anziana che piangeva davanti a lui. Il medico le diede un bicchiere d'acqua e appoggiando le sue forti mani sulle sue fragili spalle la consolò: «Non prendertela. Il destino talvolta è proprio bizzarro. Mai avrei pensato a una storia simile. Dunque, siamo parenti. Tu sei la prozia dei nostri giovani René e Geno. Ma loro lo sanno?» Flebo fu scosso dalla paura che i due ragazzi avessero subito l'ennesimo shock.

«Non sanno nulla. Ma presto dovrò dirglielo. Eppure non riesco ancora ad accettare questa verità. E soprattutto non so che fine abbia fatto il terzo gemello» la Crikken raccolse il cappellino e se lo rimise in testa.

«Chissà come mai Pier e Corinna hanno dato al secondo figlio proprio il nome Geno. Loro non potevano certo sapere tutta questa storia. E inoltre sono stati incauti a usare il ClonaFort trovato nella vecchia botte in Farmacia. Neppure Svevo e Flemmo avevano mai usato quel liquido magico». Il dottor Molecola grondava di sudore e sentiva il sangue esplodergli in testa: la pressione era salita.

«E pensare che senza il ClonaFort non avremmo mai scoperto questa verità. Ma è una verità che ha un caro prezzo. Pier e Corinna sono prigionieri da 12 anni, Geno e René si sono ritrovati solo ora e io... ho scoperto la mia origine. Mi sembra abbastanza per credere che la magipsia abbia il potere di svelare anche i lati oscuri della vita» Margot accarezzò il volto umido di Flebo e si girò verso la porta.

«Te ne vai? E io cosa faccio? Cosa accadrà adesso?» Flebo barcollò.

«Non so cosa accadrà, ma stai sicuro che farò di tutto per riportarli a casa. Forse René non potrà rimanerci a lungo, ma sarà felice» rispose la donna, mentre il suo sguardo ritornava enigmatico. Il medico l'abbracciò.

«Fai che tutto torni normale. La famiglia deve essere riunita e René deve tornare anche se so bene che ha... le ali».

«Lui non potrà vivere a Campana di Sotto. La sua vita sarà altrove. Quando lo vedrai capirai» concluse madame e uscì lasciando una scia di profumo al gelsomino.

Flebo rimase sulla porta e, senza poter dire una parola, la vide andarsene con quel suo abito antico che sfiorava la strada.

L'anziana ripercorse in fretta via del Dolce Rosmarino, ma notò un movimento dietro ad uno degli alberi. Si fermò e, irritata, gracchiò: «Vieni fuori. Ti ho visto».

Nicosia cercò di tirare giù la maglietta che scopriva la pancettina, poi si sistemò la frangia e uscì, tenendo le braccia dietro la schiena.

«Buongiorno, signora» salutò guardandola dal basso all'alto.

«Nicosia! Mi spiavi?» la Crikken era nervosissima.

«No. È che sono sorpreso di vederla qui» rispose con un filo di voce.

«Se vuoi chiedermi di Geno sappi che non dirò nulla» lo anticipò la Crikken.

«Io so tenere i segreti. Geno è mio amico e ho visto che ha coraggio nell'affrontare i maghi» disse temendo che anche quella donna così eccentrica facesse qualche magia davanti ai suoi occhi.

«Maghi?» madame si bloccò e, avvicinandosi al ragazzo, sussurrò: «Non parlare di cose che non conosci».

«Io voglio bene a Geno e non farei mai nulla per metterlo in difficoltà. Desidero solo che torni qui al più presto» spiegò l'impacciato ragazzino.

«Allora presto giocherete insieme. Tornerà» la Crikken riprese a camminare, ma Nicosia la rincorse.

«Tornerà con i suoi genitori e il fratello?» la domanda fece brillare gli occhi di Margot.

«Vuoi sapere troppe cose. Abbi fiducia e non fare domande» e, detto ciò, madame non volle dare spiegazioni, entrò nella villetta dei fantasmi e chiuse bene cancello e porta.

Nicosia Fratti rimase con le mani aggrappate alle sbarre del cancello finché dietro di lui udì una voce che conosceva benissimo. Era quella di Mirta Bini: «La vecchiaccia stramba è tornata?».

«Smettila. Non parlare così di madame Crikken» rispose il ragazzo senza neppure girarsi.

«Lei difende Geno. Vero?» Mirta era troppo curiosa.

«Rispetta il patto. Tra un mese saprai tutto. Geno lo ha promesso e lui mantiene sempre ciò che dice» Nicosia tirò su con il naso e se ne andò, lasciando la ragazzina sola davanti al cancello chiuso. Mirta guardò la casa dai muri color albicocca e il giardino sempre ben curato nonostante fosse disabitata, e immaginò cosa mai stesse facendo la vecchia signora vestita come una dama dell'Ottocento.

Ma la ragazza non poteva certo sapere che la Crikken

stava andando via usando la Bilocazione Chiusa, per tornare là dove i misteri si accavallavano di ora in ora.

All'Arx Mentis c'era proprio bisogno di lei.

Erano oramai le 11 e la Batacchia Tremula aveva appena smesso di suonare. Geno e Suomi erano intenti ad ascoltare la lezione di Veggenza di Eulalia Stabikasios. Con loro c'erano otto Psiofi, tra cui anche Anoki Kerioki e René. Stavano provando alcune sfere di cristallo e piccoli cerchietti di vetro giallo, oggetti che servivano per scoprire il futuro.

Tutti volevano sapere se all'Arx sarebbe tornata la pace e che fine avrebbero fatto i Ribelli. Ma sfere e cerchietti mostravano solo fumo grigio e viola.

«I Ribelli hanno le nostre stesse capacità magipsichiche e Gabor è un vero esperto... chissà quale diavoleria riuscirà a inventare» disse René rivolgendosi agli Psiofi.

«Infatti, siamo ad armi pari. La loro mente contro la nostra» risposero girando tra le mani le sfere, che non davano alcun segno. La Saggia greca era molto sorpresa che quegli oggetti non funzionassero e decise di aprire il vecchio armadio dove erano custodite le dodici Pietre Magipsichiche.

Bellissime, preziose e uniche, le gemme dell'Arx Mentis erano appoggiate una ad una su morbidi cuscini di velluto rosso con fiocchi dorati ai bordi. Su piccole etichette erano scritti il nome e la descrizione dei poteri magici e curativi di ciascuna. Spesso Psiofi e Sapientes le usavano, soprattutto per alleviare acciacchi e rasserenare l'anima.

Anoki e gli altri Psiofi ne presero una ciascuno. Una maga australiana afferrò quella rosso-bruno, l'Almandino Ferrato: «Ho proprio bisogno di scacciare il malumore. Questa pietra mi aiuterà» disse soddisfatta.

Anoki prese il Diamante Forzato per regolare le energie del corpo.

Eulalia aiutò Suomi, spiegandole nel dettaglio la conformazione delle pietre preziose e la ragzza scelse quella color giallo chiaro, il Citrino Confuso, nel quale era stata inserita una foglia di Gelso Pomato. Quella pietra magica aveva il potere di disintossicare l'organismo. Suomi si distese sul grande tappeto e la Saggia greca le appoggiò la gemma sul piede destro.

«Rilassati e concentrati, vedrai che farà il suo effetto» spiegò Eulalia strabuzzando gli occhi.

Geno rimase a guardare le altre pietre, allungò una mano e afferrò la Giada Volante. Era verde e azzurro chiaro, con alle estremità pizzichi di Polvere Lunare.

La gemma era stata inserita in un cilindro pieno di Aria Densa.

«Benissimo, Hastor Venti, hai scelto una pietra assai potente, che aiuta a ricordare le vite passate» disse la Sapiens sperando che il ragazzo riuscisse a scoprire qualcosa della sua famiglia.

Geno si adagiò sul tappeto accanto a Suomi, sollevò la felpa e posizionò la pietra sulla parte bassa della schiena. Pensò ai suoi genitori e ai deserti del Sigillo.

«Chiudi gli occhi e lasciati trasportare dalle energie della Giada. Mi auguro tu possa davvero vedere ciò che può aiutarti» disse Eulalia e si chinò verso l'Anteo con affetto.

René stava per usare l'Amazzonite Freddata, la pietra che dona vigore fisico e coraggio, ma all'ultimo momento non la prese. Rimase in piedi, con le ali leggermente aperte, a guardare il fratello. Eulalia ricominciò con i suoi soliti tic e, preoccupata, osservò i due Hastor Venti.

Il volto di Geno diventò lentamente pallido: la Giada

Volante si illuminò creando un alone attorno a tutto il corpo del ragazzo.

La Strabikasios ricordò perfettamente quello che era successo durante la lezione di Magia Bianca con le rune e vigilò, tenendosi pronta ad ogni evenienza.

Mentre Geno era avvolto dall'aurea della Giada, René non gli staccò gli occhi di dosso. Aveva una premonizione, sentiva che stava per accadere qualcosa.

E infatti, come in un flash, i suoi occhi si riempirono di immagini che scorrevano una dietro l'altra. Ebbe la stessa visione del giorno prima in camera del fratello: l'immagine di un ragazzo dai capelli ricci come Geno. Era di spalle e, quando tentava di girarsi per mostrare il volto, qualcosa glielo impediva. René fu travolto da quella visione, non riusciva a cancellarla dalla memoria. Perse l'equilibrio e cadde in ginocchio sotto lo sguardo sconcertato di Eulalia. La visione continuava e il giovane alato aveva sempre davanti agli occhi la stessa scena. Improvvisamente spalancò le ali e urlò: «Teschio!».

René aveva visto quel volto: un teschio con i capelli identici a quelli di Geno.

L'urlo fece sobbalzare tutti gli Psiofi, che interruppero la loro concentrazione. A molti caddero le pietre per terra, Suomi allungò le braccia per cercare il bastone bianco e alzarsi in piedi, Anoki impugnò l'arco e d'istinto si mise in posizione d'attacco, temendo che fossero entrati i Ribelli.

Solo Geno rimase immobile.

Eulalia fece cenno a tutti di non parlare, si avvicinò a René che ansimava. Era spettinato e non riusciva ad aprire gli occhi. Fermo, inginocchiato davanti al fratello, con le ali spalancate sembrava impietrito da chissà quale maledizione.

«Cosa hai visto? Non hai usato nessuna pietra. Che ti succede?» gli chiese con dolcezza la Saggia greca.

«Il viso di mio fratello era scomparso. Ho visto il suo teschio!» farfugliò il giovane alato.

Gli Psiofi si guardarono allibiti. Suomi iniziò ad agitarsi chiedendo di svegliare Geno e togliergli la Giada Volante.

«È in atto una straordinaria veggenza parallela. Se René ha visto Geno in quel modo senza usare le pietre significa che suo fratello è completamente immerso in una dimensione magipsichica dalla quale tornerà solo quando la Giada avrà terminato il suo effetto» spiegò con estrema precisione Eulalia.

Però Anoki non era per niente tranquillo: «Un teschio? Ma è terribile, forse Geno si trova in un incubo. Il futuro non può essere così macabro!».

«Morirà... morirà... lo sento... ho paura» gridò Suomi, ma Eulalia le tappò la bocca.

«Zitta. Le tue grida potrebbero svegliarlo e questo sarebbe molto pericoloso» la Saggia greca nonostante i suoi tic stava tenendo la situazione sotto controllo.

«Sono certo, quello era mio fratello. È la seconda volta che ho questa visione» aggiunse angosciato René.

Tutti si misero attorno ai due fratelli formando un cerchio. Geno era steso ed immobile, completamente avvolto dalla luce della Giada mentre René gli era a fianco in ginocchio.

La sua tunica brillava e le piume d'oro scintillavano nella penombra. Come un angelo, attendeva un miracolo, ma il suo volto era triste. Nulla avrebbe potuto fargli cambiare lo stato d'animo a parte il risveglio del fratello.

Improvvisamente Geno mosse le braccia portandole

verso l'alto, come se le mani toccassero qualcosa nell'aria. Stava avendo la sua visione. Un'immagine simile a quella vista da René.

Come in un sogno vide una stanza rossa piena di fumi violacei. Poi vide se stesso di spalle e udì una voce lontana che ripeteva il suo nome: «Geno Hastor Venti. Ora sei quello che non sapevi di essere».

Non riusciva a girarsi e rispondere. Più tentava di farlo e maggiore era la forza che lo tratteneva. Provava a parlare, ma non sentiva di avere neppure più la bocca. D'improvviso l'immagine di un teschio immerso in un fumo rosso lo spaventò.

Geno sussultò, tremò, ansimò.

L'alone della Giada lentamente venne riassorbito dalla pietra posizionata sulla schiena e finalmente il ragazzo riaprì gli occhi.

Eulalia prese la preziosa gemma e la ripose nel cilindro di Aria Densa. Mise le mani sulla fronte di Geno, ancora fermo senza parlare.

«Calmo. Non agitarti. Ora alza piano la testa e io ti aiuterò a rimetterti in piedi» disse la Saggia greca sbattendo le palpebre sei volte.

René lo abbracciò, muovendo tanto velocemente le ali da sbatterle sul pavimento: «Stai bene? Dimmi che non hai visto anche tu il teschio!» mormorò in preda alla disperazione.

«L'ho visto... in mezzo al fumo rosso. Era il mio teschio. Ero io!» gridò stringendosi forte al fratello. «Andiamo via. Torniamo a casa. Ho paura».

Geno non si sentiva più in grado di continuare. Il desiderio di liberare i genitori era fortissimo, ma la paura della morte lo stava portando dentro un incubo dal quale non riusciva ad uscire.

«Sì, torneremo a casa. Ma tutti insieme» rispose fermo René, guardandolo dritto negli occhi.

«Non ce la faremo mai» singhiozzò il fratello.

«Non possiamo arrenderci ora! Guardami, io sono qui con te e insieme siamo fortissimi. Nessuno ci fermerà» il giovane alato sollevò Geno, lo rimise in piedi e gli strinse le braccia: «Coraggio. Dimmi che non vuoi lasciarmi da solo. Conosco troppo bene la solitudine. Per anni sono stato agli ordini di Von Zantar e vedevo nostra madre e nostro padre soffrire in quella maledettissima stanza. Vuoi forse lasciarli in balia di un destino infausto. Vuoi scappare come un coniglio?» René strinse i denti e mostrò tutta la sua forza e tutto il suo amore per Geno.

«Sì, hai ragione. Anch'io conosco bene la solitudine. Ha occupato il mio cuore fin da quando ero piccolo. La paura però è troppa. Quel teschio...» Geno girò lo sguardo verso Eulalia e Suomi cercando comprensione.

«Forse quel teschio non significa la tua morte» disse la Saggia greca.

«E cosa può rappresentare?» chiese turbato Anoki.

«Una rinascita. Un cambiamento. Nella simbologia della Magipsia il teschio ha anche significati positivi» spiegò la Strabikasios roteando la testa.

«Lo spero. Io non voglio che Geno muoia» esclamò Suomi sgranando i suoi occhi spenti.

René richiuse le ali e spossato si sedette per riprendere fiato. Geno si avvicinò a Suomi e le accarezzò le mani mentre gli Psiofi attivarono i Vertigli comunicando telempaticamente. Avevano pensieri cupi e non volevano esprimerli a voce alta davanti a Geno. Eulalia captò le loro energie e, per stemperare la tensione, aprì la porta: «Usciamo a prendere una boccata d'aria. Vi consiglio di usare Ippovoli e Subcandi per riequilibrare le forze mentali».

La Saggia greca sperava che madame Crikken fosse già tornata per parlarle delle visioni di Geno e René. Anche se aveva perfettamente mantenuto la calma con i due fratelli, non era affatto tranquilla.

Salì le scale con affanno e quando entrò nella Stanza della Visione vide Margot uscire dalla Loggia Psiche.

«Devo parlati subito» Eulalia roteò gli occhi e pestò tre volte i piedi a terra.

Madame aveva il volto stanco, il viaggio spazio-temporale della Bilocazione Chiusa l'aveva spossata.

«Che c'è di così urgente?» chiese avviandosi a fatica verso il piccolo ponte levatoio.

«Si tratta dei fratelli Hastor Venti» disse subito la Saggia greca.

«Immaginavo!» esclamò sistemandosi il cappellino a forma di cilindro appiattito.

«Hanno avuto la stessa visione: un teschio!» spiegò rapidamente Eulalia.

«Teschio? Hanno usato le Pietre Magipischiche?» domandò stringendo i pugni: temeva un altro grave problema da risolvere.

«Geno ha usato la Giada Volante, ma René non ha preso alcuna pietra. Pensi che sia un segno malefico? Un segno di morte? Oppure di rinascita?» la Strabikasios storse la bocca e chiuse sei volte l'occhio sinistro.

La Crikken si sedette nello scranno sovrapponendosi alla sua doppia immagine grigia, che svanì.

L'effetto della Bilocazione Chiusa era terminato.

«*Mon dieu de la France*! Questi ragazzi non stanno mai tranquilli. Sono stata via solo due ore! Due ore che per me hanno il valore di tutta una vita!» lo sfogo del Summus apparve esagerato e la Saggia greca, sospettando qualche terribile segreto, cercò di leggere nella mente della Crikken.

«Che cosa fai? Come osi?» urlò Margot attivando immediatamente la Parola Bloccante.

La Strabikasios fece due passi indietro: «Sentivo che avevi qualcosa di serio che ti dannava».

«Se anche così fosse, non hai alcun diritto di leggere i miei pensieri! Sono stanca!» sbottò la Crikken, che non sopportava più alcuna ingerenza.

«Anche tu sei troppo nervosa! Qui tutti urlano e nessuno risolve i problemi. Sei il Summus Sapiens e spetta a te calmare le acque. Sono qui per aiutarti. Forse ho sbagliato a voler leggere la tua mente, ma io non ti sono nemica!» anche Eulalia sbraitò girando vorticosamente gli occhi e agitando le braccia.

«E va bene. L'Arx sembra proprio in preda alla follia. Cerchiamo di non litigare altrimenti i Ribelli ne approfitteranno e non riusciremo mai ad aprire la Paskas e a liberare i genitori di Geno e René» Margot si tolse il cappellino e si aggiustò i capelli bianchi.

«Appunto. Proprio dei due fratelli ti devo parlare. Insomma, che significato ha la loro visione?» Eulalia fu presa dallo sconforto.

«È certamente un presagio per il futuro. Ora però voglio stare sola, devo riposare e pensare» tagliò corto madame e subito entrò nella sua stanza lasciando Eulalia delusa e sospettosa.

Ma la Crikken non aveva tregua.

Pochi secondi dopo ricevette una Paropalla da Dorathea, che era nella Scuderia a fare lezione di Ippovoli. Aveva incrociato René e aveva saputo dell'inquietante episodio.

Nel messaggio diretto a Margot la giovane Sapiens riversava tutta la sua angoscia.

La Crikken si mise seduta sul tappeto della sua stanza,

a pochi metri dalla maledetta Porta Bianca. Entrò in meditazione per favorire la calma mentale. Per affrontare il resto della giornata doveva ritrovare tutte le sue forze.

Sapeva che presto avrebbe dovuto dire la verità sulla sua origine a Geno, a René e a tutti gli altri.

Ma ancora una volta fu disturbata, poiché come un fulmine entrò Daphne Hogrogian: «Sono vicini. Stanno arrivando» annunciò trafelata.

Madame riaprì gli occhi, girò la testa, e rimanendo seduta sul tappeto disse con aria serafica: «I Ribelli? Bene! Che vengano, troveranno pane per i loro denti. Sono talmente carica di aggressività che nemmeno un esercito di scorpioni potrebbe avvelenarmi».

Daphne tossì ripetutamente e, fissando Margot, riuscì solo a dire: «Mi spaventi!».

«Spaventarti? Non hai ancora visto nulla, sapessi cosa ho nel cuore. Una bomba! Un vulcano! Una tempesta di meteoriti!»

La Governante armena rimase di stucco: «Non vuoi proprio sapere dove sono secondo me i Ribelli?».

«Certo che lo voglio sapere. Parla» il volto della Crikken era diventato più rugoso del solito.

«Ecco... dunque... secondo me sono vicinissimi. Sento che sono sotto di noi. In un luogo segreto, buio e umido» Daphne parlò piano e intercalò le parole a colpi di tosse fortissimi.

«Non ci sono luoghi segreti all'Arx. E quelli esistenti li conosco perfettamente» rispose Margot alzandosi in piedi.

«Forse non questo. Fidati delle mie intuizioni. Mi hai sempre creduto, il tuo stato di nervosismo forse ha cambiato la stima che hai di me?» chiese provocatoria Daphne Hogrogian, poi abbassò i suoi vecchi occhiali e guardò in faccia l'antica amica con la quale aveva vissuto tante altre avventure.

«Ti credo. Ma c'è troppa energia negativa e dispersiva che gira all'Arx Mentis. Bisogna essere certi delle percezioni della mente.

Ti avranno già informato che Geno e René hanno avuto la stessa visione. Un teschio. Anche questa circostanza va esaminata senza allarmismi. Siamo tutti molto provati per la lotta contro i Ribelli. Dobbiamo mantenere una buona dose di equilibrio psicologico, altrimenti non ne usciremo vivi» madame Margot Crikken accarezzò la Paskas e una luce le brillò negli occhi azzurrini.

«Come al solito hai ragione. D'altra parte sei la più saggia di tutti noi. Anche se... del teschio io mi preoccuperei. Non è una bella visione e lo sai anche tu. Sì, certo, alcune volte immaginare le ossa dei morti può anche essere positivo. Ma non è questo il caso dei fratelli Hastor Venti. Vero?» la Saggia si avvicinò a Margot.

Vecchie, un po' acciaccate, con mille pensieri che turbinavano nelle loro menti sorrisero. La loro lunga esperienza valeva pur qualcosa e il Male, che ora vagava creando ansie e incubi, non avrebbe avuto la meglio.

«Stammi vicino. Qualsiasi cosa succeda» sembrò quasi pregare la voce della Crikken, d'un tratto divenuta flebile.

«Certo, qualsiasi cosa succeda io ti sarò sempre amica» la confortò la Governante armena. Poi, al solito, tossì e sorrise ancora.

Un colpo distolse le due donne. Proveniva dalla Porta Bianca. Madame strinse la Paskas: «Spedisci subito due Paropalle, avvisa Fionn e Orso. Devono venire qui subito. Non allarmare nessun altro. Lascia che le lezioni si svolgano regolarmente».

Mentre Daphne Hogrogian si apprestava a far viaggiare

le Paropalle, madame si posizionò davanti alla porta pronta a reagire.

Altri due colpi fecero tremare il muro e la voce stridula di Pilo Magic Brocca si udì come un soffio di vento sporco.

«Vecchia strega, mi senti?» sibilò l'ex Cerimoniere che gongolava dall'altra parte della porta, giocherellando con il suo amato medaglione, che gli penzolava dal collo.

«Ti sento benissimo. Dimmi, che hai in mente?» rispose con fermezza Margot.

«Preparati a morire. Vorrei farti sentire i lamenti deliziosi di Pier e Corinna, ma non posso trascinarli fin qui. Sono in una condizione tale che non riescono neppure a muovere un dito» Pilo stava usando tutta la sua ispida cattiveria.

«Se io morirò, tu verrai con me. Finirai all'Inferno!» ribatté madame Crikken alzando la voce.

«No. L'Inferno è niente in confronto a ciò che proverai tu. Libera subito Yatto, Butterfly e Agata. Solo se lo farai ti risparmierò» aggiunse con perfidia Magic Brocca.

«Non ti facevo così ingenuo. Io non cederò mai» il Summus Sapiens guardò la Paskas e ghignò.

In quel momento arrivarono il druido e lo sciamano Sioux e si misero accanto alla Porta Bianca in ascolto.

Un altro colpo li fece indietreggiare. Fionn picchiò il suo lungo bastone: «Esci, maledetto Pilo. Stai infangando la storia dell'Arx».

L'ex Cerimoniere non reagì udendo la voce del druido, ma, quando sentì Orso, iniziò a preoccuparsi.

«Che la Magipsia possa ingoiarti e triturarti. Non c'è nulla di magico in quello che fai. È solo frutto dell'odio e della vendetta. L'invidia non porta a nulla. Arrenditi e apri questa porta» lo sciamano mosse la testa facendo ondulare le piume del maestoso copricapo Sioux.

Pilo ringhiò come un animale: «Vi pentirete. Anche se userete tutte le vostre doti magiche, non saprete mai cosa sta per accadervi» e così dicendo diede l'ennesimo colpo alla porta e se ne andò ridendo sguaiatamente.

La Batacchia Tremula scoccò le 12.

«Non c'è tempo da perdere. Dobbiamo aprire la Paskas e prendere l'Anello» disse Fionn Artek mostrando l'Infidelmo, l'ago trasparente di una sostanza alchemica rarissima che solo i druidi sapevano realizzare.

Margot si rabbuiò: «D'accordo, andiamo. Mi auguro che tutto proceda per il meglio. Non vorrei guai mentre sono in corso le lezioni».

Daphne li accompagnò fino a piano terra e, quando fu davanti alla Stante Ferrosa, ricordò alla Crikken che nel pomeriggio avrebbe potuto stare con lei, in quanto la lezione di Telecinesi iniziava solo alle 18.

«Perfetto, la tua presenza mi rassicura» mormorò Margot porgendo la Paskas a Fionn.

Il druido, sotto gli occhi attenti di Orso Quieto, infilò l'ago al centro della doppia piastra, esattamente sulla figura di un piccolo rospo di rame. L'Infidelmo scese affondando fino a metà. Poi si bloccò. Fionn premette ma l'ago non scendeva di un millimetro. La Paskas rimase così: chiusa ermeticamente.

«Impossibile! Deve aprirsi per forza!» l'Extra Sapiens picchiò per l'ennesima volta il bastone sul pavimento con rabbia.

Orso Quieto socchiuse gli occhi: «Von Zantar deve aver compiuto qualche stregoneria».

«No! E come può aver fatto? È un'ombra, è fumo, è niente! Lui, Butterfly e Agata non possono agire in nessun modo» disse tossendo l'anziana armena.

«Qualcosa è accaduto. E la Paskas non può aprirsi».

Fionn, alquanto irritato, rigirò tra le mani la doppia piastra premendo ancora una volta l'Infidelmo.

Madame Crikken fece un gesto di stizza: «*Mon dieu de la France!* Siamo fregati!».

In quel momento arrivarono René e Geno, che avevano appena terminato un volo rilassante sui cavalli alati mentre Suomi era andata a lezione da Naso Bendatov per nuotare con i Subcandi.

I due fratelli Hastor Venti, sebbene si fossero un po' ripresi dalla visione del teschio, alla vista delle facce stravolte di Margot e Daphne e dei due Extra Sapientes capirono che la situazione era alquanto disastrosa.

La Crikken spiegò che la Paskas era bloccata e non fece in tempo a dire altro, che Geno si avventò sul druido, strappandogli l'oggetto dalle mani: «Maledetto Yatto! Ora getto la Paskas dentro il fuoco e brucerai per l'eternità».

Fionn spalancò gli occhi che emanarono una magica luce gialla, diretta sul giovane Anteo di Terzo Livello.

«Non permetterti mai più un gesto simile!» tuonò il druido e riprese la Paskas, lasciando il ragazzo a pugni chiusi.

René allargò le ali e alzò le braccia: «Troveremo il sistema. La Magipsia ha poteri enormi e non dobbiamo arrenderci».

Madame chinò la testa, mentre Orso Quieto iniziò a declamare un'antichissima e sacra poesia indiana.

Impettiti, davanti alla Stante Ferrosa, rimasero ad ascoltare le parole dello sciamano. Erano frasi che invocavano le forze della natura e l'armonia del cosmo.

Fionn tolse l'Infidelmo e guardò la Paskas con aria incredula: da sempre le tecniche dei druidi funzionavano e per questo non riusciva ad accettare il fallimento.

Daphne ricominciò a tossire in modo esagerato e Geno, preso dallo sconforto, si sedette vicino alle Staffore Inverse fissando il pavimento.

Nella tasca destra sentì uno scricchiolio, infilò la mano e tirò fuori la VerbuLapis. La pietra verde aveva sputato un altro bigliettino: «Le parole sono potenti e possono aprire ciò che è chiuso dal maleficio. Chi ha le ali può agire».

Il messaggio era chiaro, solo il giovane alato poteva aprire la Paskas.

Tutti rivolsero lo sguardo verso René, che rimase sbigottito: «D'accordo, sono io che devo agire. Ma quali parole devo dire per aprire la Paskas?».

La Crikken si consultò con Daphne e i due Extra Sapientes, parlottarono a lungo, ricordando difficili formule magipsichiche studiate negli antichi libri dell'Arx.

Fionn non era convinto che bastasse una formula magica. Conosceva bene i meccanismi della Paskas e se neppure l'Infidelmo l'aveva aperta significava che la doppia piastra era stata totalmente stregata da chissà quale incantesimo di Yatto Von Zantar. Orso, invece, propose una serie di frasi ermetiche ma Daphne non era d'accordo.

Geno sentì il solito ronzio dentro le orecchie e contemporaneamente suo fratello si portò le mani alla testa.

La Crikken li guardò preoccupata: dalle mani di Geno uscì un vapore rosso e lo stesso fenomeno stava accadendo a René.

I due fratelli non controllavano le loro azioni, poiché erano all'interno di una potentissima azione magipsichica. Nessuno capì chi stava agendo in maniera così sconvolgente. Era Yatto? Butterfly? O un incantesimo dei Ribelli?

Nulla di tutto ciò!

A provocare il fumo rosso era un'entità invisibile che fece sentire la sua presenza solo con la voce:

«René pronuncerà la frase che ora scorre
nella sua mente.
La Paskas si aprirà.
Ma ci vorrà del tempo per sapere
chi è Geno Hastor Venti.
Il teschio è la sua verità».

Suadente, profonda, lontana. La voce sconosciuta bloccò i respiri dei presenti.

Margot si sentì mancare e d'istinto appoggiò la testa sulla spalla di Daphne, che tossì rumorosamente. Fionn e Orso rimasero come impietriti e capirono che quella voce apparteneva a una persona con doti magipsichiche eccezionali.

Il fumo rosso si accumulò davanti ai due fratelli e tra di loro si formò l'immagine del teschio. Era enorme. Girava lentamente su se stesso, mostrando l'incavo degli occhi e i denti perfettamente allineati.

La Crikken si fece coraggio e avanzò, ma fu fermata da Fionn: «Stai lontana. È una magia che non conosciamo».

Il teschio galleggiò nel fumo rosso e, quando la voce svanì, dapprima diventò trasparente, poi scomparve portandosi via la scia colorata.

Daphne corse da René, che stava per crollare a terra, mentre Margot si accucciò di fianco a Geno.

«Non vi abbandonerò mai. Vi aiuterò sempre. Userò i

miei poteri per voi anche a costo di perdere la vita» la Crikken abbracciò prima Geno e poi René. Era scossa, commossa, stravolta dalle ultime vicende. Il suo esile corpo di donna anziana non sembrava poter sopportare più violenze magiche così devastanti, ma il suo cuore e soprattutto la sua mente erano più forti che mai. Nulla, proprio nulla, nemmeno la voce misteriosa entrata all'Arx Mentis poteva farla desistere.

«Vi voglio bene. Io sono vostra...» madame stava per svelare la sua origine e dire loro che era una Hastor Venti ma si morse le labbra.

Non erano né il momento e né il luogo per rivelare una verità così importante.

«Sei la nostra Summus Sapiens, lo sappiamo» disse Geno con un certo candore. La rabbia, che fino a pochi minuti prima occupava la sua anima, sembrava sciolta nell'aria.

Il giovane oramai aveva preso coscienza che il suo destino gli stava riservando prove sempre più difficili. Il teschio voleva dire la sua morte? La voce misteriosa gli ricordò quella di Tantre Sheng Vioo? Il timbro, così gli sembrava, era molto simile a quello ascoltata nel Deserto Smeraldo. Ma non disse nulla, tenne le sue congetture ben strette e con coraggio si alzò in piedi davanti al fratello.

«Ora tocca a te, pronuncia la frase che hai sentito nella tua mente e apri la Paskas. Libereremo i nostri genitori e così finirà tutto».

René si sentiva debolissimo ma ricordò perfettamente la frase segreta che aveva sentito e la ripeté senza aprire bocca: "Ranunculus Maleficus".

Madame si scansò, Daphne la prese sotto braccio, e i due Extra Sapientes non intervennero, in attesa che il giovane alato pronunciasse le parole che nessuno conosceva.

In realtà Fionn e Orso si stavano scambiando telepaticamente le loro opinioni: per entrambi quella voce magica poteva appartenere solo all'Extra Sapiens Tantre Sheng Vioo. Ne erano certi perché era risaputo che quel vecchio, che nessuno aveva mai conosciuto, era capace di fare cose fantasmagoriche. Anche loro, come Geno, preferirono non dire nulla.

Di Tantre era meglio non parlare.

Capitolo Sesto

"Ranunculus Maleficus"

La Paskas e l'Anello

Naso Bendatov era davvero felice di nuotare in groppa al Subcando e volteggiava a braccia aperte, mentre il grande cigno spingeva l'acqua con le ali per andare più veloce. Tre Psiofi provarono a guidare i cigni in modo originale, facendo acrobazie e scivolando tra le rocce dei fondali. Il canale dell'Arx era magnifico e ricco di pesci colorati e alghe fluorescenti.

Suomi si sentiva a suo agio con la Tuta Stagna e la sensazione dell'acqua che scorreva sul suo volto le restituiva la calma. Il suo Subcando era assai paziente e di tanto in tanto si fermava sul fondo, da dove fuoriuscivano sottili fontanelle di bollicine che la solleticavano.

Immersi nella pace e cullati dalle correnti del canale, nessuno di loro sapeva che erano vicinissimi al pericolo più grande. Mentre respirava l'Ossigeno Piatto attraverso i due tubicini attaccati alla Tuta Stagna, Naso si accorse che in profondità, vicino ad una grande pianta dalle foglie blu, s'intravedeva uno spiraglio di luce.

"Impossibile!" pensò mentre dirigeva il Subcando verso il basso.

Quando le ali del cigno arrivarono alla pianta, si sollevò un'onda di sabbia e Naso non riuscì più a vedere nulla. Suomi, che manovrava benissimo il Collare di Cuoio agganciato al cigno, seguì la scia lasciata da Naso e finì anche lei nel fondale, avvolta dalla nube di sabbia. In quel momento fu pervasa da una sensazione di disagio: sentì vibrare il corpo e il cuore iniziò a battere più forte. Con i tubicini stretti tra i denti respirò velocemente e cercò di tornare subito a galla. Tirò i lacci del collare e il Subcando risalì in superficie in pochi secondi. Il Sapiens russo e gli Psiofi notarono lo strano comportamento dell'Antea e la seguirono.

Quando riemersero si misero a fianco del cigno della ragazza e il dottore russo, togliendosi i tubicini dalla bocca, le chiese preoccupato: «Stai male?».

Suomi abbracciò il grande cigno bianco e respirando affannosamente spiegò la sua sensazione: «Laggiù c'è qualcosa di brutto. I miei occhi non vedono, ma la mia mente è stata disturbata. Ho avuto paura».

Gli Psiofi alzarono le spalle come per dire che loro non si erano accorti di nulla ma il dottore, starnutendo tre volte, associò la luce che aveva notato alle sensazioni provate dall'Antea.

«Forse c'è davvero qualcosa. Dobbiamo preoccuparci?» chiese uno Psiofo esperto di occultismo.

«Non so. Io ho visto un fascio di luce, ma la sabbia ha offuscato l'acqua» rispose perplesso Bendatov.

«Sarà meglio controllare di nuovo» disse Suomi anche se il timore di scendere ancora nel fondale era forte.

«No, sono oramai le 13. Abbiamo nuotato abbastanza e i Subcandi sono stanchi. Magari torniamo domani» concluse Naso. Il Sapiens non voleva creare allarmismo e soprattutto desiderava parlare con la Crikken. Magari sarebbe tornato insieme a lei a valutare se quella insolita luce potesse rappresentare un pericolo.

Il gruppo risalì il canale guidando i Subcandi verso il LagoStorto.

Il paesaggio della *Vallée des Pensées* era incantevole, ma la bellezza dei boschi e la trasparenza dell'acqua che scorreva dolcemente nascondevano un'insidia davvero terrificante. La sensazione provata da Suomi e il sospetto del dottore erano segnali che davvero qualcosa stava accadendo nel canale dell'Arx. La Setta degli Psiofi Ribelli aveva trovato il giusto luogo dove poter organizzare il nuovo attacco: nella Grotta erano al sicuro, anche se forse non per molto.

Intanto, alle Staffore Inverse tutto era pronto per l'apertura della Paskas. Il momento era cruciale. Madame Crikken era ansiosa di guardare in faccia nuovamente Yatto Von Zantar.

Anoki Kerioki si mise accanto alle scale per gustarsi la scena e, alzando lo sguardo, vide arrivare il gruppo che aveva appena terminato la nuotata con i Subcandi.

Bagnati e ancora vestiti in Tuta Stagna entrarono Naso, Suomi e gli altri Psiofi, che si fermarono immediatamente.

René era in piedi davanti alla Stante Ferrosa, pronto a pronunciare la frase segreta.

Quando Margot vide arrivare il gruppo alzò il braccio destro facendo segno di stare zitti: «Non parlate e non fate rumore».

Il dottore russo, però, non riuscì a trattenere l'ennesimo starnuto, si scusò e tenne le mani davanti al volto.

L'Antea, con i capelli ancora gocciolanti, si sentiva insicura senza il bastone bianco che aveva lasciato in camera e, allungando le mani, cercò un appoggio. Geno le andò accanto porgendole il braccio e strappandole un dolce sorriso.

«Mio fratello sta cercando di aprire la Paskas perché Fionn non c'è riuscito» le sussurrò all'orecchio.

«Il druido ha fallito? Speriamo che René riesca altrimenti saranno davvero guai» rispose a bassa voce la ragazzina.

Il momento cruciale però fu nuovamente interrotto quando dalle scale scese Eulalia in compagnia di Nabir e contemporaneamente giunsero dal Salotto dei Fenicotteri anche Ezra Moore e Lambert de Solange, diretti verso la Scuderia per provare un volo con i cavalli neri.

Margot brontolò infastidita: « Allora ci siamo tutti! Vi prego di non disturbare. Mi rivolgo soprattutto ai due Antei di Primo Livello».

Ezra rimase con il Vertiglio in mano e guardò con molta curiosità i due Extra Sapientes. Si sentiva davvero onorato di poterli vedere all'Arx. Lambert si accostò alla Staffora Inversa di sinistra ed Ezra lo seguì in punta di piedi.

L'emozione di assistere all'apertura della Paskas fece inciampare Eulalia, che per poco non cadde dalle scale. Per fortuna ci fu Nabir a sostenerla.

Nessuno fiatò più.

Fionn si avvicinò al giovane alato, conficcò ancora una volta l'Infidelmo al centro della Paskas, esattamente sulla vite fatta a rospo, e gli consegnò la doppia piastra.

Il ragazzo si concentrò tenendo l'oggetto tra le mani come se fosse la cosa più preziosa del mondo. Usò perfettamente la tecnica di Meditazione giungendo a un grado altissimo di forza mentale.

A testa alta, fissando le sbarre della gabbia elettrica gridò: «Ranunculus Maleficus».

La doppia piastra s'illuminò aprendosi lentamente e questa volta l'Infidelmo prese fuoco formando una fiamma bluastra a forma di ranuncolo marcio: tre scie di fumo nero uscirono di getto e finirono nella Stante Ferrosa.

Voci e urla, strilli e lamenti accompagnarono la sconvolgente magia.

In un attimo all'interno della gabbia si materializzarono le figure di Yatto Von Zantar, miss Butterfly O'Connor e Agata Woicik. Erano ancora Ombre Viventi: sembravano copie ingrigite di esseri umani.

L'espressione di Yatto era orribile: con gli occhi sbarrati sembrava la statua del diavolo.

Agata teneva la bocca aperta, mentre Butterfly stringeva i pugni.

René tremante per l'emozione, abbassò lo sguardo e vide che la vite fatta a rospo, al centro della Paskas, si stava staccando.

Immobile, non mosse neppure un dito.

La vite si elevò di una decina di centimetri e si mise quasi all'altezza del naso del giovane alato, roteò un paio di volte e puntò verso la Stante Ferrosa. Dalla sua estremità partì una fontanella di liquido giallastro che, sollevandosi come un'onda, innaffiò le tre figure colorandole e ridando loro la vita.

Tornati in carne e ossa, i loro corpi cominciarono a muoversi a scatti e a respirare regolarmente.

Tutti e tre avevano lo stesso tatuaggio provocato dalla magia di René: un ranuncolo marcio marrone impresso sulla fronte!

Era un tatuaggio indelebile, mai più avrebbero potuto cancellarlo. Per il resto dei loro giorni il loro volto avrebbe avuto quel segno malefico!

Agata, appena tornò in sé, crollò a terra lamentandosi, Butterfly urlò agitandosi come se fosse stata morsa da una tarantola e Yatto Von Zantar emise un grido straziante che trapassò le mura dell'Arx.

«*Monstrous*! Orribile tatuaggio! Marchiati per sempre!» starnazzò miss O'Connor guardando Yatto e Agata.

L'Antea polacca e l'ex Summus Sapiens si toccarono

la fronte e Butterfly annuì con la testa confermando che il tatuaggio imbruttiva i loro volti.

«!*Verflucht*! Maledizione!» la voce di Yatto sembrava quello di un orco impazzito.

Anoki fu fiero dell'azione dell'amico alato e diede un'occhiata compiaciuta ad Orso Quieto, che sorrideva mostrando le sue evidenti rughe. Con soddisfazione disse fieramente: «Fantastica *okaske*. Proprio una magnifica prigione!»

René allargò le ali e mostrando la Paskas a tutti i presenti si rivolse subito a Yatto: «Piacere di rivederti. Finalmente ora non potrai più comandare la mia mente. Non sono il tuo Girifalco d'oro. Sono René Hastor Venti e ora mi consegnerai l'Anello».

Von Zantar scosse la testa agitando i capelli bianchi e neri. Poi, mostrando i denti, sputò per terra: «*Nie!* Mai! Dovete uccidermi per prendere l'Anello. E cosa credete di aver fatto con questo orribile tatuaggio sui nostri volti? Non siamo animali da marchiare!».

Madame Crikken, affiancata da Fionn e Orso, si avvicinò alla Stante Ferrosa. Butterfly stava per aggrapparsi alle sbarre ma Yatto la fermò: «Non toccarle, sono elettriche e ti ridurranno in cenere».

«*Exact*! Esatto caro Yatto, marchiati per sempre! È l'effetto del *Ranunculus Maleficus*. Il ranuncolo marcio che rappresenta la vostra anima: un'anima putrida! Non potete fuggire dalla gabbia. Dovete arrendervi, non avete scampo» disse Margot parlando in modo calmo ma deciso.

«Vecchiaccia, me la pagherai. Non pensare di potermi imprigionare come una bestia selvaggia. Sono potente! La mia mente distruggerà la tua» Von Zantar allargò le dita delle mani facendo comparire due sfere di fuoco nero che lanciò verso le sbarre. Le scariche elettriche a contatto con le sfere crearono un'esplosione e un fumo nerissimo e denso avvolse l'intera gabbia.

Butterfly e Agata tossirono chiedendo aiuto, mentre Yatto rise in maniera sguaiata.

Il druido sollevò il mantello e una nuvola di polvere bianca divorò il fumo: «Nessuna tua magia funzionerà. Sei un omuncolo senza poteri».

Gli occhi di Yatto diventarono enormi: «Io sono il Summus Sapiens e dunque posso annientarvi».

«No. Sono io il Summus Sapiens. E tu non conti più nulla» ribatté con forza madame Crikken.

Von Zantar girò lo sguardo verso Geno: «*Der dummkopf!* Maledetto scemo! È tutta colpa tua. Dovevo farti morire con il Suplicium».

Hastor Venti lasciò il braccio di Suomi e si avvicinò con il viso a pochi centimetri dalle sbarre: «L'odio che provi per me e per la mia famiglia sta divorando la tua vita. Non ho paura di te. Non posso averne perché tu non potrai mai capire i sentimenti veri. Hai un cuore di marmo. Mi fai pena».

Forte, coraggioso, con la mente lucidissima, Geno Hastor Venti parlò al suo nemico mortale con tale pacatezza che persino la Crikken rimase esterrefatta.

«Bastardo! Sei un piccolo bastardo. E anche tuo fratello è un essere spregevole. Io volevo darvi un destino diverso qui all'Arx. Avreste potuto imparare tecniche magiche sorprendenti se solo mi aveste dato il ClonaFort».

«Povero Yatto, pensi davvero che il ClonaFort ti avrebbe reso più potente? È solo un ottimo intruglio che rende felici e aiuta a pensare ma non è la soluzione magipsichica di ogni problema. Hai inseguito un sogno che si è rivelato un incubo per te. E per fare questo hai rapito la mia famiglia, hai reso schiavi i miei genitori. E guarda» disse Geno puntando il dito su suo fratello, «ecco com'è diventato René per colpa tua. Ma ne sono fiero. Lui è speciale e presto riabbracceremo i nostri genitori. Dacci l'Anello!».

Von Zantar guardò il ragazzo e la sua infinita rabbia gli esplose dentro. Non sapeva cos'altro dire e fare.

«*Alors*? Dunque, ci fai attendere tanto?» madame era certa che a quel punto l'ex Summus si sarebbe arreso.

Ezra Moore era allibito e turbato da quella fantastica scena di magia. Ridare la vita alle Ombre Viventi non era certo un gioco. Si rese conto che i due fratelli Hastor Venti avevano davvero doti magipsichiche fuori da ogni immaginazione. Guardò Butterfly e gli sembrò davvero triste vederla in una gabbia con quel brutto tatuaggio sulla fronte che ne deturpava i lineamenti femminili. L'aveva sempre considerata un'ottima e affascinante maga.

Miss O'Connor ricambiò lo sguardo. Sapeva che Ezra aveva un'adorazione per lei, poiché gliene avevano parlato i suoi genitori. Adesso che Ezra era arrivato all'Arx, l'ex Governante avrebbe potuto avere un allievo alleato. Un lampo diabolico illuminò gli occhi della donna, che voleva approfittare della debolezza dell'Anteo inglese e cercò di mettersi in contatto con lui telepaticamente. Daphne se ne accorse: «Blocca la tua perfida mente. Ora sono io ad occuparmi di Telepatia e Telempia. Sono la nuova Governante e per te non c'è alcun ruolo» le chiarì la Saggia armena. Poi tossì e, schiarendosi la voce, brontolò tanto che Naso gli fece segno di stare in silenzio.

«Un'altra vecchia pazza! Ecco come avete ridotto l'Arx Mentis. Come si fa a nominare Sapiens e Governante una donnetta così squinternata?» Yatto era furibondo così come miss O'Connor.

«Nessuno può occupare il mio posto. E voi, Psiofi della

malora, come avete fatto a seguire madame Crikken. Ma non capite che è pazza? Così come sono pazzi i due fratelli Hastor Venti!» gridò Butterfly, fuori di sé.

Agata, sempre rannicchiata a terra, alzò leggermente la testa e osservò gli altri ragazzi. Incrociò lo sguardo di Lambert e, con voce tremante, disse: «Tu qui? Allora hai tradito! Sei nuovamente dalla parte della Crikken! Dovevi morire come Bob! Tu sei il peggiore Anteo che abbia mai conosciuto!».

«Zitta! Ritieniti fortunata perché il tuo cuore batte ancora. Lambert sta pagando comunque il suo immenso peccato, ma la tua pena sarà certo peggiore» Margot si avvicinò pericolosamente alle sbarre che frizzarono di elettricità.

Geno si girò verso Ezra e Lambert e cercò nei lori occhi la sincerità: era così sospetta la loro immediata e inaspettata amicizia! Se all'inizio l'inglese aveva timore del francese adesso sembrava che i due andassero perfettamente d'accordo. Di Ezra, poi, non sapeva nulla e di Lambert fin troppo.

"Una strana coppia di amici. Troppo strana" pensò corrucciando la fronte.

L'inglese chinò il capo toccandosi le orecchie a sventola poiché non reggeva lo sguardo di Hastor Venti, mentre Lambert lo guardò fisso senza scomporsi.

Anche Anoki stava fissando attentamente i due Antei di Primo Livello, e non riusciva ad avere nessun pensiero positivo su Ezra e tanto meno su Lambert.

La tensione era altissima e le energie mentali prodotte addensavano l'aria.

Nabir Kambil si passò le mani sulla testa pelata e con gesti calibrati si rivolse a Yatto: «Hai compiuto azioni deprecabili. Non c'è più posto per te all'Arx. Tenere prigionieri i genitori di un Anteo è un fatto gravissimo. Hai dettato le tue regole pensando di dirigere l'Arx secondo i tuoi malsani interessi di potere. Ora è finita! Consegnaci l'Anello, non hai alternative».

Von Zantar gonfiò il petto e i suoi occhi brillarono: «Siete voi miei prigionieri. Senza l'Anello non libererete mai Pier e Corinna. Venite dentro la gabbia. Venite a prenderlo, se avete coraggio».

Il perfido ex Summus aveva lanciato l'ennesima provocazione. Madame si rese conto che bisognava trovare un compromesso, anche se la cosa non le andava per nulla a genio.

«Che fai? Rifletti sulle mie parole, vecchia strega? Sei dunque convinta che ho io il potere vero e non tu!» sghignazzò Yatto.

«Come abbiamo potuto seguire i tuoi insegnamenti? Come abbiamo potuto lasciarti occupare lo scranno dell'Arx? Hai tradito la Magipsia. Hai tradito i nostri principi e i Regolamenti. Non meriti perdono e tanto meno rispetto» tuonò la voce di Fionn facendo rabbrividire i presenti.

«Bene, bene, ci sei anche tu, egregio druido. Ti sei fatto ingannare da questi sciagurati» rispose Von Zantar, che si accorse anche in quel momento della presenza dell'altro Extra Sapiens, Orso Quieto.

«Non ti lasceremo distruggere secoli di luminosa storia magipsichica. Devi arrenderti» replicò Fionn Artek picchiando il suo bastone sul pavimento.

A quel punto intervenne Orso: «Nessun *mahpiya*! Nessun cielo azzurro potrà essere sulla tua testa. Solo nubi cariche di odio accompagneranno la tua miserabile vita. Il mio sguardo magico vede lontano. L'avidità di potere ti ridurrà in un povero essere senza futuro».

Madame avvertì chiaramente che Yatto non aveva perso del tutto i suoi poteri, d'altra parte le sue capacità magiche erano da sempre fuori dalla norma e purtroppo non si poteva cancellare quello che la sua mente era in grado di pensare e quindi di fare.

Bisognava trovare una soluzione al più presto, anche perché la Setta dei Ribelli avrebbe attaccato di nuovo e con Yatto vivo e vegeto il pericolo di un vero cataclisma all'Arx era reale più che mai.

In quel momento arrivò Dorathea assieme ad altri Psiofi, avevano appena finito di cavalcare gli Ippovoli ed erano rientrati per bere dell'Acqua Pitagorea per dissetarsi e rinvigorire il fisico. Quando la giovane Sapiens vide la scena si bloccò e anche gli stregoni e le alchimiste che la seguivano si fermarono appoggiando le selle e le briglie per terra.

Yatto guardò con occhi di fuoco la bella ragazza finlandese: «Tu Sapiens? Tu sei il nuovo Cerimoniere? Non ci posso credere! Assurdo!».

Dorathea si aggiustò i lunghi capelli biondi e con un sorriso ironico disse: «È proprio una soddisfazione vedere te e le altre due vipere dentro una gabbia».

«Sei una schifosa maga! Sei incapace e stupida! Credi forse di cavartela perché te la intendi con il giovane alato? Hai venduto il tuo cuore ad un Hastor Venti che ha denigrato l'Arx» rispose Von Zantar sputando saliva verde.

A quel punto René allargò completamente le ali dorate e agitandole creò una corrente d'aria fortissima che investì in pieno Yatto, Butterfly e Agata. I tre furono costretti a tenersi uno con l'altra per non finire fulminati sulle sbarre.

«Basta! Chiudi quella bocca velenosa o morirai fritto dalle scariche elettriche». René si sentì ferito dagli insulti.

Psiofi, Sapientes, Extra Sapientes ed Antei mormorarono e il brusio si estese come una eco.

Madame Crikken ebbe il timore che Von Zantar riuscisse in qualche modo a captare i suoi pensieri e a scoprire la verità sulle sue origini. Attivò la Parola Bloccante ma per la prima volta non si sentì affatto tranquilla. Nonostante tutto quello che era successo, Yatto era ancora potente.

Salì sui gradini delle scale e facendosi seria si rivolse ai suoi: «Lasciatemi sola con loro. Voi proseguite con le lezioni e meditate».

Aveva appena finito di parlare, che le Staffore Inverse cominciarono improvvisamente:

«Chi è libera e potente non è limpida come appare
Un dolore antico punge come un ago
Coraggio le manca di dire ciò che sa».

Tutti gli occhi si puntarono sulla Crikken!

Orso Quieto alzò le braccia verso l'alto e mormorò frasi in lingua Lakota, Geno e René si scambiarono uno sguardo preoccupato, Dorathea e Daphne rimasero immobili vicino alle grandi bocche e Fionn strinse nervosamente il bastone.

Solo Nabir Kambil parlò: «Le Staffore spesso scherzano ma non questa volta. Madame Magort Crikken, c'è qualcosa che devi dirci?».

Margot deglutì, si sistemò il cappellino e rimase in silenzio.

A quel punto Yatto gridò: «Ve lo avevo detto! È una perfida strega. Vi sta ingannando. Chissà per quali suoi progetti vi ha trascinato tutti, prendendosi gioco delle vostre menti».

Anche miss O'Connor ebbe qualcosa da dire: «Ho sempre sospettato che la Crikken fosse falsa. Dice bugie e nasconde segreti inconfessabili».

Madame si sentì in difficoltà: le Staffore avevano parlato troppo. Doveva assolutamente dire che era una Hastor Venti, ma non poteva farlo davanti a Yatto!

D'istinto guardò Lambert che rabbrividì per il timore che la verità venisse fuori in quella complessa situazione.

Ezra, che gli era accanto, fece un passo indietro appoggiando le spalle al muro come impaurito: «Allora è vero. Tu sei un Anteo pericoloso e hai un segreto con il Summus» mormorò.

Lambert lo afferrò per un orecchio: «Non dire fesserie. Stai tranquillo. Io non sono cattivo! D'accordo?» disse a denti stretti per non farsi capire dagli altri che lo stavano guardando.

In realtà, tutti si accorsero dell'intesa tra Lambert e Margot.

Geno, sbalordito, non sapeva più cosa pensare. René si accostò a Dorathea, che scosse la testa come per dire che non capiva cosa stesse accadendo.

Naso, Eulalia, Nabir e Daphne si scambiarono rapidamente dei messaggi telempatici facendo brillare i Vertigli.

La Crikken si sentì come se fosse lei stessa nella gabbia di Yatto ed ebbe uno scatto d'ira: «Non ho segreti inconfessabili. Non sono malvagia. Abbiate fiducia in me. Il tempo mi darà ragione e voi mi giudicherete alla fine. Sì, perché Von Zantar è alla fine dei suoi giorni. Dobbiamo risolvere prima il problema dell'Anello. Non lasciatevi fuorviare da altri discorsi».

Nonostante la forza delle sue parole e l'intento persuasivo, tutti intuirono che nascondesse una scomoda verità. C'era chi pensava si trattasse della storia del ritorno di Lambert, chi del viaggio appena concluso usando la Bilocazione Chiusa e altri sospettavano stravaganti obiettivi che la Crikken avrebbe potuto raggiungere, usando tutti come pedine.

In ogni caso nessuno voleva mettere in discussione il nuovo Summus Sapiens, anche perché di Yatto non ci si poteva più fidare.

Divertito e sarcastico più che mai, Von Zantar rise apertamente perché Margot era diventata il vero bersaglio di tutti.

Anoki Kerioki prese per un braccio Geno e trascinandolo di qualche passo domandò: «Che cosa sta accadendo alla Crikken? Sai qualcosa?».

«Non so nulla, quello che hanno detto le Staffore, ha turbato anche me. E poi madame ha attivato la Parola Bloccante, quindi non si possono leggere i suoi pensieri. Gli sguardi tra lei e Lambert erano eloquenti. Ci nascondono qualcosa di serio» Geno parlò piano tenendo la testa bassa.

Lupo Rosso strinse l'arco e le frecce: «Qualsiasi cosa sia, non possiamo metterci contro la Crikken. Solo lei può farsi dare l'Anello da Von Zantar. E poi, che senso avrebbe questo comportamento da parte sua?».

«Il fatto è che io devo avere l'Anello di Yatto. Non posso più aspettare. Capisci? I miei genitori stanno rischiando la morte con Pilo, i Froder e gli Olleni. Chissà come staranno male! Se la Crikken ha segreti li scopriremo, ma adesso è fondamentale che quel maledetto tedesco mi dia l'Anello!».

E il tanto desiderato gioiello brillava sulla mano di Yatto che lo lucidava sfregandolo sulla camicia: «*Und nun?* Allora? Cara vecchia strega, lo vuoi ancora questo prezioso Anello?» disse cambiando leggermente il timbro della voce.

L'ex Summus tedesco aveva pensato ad un piano terribile.

Un inganno. Un altro ancora!

L'attenzione dei presenti si rispostò su Von Zantar e la Crikken colse il momento: «Parla e poi ti dirò cosa penso».

Yatto fece cenno di avvicinarsi alle sbarre e Margot, stando ben attenta, mosse qualche passo avanti.

«Più vicina. Più vicina. Le sbarre non ti faranno del male, non voglio che tu muoia proprio adesso» la voce dell'ex Summus diventò mielosa.

Mentre tutti seguivano col fiato sospeso quel dialogo, arrivò calma più che mai Ranja Mohaddina, che era rimasta nell'Aula Sublime Cibaria per creare nuove pietanze in attesa della lezione di Fandonfia che iniziava alle 14.

«Che accade?» esclamò guardando la folla di Psiofi, Antei e Sapientes.

Quando i suoi grandi occhi blu si posarono su Butterfly, Yatto e Agata dentro la gabbia esultò di gioia: «Perfetto! Ora sì che sono felice, posso affondare le mie unghie sul tuo viso squallido! Sei una maledetta traditrice!».

Come una furia si lanciò verso Butterfly dalle sbarre e, trattenuta dalla Crikken, urlò e si dimenò come una anguilla. L'odio per miss O'Connor era totale.

«Tu e questo verme schifoso volevate farmi diventare pazza con l'Acido Spurlo! E invece eccomi qua! Sana come un pesce e pronta a farvi le peggiori magie perché possiate trasformarvi in viscide rane!».

«Calmati! Calmati! Trattieni la rabbia» la bloccò madame.

Naso e Nabir accorsero e presero Ranja per portarla distante dalla Stante Ferrosa.

Butterfly non riusciva a guardare la bella Saggia araba, sapeva bene cosa le aveva fatto. Era gelosa di lei e per questo le aveva gettato l'Acido Spurlo che le aveva provocato la sindrome "Stulta Ridens".

«Ami Yatto, vero? Lo ami perché sei senza cuore come lui!» gridò forte Ranja, contentissima di vedere il volto di Butterfly rovinato dal quel brutto tatuaggio!

Miss O'Connor arrossì e Yatto non rimase per nulla impressionato dalla sceneggiata della Sapiens araba.

Sul volto rugoso della Crikken tornò un sorriso serafico.

«Dimmi, fai presto» lo esortò madame.

Yatto le fece segno di avvicinarsi e, per non farsi sentire dagli altri, sussurrò: «Se mi liberi ti darò l'Anello. E per farti capire che sono sincero e non ho cattive intenzioni ti prometto che me ne andrò dall'Arx e non ci metterò più piede. Dammi questa possibilità».

«Non mi fido e non ti credo. Pensi proprio che io sia così ingenua da lasciarti andare? L'Anello me lo devi dare e basta. René ha ancora la Paskas in mano e sai benissimo che Geno può trasformare te e quelle due sciagurate un'altra volta in Ombre Viventi!» rispose seccamente la Crikken mantenendo la voce bassa.

«Nella camera dove ora tu dormi e che io conosco benissimo c'è un oggetto che potrebbe aiutarti contro Froder e Olleni. Se ti dico cos'è, mi credi?» Yatto fu insistente, voleva fortemente uscire dalla Stante Ferrosa.

«Oggetto? Quale?» chiese sospettosa.

«Nel sottofondo del grande mobile accanto alla parete c'è un piccolo bauletto di cuoio. Dentro troverai lo Spektrumvio, un tagliacarte d'argento. La sua lama è mortale. Se la fai risplendere dentro il fuoco sprigiona un gas deleterio per i fantasmi. L'ho creata io» Yatto sembrò convincente.

La Crikken si allontanò dalla gabbia e rivolta ai Sapientes disse: «Aspettatemi qui. Devo controllare una cosa al terzo piano, nei miei alloggi».

Madame pensò che lo Spektrumvio le sarebbe stato comunque utile. Anche se decideva di non liberare Yatto avrebbe potuto combattere i fantasmi e sconfiggere Pilo Magic Brocca, entrare dalla Porta Bianca e liberare Pier e Corinna senza aver bisogno dell'Anello.

E proprio su questo semplice e logico ragionamento contava il perfido Yatto, che aveva ordito perfettamente un diabolico tranello per Margot.

Orso e Fionn allargarono le braccia, stanchi di quella situazione. Non capivano perché la Crikken perdesse tutto quel tempo ascoltando le sciocche parole di Yatto.

Ancora una volta madame chiedeva fiducia ai suoi sostenitori.

Eulalia e Ranja girarono attorno alla Stante Ferrosa per controllare che nessuno dei tre prigionieri facesse qualche magia.

Dorathea invece salì i primi gradini delle scale: «Margot, vuoi che venga con te?».

La Crikken rispose senza neppure girarsi: «No. Non ho bisogno di aiuto».

In attesa che tornasse con il misterioso oggetto che le aveva indicato Yatto, gli Psiofi si riunirono in piccoli gruppi a parlottare tra loro, mentre il dottore russo decise di tornare nella sua Clinica Vaga. Il medico dell'Arx era preoccupato per la luce che aveva visto in fondo al canale e continuava a pensarci.

Daphne lo seguì: «Sei nervoso per il comportamento della Crikken?» gli chiese abbassando gli occhiali.

«*Da*, nervosissimo. E non solo per lei» il Saggio russo spiegò cosa aveva visto e raccontò anche del comportamento di Suomi.

Daphne tossì ripetutamente e lui starnutì.

«Siamo proprio una bella coppia di acciaccati!» scherzò la Saggia armena.

«Già, ma le nostre percezioni sono cristalline» rispose il medico slacciandosi la Tuta Stagna oramai asciutta.

Quando i due furono nella Clinica Vaga, la Sapiens si sedette su una sedia e confessò che anche lei aveva avuto delle pessime sensazioni, e che la Crikken non le aveva dato retta: «I Ribelli sono qui. Sono vicinissimi e temo il peggio. Non se ne sono andati via. Non hanno usato le Biflap e neppure gli Ippovoli. Si sono nascosti qui attorno» considerò.

«Anch'io penso che non siano andati nel bosco. Non ci sono ripari. La luce che ho visto nel canale potrebbe essere un brutto segnale. Dovrò parlare con Margot prima possibile. Mi dovrà ascoltare» Naso andò nel suo spogliatoio e si rimise il solito abbigliamento, compreso il colbacco in testa.

«La Crikken ora è impegnata con Yatto. È chiaro che l'Anello ha la precedenza su tutto il resto. Però Gabor si farà sentire. Non dimentichiamoci che sono Psiofi e sanno usare molto bene le tecniche magipsichiche» ma, mentre parlava, Daphne sentì dei lamenti.

Si alzò dalla sedia e dietro un paravento vide Toam Ratandra e Yudi Oda appiccicati.

«Santo cielo! Questi Antei sono ancora così!» esclamò sgomenta.

Naso arrivò immediatamente: «Già. E stanno sempre peggio. Dimagriscono e non dormono. Sono in uno stato di grave deperimento. Non so proprio più cosa fare per salvarli».

«Certo che Eulalia, senza volerlo, ha combinato proprio un guaio serio!» disse l'armena.

Accarezzò i capelli ricci e neri di Toam, che non aprì neppure gli occhi, poi cercò di scuotere Yudi, ma anche lui non si mosse. All'anziana Saggia venne in mente una pozione alchemica che tempo prima aveva provato sulle foglie di una quercia, rimaste incollate dalla Resina Corvina.

«Naso, forse possiamo provare con la Sciolgamalevi» esclamò, per poi tossire ben quattro volte.

«Sciolgamalevi? E cos'è?» il dottore russo sollevò il colbacco.

«È un liquido vegetale, l'ho usato su una quercia. Certo non farà male. Mi servono due chili di Patate Albine, otto grammi di Pepe Saturo, tre litri di Rugiada Rosa e mezzo litro di Acqua Sulfurea bollente».

Subito la proposta di Daphne fu accolta da Naso: «La Rugiada Rosa e l'Acqua Sulfurea le ho ma le Patate Albine e il Pepe Saturo le devi chiedere a Ranja. Forse lei le usa per Cucina Metafisica».

Il dottore fu preso da una certa euforia: la salvezza dei due Antei era dunque possibile.

La Batacchia Tremula scoccò le 14.

Nabir Kambil, nonostante non desiderasse affatto iniziare la lezione di Meditazione, vide che gli Antei ne avevano proprio bisogno.

«In attesa che ritorni la Crikken io vado nell'Aula dell'Oblio. La lezione avrà inizio tra meno di un minuto» il santone tibetano salì al secondo piano seguito da un paio di Psiofe nigeriane.

Anche Geno decise di andare. Suomi gli chiese di attenderla un minuto poiché doveva andare a togliersi la Tuta Stagna. La ragazzina fu velocissima e al suo ritorno chiese ad Anoki di unirsi a loro, ma Lupo Rosso preferì stare davanti alla Stante Ferrosa assieme a René e agli altri.

Dorathea riprese la sella e le briglie e tornò con due stregoni e sei medium a cavalcare gli Ippovoli. Rivolgendosi al giovane alato disse: «Per qualsiasi cosa avvisami con il Vertiglio. Spero che Yatto non agisca in modo violento adesso che madame si è assentata».

«Stai tranquilla, ho la Paskas e il maledetto non farà certo pazzie» la confortò René, rigirandosi tra le mani la doppia piastra e osservando ogni minimo gesto dell'ex Summus.

Ezra e Lambert chiesero a Ranja se potevano partecipare a Fandonfia e la Saggia araba, nonostante fosse totalmente distratta dalla presenza di Butterfly, capì che non poteva sottrarsi al suo ruolo di Sapiens.

Il Programma doveva essere rispettato: «Va bene» rispose. «Andiamo nell'Aula Sublime Cibaria ma, mi raccomando, niente bugie».

Ezra era proprio curioso di vedere le reazioni di Lambert: a Fandonfia non poteva certo nascondere la verità.

Eulalia rimase con René, Lupo Rosso, i due Extra Sapientes e un folto gruppo di Psiofi a fare la guardia alla Stante Ferrosa. Persino il piccolo Oscar si sdraiò accanto alle scale in attesa che la Crikken tornasse.

Butterfly e Agata parlottavano sotto voce, mentre Yatto rimase a fissare il suo Anello.

La sua espressione malvagia fece temere alla Strabikasios che stesse per combinare qualcosa di gravissimo. E aveva ragione.

Al terzo piano, nella stanza della Porta Bianca, madame Margot Crikken cercava il tagliacarte d'argento. Si avvicinò al mobile che le aveva indicato Yatto e con decisione riuscì a togliere il ripiano che nascondeva il sottofondo.

«Eccolo!» esclamò afferrando il bauletto di cuoio.

Lo aprì senza difficoltà e dentro trovò effettivamente

lo Spektrumvio: "Von Zantar ha detto la verità!" pensò stupita.

Osservò attentamente l'oggetto, sfiorò la lama e si concentrò per capirne i poteri ma una scintilla la distolse.

«*Mon dieu de la France!*» disse spaventata. Proprio non si aspettava che il tagliacarte d'argento fosse così pieno di energia.

A passo veloce andò verso il braciere della Stanza della Visione e, così come aveva detto Yatto, appoggiò lo Spektrumvio sopra le fiamme: voleva vedere l'effetto magico per sconfiggere i fantasmi.

La lama diventò incandescente e sprigionò un gas invisibile e letale. Contemporaneamente un sottile filo di fuoco salì velocemente dalla mano sino al collo di Margot e poi le avvolse la testa, incenerendo il cappellino a cilindro.

La Crikken si sentiva bruciare fino al cervello, non riusciva a muoversi e neppure ad urlare. La striscia di fuoco l'avviluppò completamente ustionandola sulle braccia e sulle gambe. Madame respirava affannosamente e tutto il gas le entrò nei polmoni senza lasciare alcuna traccia nell'aria.

Tramortita e dolorante, crollò a terra tenendo lo Spektrumvio in mano.

Napoleon accorse da lei e con le zampine le toccò una spalla. Margot era immobile, come morta. Il gatto si strusciò sul suo volto pallido. Niente. Il micio annusò il tagliacarte e così facendo si bruciacchiò i baffi. Aprì la bocca e soffiò come una tigre, poi corse verso le scale attraversando il piccolo ponte levatoio. Scese zampettando a coda bassa. Si fermò sull'ultimo gradino e Oscar, che se ne stava steso tranquillamente, lo guardò. Gli occhi azzurri del felino, con le pupille dilatate, sembravano esprimere disperazione.

Il bassethound abbaiò scuotendo le lunghe orecchie e ringhiò talmente forte da attirare l'attenzione di René, che si avvicinò e accarezzò i due animali.

Napoleon mosse le vibrisse e il giovane alato si accorse che erano bruciate. Sfiorò il pelo bianchissimo e soffice del gatto e provò una sensazione di disturbo: «Che cosa avete voi due? E tu, Napoleon, ti sei avvicinanto troppo alle candele?».

Il micio agitò la coda e risalì qualche gradino, poi si girò miagolando come per farsi seguire.

Eulalia se ne accorse: «È successo qualcosa a Margot. Napoleon non gira quasi mai da solo. Andiamo a vedere».

Fionn e Orso si guardarono preoccupatissimi.

Anoki portò le mani al petto, strinse l'amuleto e guardando Yatto disse: «*Wabluska*! Verme! Sei tu che hai provocato qualcosa di malvagio. Lo sento. Lo vedo!».

Von Zantar sorrise soddisfatto. Il comportameno di Napoleon confermava: la Crikken era rimasta vittima dello Spektrumvio.

Butterfly sogghignò e anche Agata si mostrò visibilmente contenta. Yatto era sicuro che adesso, senza Margot, gli altri sarebbero stati in grave difficoltà e i Ribelli avrebbero potuto entrare indisturbati e liberarlo dalla gabbia.

I due Extra Sapientes, Lupo Rosso, Eulalia e Renè, in compagnia di cane e gatto, salirono le scale in fretta e, giunti al terzo piano, scoprirono l'amara verità.

«Margot!» gridò la Saggia greca scuotendo la testa a destra e a sinistra.

Anoki e René si precipitarono accanto al corpo della Crikken. Il giovane alato l'abbracciò forte: «Parla! Apri gli occhi! Cosa ti è successo?».

Lupo Rosso le tolse il cappellino per imporle le mani

sulla testa: sentì vibrazioni potenti. Eulalia vide che madame stringeva ancora il tagliacarte d'argento e disse ai due ragazzi: «Lasciatela stare. È stata colpita dalla magia di quell'oggetto. Questa è opera di Von Zantar! Quel maledetto merita solo la morte!».

Fionn alzò il bastone verso il soffitto e pronunciò frasi alchemiche druidiche, Orso appoggiò il copricapo a terra e ci girò attorno ripetendo in lingua Lakota: «*Kikta Oniya.* Svegliarsi e respirare».

René piegò le ali sulla schiena. Non poteva staccare gli occhi dal cappellino bruciato di Margot, dall'abito color smeraldo fumante e dalle ustioni, che deturpavano il corpo e mostravano la carne viva e sanguinante. Madame aveva piaghe sulle gambe, sulle braccia e sul collo.

«*Pejuta wjcasa.* Serve il dottore!» Anoki ruppe il silenzio perché temeva il peggio. «Avviso subito Naso Bendatov con il Vertiglio e tu manda messaggi a tutti gli altri».

In un baleno il triangolo del dottore si illuminò e una serie di Paropalle schizzarono giù per le scale raggiungendo Psiofi, Sapientes ed Antei.

Naso si trovava ancora in Clinica Vaga. Stava trafficando tra ampolle e alambicchi per trovare la Rugiada Rosa e l'Acqua Sulfurea e creare lo Sciolgamalevi, la pozione che avrebbe potuto annullare definitivamente il magico, terribile legame tra Toam e Yudi. Daphne era andata nell'Aula Sublime Cibaria da Ranja per chiederle gli ingredienti mancanti.

Quando il Saggio russo ricevette il messaggio telempatico lasciò cadere a terra le boccette di vetro, che andarono in frantumi, e si precipitò fuori gridando come un forsennato: «Madame è gravissima!».

Gli Psiofi erano atterriti, con i messaggi delle Paropalle in mano. Tremando cominciarono a pronunciare formule magiche contro il malocchio. Yatto iniziò a ridere come un pazzo seguito da Butterfly e Agata.

Il medico russo arrivò veloce davanti alla Stante Ferrosa con il colbacco in mano e guardò con odio profondo l'ex Summus Sapiens: «*Na smértnom odré*! Sul letto di morte vi voglio vedere! Se madame non si riprenderà la pagherete cara tutti e tre».

Von Zantar mostrò l'Anello: «Questo ha un prezzo salato. La mia libertà per la vita della Crikken. Pensaci, caro Naso».

Il dottore si avvicinò alle sbarre e starnutì schizzando il volto maligno di Von Zantar, che si ritrasse schifato.

Bendatov si infilò nuovamente il colbacco e salì le scale con affanno. Nello stesso momento Dorathea, ancora con le briglie in mano e i capelli spettinati, incrociò Ranja e Daphne che uscivano dall'Aula Sublime Cibaria insieme ad Ezra e Lambert.

La lezioni di Ippovoli e Fandonfia erano state interrotte bruscamente, così come quella di Meditazione con Nabir. Il santone tibetano raggiunse le scale seguito da Geno, Suomi e un paio di altri Psiofi.

Quanto tutti furono al terzo piano videro i due Extra Sapientes in azione ed Eulalia in levitazione, il suo corpo un metro sopra quello di madame. René e Anoki erano accanto alla Crikken, i loro occhi umidi esprimevano tutta la loro disperazione e l'angoscia.

Naso li fece allontanare e chiese ad Eulalia di scendere.

Il dottore russo passò la mano destra sopra il corpo bruciacchiato di Margot e poi, dalle tasche, tirò fuori una bacchetta di rame e toccò la fronte, l'addome e le caviglie dell'anziana francese.

Nessuna scintilla, nessuna luce. Nessun movimento.

Madame non respirava più. Nemmeno le frasi magiche

di Orso Quieto e Fionn Artek erano servite a ridarle l'alito della vita.

Geno si strappò il Tonca e corse gettandosi addosso alla Crikken: «Non morire. Ti prego! Non lasciarmi!».

Suomi iniziò a piangere come una fontana, e non si placò nemmeno quando Dorathea la strinse a sé. Daphne si sedette per terra, le mani all'altezza del cuore.

Eulalia iniziò a balbettare e a muovere le mani come fossero girandole. Nabir allargò le braccia, chiuse gli occhi e cercò di calamitare le energie negative per dissolverle.

«Bisogna portarla in Clinica. Non respira da troppi minuti» Naso la prese in braccio e scese le scale come un razzo.

All'Arx Mentis scese un silenzio spettrale.

Il dottore russo non permise a nessuno di entrare in Clinica, sbarrò la porta e adottò tutte le tecniche magipsichiche possibili per salvare la vita al Summus Sapiens.

Geno e René uscirono sul Prato Veloso e, sotto il cielo limpido della *Vallée des Pensées,* parlarono della sconfortante situazione.

«Se madame muore finirà tutto. La Nuova Alleanza si spezzerà e gli Psiofi ci abbandoneranno facendo largo ai Ribelli. Yatto è troppo potente e Gabor ora è in vantaggio» si disperò Geno.

«Non penso che tutti gli Psiofi che sono qui con noi tradiranno la Crikken. Ci unisce lo stesso ideale... la Magipsia deve tornare a regnare in modo pacifico. No, Yatto e Gabor non riprenderanno mai il potere. L'Arx Mentis non può essere governata da questi stregoni del Male» rispose il fratello appoggiando una mano sulla spalla di Geno.

«Certo che sono rimasto molto sorpreso dal comportamento di Margot. Credere alle parole di Yatto e salire in camera a prendere quel maledetto tagliacarte è stata una sciocca imprudenza. Da quando è tornata dal viaggio effettuato con la Bilocazione Chiusa è un po'... diversa. Ti pare?» l'Anteo aveva centrato il problema.

«In effetti è vero. Dopo il ritorno di Lambert madame ha deciso di usare la Ruota Conica e non ha detto a nessuno dove andava. Forse c'è proprio un segreto tra lei e il nipote. E poi, anche con Yatto, continua ad avere un atteggiamento ambiguo. Un po' lo odia e un po' lo teme. Perché? Se voleva sedere sullo scranno al posto di Von Zantar , ora c'è riuscita, allora cos'altro sta cercando? Cosa vuole ottenere?» René allargò le ali e le mosse con delicatezza.

I due fratelli Hastor Venti si sedettero sui blocchi di cemento e osservarono distrattamente gli Spiccafili che ondeggiavano nell'aria.

«Io voglio bene a madame Crikken. Nonostante tutto è grazie a lei se ho scoperto che i nostri genitori sono ancora vivi. È grazie a lei che ho trovato te!» esclamò Geno, con lo sguardo luminoso. I raggi del sole si riflettevano sui suoi capelli neri e ricci, ma nessun calore poteva scaldare il suo cuore.

Le spine, quelle spine che fin da piccolo sentiva dentro l'anima, pungevano sempre di più.

«Dobbiamo pregare perché sopravviva. Dobbiamo darle fiducia. Non possiamo perdere le speranze».

La tunica dorata di René era mossa dalla brezza e il giovane alato sentì che doveva agire in qualche modo.

«Allora dobbiamo prendere l'Anello. Finché ce l'ha Yatto non potremo mai liberare i nostri genitori» Geno si morse le labbra per la rabbia.

«Ma come facciamo? Neppure Fionn e Orso hanno trovato una soluzione» René strinse la Paskas portandola verso il cuore.

«Pensavo di entrare nella Cupola d'Oro dall'alto cavalcando un Ippovolo ma non credo ci siano ingressi o aperture per accedere dai tetti. L'unica soluzione è tornare giù nel canale e cercare l'Anello che hai perduto. Vedrai, i Subcandi ci aiuteranno» concluse Geno, che voleva arrivare in fretta a risolvere il problema.

I due fratelli Hastor Venti decisero di affrontare da soli la sfida, senza sapere che proprio nel fondale dell'Arx si celava un pericolo mortale.

Intanto, nel Salotto dei Fenicotteri, Nabir aveva preso in mano la situazione e convinto gli altri Sapientes a continuare le lezioni come da Programma: «Il nostro Summus Sapiens senza dubbio avrebbe voluto così. Non dobbiamo fermare le nostre attività magipsichiche altrimenti rischiamo il caos. Manteniamo la calma e teniamo forte la mente. Noi della Nuova Alleanza dobbiamo stare uniti».

Fionn Artek però era dubbioso: «Sì, va bene ma la Stante Ferrosa dev'essere sempre controllata! Non vorrei che Yatto combinasse altri guai. E poi è necessario prepararsi all'eventualità che madame...» il druido non riuscì più a parlare. Il suoi vecchi occhi diventarono lucidi, il solo pensiero che Margot morisse lo faceva star male.

Lambert De Solange si decise a intervenire: «So che non sono ben accetto ma vi prego di aiutare la Crikken. Credetemi, non sono tornato per creare ancora problemi e quando madame si riprenderà vi spiegherà cose che non posso certo dirvi io. Sono pronto a collaborare e usare i miei umili poteri magici».

Daphne tossì e brontolò: «Di te ci occuperemo in un altro momento. L'importante è che rispetti i Regolamenti. Perché mai quando parli di Margot non la chiami mai zia?».

Lambert si rabbuiò, abbassò gli occhi e fece di no con la testa.

«Ti vergogni di essere parente del Summus?» insisté l'anziana armena.

«No. Ma l'argomento mi fa sentire un privilegiato, cosa che non è vera. Tutto qui» rispose cercando di non far trapelare nulla del segreto tra lui e madame Crikken, legato proprio alla parentela.

Lo sguardo di Ranja e Dorathea, in silenzio, si fermò su Ezra che, imbarazzato, si toccò le orecchie a sventola: «Io sono sconvolto. Sono passate solo 24 ore dal mio arrivo e quello che sta succedendo è per me totalmente incomprensibile. Spero che abbia ragione Nabir. Con la calma tutto si appianerà».

Alcuni Psiofi annuirono e apprezzarono le parole dell'Anteo inglese, mentre su Lambert continuavano ad avere dubbi.

Orso Quieto prese per mano Anoki:

«Noi Sioux non possiamo permettere che madame muoia. Invocheremo tutti gli spiriti, parleremo con il vento e con la terra. Dobbiamo riportare l'anima della Crikken nel suo corpo» concluse.

I due Sioux lasciarono la Sala Cerchiata.

Eulalia, con in braccio Napoleon che non voleva stare fermo, mentre Oscar si era accucciato accanto alla libreria, disse: «D'accordo, allora riequilibriamo i pensieri. Io vado a prepararmi per la lezione di Veggenza, attendo te, Suomi, e anche Geno».

Appena ebbe pronunciato il nome del giovane Hastor Venti tutti si accorsero che il ragazzo non era presente. E neppure René.

«Ma dove sono i due italiani?» chiese sbigottita la Saggia greca.

Suomi e Dorathea non sapevano nulla e la giovane Sapiens stava per usare il Vertiglio quando gli Hastor Venti entrarono nel Salotto dei Fenicotteri annunciando che avrebbero usato i Subcandi per cercare l'Anello.

Daphne si ricordò delle parole di Naso e li mise in guardia: «Non andate. Il fondale nasconde qualcosa di oscuro. Bendatov ha notato una luce provenire dal basso».

Anche Suomi confermò raccontando le sue sensazioni negative, ma Geno non desisteva. Allora Nabir fu severo: «Non prendere iniziative per conto tuo, rispetta le regole. Dobbiamo attendere che madame si riprenda. Vedrai che Naso ce la farà a curarla».

René, però, dava ragione al fratello e riteneva che la missione nel canale dovesse iniziare al più presto: «Saggio tibetano, comprendo la tua posizione ma noi cercheremo l'Anello nel fondale e affronteremo qualsiasi pericolo. I pericoli ci sono ovunque: qui all'Arx è in atto una battaglia con gli Psiofi Ribelli. Nemmeno il Summus è riuscito ad evitare di farsi male e forse di morire. Perché mai io e Geno non possiamo tentare?».

Il giovane era pienamente consapevole che non avrebbe potuto usare la Tuta Stagna per via delle ali ma voleva provare lo stesso.

Suomi si offrì subito di andare con loro, nonostante la paura. Anche Lambert fece un passo avanti per proporsi, ma dimenticava che i grandi cigni potevano essere cavalcati solo al Terzo Livello.

Visto che Naso non poteva seguire i ragazzi, allora fu Eulalia a farsi avanti: «Non vi lascio da soli. ma non prendete nessuna iniziativa senza il mio consenso. Sott'acqua i movimenti diventano più fluidi ma anche molto pericolosi».

In pochi minuti erano già pronti a nuotare con i Subcandi, le Tute Stagne funzionavano alla perfezione. L'acqua del LagoStorto era piatta e scorreva lenta verso il canale che circondava l'Arx. Ad uno ad uno montarono sui Subcandi.

Solo René non salì su un cigno sapendo che non avrebbe resistito troppo senza respirare. Dorathea lo abbracciò salutandolo con amore e lui consegnò la Paskas: «Tienila fino al mio ritorno. Mi sa che Yatto e le altre due streghe finiranno ancora qui dentro».

Il gruppo s'immerse pensando alla Crikken e al futuro che li aspettava.

Erano oramai le 17 passate quando Nabir Kambil andò con Fionn Artek alla Stante Ferrosa per controllare Von Zantar, mentre Ranja Mohaddina portava Lambert ed Ezra a Controfisca.

Gli Psiofi della Nuova Alleanza si divisero, alcuni andarono a fare esercizi magipsichici nelle aule rimaste vuote, altri stettero a discutere nel Salotto dei Fenicotteri e altri ancora rimasero sulle sponde del canale pronti a intervenire.

Il dottore russo fu avvisato dell'immersione da Daphne con il Vertiglio e rispose nervosamente: «Sono pazzi. Eulalia doveva bloccarli. Io non posso intervenire, la vita di madame dipende da me. Appena hai notizie avvisami e io farò lo stesso. Devo fare di tutto per salvare Margot».

Stesa sul letto, con le palpebre abbassate, le mani fredde e il volto emaciato, la vecchia signora francese non dava segni di vita.

Naso le tolse il cappellino a cilindro e appoggiò sui candidi capelli sette grassi scarafaggi, con annodati alle zampe dei sottilissimi fili di seta collegati ad una grossa damigiana colma di Severa Caudina. Quella sostanza arancione metteva in moto i circuiti nervosi degli insetti, che creavano un campo magnetico capace di rimettere in moto il cervello della Crikken.

All'altezza del cuore il dottore mise invece una piccola cialda gonfia di Potassio Genuflesso, che aveva la straordinaria proprietà di scaldare i muscoli e far scorrere fluidamente il sangue nelle vene.

Infine prese le mani di madame, le strinse forte e adottò una tecnica medianica per darle potenza e vitalità.

Il corpo della Crikken sussultò due volte. Ma non accadde nulla. Naso riprovò e questa volta i sussulti furono sette.

Madame aprì leggermente la bocca mentre gli scarafaggi s'illuminavano come lampadine.

Emise un lievissimo lamento.

Il dottore russo si emozionò: «*Da, da*... sì! Torna in vita. Torna tra noi».

Il respiro sottile accompagnò un'impercettibile movenza delle palpebre. Madame Margot Crikken lottava tra la vita e la morte.

Rimase così per due ore.

Due ore terribili durante le quali Naso fece di tutto per salvarla.

Due ore terribili che scossero l'Arx e non solo per il destino incerto del Summus Sapiens: nei fondali del canale Geno, René, Suomi ed Eulalia rimasero in balia delle forze oscure.

L'acqua azzurra e trasparente era stata per loro un'infausta trappola.

“Focus Albus”

Nella grotta degli Psiofi Ribelli

La Tuta Stagna aderiva perfettamente al corpo e i tubicini per la respirazione non davano per nulla fastidio. Geno, a cavalcioni del grande cigno bianco, respirava regolarmente l’Ossigeno Piatto sentendosi perfettamente a suo agio. Tirò i lacci del Collare di Cuoio e s’immerse senza paura.

Davanti a lui c’era la Saggia greca, alla sua sinistra Suomi, che cavalcava in perfetta posizione e i suoi capelli scivolavano leggeri nell’acqua turchina.

René nuotava agitando le grandi ali, con le gote gonfie d’ossigeno. Non sapeva quanto avrebbe potuto resistere e di tanto in tanto dava occhiate d’intesa al fratello.

L’Antea raggiunse Eulalia e, seguendo le proprie percezioni, diresse il Subcando verso il punto critico dove aveva provato paura. La Sapiens vide una luce che filtrava tra le foglie blu di una bellissima alga. Si affiancò al cigno di Suomi e tirò i lacci tenuti dalla ragazzina in modo tale da controllare i suoi spostamenti ed evitare che incorresse in qualche pericolo.

René virò verso il fondo, seguito da Geno che guardava incantato i guizzi dei pesci colorati. Quando tutti e quattro furono davanti alla luce, Eulalia mollò i lacci, alzò le braccia e, gesticolando, fece segno ai due fratelli di stare fermi e controllare Suomi. La Saggia guidò il suo cigno verso la fonte luminosa e si accorse che proveniva dall’interno di un’insenatura naturale scavata dall’acqua.

In quell'angusto luogo si potevano togliere i tubicini e respirare normalmente.

René però sentì di non farcela, doveva risalire al più presto. Con molto dispiacere, tornò a galla lasciando gli altri.

Riemerse con la testa e ingurgitò aria come fosse cibo, mentre gli Psiofi, seduti sulla sponda del canale, lo guardavano incuriositi. Il giovane alato riuscì a dire una cosa sola: «Abbiamo trovato la luce. Ora torno da loro».

Ma in quei pochi secondi, nel fondale, era già successo l'imprevedibile.

Eulalia, Suomi e Geno erano stati risucchiati da quella maledetta luce e proiettati lungo un tunnel.

I Subcandi, con i colli completamente allungati e protesi, si erano feriti le ali e le zampe contro la roccia del cunicolo che portava all'interno di un luogo nefasto: la Grotta degli Psiofi Ribelli.

Il vortice creato dalla luce accecava i cigni e faceva perdere loro l'equilibrio, sballottandoli così da ogni parte, contro le pareti irte e spigolose del tunnel.

Geno, con gli occhi sbarrati, non riusciva a staccare lo sguardo dal fascio di luce. Era come ipnotizzato. La Saggia greca, nonostante il trambusto, forse grazie al suo strabismo, riuscì a tenersi in groppa al cigno.

Suomi, in preda al panico, abbandonò i lacci e perse il suo Subcando, finendo nel vortice senza poter opporre resistenza.

Il turbine luminoso aumentò di velocità finché i cigni rimasero incastrati nel cunicolo.

Un tonfo, poi un altro e un altro ancora.

Geno si ritrovò steso su un masso ricoperto da conchiglie nere, accanto a lui Eulalia e Suomi.

«State bene?» chiese la Sapiens rendendosi conto che

erano finiti in un anfratto umido dove almeno si poteva respirare.

Hastor Venti annuì, mentre Suomi si toccò la gamba destra: era ferita. Il sangue sgorgava dalla Tuta Stagna lacerata.

Il pavimento poroso era bagnato e camminare voleva dire rischiare di scivolare.

Eulalia non fece in tempo a soccorrere l'Antea, che apparvero improvvisamente due Psiofi Ribelli.

«Benissimo! Abbiamo ospiti» disse il più giovane dei due spostando il grande faro posizionato verso il tunnel.

L'altro Psiofo afferrò per le braccia la Saggia greca e la trascinò dentro seguito dal suo compare, che spinse con forza i due ragazzi.

Suomi era in grave difficoltà senza il suo bastone bianco: non vedeva e camminava malissimo a causa della ferita.

Geno cercò di sostenerla, ma lo Psiofo più giovane glielo impedì.

Entrati nella grotta, furono assaliti da un odore acre e stantio: una moltitudine di maghi e stregoni appartenenti alla Setta dei Ribelli erano seduti a terra, in cerchio, e mangiavano cibi rinsecchiti. Solo il possente Gabor Haag stava in piedi, accanto ad un grande fuoco che riscaldava l'insolito ambiente.

Decine e decine di lanterne attaccate alla roccia illuminavano i volti dei Ribelli, mentre le loro ombre proiettate alle pareti rendevano ancora più inquietante quel luogo scavato sotto l'Arx Mentis. Ogni passo, ogni rumore, ogni suono rimbombava e il vociare sembrava un concerto di tuoni.

«Non potevo desiderare di meglio! Hastor Venti in persona è caduto nella trappola!» esclamò con una certa soddisfazione il grosso e muscoloso Psiofo olandese, amico di Von Zantar.

Eulalia strabuzzò gli occhi e mosse le braccia come una marionetta. Era nervosissima: «Cosa credi di fare?».

«Cara Sapiens, sono sorpreso che tu non abbia intuito che la luce del faro proiettata nel fondo del canale era in realtà un modo per accalappiare qualcuno di voi. Le tue percezioni sono in ribasso. Senza Von Zantar la Magipsia sta perdendo potere» arrogante e astuto, Gabor Haag già pregustava la vittoria.

«Verranno a cercarci e per voi saranno guai» rispose Eulalia sistemandosi la Tuta Stagna.

«Non credo proprio. Pilo Magic Brocca ci ha informato e sappiamo che madame Crikken è morta!» disse l'olandese ridendo.

«Morta?» ripeterono i tre ostaggi.

«Certo. Morta! Pensavate di farcela? Credevate che i nostri poteri fossero minori dei vostri?» continuò lo Psiofo euforico.

«Siete solo dei bastardi!» urlò Geno che, guardando in faccia i ribelli uno ad uno, sentiva il cuore spezzarsi in due. L'annuncio della morte di Margot lo portò alla disperazione. Eulalia fu tentata di mettersi immediatamente in contatto telepatico con gli altri Sapientes, ma tre medium la fermarono entrando nei suoi pensieri.

«Non provarci Eulalia! I miei maghi sono molto bravi ad usare la mente. E dovresti saperlo bene perché molti di loro seguivano le tue lezioni» disse Gabor Haag con un vocione da cavernicolo.

«Ma come puoi dire che Margot è morta? Non ci credo!» reagì la Saggia greca.

«Con Timpatubi e Scantoppie nulla è segreto all'Arx Mentis. Le spie create dal nostro grande Yatto si sono rivelate utilissime. Il meccanismo, forse non lo sai, è manovrabile anche dalla Cupola d'Oro. Pilo, dalla sua postazione ascolta ogni parola, sente anche il minimo fruscio. Quindi sappiamo che il nostro insostituibile Summus tedesco è chiuso nella Stante Ferrosa con Butterfly e Agata. E che la Crikken ha smesso di vivere perché, ingenuamente, ha usato lo Spektrumvio».

L'olandese si sentiva forte e attese le reazioni girando attorno al fuoco.

«Come abbiamo fatto a non pensarci prima? Dovevamo distruggere quei meccanismi infernali inventati da Yatto. Scantoppie e Timpatubi sono sempre stati un pericolo per noi. E poi... madame... perché ha preso lo Spektrumvio? Non posso pensare che sia morta» mormorò Suomi premendosi la ferita della gamba.

«Ora la vittoria è certa. Lo scambio è ovvio: vi lasceremo in vita se la Stante Ferrosa sarà riaperta e ci consegnerete la Paskas. Yatto vi darà l'Anello e potrete raggiungere Pier e Corinna. Ora lo scranno dell'Arx è vuoto e solo Von Zantar può comandare. Ma non preoccupatevi: potrete organizzare come vorrete il funerale per Margot» il discorso di Gabor era inattaccabile e le sue parole erano talmente angoscianti e pregne di cattiveria che i tre ostaggi sentirono la necessità di ribellarsi.

Geno si slacciò la Tuta Stagna, spinto dalla rabbia che gli saliva in gola.

Così vestito non aveva potuto portare con sé il CantOssum, l'AeterNummus e la VerbuLapis e dunque poteva usare solo la mente! Per timore che gli Psiofi Ribelli leggessero i suoi pensieri attivò la Parola Bloccante e, avvicinatosi a passi lenti al corpulento Gabor, lo sfidò: «Non puoi vincere. Non puoi ricattarci. Fammi vedere la tua potenza!».

Lo Psiofo scoppiò in una sonora risata, seguita dai sogghigni degli altri, che continuavano a mangiare l'unica riserva alimentare che erano riusciti a portare nella grotta, cibo secco e ammuffito.

«Piccolo insignificante giovane italiano, il coraggio non ti manca di certo, ma non puoi reggere alle mie magie» così dicendo l'omone olandese entrò dentro il fuoco senza bruciarsi.

Eulalia storse la bocca: «Illusione! Il tuo è un gioco di allucinazioni che conosco troppo bene. Smettila di scherzare ed esci dal fuoco. Se davvero la Crikken fosse morta, dovresti renderti conto che Yatto è un assassino e voi siete suoi complici. La Magipsia non è questa! Dovreste conoscere benissimo i Regolamenti che da sempre regolano la vita all'Arx Mentis».

Suomi sentì la testa girare, l'emorragia della gamba continuava, tanto che sul pavimento umido si formò una pozza di sangue. La ragazzina emise un flebile lamento e crollò a terra priva di sensi.

Geno le si accucciò accanto, ma venne preso per i capelli da uno spietato Ribelle: «Lasciala stare. Se è giunta la sua ora morirà anche lei».

Hastor Venti puntò gli occhi sull'uomo e gli gettò dentro l'anima tutto l'odio che provava. Il fluido di energia potentissima provocò scintille talmente luccicanti che l'alchimista mollò la presa e indietreggiò portandosi le mani al petto.

«Suomi... Suomi...» gridò Geno chinandosi su di lei.

Gabor uscì dal fuoco e piombò sul ragazzo prendendolo per il collo: «Ti distruggo! Sei la rovina dell'Arx. Tutto quello che è successo è colpa tua e di quel maledetto ClonaFort. E se anche la tua dolce Antea morirà ne sentirai il peso sul tuo cuore maledetto».

Il ragazzo rimase senza parole e, senza respiro, guardò Suomi: era pallidissima e i suoi bei capelli biondi erano finiti dentro la pozza di sangue.

«Aiutatemi per favore. Aiutatemi a salvarla!» l'invocazione disperata di Geno non scalfì minimamente i Ribelli.

Eulalia muovendo leggermente il corpo si sollevò in levitazione appena sopra la testa di Gabor e gridò: «Uccidi me! Uccidimi, se ne sei capace. Macchiati di un altro orrore se vuoi, ma lascia stare i due Antei!».

In quel preciso momento le fiamme si allungarono come tentacoli di una piovra e si diressero verso gli Psiofi seduti in cerchio. Ogni lingua infuocata minacciò il volto dei Ribelli che immediatamente si alzarono imponendo le mani e creando una barriera di Zolfo Drenato per allontanare il fuoco. Le fiamme, però, non si spensero e l'incendio divampò furioso.

Geno si guardò intorno, senza capire chi avesse provocato tale magia. Anche i Ribelli furono sorpresi e afferrarono le mazze chiodate per far fronte alla misteriosa minaccia.

Un lieve movimento d'aria proveniente dall'ingresso spostò il fumo che si era creato e la barriera di Zolfo Drenato svanì nel nulla.

Apparve René, con la tunica dorata completamente bagnata e i capelli biondi che gli gocciolavano sul viso. Le ali spalancate crearono onde di vento capaci di divorare in pochi secondi la massa di fumo, ma le fiamme continuarono a muoversi come serpenti.

Eulalia, sempre sospesa a oltre due metri d'altezza, si spostò verso di lui: «Scappa, vai ad avvisare gli altri».

Purtroppo era già tardi per fuggire, tre Psiofi acciuffarono René e lo afferrarono per le ali. La Saggia greca scese velocemente a terra e cercò di intromettersi. Ma fu inutile.

Le fiamme tornarono a ricomporre il fuoco al centro della grotta e Gabor fece segno ai suoi di fermare le mazze ferrate.

«Benissimo! Abbiamo tra noi anche il giovane falco! I due fratelli Hastor Venti in un sol colpo! La fortuna è dalla nostra parte» disse puntando gli occhi su René.

Geno riuscì a divincolarsi dalla presa del possente olandese e con un balzo raggiunse l'uscita urlando: «La pagherete cara».

Aveva deciso di fuggire lasciando Suomi nel sangue, René prigioniero ed Eulalia disperata.

Quattro Ribelli lo inseguirono mentre Gabor Haag gridava come un forsennato: «Prendetelo!».

René tentò di scuotere le ali ma l'olandese lo strattonò e con il volto trasformato dall'odio gli mostrò i suoi grossi denti bianchi: «Se tuo fratello riesce a raggiungere l'acqua annegherà perché i miei Psiofi lo acciufferanno tenendolo per le gambe finché le forze lo abbandoneranno».

Geno corse come un fulmine scivolando sul pavimento poroso. Aiutandosi con le mani sulle pareti di roccia raggiunse l'anfratto dove pensava di trovare ancora i Subcandi. Ma si sbagliava: i cigni, feriti e spaventati, non c'erano più.

Sentì i passi veloci dei suoi inseguitori e, quando si voltò per controllare, fu investito dalla luce accecante del faro.

Con gli occhi semichiusi continuò a correre e finì dentro l'acqua con la Tuta Stagna ancora slacciata. Perse i tubicini e con l'affanno in corpo cominciò a nuotare verso l'alto.

Non riusciva a vedere nulla: c'era qualcosa sopra di lui.

Erano i corpi senza vita dei tre Subcandi.

Le loro bellissime ali di bianche piume si erano spezzate. Imbrigliati dalle alghe, feriti dalle rocce e con i becchi aperti non avevano trovato la forza per risalire in superficie.

Il giovane Hastor Venti, terrorizzato e addolorato per l'orribile fine dei magici animali dell'Arx, agitò le braccia per nuotare più veloce. Senza Ossigeno Piatto aveva ben poche possibilità di rimanere a lungo sott'acqua. Ma sentì i piedi bloccati, non riusciva più a muoversi. Allora aprì la bocca per urlare e a quel punto si sentì soffocare.

Era stato preso dai Ribelli? Diede uno strattone e poi un altro: i piedi si liberarono. Non erano le mani dei nemici a trattenerlo ma le alghe lunghe e spesse del fondale. Geno aveva rischiato la stessa sorte dei cigni.

Quando uscì con il capo in superficie, il suo grido sconvolse gli Psiofi seduti sull'argine che attendevano impazienti. Con gli occhi spalancati e i ricci appiattiti sulla fronte diede l'allarme. In pochi secondi tutti i Vertigli brillarono.

La situazione stava precipitando.

Dorathea fu la prima ad arrivare, seguita da Daphne e da alcune streghe. Subito dopo giunsero Ezra e Lambert insieme a Ranja.

«Dove sono gli altri?» chiese sgomenta la Sapiens finlandese vedendo Geno galleggiare nell'acqua da solo e senza Subcando.

«Sono prigionieri dei Ribelli, in ostaggio nella grotta. Gabor ha detto che la Crikken è morta e...» riuscì a dire il ragazzo oramai stremato.

«No! Margot è ancora viva! Naso la sta curando... adesso pensiamo a Suomi, a René e Eulalia» Dorathea si portò le mani tra i capelli scuotendo la testa.

Geno si lasciò cullare dall'acqua. Con gli occhi rivolti verso il cielo sussurrò: «È viva. E non ci abbandonerà mai».

La notizia che Margot non era morta lo riempì di gioia e sentì scorrere nelle vene il sangue ancora più ricco di potenza ed energia. La forza della Magipsia era reale. Adesso bisognava salvare gli altri.

Nabir Kambil, Orso Quieto, Anoki e Fionn Artek arrivarono insieme e senza pensarci un attimo Lupo Rosso si gettò nel canale per sorreggere l'amico.

«Sono qui, non preoccuparti, ora li porteremo in salvo» disse Lupo Rosso mostrando il suo magico amuleto.

Hastor Venti raccontò cos'era successo, e che Suomi era gravemente ferita.

«Tre Subcandi sono morti. Bisogna assolutamente tornare giù in fondo al canale e affrontare la Setta dei Ribelli» concluse eccitato Hastor Venti, che non voleva perdere tempo.

Sorprendendo i presenti, Lambert De Solange si gettò in acqua immergendosi come un'anguilla.

«Nooooooo» urlarono tutti.

Ranja e Nabir si chinarono allungando le braccia per impedire all'Anteo francese di finire nei guai. Era al Primo livello e non poteva conoscere il fondale dell'Arx. Ma Lambert era già in mezzo a pesci ed alghe.

Geno si rivolse a Dorathea: «Lanciami la Paskas che ti ha lasciato René, mi servirà laggiù».

La Sapiens fece volare la doppia piastra, Geno la prese al volo e se l'infilò dentro la Tuta.

Anoki Kerioki guardò l'amico. Fecero quattro profondi respiri e insieme s'immersero inseguendo Lambert.

«Ma che fanno? Sono pazzi?» sbraitò Ranja, ben consapevole, come tutti gli altri, che Lambert e Anoki non avrebbero potuto resistere senza Tuta Stagna, e che Geno, nonostante ne indossasse una, si era perso i tubicini per l'Ossigeno Piatto.

«Dobbiamo indossare le Tute e seguirli» dissero alcuni Psiofi cercando di convincere i Sapientes.

«Io ci sto, anche se non sono in perfetta forma mi tuffo» disse prontamente Daphne.

Fionn alzò il bastone verso l'alto: «A nulla servirà il nostro intervento. La visione che ho è triste. Non possiamo cambiare il destino. Geno ha la Paskas e sa bene come usarla».

«Ma cosa dici? Vuoi che muoiano? La doppia piastra potrà anche servire ma i Ribelli sono troppi e Gabor Haag non è un capo inesperto» ribatté Daphne spalleggiata dalla gran parte degli Psiofi.

Orso Quieto avanzò lentamente: «Ha ragione Fionn. Il destino si sta compiendo. Non possiamo agire noi. Il mio vecchio cuore soffre perché mio nipote Anoki sta rischiando la vita. Ma so che la forza della Magipsia non può abbandonare la Nuova Alleanza».

«Sono solo ragazzi! Vi rendete conto?» Ranja stava per tuffarsi quando arrivò di corsa Naso Bendatov.

«Madame respira! Ha aperto gli occhi! È viva e pronta ad affrontare Von Zantar!» annunciò con un sorriso che splendeva sul suo volto affaticato.

Daphne Hogrogian si aggiustò gli occhiali e con un sorriso che illuminò il suo volto corse via: «Vado da lei. Voi state qua e avvisatemi se accade qualcosa. Vedrete che presto madame Crikken risolverà ogni problema» disse agitatissima.

Orso Quieto e Fionn Artek la seguirono: «Veniamo anche noi! Margot avrà bisogno di energia positiva dopo quello che ha passato».

Se per un istante un lampo di felicità aveva scosseo i presenti, dall'altro l'ombra del dolore tornò subito nelle loro menti.

La salvezza della Crikken non lenì la paura di perdere gli altri.

Nabir Kambil si sedette a gambe incrociate in perfetta posizione yoga: «Sedetevi tutti e concentratevi. L'unica cosa che possiamo fare è inviare le nostre forze mentali ai nostri amici che stanno là sotto».

Ezra, sconcertato, tremava: «Non sono assolutamente d'accordo. Bisogna andare tutti là in fondo. In qualche modo li salveremo».

Stava per tuffarsi, quando Dorathea lo acciuffò al volo: «Sei troppo giovane per capire. Ti mancano parecchie lezioni per sapere che la Magipsia ha le sue regole. E i destini di ognuno di noi sono già scritti. I due Extra Sapientes hanno già visto lontano. Dobbiamo solo concentrarci e agire con la mente come dice Nabir».

Ezra Moore, che non aveva ancora seguito alcuna lezione di Meditazione, stette a guardare incredulo.

Seduti sulle sponde del canale i Sapientes e gli Psiofi entrarono in trance collettiva.

La massa di pensieri si tramutò in un'invisibile onda magnetica che entrò nell'acqua e si diresse esattamente nella Grotta dei Ribelli.

Nel frattempo Anoki, Geno e Lambert avevano raggiunto i Subcandi morti. La scena era terrificante: i grossi cigni incastrati tra le alghe, con i lunghi colli mossi dalle correnti del canale, rattristavano il cuore. Il francese, con le guance gonfie di ossigeno, gesticolò e Geno gli fece segno di andare avanti e di infilarsi nel cunicolo illuminato, dove la luce li abbagliò.

Quando raggiunsero l'anfratto roccioso, poterono finalmente respirare di nuovo.

Hastor Venti mise in guardia i suoi compagni: «Arriveranno i Ribelli, teniamoci pronti».

Nel giro di pochi secondi, infatti, spuntarono Gabor Haag e due stregoni che impugnavano le mazze chiodate.

Lo sguardo di Gabor incrociò quello di Geno, ma dagli occhi neri e grandi del ragazzo italiano non si sprigionò nessuna paura.

«Coraggioso... ma sciocco. Pensi che con i tuoi amici, adesso, mi sconfiggerai?» lo provocò il forzuto olandese stringendo i pugni.

«Io vincerò perché il tuo destino è finire come Yatto» rispose Hastor Venti, che non vedeva l'ora di entrare nella grotta, usare la Paskas e portare via Suomi.

«Yatto in questo momento è felice. I contatti telepatici funzionano a meraviglia e dunque so per certo che voi vi arrenderete.

La morte della Crikken vi ha messo in difficoltà... anche la tua Suomi ha poche ore di vita».

«Margot è viva e vegeta! Naso l'ha curata. Nessuno di noi cadrà nella trappola che tu e Yatto avete organizzato. L'Anello sarà nostro» Geno fissò le mazze chiodate impugnate dai Ribelli e usando magistralmente la telecinesi le fece volare fuori dal cunicolo.

I tre stregoni rimasero allibiti dalla forza mentale del giovane italiano e tentarono di leggere i suoi pensieri senza riuscirci. La Parola Bloccante funzionava perfettamente.

Geno mostrò loro la Paskas: «Vi inghiottirò come insetti» disse con voce sprezzante.

Gabor gli si gettò addosso per rubare la doppia piastra, ma l'onda magnetica creata dalla meditazione dei Sapientes e degli amici Psiofi attraversò l'acqua del canale e arrivò potentissima entrando nel cunicolo e sfociando nella grotta.

Come una nuvola impalpabile e straordinariamente magica travolse l'olandese e i due stregoni, schiacciandoli alle pareti rocciose.

Così immobilizzati, iniziarono a urlare. Gli altri Ribelli erano riusciti a legare Eulalia e René. Suomi era sempre a terra in mezzo al sangue.

Anoki puntò l'arco con le frecce: «Liberateli, altrimenti vi colpirò al cuore».

Uno dei ribelli aprì la bocca e sputò una massa di materia molliccia di colore indefinito che si spiaccicò sul pavimento.

Nel giro di pochi secondi la strana matassa si ingigantì prendendo la forma di un enorme scudo.

«Lancia pure i tuoi dardi. Non ci scalfiranno» urlarono i perfidi alleati di Gabor.

Lambert avanzò spedito e con le mani tese in avanti cercò di sfondare lo scudo che si muoveva come un cerchio stregato.

Il ragazzo francese fu sbalzato con violenza contro uno spuntone della parete rocciosa che lo infilzò esattamente al centro della schiena.

Un urlo straziante si sparse per tutta la grotta. Un grido di dolore acuto che entrò nelle teste dei presenti come una lama infuocata.

Eulalia tentò di divincolarsi dalla corda che la teneva completamente legata, ma non ci riuscì e cadde per terra sbraitando e imprecando.

René, nonostante fosse legato peggio della Saggia francese, gonfiò il petto e con uno sforzo immane tentò di aprire le ali, che si spezzarono in parte.

Molte piume d'oro caddero, ma con l'ultimo strattone riuscì a tornare libero.

Spalancò le ali ferite colpendo i nemici, afferrò lo scudo

molle e lo lanciò contro di loro travolgendoli definitivamente.

Quello era il momento giusto per agire.

«Usala adesso! Usa la Paskas» gridò al fratello.

Geno, con il volto grondante di sudore, strinse la doppia piastra di rame, voleva usarla ma temeva che non funzionasse.

Infatti Yatto, Butterfly e Agata erano stati inghiottiti come Ombre Viventi e non come esseri umani in carne ed ossa e, grazie all'unione della Wied-Nion, erano diventati ombre.

«Non ho la Runa Bianca, la Paskas non funzionerà» rispose disperato.

«Prova! Fallo adesso!» gridò ancora René.

«Sì, Geno, fallo subito» lo implorò Eulalia che stava strisciando per avvicinarsi a Suomi.

Con le mani tremanti, puntò la Paskas verso Gabor e i due stregoni bloccati alle pareti rocciose, girò la prima piastra e la vite fatta a rospo fece uno scatto. Le incisioni diventarono viola come la prima volta, quando avevano inghiottito Yatto, Butterfly e Agata. Un vortice di vento freddo ingoiò in un baleno il malvagio olandese e i suoi due seguaci. La Paskas sobbalzò nelle mani di Geno, emettendo rumori di ossa frantumate e grida disumane.

Gabor ora non poteva più nuocere. Era finito assieme ai suoi due stregoni nel nulla magipsichico.

La doppia piastra smise di tremare e tornò esattamente nella posizione iniziale. Geno s'inginocchiò baciandola:

«Grazie. Ci hai salvato» mormorò, pensando che quell'oggetto donato da Fionn Artek non lo avrebbe mai più abbandonato.

Anoki esultò e girandosi verso gli altri Ribelli ancora tramortiti pronunciò parole magiche in lingua lakota:

«Non riprenderanno conoscenza prima di ventiquattro ore. Ho usato una tecnica degli sciamani Sioux. E quando si risveglieranno non ci troveranno più».

René si complimentò con Lupo Rosso e abbracciò il fratello: «I Ribelli hanno perso. Noi siamo la forza della magipsia».

Subito dopo aiutò Eulalia a liberarsi dalla corda, Geno invece prese in braccio Suomi. La Tuta Stagna della ragazza era completamente insanguinata: «Devo portarla dal dottor Bendatov» disse.

Un lamento lievissimo distolse la loro attenzione: Lambert rantolava. Con il corpo aderente alla roccia e lo spuntone infilato dentro la schiena non riusciva più neppure a parlare dal dolore.

«Lambert!» esclamò Eulalia portandosi le mani davanti agli occhi. Disperata, sconvolta, vide il povero ragazzo piantato sulla roccia, la testa a penzoloni e il corpo piegato in avanti.

«Sta malissimo... sta... morendo...» René non sapeva cosa fare per l'Anteo francese.

Geno, con in braccio Suomi, sentì crescere l'agitazione e il solito ronzio dentro le orecchie: «Aiutatelo... vi prego. Portatelo voi fuori dalla grotta».

La Saggia greca strabuzzò gli occhi, portò la testa indietro e in avanti e poi, con terrore cercò di staccare la schiena di Lambert dallo spuntone roccioso che lo aveva trafitto. René e Anoki l'aiutarono, afferrando le braccia dell'Anteo che ormai non dava più segni di vita. Lupo Rosso lo trascinò in avanti e gli sembrò così strano provare compassione per quel ragazzo assassino.

«Morirà?» chiese con un filo di voce ad Eulalia.

«Spero di no, ma non sento pulsare il suo cuore. Dobbiamo fare presto per salvarlo» rispose la Saggia greca.

Nonostante fosse in una condizione di estrema difficoltà, la donna tentò di concentrarsi e usare tecniche di Biosmia, materia ancora sconosciuta a Geno.

Anoki Kerioki però capì immediatamente la pratica che stava compiendo Eulalia, perché, una sola volta, ancora prima che Geno arrivasse all'Arx, aveva assistito ad una lezione proprio con Yatto.

La Strabikasios chiuse gli occhi e alitò sul viso di Lambert, afferrandogli i polsi per scaricare energia vitale nel suo corpo. Ma l'Anteo non ebbe nessuna reazione.

«No, no. La Biosmia non funziona. Forse solo la Crikken può riuscirci» mormorò in preda alla rabbia.

«Già, la Crikken lo riporterà in vita. Pensare che Lambert voleva ucciderti, caro Lupo Rosso» disse René guardando Anoki.

«È strana la vita. Stiamo aiutando un Anteo che non era degno di entrare più all'Arx. E io, che ora sono uno Psiofo, non riesco a perdonare ciò che ha fatto» replicò il pellerossa.

«Basta parlare. Ora andiamo, non è il momento di processare Lambert. Anche se si è macchiato di un grave peccato non si può lasciarlo morire» disse Eulalia, da buona saggia della Rocca della Mente, poi appoggiò una mano sulla fronte fredda e umida del giovane francese e scosse la testa.

«Scusa, non volevamo...» René si rese conto di aver esagerato ma la Strabikasios lo bloccò con uno dei suoi sguardi da strega.

Insieme, con un carico di disperazione nel cuore, portarono Lambert fuori dalla grotta. Riuscirono ad attraversare il cunicolo lasciando a terra tramortito il resto del gruppo di Ribelli.

Geno teneva stretta la bella Antea finlandese.

Quando arrivarono alla fine del tunnel luminoso, si immerse e nuotò faticosamente verso la superficie portando con sé la fidanzatina.

René ad ali spiegate, anche se in parte ferite, spingeva con forza nell'acqua, trascinando il corpo di Lambert, con l'aiuto di Eulalia e Anoki.

"Sono Roi, sono il falco d'oro. Ho la potenza della Magipsia dentro di me e devo farcela" pensò René nuotando verso l'alto. Immerso nell'acqua limpida del canale dilatò le pupille e il suo sguardo fu attratto da un oggetto che luccicava in mezzo alla sabbia e alle pietre del fondale.

Mollò Lambert alla Saggia greca, che non capì assolutamente cosa stava facendo il giovane alato. Anche Anoki fu preso alla sprovvista. René virò nuovamente verso il basso e raccolse quel minuscolo tesoro luminoso.

Era l'Anello! Era il suo Anello! Quello che portava nella zampa quando era Girifalco e che Agata Woicik aveva gettato nel canale. Ora era stretto nelle sue mani.

Mai avrebbe immaginato di trovarlo proprio in quel momento di enorme difficoltà.

Un battito d'ali e poi un altro. Il giovane non aveva più ossigeno ma la felicità di possedere il magico Anello lo fece risalire velocemente.

«Eccolo! L'ho trovato» gridò, con l'ultimo fiato che gli rimaneva in corpo, quando emerse dall'acqua.

Dorathea, Naso, Nabir e Ranja, ancora in meditazione sulla sponda del canale, rimasero a bocca aperta.

«L'hai trovato? Incredibile» esclamarono sbigottiti.

Ma la contentezza di avere la copia del fatidico Anello che apriva la Porta Bianca lasciò subito il posto alla preoccupazione per Suomi e Lambert.

Geno, appena riemerso, sentì l'annuncio del fratello e

si voltò di scatto rimanendo a filo d'acqua. Non sapeva se ridere di gioia o piangere. Avrebbe voluto andare immediatamente al terzo piano, aprire la porta e correre dai genitori affrontando fantasmi e spettri, ma tra le braccia stringeva Suomi, che continuava a perdere sangue dalla ferita. Rischiava veramente di morire dissanguata.

Si avvicinò alla riva e, aiutato da Naso, sollevò la ragazzina.

«La porto in Clinica Vaga, non stare in pensiero. È solo una brutta lacerazione alla gamba. La salverò» lo rincuorò il dottore starnutendo due volte.

«Devi salvarla. Me lo giuri?» Geno, con il volto bagnato e i capelli gocciolanti, temeva per la vita della sua ragazza.

«Ho salvato la Crikken, e dunque posso curare anche Suomi. Il più grave tra i due Antei è Lambert» aggiunse il Saggio russo.

Aveva ragione.

Eulalia, aiutata da Nabir e Ranja, stese il giovane francese sull'erba: la ferita alla schiena era profonda e Lambert non sembrava neppure più respirare.

Bendatov, con Suomi in braccio, fece cenno agli altri Sapientes di seguirlo portando con estrema attenzione Lambert.

«Non toccategli la schiena e cercate di non strattonarlo» si raccomandò il medico aumentando il passo.

Era necerssario intervenire con pozioni e medicamenti magipsichici potentissimi, e farlo subito!

Gli Psiofi si avvicinarono a René: aveva l'Anello stretto in pugno. Geno si fece largo assieme ad Ezra Moore, sempre più sconvolto per via di Lambert e Suomi.

«Vivranno, vero?» chiese l'inglese stando di fianco ad Hastor Venti.

«Certo! Naso Bendatov è un grande medico» rispose

Geno che, raggiunto René, accennò ad un sorriso di speranza: l'Anello rappresentava la liberazione di Pier e Corinna. «Finalmente! Adesso non ci fermerà più nessuno. Andiamo dalla Crikken, così tra poche ore saremo con i nostri genitori» emozionato come non mai prese l'Anello e lo guardò.

Era intatto: le lettere A.M. in rilievo, una volta incastrate nella Porta Bianca, avrebbero aperto il varco senza problema.

Ma nel momento in cui strinse l'oggetto tanto desiderato, sentì dei formicolii salirgli dai piedi fino alla testa. Come se un serpente invisibile lo stesse avvolgendo. Una sensazione bruttissima.

Geno riconsegnò l'anello a René: «È stregato. Sì, questo anello è sotto incantesimo».

«Cosa? Ma io non mi sono accorto di nulla!» rispose il giovane alato.

René lo rigirò tra le mani ed ebbe anche lui la stessa sensazione: «È vero. Adesso lo sento... i formicolii ai piedi che salgono lentamente prendendo tutto il corpo. Persino le ali tremano senza che io lo voglia. Allora non si può utilizzare!».

Un'immagine si affacciò inaspettata nella sua mente: il volto dell'Antea polacca.

«Agata! Dev'essere stata lei, quando abbiamo lottato sott'acqua. Quella stramaledetta ragazza ha compiuto qualche maledizione per stregare l'Anello» René piegò le ali oramai spennacchiate e sul suo volto apparve l'ombra cupa della tristezza.

Gli Psiofi bisbigliavano tra loro.

«Non agitatevi. Sicuramente ci sarà il modo di annullare l'incantesimo» disse un'alchimista rumena appoggiando le sue mani sulle spalle di Geno.

Anche gli altri annuirono.

«Eulalia e Daphne ci daranno una mano. Anch'io posso aiutare a cercare formule sciamane molto efficaci» si offrì Anoki che, come neo Psiofo, oramai poteva dare utili indicazioni ai suoi amici Antei.

La sera stava calando veloce e René si sarebbe nuovamente trasformato in falco. Un evento al quale non si poteva ribellare.

«Non posso aiutarvi più di tanto. Sapete bene che tra poco ridiventerò Roi. Ma anche così seguirò ogni vostra azione» gli occhi del giovane alato si velarono. Era triste perché non poteva più essere padrone del suo corpo.

Geno capì che suo fratello viveva una condizione insopportabile. Lo abbracciò: «Io ho bisogno di te. I nostri genitori hanno bisogno di te. Non temere, sei un Re. E ogni tuo pensiero vive anche dentro il mio cuore. Troveremo la soluzione migliore per usare l'Anello».

René tenne le ali basse e consegnò la Paskas, che conteneva Gabor Haag e due Ribelli. Prima di andarsene, si rivolse a Geno: «Grazie, fratello mio. Nulla ci fermerà e presto apriremo la Porta Bianca. Porta la doppia piastra dalla Crikken, sarà contenta di sapere che abbiamo sconfitto l'alleato di Yatto».

Si allontanò a passo lento rifugiandosi in una delle stanze dell'Arx per subire la trasformazione. Avrebbe voluto accanto a sé Dorathea, ma era troppo occupata a curare Suomi e l'Anteo francese.

Gli Psiofi si commossero davanti al dolore di quel ragazzo falco che stava lottando assieme a Geno per ricomporre la loro famiglia.

Presero da parte Anoki per saperne di più: «Ora sei uno di noi. Sappiamo che sei molto amico degli Hastor Venti. Pensi che si possa trovare un modo per far tornare René com'era? La Crikken non ha mai proposto alcuna prova magipsichica?».

«No. Che io sappia non c'è nulla da fare. Purtroppo!» rispose Lupo Rosso a voce bassa per non farsi sentire da Geno.

Alchimiste e streghe, medium e sensitivi, seguiti da Anoki, Geno ed Ezra, s'incamminarono verso il Salotto dei Fenicotteri. L'inglese era particolarmente agitato e voleva sapere come stava Lambert De Solange. Quando raggiunsero la Stante Ferrosa videro Yatto, Agata e Butterfly seduti per terra. Solo Von Zantar alzò la testa rimanendo con i capelli bianchi e neri davanti al viso. Spettinato, con la pelle grigia e il corpo rannicchiato parlò tenendo la voce bassa:

«Cosa avete fatto a Gabor? L'avete ucciso? Non risponde più ai miei pensieri. E ho cercato di contattare telepaticamente anche gli altri. Ma non ricevo risposta. E poi ho visto Bendatov con i Sapientes portare in Clinica Vaga Suomi e Lambert. Ditemi cosa è accaduto».

Von Zantar sembrava un agnellino disperato, ma Geno e Anoki non si fecero impietosire. Anzi, supportati dagli Psiofi della Nuova Alleanza infierirono sull'ex Summus.

Geno alzò la mano destra e mostrò la Paskas: «La conosci questa? Vero? Ci sei stato dentro e mi sa che ci finirai ancora».

«Gabor ingoiato?» esclamò Von Zantar alzandosi di scatto.

«Sì. Proprio ingoiato assieme a due Ribelli. Ora sei rimasto solo con queste due sciagurate. Chiedi un po' a Butterfly che cosa pensa... Anzi, chiedi ad Agata se si ricorda la lotta con mio fratello René» Geno si avvicinò alle sbarre senza paura.

«Cosa dici? Non capisco!» Yatto aveva lo sguardo perso.

A quel punto intervenne Agata:

«Lotta? Con René? Certo, ricordo bene tutto, sono passati solo pochi giorni dal tuo Secondo Intercanto. Te ne sei andato e io ho finto che il mio Sigillo fosse rotto. Ci sono cascati tutti, persino la Crikken. E così ho potuto fregare tuo fratello! Ho gioito quando l'Anello è scivolato nell'abisso del canale e io l'ho maledetto per sempre».

L'Antea socchiuse gli occhi e sibilò frasi in polacco con quella sua bocca stretta e piccola. Cercava di guardare Geno senza farsi leggere la mente. Sul volto di Yatto comparve un sorriso satanico, Butterfly guardò l'Antea con soddisfazione: non si era proprio sbagliata quando l'aveva scelta come sua allieva prediletta. Aveva una cattiveria che traspirava anche dai pori.

«Piccola, brutta strega. Il tuo incantesimo non avrà più effetto. Cancelleremo la maledizione».

Geno si fermò per vedere le loro reazioni e, quando tutti e tre ebbero alzato lo sguardo, usò le parole come spade. «Guardatemi! Guardatemi bene in faccia e aprite le orecchie: noi abbiamo trovato l'Anello e voi non ci servite più».

La notizia del ritrovamento del gioiello magico e la sconfitta dei Ribelli mandarono fuori di testa Yatto Von Zantar.

In piedi, dritto come un fuso, si toccò la fronte dove era impresso il tatuaggio del ranuncolo marcio e tuonò come un orco:

«Maledetto! Maledetti Hastor Venti!».

Butterfly si alzò di colpo e lo tirò per un braccio:

«Calmati, Yatto. Loro non sanno che sei il più potente e che nessuna magia e nessuna condanna potrà farti cedere».

Agata diventò viola dalla rabbia: «Avete trovato l'Anello? Ma non è possibile...».

«Tante cose sono possibili per noi Hastor Venti» il ragazzo si girò e fece per andarsene, ma Yatto lo richiamò adirato.

«No! Non vincerai! Non te lo permetterò» urlò ancora una volta.

«Te l'ho già detto Yatto. Tu e queste due streghe non ci servite più. Tienti il tuo Anello. Noi abbiamo quello di René. Ti brucia il cuore questa notizia, vero? E pensare che quell'Anello glielo hai dato tu quand'era Girifalco. Lo torturavi con le scariche elettriche e lui non poteva volare via. Ora tu sei dentro una gabbia e René è libero come l'aria. La Magipsia fa sempre giustizia!».

Gli Psiofi non mossero neppure un dito. Non dissero una parola. Ascoltarono il dialogo tra il giovane Anteo italiano e l'ex Summus Sapiens tedesco. Ancora una volta si resero conto che gli Hastor Venti possedevano una forza senza paragoni.

Fiero di avere un amico come Geno, Anoki Kerioki si avvicinò alle sbarre e sputò in faccia a Von Zantar, che rispose con uno spaventoso verso animalesco. Perfino il piccolo Oscar, seduto sulle scale, reagì ringhiando.

«Noi Psiofi restiamo qui, a far da guardiani alla Stante Ferrosa. Voi andate pure dal dottor Bendatov.

La sorte di Suomi e Lambert è nelle sue mani» disse Anoki Kerioki.

Geno diede un'ultima occhiataccia a Yatto e si diresse verso la Clinica Vaga, ma fu fermato da Ezra: «Forse non possiamo entrare» disse toccandosi le orecchie a sventola.

In effetti si udivano voci e lamenti. Era in atto un vero e proprio consulto di Sapientes per cercare di salvare Lambert e Suomi.

La voce della Crikken si sentiva molto chiaramente, segno inequivocabile che era tornata in perfetta salute.

«Ho detto prova ancora una volta! Insomma, Naso, dammi retta!» esclamò nervosa Margot rivolgendosi al dottor Bendatov che non dava speranze.

«Ci riprovo, ma ti assicuro che non camminerà mai più» disse a voce alta Naso.

Il dialogo fu udito perfettamente da Geno ed Ezra.

«Suomi... non camminerà più?» mormorò terrorizzato Hastor Venti.

Ezra si sfregò ancora le orecchie e spiegò:

«No, forse è Lambert! È terribile!».

Geno non resistette, entrò senza bussare. Ezra, invece, rimase sulla soglia.

Suomi era stesa sul primo letto, con gli occhi chiusi, sola.

Tutti erano attorno al capezzale di Lambert.

Geno si precipitò e con delicatezza le accarezzò i capelli ancora umidi.

Averla portata in salvo attraversando il canale forse non era servito, forse la sua amata ragazza finlandese non sarebbe stata più come prima.

«Che fai tu? Non si può stare qui!» sbraitò Naso armeggiando con un tubicino flessibile al quale era attaccata una pompetta.

«Sono venuto a vedere...»

Geno non terminò la frase.

«Non rispetti mai le regole. Fuori!» Margot lo redarguì e anche Eulalia e Dorathea lo guardarono storto.

«Madame Crikken... Summus Sapiens, io ero molto preoccupato per Suomi e...» Geno allargò le braccia come per scusarsi.

«L'Antea sta bene, ora dorme. La ferita guarirà entro

pochi giorni. Chi invece sta malissimo è Lambert De Solange» spiegò sempre più agitato il dottor Bendatov.

Geno osservò con attenzione madame Crikken, che aveva ancora i segni delle bruciature causate dallo Spektrumvio, e con tenerezza le chiese: «Senti dolori? Ti fanno male quelle piaghe rosse? Ho avuto tanta paura di perderti».

Margot non riuscì ad essere severa, lo guardò con immenso affetto e rispose:

«Sto bene. È difficile farmi morire. Abbiamo ancora molte cose da fare insieme. Ho una pellaccia dura e gli unguenti di Naso Bendatov sono miracolosi. Ora vai. Non c'è tempo per queste smancerie. Dobbiamo pensare a Lambert De Solange».

Orso Quieto e Fionn Artek andarono da Geno e lo presero sottobraccio. Il druido decise di dirgli la verità: «Purtroppo Lambert non camminerà mai più. Lo spuntone della roccia gli ha perforato un punto critico della schiena e la spina dorsale è rimasta gravemente compromessa. Ora esci, non è il caso che tu rimanga qui. Noi faremo di tutto per alleviare le sofferenze di questo giovane francese».

Ammutolito e con la testa china, Hastor Venti uscì dalla Clinica Vaga. Avrebbe voluto raccontare a madame Crikken che René aveva trovato l'Anello, che Gabor era dentro la Paskas, ma l'emergenza di curare l'Anteo francese aveva priorità assoluta. Dunque non era il momento per nessun altro argomento.

Ad attenderlo sulla porta c'era ancora Ezra Moore:

«Lambert non si meritava questo destino. È stato coraggioso, vi voleva difendere dai Ribelli» disse l'inglese appoggiandogli una mano sulla spalla.

«Già, voleva dimostrare di essere cambiato e ha pagato un conto davvero salato» rispose sconsolato.

Il Fischiosugo suonò, era l'ora della cena, ma nessuno aveva proprio voglia di mangiare.

Però Ranja Mohaddina doveva fare il suo dovere di esperta di Cucina Metafisica, così uscì velocemente dalla Clinica Vaga per dirigersi verso l'Aula Sublime Cibaria.

«Non siate troppo tristi per Lambert. Bisognerà aiutarlo ad accettare il fatto che non potrà più usare le gambe» disse incrociando i due Antei.

«Allora serve subito una sedia a rotelle» Ezra voleva fare qualcosa di utile per l'amico francese.

«Qualcuno ci penserà» rispose la Sapiens in maniera un po' enigmatica.

«Qualcuno?» ripeté Ezra grattandosi l'orecchio sinistro.

Geno capì al volo che Ranja si riferiva agli Oscurabi e ai Faber ma non poteva certo parlarne ad Ezra perché era al Primo Livello. La RM-AM.6A andava rispettata.

«Ezra, lascia stare! Non puoi sapere di più. L'importante è che "qualcuno" ci pensi» tagliò corto Hastor Venti.

Quando Ranja passò davanti alla Stante Ferrosa mandò un messaggio telepatico agli Psiofi che stavano di guardia comunicando le condizioni dei due Antei feriti. Non voleva certo che Yatto, miss O'Connor e Agata ne fossero informati, ma Butterfly era troppo brava in Telepatia e Telempia.

Così, cogliendo il delicato momento chiese in modo spietato: «Sono morti tutti e due?»

«Ti piacerebbe! E invece stanno bene. Non ti azzardare a captare i messaggi che mando con la mente. Non lo puoi più fare. Non sei più la Governante dell'Arx! Pensa piuttosto a te stessa e alla Paskas» la Saggia araba sentì l'odio salirle in gola. Diede un'occhiata d'intesa a Geno e se ne andò camminando a testa alta.

Anoki Kerioki rimase immobile, il messaggio telepatico

di Ranja lo aveva colpito molto. Lambert sarebbe rimasto infermo. Il coraggioso Sioux rifletté sulla giustizia della Magipsia e sull'irresponsabile aggressione dei Ribelli.

Certo, Lambert non era proprio un suo amico, ma ciò non giustificava la disperata condizione nella quale era finito.

Geno rabbrividì sentendo le parole di miss O'Connor e non riuscì a trattenersi:

«Tu, perfida irlandese, dovresti sprofondare negli abissi dove albergano i fantasmi che hai creato. Augurare la morte di due ragazzi è fuori da ogni regola magipsichica e umana».

Hastor Venti strinse la Paskas, la tentazione di far ingoiare nuovamente Butterfly, Yatto e Agata era fortissima.

«No. Non farlo» lo bloccò Anoki, che aveva capito la sua intenzione. «Parla prima con la Crikken. La situazione è delicatissima. Ora abbiamo l'Anello, e pensa solo a questo».

«Sì, certo, hai ragione, sono troppo agitato per tutto quello che è accaduto. Appena madame uscirà dalla Clinica Vaga le parlerò» Geno girò le spalle e se ne andò in camera sua. Aveva assolutamente bisogno di stare solo.

Yatto non lo perse di vista un momento, seguì ogni suo passo pensando a come fare per distruggerlo!

Se Von Zantar aveva perso il suo più fedele alleato, Gabor Haag, poteva ancora contare sull'appoggio di Pilo Magic Brocca che teneva in ostaggio Pier e Corinna. Tentò più volte di mettersi in contatto usando la Telepatia, ma l'energia sprigionata dalle sbarre spesso gli impediva di farlo.

L'ex Summus attese con pazienza il momento più opportuno. Seduto a terra, con le gambe incrociate, meditava e cospirava. L'astuto tedesco non poteva arrendersi.

La sua potenza magica era ancora solida e presto la Crikken e tutti gli altri l'avrebbero riassaggiata.

Geno era troppo preso da mille dubbi per occuparsi della malvagità di Von Zantar. Quando arrivò nella stanza numero 5 si levò la Tuta Stagna e prese i suoi tre oggetti magici. Pensò che gli avrebbero dato una soluzione per togliere il malefico incantesimo dell'Anello. Sfiorò il CantOssum ricordando le parole di Riccardo Del Pigio Ferro.

«No, quest'osso ora non serve. Forse la AeterNummus è quella giusta per avere risposte» mormorò il ragazzo.

Ma neppure la moneta d'oro diede alcun minimo segnale.

Sconsolato, si stese sul letto guardando l'Anello. Pensò ai suoi genitori, a Suomi e a Lambert.

«Devo trovare la soluzione per togliere il maleficio. La devo trovare al più presto».

Stava per usare la VerbuLapis quando sentì bussare alla porta, era Ranja con un vassoio in mano: «Troppe emozioni stanno scuotendo l'Arx. Hai bisogno di riequilibrare la forza mentale. Mangia qualcosa, ho cucinato cibi sani ed energetici».

«Grazie, ma ora non mi va» rispose il ragazzo senza neppure guardare i piatti.

«So che sei preoccupato per Suomi, ma se la caverà benissimo. Domani mattina sarà già in piedi. Lambert invece...» Ranja appoggiò il vassoio sul tavolino e sospirò.

«Per lui sarà difficile abituarsi a non camminare» Geno era dispiaciuto, ma non sapeva proprio cosa fare per lui.

«L'importante è che l'Anello apra la Porta Bianca. Tu e René ce la farete. Anzi, ce la faremo. Perché noi Sapientes siamo con voi e vogliamo aiutarvi» Ranja fece per andarsene, ma Geno la richiamò.

«L'Anello è stregato. Dobbiamo trovare una formula,

altrimenti non ci servirà a nulla. E saremo costretti a venire a patti ancora con Yatto per farci dare il suo» le parole di Hastor Venti entrarono come un fulmine nel cuore della bella araba.

«Stregato! Maledetto! Quell'Anello è un problema. Però madame Crikken sarà in grado di aiutarti. Lei è il Summus Sapiens e dunque saprà trovare la giusta magia».

Ranja se ne andò, lasciando Geno immerso nei suoi soliti ingarbugliati pensieri.

La pietra verde era davanti a lui quando una piccola scintilla esplose nell'aria: il ragazzo capì che stava per sputare l'ennesimo biglietto.

E così fu.

Solo nel volo dorato si trova il caldo bianco
È il Focus Albus e cancella le stregonerie maligne.
Attendi l'arrivo di chi ha il tuo stesso sangue
Lui vagherà nell'aria e tu entrerai nel mondo onirico.
La soluzione avverrà prima del sorgere del sole.

Il ragazzo prese il biglietto e lo rilesse, prima che si sciogliesse nel nulla.

"Volo dorato? Allora è René che deve trovare il Focus Albus per depurare l'Anello!" fece un balzo e scese dal letto pronto a cercare il fratello. Poi si fermò: la VerbuLapis aveva detto di attendere e non di cercare. Si risedette e coccolò la pietra che aveva dato la soluzione.

Avrebbe voluto usare il Vertiglio e avvisare non solo René, ma anche la Crikken. Non lo fece. Rispettò i tempi dell'oggetto magico.

Voleva a tutti i costi tornare assieme alla sua famiglia.

Strinse al petto l'Anello e immaginò la sua vita a Campana di Sotto.

Il sonno lo rapì immerso in lieti pensieri e dormì così profondamente che non udì neppure i rintocchi della Batacchia Tremula: erano le 21 esatte.

Proprio in quel momento, nella Clinica Vaga Eulalia e Daphne, con l'aiuto di madame Crikken, avevano lasciato Naso con Lambert ed erano riuscite a staccare Toam e Yudi. La vecchia formula dello Sciolgamalevi aveva funzionato!

«Mettiamo ancora qualche goccia sulle ginocchia e sui gomiti, così il rossore sparirà» l'anziana armena, davvero entusiasta, passò con una spugna imbevuta di liquido alchemico sui corpi dei due ragazzi, che erano ancora in uno stato di semi incoscienza.

«Brava Daphne! Sei proprio una Sapiens in gamba» disse gongolandosi il dottor Bendatov che si era allontanato un momento dal letto di Lambert.

Il primo ad aprire gli occhi e a respirare in modo regolare fu il giapponese Yudi Oda, che si alzò barcollando. Mosse lentamente le labbra e disse: «Ho fame!».

Madame Crikken sorrise e mandò un segnale telempatico a Ranja. Quando il Vertiglio della Saggia araba brillò si udì un grido di gioia provenire dall'aula Sublime Cibaria. Ranja Mohaddina preparò immediatamente un menù supercalorico.

Naso, invece, esaminò se gli equilibri psicofisici di Yudi erano regolari: «Come ti senti?» gli chiese appoggiando la punta dell'indice destro sulla sua fronte.

«Un po' rimbambito e mi fanno male tutti i muscoli» Yudi tentò di stiracchiarsi con difficoltà.

Anche Toam Ratandra aprì gli occhi e chiese cibo e acqua.

Il dottore prese da uno dei cassetti alcuni farmaci magipsichici, alla fine scelse quattro pasticche di Cintappio Glorioso, una vitamina molto potente.

«Due a testa, e vi sentirete subito meglio» disse porgendo le medicine. Poi, esausto, si mise seduto accanto a un tavolo dove erano appoggiati enormi vasi di vetro contenenti strani organi di animali.

Yudi e Toam buttarono giù le pasticche e immediatamente sentirono benefici in tutto il corpo. Poi, guardandosi attorno, videro che di fianco a Daphne ed Eulalia non c'era solo madame Crikken, ma anche Nabir e i due Extra Sapientes, Orso e Fionn.

I due ragazzini spalancarono gli occhi e rimasero molto turbati: non avevano mai visto un Extra Sapiens.

«Tranquilli. Siamo qui per aiutare voi e tutta l'Arx» disse il druido accarezzandosi la lunga barba bianca.

Toam iniziò a tremare: «Abbiamo rischiato di morire. Vero?».

La Crikken, con le vistose bruciature sulle braccia e completamente spettinata, li calmò: «Dovete ringraziare Daphne, lo Sciolgamalevi è una sua formula. È stata nominata da poco Governante dell'Arx, mentre Dorathea Liekko è Cerimoniere. Ora andate a mangiare, Ranja vi farà una cena con i fiocchi metafisici».

Le novità colpirono i due ragazzi che rimasero in silenzio guardandosi esterrefatti.

Eulalia, girando gli occhi a manovella, li abbracciò:

«Scusatemi per quello che vi ho fatto. Ma è stato un errore. Sono stata sbadata e maldestra» le scuse della Sapiens greca furono accettate di buon grado.

Yudi e Toam fissarono Daphne e Dorathea: «Voi Sapientes? Allora sono cambiate tante cose qui mentre noi stavamo male».

«Sì. L'Arx Mentis sta cambiando. Anzi, la speranza è che torni ad essere un luogo dove la meditazione e l'espressione viva dei pensieri sono i principi più importanti» rispose in modo autorevole madame Crikken.

Gli Antei ringraziarono la Saggia armena, che tossì imbarazzata.

Yudi sfiorò le mani di Eulalia e, seppur debole, disse:

«Sappiamo che la magia che hai fatto non era per colpire noi. Abbiamo sofferto, ma infine abbiamo trovato un tesoro».

Madame Crikken abbassò gli occhialini e li guardò curiosa. Naso starnutì otto volte. Nabir Kambil assunse un'espressione pensierosa e Dorathea si mise a ridere.

«Un tesoro? Quale tesoro? Eravate qui, bloccati» affermò Eulalia Strabikasios picchiettando il piede destro sul pavimento.

«L'amicizia!» rispose Toam Ratandra.

«Sì, ora siamo amici. Vivendo questa bruttissima esperienza abbiamo capito che era inutile e stupido farci la guerra. Io stavo dalla parte di Agata, Bob e Lambert. Odiavo Geno Hastor Venti. E non avevo stima di te, madame Crikken» spiegò Yudi parlando a voce bassa.

«Allora adesso tu sei cambiato. Questo grazie al rapporto di amicizia che si è creato con Toam. È una cosa importante, non dimenticarlo mai» Margot si commosse davanti ai due ragazzi.

I Sapientes si scambiarono sguardi d'intesa, mentre Orso Quieto scoppiò in una bella risata facendo traballare il suo pesante copricapo di piume. Fionn Artek dondolò con il corpo, quasi imbarazzato: non era abituato a queste manifestazioni d'affetto.

Madame Crikken accarezzò il volto degli Antei: «Sono fiera di voi. All'Arx c'è bisogno di solidi legami e sani principi. Frequenterete le lezioni in modo regolare. Sistematevi i Tonca, i guanti e gli stivali».

«E Yatto?» chiese il giapponese temendo una qualche altra magia vendicativa.

«Lo vedrai con i tuoi occhi quando uscirai dalla Clinica. È accanto ad Agata e a miss O'Connor» rispose serissima la Crikken.

«Agata è con loro? Ma cos'è successo?» domandò Toam.

«Lui non conta più niente. Sono io il Summus Sapiens e presto, molto presto, qui regnerà l'armonia» rispose Margot.

«E Geno dov'è?» Yudi voleva sapere del ragazzo italiano che tanto aveva odiato.

«Quando avrete finito di mangiare saprete tutto. Ora andate, avete bisogno di energie e calorie» il Summus Sapiens chiese a Eulalia di accompagnarli da Ranja, poi si sedette accanto a Naso che stava riflettendo su cosa fare con Lambert.

I due Antei, sorretti dalla Saggia greca, passarono davanti al letto di Lambert.

«Anche lui sta male?» chiese Toam con timore.

«Sì. Non camminerà mai più» la risposta secca di Eulalia spaventò Yudi.

«Ha incontrato un Froder?» domandò il giapponese.

«No. Tutta colpa dei Ribelli» Eulalia spiegò in pochi minuti l'intera situazione tra lo sconcerto dei due ragazzi.

La morte di Bob Lippman li sconvolse, anche perché Yudi era davvero legato all'Anteo americano. «Morto durante il ContraUnico! Pazzesco! Il suo livore verso Geno e Anoki era noto a tutti, ma non pensavo arrivasse a manomettere lo Spiccafilo» il giapponese sentì una stretta al cuore.

«Voleva uccidere Lupo Rosso e alla fine è lui che ha pagato il suo proprio odio. E anche Lambert si è macchiato di questo terribile reato» Toam immaginò il volo dell'aquilone e sentì dei brividi sulla schiena.

Eulalia spiegò anche la lotta furiosa con i Ribelli capeggiati da Gabor Haag, ora nella Paskas. Cercò di essere dolce, ma le notizie erano davvero tutte talmente drammatiche che i suoi tic nervosi aumentarono a dismisura e non le permettevano nemmeno di stare ferma con la testa.

«Comunque il peggio è passato. Ora René e Geno hanno l'Anello e la liberazione dei loro genitori è vicina. Sono felice che stiate bene, ci darete una mano. All'Arx c'è bisogno di unione e amicizia».

Confusi e disorientati i due ragazzi fecero per uscire dalla Clinica quando notarono che nell'altro letto c'era Suomi.

«Anche lei?» Yudi era completamente frastornato.

«Non è grave. Se la caverà, Geno l'ha portata in salvo» Eulalia non sapeva più cosa dire. In effetti la malvagità di Yatto aveva provocato troppo dolore a molte persone.

Usciti dalla Clinica, Yudi, Toam e la Sapiens si trovarono di fronte a un folto gruppo di Psiofi accalcato accanto alla scala.

«Che succede?» chiesero sospettosi due ragazzi.

«Venite, è uno spettacolo che non potete perdervi» disse Eulalia girando l'occhio destro.

I due grandi candelabri erano accesi e le loro quaranta fiammelle formavano una luce tetra. L'ombra della Stante Ferrosa si stagliava sulla parete come un enorme involucro animato al suo interno da strane figure.

Quando Yudi e Toam videro chi c'era dentro la gabbia ebbero un sussulto.

«Yatto... Agata... Butterfly... ma... come mai sono lì dentro?» Toam proprio non se lo aspettava.

«Così non possono fare più del male, anche se Yatto è riuscito lo stesso ad ingannare Margot da qui. Le braccia e le gambe della Crikken sono ferite. Non lo avete notato?» la Saggia raccontò pure l'episodio accaduto a causa dello Spektrumvio.

«Sì, in effetti madame era piuttosto malconcia» Yudi parlava ma la sua attenzione era rivolta alla gabbia. Guardò Yatto e poi subito Agata.

La ragazzina polacca inveì immediatamente contro di lui: «Anche tu hai tradito! Sei passato dalla parte della Crikken! Tu e Lambert non meritate alcun rispetto».

«Agata, sei tu nell'errore. Pensaci» Yudi rispose a voce bassa, era ancora troppo debole per reagire.

Toam alzò il braccio destro e puntando l'indice verso la ragazzina si sfogò:

«Non capirai mai il valore della Magipsia. Non sai cos'è l'amicizia. Hai distrutto questo sentimento con l'odio e l'arroganza».

Gli Psiofi annuirono, il giovane Anteo del Madagascar, nonostante avesse frequentato solo pochissime lezioni del Primo Livello, stava dimostrando un grande saggezza.

Agata Woicik aprì la bocca come fosse quella di un pescecane e urlò contro i due ragazzini: «Siete feccia!».

Butterfly la fermò: «Non sprecare il fiato. Non serve».

A quel punto parlarono le Staffore Inverse. Tutti gli Psiofi si voltarono verso di loro e rimasero sconcertati per ciò che sentirono:

«Potere e falsità non sono sconfitti.
Le sbarre impediscono la fuga
ma la mente può vagare
e seminare altro odio».

Tre sciamane e due stregoni alzarono le braccia verso l'alto invocando la forza della Magipsia, due alchimiste e otto medium scatenarono fulmini sottili che si scagliarono contro la Stante Ferrosa.

Eulalia fissò i tre prigionieri e lanciò un urlo fortissimo che, con un turbine d'aria, spense quasi del tutto le candele:

«Creperete come dei topi. Nessuno vi salverà».

Yatto Von Zantar, seduto a terra, con le gambe incrociate, alzò lievemente la testa e guardò tutti mostrando occhi gialli indiavolati. Poi si rivolse ai due Antei: «Piccoli selvaggi. Ragazzini insignificanti. Voi non potete capire. Finirete male. Malissimo! Io vivrò e vi perseguiterò finché avrò vita».

Toam non riuscì quasi più a respirare dallo spavento. Yudi sentì una fitta allo stomaco e si piegò in avanti. Eulalia li prese sotto braccio e si allontanò: «State calmi, Yatto è alla fine. Non può più usare i suoi poteri».

A passi lenti, tra il mormorio degli Psiofi, raggiunsero l'Aula Sublime Cibaria.

Von Zantar riabbassò la testa e cominciò a meditare. Chiuso dentro la gabbia, circondato da quelli che fino a pochi giorni prima eseguivano i suoi ordini, si lasciò andare a pensieri infidi e spietati.

Lucidò l'Anello strofinandolo sulla giacca e sogghignando cercò di mettersi in contatto telepatico con Pilo, ma le energie prodotte dalla Stante Ferrosa sommate alla forza dei pensieri degli Psiofi impedirono il contatto.

«Ci riproverò più tardi. Pilo mi ascolterà e allora sarà divertente vedere la fine di questi cialtroni. Moriranno tutti! Tutti!» con la saliva che gli usciva dalla bocca come veleno guardò Butterfly e Agata e si crogiolò nei suoi terrificanti pensieri.

La Batacchia Tremula scoccò le 23.

Geno dormiva, quando nella sua stanza entrò volando il Girifalco. René si era già trasformato completamente e desiderava stare accanto al fratello. Si appollaiò sul bordo del comodino e attese.

Intanto nell'Aula Sublime Cibaria, Toam e Yudi mangiavano leccornie a tutto spiano.

«Deliziosa questa Crema Pitagorea» disse Toam con la bocca piena.

Ranja ed Eulalia erano proprio contente nel vedere i ragazzi rifocillarsi dopo tanto patimento. Ad un certo punto entrò Ezra Moore, voleva conoscere Toam e Yudi.

«Disturbo? Posso assaggiare anch'io quella crema deliziosa?» chiese l'inglese, e si mise accanto ai ragazzi per presentarsi.

Toam reagì abbastanza bene e gli strinse la mano mentre Yudi rimase a fissarlo.

«Sono al Primo Livello e ho già conosciuto gli altri ragazzi. Mi spiace tanto per Lambert» disse Ezra.

«Lambert adesso avrà degli amici veri. Lo aiuteremo. Comunque anch'io sono al Primo Livello. L'altra volta non ho terminato il ciclo. Sai quello che è successo a noi due?» Toam Ratandra in verità era contento di sapere che avrebbe avuto un altro compagno con cui dividere le lezioni.

«Sì, so cosa vi è capitato. E sono contento che siate qui» l'inglese ingoiò due cucchiaiate di Crema Pitagorea.

«Io invece ripeterò il Secondo Livello. Sarò solo, perché non credo proprio che Agata possa più girare libera per l'Arx» Yudi diede un'occhiata alle due Sapientes che annuirono.

«Speriamo che le lezioni riprendano presto. Oggi è stata una giornataccia» Eulalia Strabikasios sapeva bene che la Crikken non avrebbe perso tempo per far ripartire il nuovo ciclo nonostante il caos.

Infatti la lezione di Magia Bianca era saltata, così come quella di Fantasmi con Daphne e di Psicofonia, con Naso. Solo Sogni Vivi, con Nabir Kambil, poteva essere frequentata.

Il santone tibetano uscì dalla Clinica Vaga a mezzanotte in punto. Spedì una serie di Paropalle a tutti gli Psiofi e a due Antei: Yudi Oda e Geno Hastor Venti, gli unici a poter frequentare la lezione dato che erano di Secondo e Terzo Livello.

Comunico che, con il permesso del Summus Sapiens madame Crikken, la lezione di Sogni Vivi, si terrà regolarmente dalle 2 alle 8 nell'Aula Limbica, al secondo piano.

Sapiens Nabir Kambil

L'annuncio provocò un certo entusiasmo da parte di Yudi, che poteva così incontrare Geno e scusarsi per il suo passato comportamento.

Il suono del carillon della Paropalla svegliò Hastor Venti. Gli occhi gialli e dorati del Girifalco furono la prima cosa che vide.

«Roi, mio caro fratello René! Dobbiamo fare in fretta!» esclamò agitatissimo.

Il Girifalco d'oro piegò la testa in segno affermativo e volò sopra la Paropalla. Geno alzò la levetta ed estrasse il messaggio di Nabir:

«Sogni Vivi! Ma certo! Io entrerò nel mondo onirico e tu cercherai il Focus Albus, una fiamma bianca. Così mi ha scritto la VerbuLapis».

Geno prese l'Anello e glielo infilò nella zampa, così come lo teneva una volta.

Roi provò la stessa sensazione di fastidio. Si sentì stritolare da un serpente invisibile, e il suo becco si aprì in un grido straziante e pieno di coraggio. Volò sopra la testa del fratello accarezzandolo con le sue morbide piume.

«Vai... vola... non so dove e come... ma cerca il Focus Albus! La notte sarà propizia» Geno era eccitatissimo, aprì la finestra mentre il cuore batteva come un martello.

Il Re spalancò le ali e si tuffò nel buio della notte. Il cielo era oscurato, neppure una stella brillava e della luna non si vedeva neppure l'alone di luce. Le nubi coprivano ancora il firmamento. Non pioveva più ma faceva freddo. E il vento gelido della Valle dei Pensieri accolse il volo della speranza.

Geno lo guardò allontanarsi stringendo i pugni: «In nome della Magipsia e dell'amore che ci lega, trova il fuoco bianco».

Stette fermo come una statua e attese che la Batacchia Tremula scoccasse due rintocchi. La lezione di Nabir era forse quella che aveva maggiormente atteso da quando era arrivato all'Arx Mentis.

Ma in quelle ore d'attesa e di silenzio l'oscura magia di Yatto fece il suo percorso diabolico. I pensieri dell'ex Summus riuscirono ad arrivare a Pilo Magic Brocca.

La vendetta dell'ex Summus Sapiens si stava compiendo.

“Adularia Infinia”

Il GlonaFort e gli Oscurabi

Solo, nel vento della notte, il Re volteggiò superando le Cupole d’Oro dell’Arx Mentis fino a riscendere tra gli alberi della Valle dei Pensieri. Gli occhi color topazio scrutavano l’oscurità alla ricerca del Focus Albus.

L’Anello brillava sulla zampa, come se la sua luce dorata fosse un richiamo magico.

Il falco si diresse verso il LagoStorto, nel rifugio dei Subcandi. Udì dei lamenti striduli, i cigni che si disperavano per la perdita dei tre compagni annegati nel canale.

Scese giù in picchiata e planò sul tetto, illuminato da piccole luci azzurre. Entrò dall’abbaino e i Subcandi si spaventarono: non attendevano visite a quell’ora.

Alzarono i lunghi colli e aprirono i becchi in un coro di starnazzi.

Lo sguardo intenso e dolcissimo del Re li calmò immediatamente. Intelligenti, sensibili e bellissimi, i cigni dalle piume color della neve scrutarono l’insolito ospite che si era appoggiato su una lunga asse di legno verde.

Comunicarono tra loro con sguardi e impercettibili movimenti di ali.

La loro angoscia si unì a quella del Re falco giacché i tre cigni morti rappresentavano una gravissima perdita. Per farne nascere altri sarebbero dovuti intervenire gli Oscurabi. Roi conosceva bene la RL.AM.9B e pensò che anche madame Crikken si sarebbe interessata al più presto per lenire il dolore dei Subcandi. Al tempo stesso i cigni compresero il grave problema del falco, che doveva purificare l'Anello maledetto per poter liberare Pier e Corinna.

Nel rifugio dalla comune rabbia contro Yatto Von Zantar e la Setta dei Ribelli, che avevano causato morte e terrore, scaturì una splendida intesa.

Due Subcandi avanzarono verso il falco e con i becchi sfiorarono l'Anello: Roi alzò la zampa e mosse la testa.

Improvvisamente l'intero gruppo di cigni aprì le grandi ali e protese i colli verso l'alto. Danzarono in cerchio, emettendo un fischio simile ad una sirena d'allarme. Dai loro occhi partì una scia di luce bianchissima diretta all'Anello. Il bagliore illuminò l'intero rifugio e il Re rimase in attesa che il suono cessasse.

Quel canto acuto durò circa venti minuti e solo una persona poté udirlo: Geno Hastor Venti.

In quel preciso istante il ragazzo passava davanti alla Stante Ferrosa: Yatto, Butterfly e Agata erano assopiti. Li guardò quasi schifato e con il pensiero rivolto al fratello iniziò a salire le scale per raggiungere l'Aula Limbica. Sentì una scossa dentro lo stomaco e il lamento dei cigni gli entrò nelle orecchie provocandogli lo stesso fastidio che provava quando sentiva il ronzio.

Si fermò per un momento e cercò di capire da dove provenisse quel suono tanto acuto.

Si rese conto che non veniva da una delle aule dell'Arx, ma che era un proiezione sonora.

Cercò di concentrarsi per scoprirne l'esatta origine ma fu distratto dall'arrivo di Yudi Oda e di un paio di Psiofi, che volevano assistere alla lezione di Sogni Vivi con Nabir Kambil.

Stordito e smarrito, appoggiò le mani alla parete respirando profondamente.

«Che ti succede?» chiese Yudi standogli alle spalle.

Hastor Venti si girò riconoscendo la voce dell'Anteo giapponese: «Yudi! Sei sano e salvo!».

«Tutto merito di Daphne Hogrogian. Ha usato lo Sciolgamalevi e, con l'aiuto di Naso e la Crikken, io e Toam ci siamo finalmente staccati. È stata un'esperienza davvero terribile. Come vedi sono di nuovo al Secondo Livello. Toam ripete il primo. D'altra parte siamo rimasti troppo tempo in Clinica Vaga» spiegò sistemandosi il Tonca bianco.

Hastor Venti lo scrutò per bene, non sapeva ancora se poteva fidarsi di lui, era sempre stato estremamente antipatico.

Yudi capì al volo la perplessità del giovane italiano:

«Sono cambiato. E ti devo delle scuse. Ho avuto sempre un comportamento cinico e strafottente. Ora io e Toam siamo amici. E spero che anche tu mi voglia al tuo fianco. Mi fa piacere seguire con te la lezione di Sogni Vivi» concluse il giapponese, che parlava con il cuore in mano. Era sincero e Geno sentì le sue vibrazioni positive.

«Bene. Allora possiamo iniziare a fidarci uno dell'altro» disse stringendogli la mano.

Ma il canto dei cigni non aveva smesso di rimbombargli in testa. Con gli occhi semichiusi continuò a salire le scale.

«Non vuoi dirmi cos'hai?» insisté Yudi.

Geno si lasciò andare e tra un gradino e l'altro raccontò del fratello-falco e della ricerca per spezzare il maleficio all'Anello. Spiegò le tante vicende che Yudi non sapeva e, con enfasi, lo scongiurò di aiutarlo in caso di pericolo.

«Anche se Yatto è in gabbia dobbiamo stare all'erta. Sai bene i poteri che ha. Voglio al più presto raggiungere i miei genitori. Lo comprendi, vero?» Hastor Venti sentiva un gran mal di testa a causa del sibilo dei Subcandi. ma si sforzava di parlare.

Yudi gli diede una pacca sulle spalle e lo rassicurò: «Eulalia ha raccontato a me e a Toam cosa è avvenuto mentre eravamo in Clinica Vaga. Non ti preoccupare, saremo sempre con te».

Quando giunsero al secondo piano oltrepassarono l'Aula dell'Oblio ed entrarono in quella Limbica, insieme a due Psiofi che li avevano seguiti senza aprire bocca.

Nabir Kambil era in piedi, al centro della stanza, e teneva in mano un piccolo campanello d'argento. Intorno a lui numerosi materassi turchesi erano stati disposti come petali.

Nell'aula, illuminata soltanto da piccole lampade di vetro verde, in angolo spiccava un'ampia coppa di cristallo alta un metro e mezzo e larga altrettanto.

L'atmosfera invitava a rilassarsi.

Appena la Batacchia Tremula scoccò le 2, Nabir fece segno a tutti di mettere i Vertigli nella coppa e accomodarsi: per tutta la durata della lezione non era permesso usare i triangoli fluorescenti.

«Come sapete, stiamo vivendo un momento assai complicato. Quindi vi consiglio di usare il sonno come strumento di ricarica energetica. I sogni sono dimensioni reali, sono luoghi dove il pensiero può viaggiare liberamente. Ricordatevi che se sognate di essere una libellula, forse una libellula sta sognando di essere voi. La divisione tra mondo onirico e mondo reale è sottilissima. Con le tecniche magipsichiche si riesce a scalfire anche questa unica barriera. La lezione di Sogni Vivi serve dunque a questo».

Il santone tibetano accese una piccola candela viola e l'appoggiò al centro della stanza, poi spruzzò nell'aria una profumatissima essenza di Genziana Cubata che favoriva il rilassamento.

Gli Psiofi si stesero sui materassi cercando di non fare rumore, la stessa cosa fecero Geno e Yudi, dopo essersi tolti il Tonca. Appena ebbero appoggiato la testa udirono passi veloci provenienti dal corridoio.

Pochi secondi dopo entrò Anoki Kerioki: «Sono in ritardo. Scusatemi».

Il pellerossa si accomodò accanto agli altri Psiofi e diede un'occhiata ad Hastor Venti, che gli spedì un veloce messaggio telepatico:

«Hai visto chi ho accanto? Non ti preoccupare per lui, Yudi è cambiato. È dalla nostra parte».

Lupo Rosso rispose in un secondo: «Straordinario! Ma vedremo come si comporterà».

Nabir Kambil mosse due volte il piccolo campanello d'argento, segno che da quel momento nessuno poteva più alzarsi.

«Respirate profondamente tenendo gli occhi chiusi. La vostra mente ora è libera e pronta per entrare nel mondo onirico. Cinque sono le fasi che dovete passare: Onde Alfa (il pre-sonno), le Onde Teta (lenta perdita di coscienza), Onde Delta (perdita totale di coscienza), Onde Delta Lentissime (sonno profondo), Rem (ingresso nel sogno). Procedete con calma, abbiamo tutta la notte a disposizione» e detto ciò il santone si sedette accanto alla candela e si concentrò.

Gli Psiofi, compreso Anoki, entrarono immediatamente nella fase delle Onde Alfa, mentre Yudi ebbe qualche difficoltà iniziale poi, però, il suo volto diventò sereno.

Hastor Venti, invece, nel giro di pochissimi minuti entrò nella fase delle Onde Delta. Nabir Kambil se ne accorse e senza fare rumore si alzò andando verso il ragazzo.

Geno muoveva le palpebre in modo ritmico, aveva come perso coscienza e si stava avvicinando al sonno profondo.

Il suo respiro era lentissimo. Quando il santone appoggiò le mani sul petto dell'Anteo, le labbra del ragazzo si mossero come per parlare, ma una forza interiore glielo impedì.

Poi iniziò a tremare, il suo corpo sussultò come in preda ad una crisi nervosa. Il morbidissimo materasso turchese attutì i colpi, ma Nabir non si sentiva tranquillo. Temeva che Geno fosse finito in una pericolosa dimensione del sonno-sogno. Mise tre dita della mano destra sulla tempia sinistra del giovane e l'altra mano all'altezza del cuore. Provocò un collegamento medianico che gli permetteva di entrare nel mondo onirico di Geno e condividere le sue visioni.

La scena che gli si presentò era confusa e piena di luce abbagliante: un mare di piume bianche che si agitava tra pareti di legno. Geno stava sognando la realtà.

Nabir, sbalordito, osservò l'immagine e rimase in attesa di capire dove fosse capitata la mente di Hastor Venti. Il sibilo assordante diventava sempre più forte e la scena si allargò mostrando la danza dei Subcandi.

Dagli occhi spalancati dei grandi cigni uscivano fasci di luce luminosissima.

Il santone tibetano provò una sensazione fastidiosa, ma capì che Geno stava sognando il rifugio del Lago-Storto.

L'immagine cambiò ancora: questa volta apparve chiaramente il Girifalco d'oro appollaiato su un'asse verde.

«René!» pensò Nabir.

Geno continuava a sognare e tremare. Improvvisamente alzò le braccia come per prendere il falco. Il canto dei cigni terminò e gli occhi dei Subcandi tornarono normali. La luce emessa si era concentrata sull'Anello del Re.

Esattamente sopra le due lettere A.M. si formò un fuoco bianco. Fiamme che non bruciavano. Fiamme magiche che avevano il compito di risanare il prezioso gioiello sotto incantesimo.

Nabir Kambil si ritrasse e lasciò che Geno continuasse il sogno. Ma il ragazzo urlò fortissimo: «Focus Albus!».

Nabir fece un passo indietro. Gli Psiofi si alzarono di colpo dai materassi e Yudi Oda, dallo spavento, si svegliò gridando.

«Calmi, calmi. Hastor Venti è in preda ad un sogno particolarissimo. Ho potuto vedere anche io quello che sta vedendo lui».

Lupo Rosso andò verso l'amico, ma il santone lo fermò:

«No, non avvicinarti a lui. Potrebbe essere pericoloso. È nella fase Rem e svegliarlo è rischioso».

Geno ripeté ancora tre volte: «Focus Albus. Focus Albus. Focus Albus».

Sopra il suo corpo apparve una forma luminosa che si gonfiò come una sfera. Al suo interno apparve la scena del sogno.

Tutti rimasero a bocca aperta: stavano vedendo ciò che Geno sognava.

«La... la... l'Anello!» balbettò timoroso Yudi Oda.

Nabir Kambil congiunse le mani: «In tanti anni non ho mai visto un fenomeno simile. Nessuno è mai riuscito a materializzare il proprio sogno. Hastor Venti è veramente un Anteo dalle doti rare e uniche».

Le luci delle lanterne e la piccola candela si spensero in un attimo. Una corrente d'aria caldissima entrò nell'Aula Limbica avvolgendo la sfera del sogno. Un suono ancestrale pervase la stanza quando, al posto della sfera, apparve il Girifalco d'oro. Sbatteva le ali e muoveva testa e zampe.

L'Anello era luminescente e il Focus Albus ardeva glorioso. Gli occhi di Geno si aprirono e il falco emise un verso dolce e melodioso.

«Fratello mio! L'hai trovato! Hai trovato il Focus Albus!» esclamò felice.

Le lanterne si riaccesero, così come la candela. Incredulità e curiosità si stamparono sui volti dei presenti.

Nabir Kambil si accucciò accanto a Geno: «È meraviglioso ciò che hai fatto» e mentre il Sapiens parlava, il falco iniziò a volare intorno alla stanza tra gli sguardi incantati degli Psiofi.

Yudi, spaventato, dapprima riparò la testa con le mani e poi, preso dall'euforia, cominciò ad applaudire seguito dagli altri.

Il Re si appoggiò sul bordo della coppa dei Vertigli e mostrò la zampa con l'Anello con fierezza.

Geno si alzò dal materasso e corse verso di lui.

«No! Non toccare l'Anello» urlò Nabir portandosi le mani sulla testa pelata.

«Perché?» chiese Geno girandosi di scatto.

«Ora è avvolto dalla magia e servirà del tempo prima di poterlo usare. Ti prego, ascoltami, non toccarlo. Potresti morire» spiegò il santone.

«Sì, Nabir ha ragione» confermarono in coro gli Psiofi.

«Cosa bisogna fare adesso?» insisté Geno.

Il Saggio tibetano fissò gli Psiofi, poi guardò Yudi Oda. Temeva di infrangere le regole RM.AM.7A. e RM.AM.7B.e gli chiese:

«Dato che sei stato a lungo in Clinica Vaga e stai riprendendo ora il Secondo Livello, hai letto tutto il Regolamento Mediano?».

Il giapponese annuì. Allora il santone decise di parlare degli Oscurabi.

«Solo loro possono sapere che cosa fare. L'Anello stregato, ora avvolto dal Focus Albus, deve essere messo al riparo in attesa che la magipsia faccia il suo corso e lo depuri. Solo dopo potrà essere usato» spiegò il Saggio.

«Quindi mio fratello dovrà andare alla Domus Ermetica adesso?» chiese sconcertato Geno.

«Già. D'altra parte sai bene che prima o poi sarebbe successo» rispose Nabir.

Il Re aprì le ali dorate e sollevò la testa verso l'alto, i suoi occhi divennero tristi.

Gli Psiofi mormorarono, ancora una volta capivano la sofferenza di René, chiuso nel corpo di un uccello.

La lezione di Sogni Vivi finì prima del previsto, era necessario parlare con madame Crikken e comunicarle l'urgenza di mandare il Girifalco dagli Oscurabi.

L'alba era ancora lontana e la notte era stata insonne per molti. Dopo aver ripreso i Vertigli dalla coppa, uno ad uno uscirono dall'Aula Limbica per dirigersi al terzo piano. Nabir spedì una serie di Paropalle agli altri Sapientes avvisando la Governante Daphne di svegliare il Summus Sapiens.

Quando la Batacchia Tremula scoccò le 4, il gruppo era già nella Stanza della Visione, davanti al grande braciere. Margot uscì dalla sua camera in una sontuosa vestaglia color del cielo.

Ancora dolorante per le bruciature sulle gambe e sulle braccia, si sedette sullo scranno inforcando i suoi originali occhiali.

Daphne le era accanto, e anche il suo volto mostrava i segni della stanchezza.

«*Bien.* La buona notizia del ritrovamento dell'Anello e

della magia che ora lo depura mi riempie di gioia. Il sogno di Geno si è trasformato in realtà. Persino i Subcandi sono stati colpiti dall'odio dei Ribelli, una vera disgrazia averne persi tre.

Per questo motivo, e soprattutto per l'Anello, dobbiamo chiedere l'intervento degli Oscurabi. Loro sanno perfettamente cosa fare per i cigni e con il Focus Albus. Quindi il Girifalco d'oro dovrà recarsi al più presto alla Domus Ermetica».

La voce di Margot, nonostante gli eventi favorevoli delle ultime ore, era velata di malinconia. Non solo era preoccupata per Lambert, ma doveva decidere sul destino di Von Zantar, miss O'Connor e la giovane Agata. E nel suo cuore c'era sempre il desiderio di dire la verità sulle sue origini. Ma quello non era il momento per confessare di essere una Hastor Venti e per cercare il terzo gemello.

Il falco volò accanto al suo scranno, mentre Oscar e Napoleon se ne stavano sdraiati ai piedi della Crikken.

Gli occhi del Re incrociarono quelli del Summus Sapiens, lo scambio telepatico fu immediato: il falco avrebbe desiderato andare dagli Oscurabi con la Crikken, Dorathea e Geno.

Madame tentennò e, mentre stava per rispondergli negativamente, vide Geno con la Paskas in mano.

«Se torneranno qui dentro i tre malvagi che sono nella Stante Ferrosa, svanirà il pericolo del ritorno dei Ribelli rimasti nella grotta. Da soli non valgono nulla. Desidero fortemente risanare l'Anello e liberare i miei genitori. Mio fratello ha bisogno di me. Ha bisogno di noi» la implorò il giovane.

Madame guardò quel ragazzo che aveva coraggio da vendere, pensò a quello che aveva subito e tutto quello che doveva ancora affrontare. Emise un lungo sospiro e acconsentì:

«*Oui*, andremo alla Domus Ermetica. Partiremo tra poche ore. Lasciatemi riposare e riflettere. E anche voi avete bisogno di dormire almeno un po'».

Poi, aiutata da Daphne, si alzò dallo scranno per tornare in camera sua, ma tre colpi secchi la fecero fermare.

Era Fionn Artek che pestava il suo bastone sul pavimento. Al suo fianco c'era Orso Quieto, con il suo enorme copricapo di piume. Entrambi erano piuttosto preoccupati per le condizioni di Lambert De Solange.

«Summus Sapiens» cominciò Fionn «condivido la tua decisione, ma non posso più rimanere qui. Ho bisogno di tornare a Uisneach. Il Tempio dei druidi è la mia casa. L'Arx Mentis è la dimora di tutti noi, il centro degli studi magipsichici e dobbiamo difendere la tradizione contro chi cerca di destabilizzare il nostro secolare equilibrio, ma io ho bisogno del mio silenzio».

Anche lo sciamano Sioux annunciò la sua partenza tra lo sconcerto degli altri Sapientes.

«In verità speravo ancora in un vostro aiuto. Siete preziosi. Comunque comprendo le vostre necessità e so che qui non potete realizzare al meglio le vostre doti. Accetto, seppure a malincuore, la vostra partenza» madame li salutò facendo un cenno con le mani e si avviò verso la camera seguita da Napoleon.

Daphne rimase con Oscar che le mordicchiava le scarpe:

«No! No! Devono rimanere. Altrimenti come facciamo a combattere con Froder e Olleni? Una volta aperta la Porta Bianca sarà un inferno».

Margot, che aveva sentito, la zittì con una risposta secca:

«Sei una Sapiens. Sei la Governante! Dovresti sapere a

memoria la RI.AM.4. Non si può contraddire il Summus» e così dicendo si chiuse in camera.

Solo Eulalia intervenne: «Hai ragione, Daphne, ma possiamo farcela anche da soli. Del resto siamo i Saggi dell'Arx e dobbiamo prenderci le nostre responsabilità».

«Non preoccupatevi, in caso di assoluta emergenza noi torneremo. E sappiate che condividiamo l'idea di usare la Paskas per i tre malvagi» affermò il druido elevando il lungo bastone.

Il Girifalco salutò i due Extra Sapientes con un volo circolare sopra le loro teste.

Anoki raggiunse il nonno e lo guardò negli occhi a testa alta: «La tua anima resta qui con me. Onorerò la nostra tribù. Fidati di me».

Il vecchio sciamano socchiuse gli occhi, che diventarono come due fessure, e sorridendo accarezzò il volto giovane e fresco di Lupo Rosso.

Poi seguì a passo lento Fionn e insieme attraversarono il piccolo ponte levatoio entrando nella Loggia Psiche e poi nella O' Grande. In pochi secondi, con la Bilocazione Traversa, tornarono nei loro luoghi sacri lasciandosi alle spalle i tanti problemi che affliggevano l'Arx Mentis.

Naso Bendatov si sistemò il colbacco, starnutì, e cominciò a scendere le scale brontolando. Era dispiaciuto per la partenza dei due Extra Sapientes e nervoso come non mai. Non avrebbe di certo dormito: Lambert, che ancora non aveva ripreso conoscenza, aveva bisogno di assistenza continua.

Le ore passavano in fretta, ma non per Von Zantar. Nel silenzio e nella penombra, mentre Butterfly e Agata, stese sul pavimento, stavano riposando una accanto all'altra, l'ex Summus Sapiens era riuscito a mettersi in contatto telepatico con Pilo Magic Brocca. L'energia prodotta dalle sbarre della gabbia aveva più volte interrotto la comunicazione mentale, ma alla fine Yatto aveva trovato il modo di collegarsi con il fido ex Cerimoniere dell'Arx.

«Agisci al più presto. Scatena Froder e Olleni. Non possiamo arrenderci. L'Anello che hanno trovato era stato maledetto da Agata e non riusciranno facilmente a depurarlo» il pensiero di Von Zantar inquietò Pilo, che rispose:

«Provvederò subito. Gli spettri e i fantasmi nella Cupola d'Oro si prendono molte libertà, ma ci penso io a metterli in riga».

Alcuni Froder infatti avevano occupato l'Archivio Pensorio e una moltitudine di Olleni, oltre a impedire a Pier e Corinna di uscire dalla loro stanza, non sempre ascoltavano gli ordini di Magic Brocca.

Il cinico Sapiens italiano tentò a sua volta di comunicare con i Ribelli rimasti nella grotta, ma non ricevette alcuna risposta. Doveva agire da solo. Doveva contare solo su spettri e fantasmi.

Daphne Hogrogian suonò la Trombotta: erano le 7 precise. La colazione sarebbe stata servita velocemente, in attesa che madame Crikken definisse la partenza per la Domus Ermetica.

I vassoi colmi di delizie metafisiche preparati da Ranja erano già fuori dalle camere e gli Antei si ritrovarono in corridoio.

Ezra aveva occhiaie profonde perché non era riuscito a chiudere occhio. Anche Toam e Yudi barcollavano per la stanchezza.

Quando Hastor Venti uscì dalla sua stanza per prendere il vassoio disse solo poche parole: «Anche oggi sarà una giornata pesante. Ma ce la faremo».

Toam Ratandra, con un pezzo di Torta Anassimandrea in bocca, allungò una mano verso il giovane italiano: «Stai certo che Von Zantar non uscirà mai da quella gabbia. Il patto tra noi è sincero».

Geno gli strinse la mano. E gli altri aggiunsero le loro, una sopra l'altra. L'accordo di fedeltà era siglato. Geno Hastor Venti poteva contare su di loro.

Yudi Oda fece brillare il Vertiglio di Geno: «Ti auguro di risolvere tutti i problemi con gli Oscurabi. Toam ed Ezra non possono sapere della loro esistenza ma spiegherò loro che il viaggio che adesso farai con René, Dorathea e la Crikken è per il bene dei tuoi genitori».

Geno rispose in un lampo usando sempre la telempia: «Penso sia meglio che loro seguano qualche lezione, così non faranno domande. Ma tranquillizzali, al mio ritorno ci sarà bisogno della forza di tutti».

Toam ed Ezra videro brillare i Vertigli di Geno e Yudi, e l'inglese non capì perché comunicavano in modo segreto: «Perché non parlate? Che vi state dicendo che noi non possiamo sentire?».

«Siete al Primo Livello, i Regolamenti vanno rispettati. Fidatevi» rispose Hastor Venti rientrando nella sua camera.

Finita la colazione, mise in tasca i tre oggetti magipsichici, la Wied-Nion e la Paskas, poi prese lo zaino con i resti della Botte Sacra e corse in Clinica Vaga, per sapere come stava Suomi. Appena entrò vide che la ragazza dormiva e che Naso era intento a spalmare sul corpo di Lambert un puzzolente unguento.

«Vattene Geno! Non preoccuparti per Suomi, si sveglierà entro le prossime 24 ore. Lambert invece...» il dottore non dava speranze.

Hastor Venti si avvicinò al letto dell'Anteo francese: era pallidissimo.

«Quando Suomi si sveglia per favore dille che tornerò

presto. Parlerò con gli Oscurabi e chiederò un aiuto per Lambert».

Geno uscì dalla Clinica lasciando il dottore in preda allo sconforto.

La Batacchia Tremula suonò le 8. Tutti gli Psiofi della Nuova Alleanza erano già davanti alla Stante Ferrosa.

Le Staffore Inverse parlavano ripetendo una stessa frase:

«Andate a destra, andate a sinistra.
Le aule vi aspettano.
Il programma va rispettato».

«Già. Le Staffore hanno ragione. Il Programma va rispettato» dichiarò con voce tonante madame Crikken mentre scendeva le scale, elegantissima.

Per l'occasione indossava un abito lungo di seta rosa antico e sulle spalle aveva un bellissimo mantello di velluto bianco. In testa portava un piccolo cappello color crema dal quale spuntavano tre grandi genziane. In mano aveva la sella dorata.

Yatto Von Zantar la guardò storto ed esclamò:

«Un lusso che stona parecchio con la tragica situazione dell'Arx. Cavalcare a quest'ora del mattino per una vecchia come te è assai azzardato, non credi?».

Margot scese l'ultimo gradino e senza guardare in faccia l'ex alleato rispose:

«La bellezza e l'eleganza non ti appartengono. Sei grezzo e ignorante... e anche smemorato, forse. Non ricordi che sono piuttosto brava con gli Ippovoli?».

Butterfly e Agata stavano per rispondere a tono ma Yatto fece loro segno di tacere.

Preferì subire l'umiliazione della Crikken piuttosto che innescare l'ennesima discussione che non avrebbe prodotto nulla di positivo.

Oramai per il tedesco era solo una questione di ore: Pilo avrebbe scatenato Froder e Olleni.

Madame andò verso il Salotto dei Fenicotteri seguita da Psiofi e Sapientes. Con fermezza comunicò la partenza. Pochi secondi dopo giunsero gli Antei Ezra e Toam.

«Voi seguirete le lezioni regolarmente» annunciò serissima la Crikken. Daphne tossì, Eulalia girò la testa a destra allungando il collo e Nabir guardò i due ragazzi pensando alle molte domande che avrebbero posto sul viaggio misterioso del Summus Sapiens e di Geno, René e Dorathea.

Così, allargò la sua tunica arancione e con le mani rivolte verso l'alto li prevenne: «Nessun quesito è ammesso. Siete solo al Primo Livello».

In quel momento arrivò Yudi Oda con il programma del mese in mano: «Anch'io seguirò diligentemente le lezioni».

Margot annuì compiaciuta.

Quando giunse René tutti fecero silenzio. Il giovane si era ritrasformato e in mano teneva una scatolina di bronzo.

Toam ed Ezra fissarono l'oggetto, chiedendosi cosa mai contenesse, ma rinunciarono a fare domande, seguendo l'indicazione del santone tibetano.

«L'hai messo lì dentro?» chiese Margot avvicinandosi, «Sì. Qui è al sicuro. Il Focus Albus continua ad ardere, presto tutto sarà sistemato». Il giovane alato sorrise: aveva trovato una giusta collocazione per l'Anello in modo da trasportarlo senza rischi.

«Vieni, mio caro. Dobbiamo prepararci al viaggio» disse Margot afferrando la scatolina.

Dorathea si mise accanto a René mentre arrivava Geno, che si presentò al cospetto di madame Crikken.

Guardò la scatola di bronzo e strinse i denti: non vedeva l'ora di usare l'Anello!

«Andiamo. Non c'è tempo da perdere» disse maneggiando la Paskas.

Margot notò che aveva lo zaino sulle spalle: «Bravo, così risolveremo anche il problema della Botte Sacra».

Ranja Mohaddina prese sottobraccio Ezra e Toam portandoli nell'Aula Sublime Cibaria: «Un po' di Cucina Metafisica vi farà bene» disse persuandendoli.

Anoki Kerioki salutò con affetto René e Geno augurando loro buona fortuna. Ai saluti si unì anche Yudi Oda.

Gli Psiofi tranquillizzarono la Crikken assicurandole che avrebbero vigilato la Stante Ferrosa senza immaginare che Von Zantar aveva già allertato Pilo Magic Brocca.

«Gli Ippovoli ci aspettano. Ho già spedito un messaggio telempatico a Ilies Buchar, che è pronto a riceverci» madame fece svolazzare il mantello bianco e s'incamminò.

Geno tremò per un istante.

Il solo pensiero di affrontare i rischi della palude e incontrare nuovamente il grande scheletro che navigava sullo zoccolo, lo preoccupò alquanto. Ma non disse nulla. Era troppo importante tornare alla Domus Ermetica.

Corse in camera a prendere la sella e le briglie, mentre Dorathea aveva già preparato tutto per René.

Come fieri cavalieri andarono nella Scuderia e montarono in groppa agli Ippovoli, che erano pienamente in forze poiché avevano mangiato una bella razione di Fienareo. Nel cielo le nuvole bianchissime nascondevano in parte un pallido sole.

L'aria frizzante attraversò i vestiti dei viaggiatori che, con le briglie in mano, partirono. I cavalli spiccarono il volo mantenendo le ali parallele e ben aperte.

Geno ricordò perfettamente il viaggio precedente: si doveva alzare il braccio sinistro e, in contatto mentale con il proprio Ippovolo, bisognava pensare alla frase magipsichica: «Terza ronda».

Solo così il cavallo avrebbe preso la direzione giusta, quella per la Palude degli Oscurabi.

Infatti accadde proprio così. Allineati uno di fianco all'altro, i tre viaggiatori eseguirono perfettamente la procedura.

Gli occhi dei cavalli alati diventarono trasparenti come purissimi cristalli, mossero le code e virarono a destra puntando verso una piccola radura.

La Crikken con una mano teneva le briglie e con l'altra si reggeva il cappellino. Era davvero felice: il volo l'aveva rasserenata.

Geno la guardò con ammirazione e provò un sentimento affettuoso, quasi familiare. Quella donna era ormai entrata nella sua vita, nella vita degli Hastor Venti: il legame con l'anziana francese non si sarebbe mai più spezzato.

Con il vento tra i capelli diede un'occhiata a René, che cavalcava come un angelo con le ali piegate dietro la schiena.

Anche Dorathea era bellissima... assomigliava tanto a Suomi. Già, Suomi!

Il pensiero corse da lei: "Se mi senti. Se senti la mia mente, sappi che sono accanto a te. Devi stare bene al più presto. Tornerò e finalmente potrai abbracciare anche tu i miei genitori. Quando ti vedranno capiranno che sei dolcissima e che io non potevo che innamorarmi di te".

Non era il vento a far lacrimare gli occhi di Geno, ma la commozione che provava nel mandare quel messaggio telepatico alla sua ragazza.

Suomi non poteva ancora rispondere, assopita e dolorante, sotto le lenzuola.

Quando gli Ippovoli planarono sulla radura, la scena che si presentò ai quattro fu spettacolare. Non c'erano le fiaccole rosse che Geno ricordava, ma migliaia di pavoni giganti blu elettrico che mostravano le loro piume brillanti facendo ognuno la ruota. Gli uccelli erano ai bordi di un lungo sentiero e indicavano così la strada da percorrere.

Madame Crikken scese da cavallo e s'inchinò davanti ai pavoni, che rimasero immobili nella loro bellezza. Anche Geno, Dorathea e René saltarono a terra, esterrefatti per l'incantevole paesaggio.

«Non illudetevi. Anche se l'accoglienza sembra sontuosa, ora ci aspetta la palude. D'altra parte gli Oscurabi mostrano sempre il meglio della Magipsia: nel bene e nel male» disse Margot avanzando spedita tra i pavoni.

Più ci si avvicinava alla Domus Ermetica e maggiore era il pericolo di finire nelle sabbie mobili. Il terreno si fece fangoso e la nebbia si insinuò tra alberi e piante. I grandi pavoni blu scomparvero magicamente lasciando Geno, René, Dorathea e madame Crikken in mezzo ad acquitrini e pozze di melma.

Così, come si aspettava Geno, apparve il piccolo lago della palude. L'insolita imbarcazione era già pronta: sulla prua dello zoccolo li attendeva lo scheletro fantasma con un grande remo di legno nero.

Anche con la luce del giorno era orribile, il suo aspetto non era per nulla rassicurante. Il cappuccio bianco a coprirgli completamente il volto, allungò il braccio destro mostrando la mano scheletrica.

Margot per un momento esitò, poi accettò e salì. Dorathea si strinse a René che la protesse in un abbraccio.

Geno fece un balzo, lo zoccolo dondolò. Velocemente raggiunse la poppa e si mise seduto. Mise in tasca la Paskas e controllò di avere tutti gli oggetti magipsichici.

Immersa nella nebbia sottile che avvolgeva alberi e acqua, l'imbarcazione attraversò il lago nel silenzio più assoluto. La Crikken si avvolse nel mantello, perché l'umidità entrava nelle ossa e il freddo era pungente. Dorathea tremava come una foglia e nel sistemarsi accanto a René, fece rollare l'imbarcazione. Il giovane alato l'afferrò per aiutarla, ma quel gesto costò molto caro. Lo zoccolo s'inclinò tanto che il fantasma incappucciato alzò il remo gridando:

«Stolti viandanti! Nella putrida palude finirete se non state fermi!».

La sua voce roca spaventò ancor di più Dorathea che sussultò facendo sbandare lo zoccolo completamente verso sinistra. Geno si catapultò verso la giovane Sapiens e nel farlo perse l'equilibrio. La Paskas, che teneva in tasca, cadde nell'acqua puzzolente del lago.

«*Mon dieu de la France*!» esclamò madame Crikken. L'eco della sua voce si sparse nella nebbia.

Geno rimase con le mani aggrappate al bordo dello zoccolo, con gli occhi fissi sull'acqua. Ansimò. Non sapeva cosa fare. Dorathea si coprì il volto disperata, René voleva tuffarsi ma la Crikken lo bloccò immediatamente.

«Fermo! Non c'è nulla da fare. È impossibile nuotare in questo lago malsano. Vuoi forse che io perda anche la scatola con l'Anello? E poi non possiamo certo far innervosire il nostro capitano! Vi pare?».

I tre ragazzi si girarono e videro lo scheletro incappucciato pronto ad usare il grosso remo contro di loro.

«Ma come facciamo senza Paskas? Dentro c'è Gabor! E ci dovranno finire anche Yatto e...» Geno non terminò la frase. Madame lo fulminò con i suoi piccoli occhi azzurri.

La sfortunatissima attraversata terminò pochi minuti dopo. Lo zoccolo approdò e lo scheletro si dileguò nuovamente nella nebbia lasciando i quattro viandanti al loro destino.

Appena rimisero i piedi a terra la Crikken puntò l'indice contro i ragazzi: «Avete combinato un bel guaio. Siamo venuti qui per via dell'Anello da risanare e ora non abbiamo più la Paskas! Bella figura facciamo davanti ai Faber e agli Oscurabi! Non solo, adesso bisognerà trovare un altro stratagemma per Yatto, Butterfly e Agata! Di Gabor e dei suoi due stregoni non m'importa nulla. Rimarranno in mezzo al fango della palude per l'eternità».

Dorathea era mortificata, non sapeva come scusarsi per aver provocato involontariamente la perdita della doppia piastra.

«Quando lo saprà Fionn Artek mi odierà! L'aveva consegnata e me, dovevo stare attento. Non potrò mai più averne un'altra» Geno si lamentava camminando nel fango. Gli stivali erano completamente sporchi. Si aggiustò il Tonca rosso e ripulì i guanti strofinandoli su un tronco d'albero. Nervoso, deluso, preoccupato, temeva che Von Zantar potesse fuggire o riuscire in qualche altro piano malvagio, adesso che non c'era più la Paskas ad impaurirlo.

Si aggiustò lo zaino sulle spalle e mise le mani in tasca. Afferrò la Wied-Nion e sospirò.

«Andiamo, la strada è ancora lunga» disse Margot avvolgendosi con il mantello oramai lurido.

René prese per mano Dorathea e allungò il passo.

Inaspettatamente, dalla cima di un grande albero dalle

foglie gialle cadde una pigna gigantesca marrone scuro. La Crikken si abbassò e la raccolse: «Sta per accadere qualcosa. State all'erta».

«Perché? Che significa quella pigna?» chiese René trascinandosi sulle pietre infangate del sentiero.

«Riccardo Del Pigio Ferro mi confidò che nel Regolamento Aureo è spiegato il significato delle pigne giganti. Credo siano il segnale dell'arrivo di qualcuno o del manifestarsi di cose che solo gli Oscurabi e i Faber conoscono» spiegò guardandosi intorno.

Con uno scatto improvviso, il tronco del grande albero dalle foglie gialle si aprì di scatto e dall'interno uscì una specie di lungo monopattino che, al posto delle rotelle, aveva otto sfere di vetro incandescente e il manubrio fatto di rami intrecciati.

Geno si spaventò e anche Dorathea indietreggiò timorosa.

Madame e René, invece, si avvicinarono allo strano oggetto.

Il giovane toccò il manubrio, mentre la Crikken provò a posare un piede sopra l'asse del monopattino.

«È solido. Possiamo salire tutti insieme» disse con disinvoltura.

Si mise davanti con le mani sul manubrio e dietro, uno dopo l'altro, si sistemarono gli altri.

«Tenetevi per i fianchi e se sbandiamo non urlate. Dobbiamo stare in equilibrio» la Crikken, nonostante l'età, era più arzilla che mai.

«Mi sembra il gioco del trenino!» esclamò Geno sorridendo.

«Zitto! Non è per nulla un gioco. E te ne accorgerai presto» Margot non fece in tempo a finire la frase che il monopattino vibrò, le sfere infuocate scoppiettarono e in un baleno lo strano mezzo di trasporto prese a correre sparato come un missile in mezzo alla nebbia.

Nuvole dense di umidità offuscavano l'orizzonte e gli scossoni provocati dal sobbalzare del monopattino non rendevano facile il viaggio verso la Domus Ermetica.

Geno, aggrappato alla tunica dorata del fratello, temeva che dallo zaino fuoriuscissero i pezzi di legno della Botte Sacra e sperava di arrivare al più presto.

Ma il monopattino, invece di diminuire la velocità, l'aumentò di colpo attraversando il viale che portava davanti al cancello chiuso.

Lì li attendeva il grande piede.

In quell'ultimo tratto, i corpi dei tre viandanti vibrarono come martelli pneumatici, tanto che gli occhiali della Crikken le andarono di traverso.

Il cancello si aprì di scatto e il piede si scansò per lasciar passare il monopattino, che correva impazzito. Una brusca frenata fece perdere l'equilibrio e madame si ritrovò a terra, così come gli altri.

Acciaccati e indolenziti si alzarono guardando la spettacolare facciata della Domus Ermetica.

Del piede gigante non c'era più traccia, ma in compenso apparvero i due Magiocchi che li accolsero con la solita litania:

«Siamo i Magiocchi degli Oscurabi.

Unicamente per necessità voi seguirete il percorso.

Usate la mente sana».

Dorathea si mise a ridere di fronte agli stravaganti personaggi, mentre madame si aggiustò gli occhiali ed entrò senza indugi, con un'espressione seriosa.

I Magiocchi si fecero seguire e all'altezza della settima porta si fermarono per presentarsi:

«Siamo i Magiocchi degli Oscurabi.

Qui entri solo il Summus Sapiens.
La sua pische è preparata al dialogo».

La porta si aprì, madame Crikken si voltò verso i ragazzi e disse: «Ritengo che mi aspetti Ilies Buchar, secondo la RM.AM.7B. Consegnerò a lui l'Anello e sono certa che lo risanerà. Voi seguite i Magiocchi. Suppongo che, nel rispetto del Regolamento Mediano, dobbiate attendere».

Margot si tolse il mantello e da una tasca interna tirò fuori le pergamene scritte nel 1666 da Paul Hastor Venti contenenti la formula del ClonaFort: «Tieni Geno... ti serviranno» il ragazzo le prese, senza distogliere lo sguardo dalla Crikken.

«È vero! Mi serviranno senz'altro. E spero che i Faber mi aiutino a ricostruire la botte» disse osservando le antiche carte.

Margot si sistemò i capelli sotto il cappellino ed entrò con passo deciso, pronta ad affrontare l'Oscurabio Buchar.

I Magiocchi proseguirono il percorso alquanto intricato seguiti dai tre ospiti.

Alla fine del corridoio sbucarono in un chiostro completamente dipinto d'argento.

Una vasca, rivestita di piccole piastrelle di ceramica gialla ne occupava il centro.

A sinistra c'era una stradina pavimentata da grandi lastre di pietra nera.

Geno, con le mani in tasca e lo zaino in spalla, guardava curioso ogni particolare, mentre René annusava l'aria. Sì, perché sapeva di caramelle alla frutta!

Quel luogo era talmente straordinario e magico che Dorathea ne era entusiasta.

Alla fine della stradina apparve una robusta siepe di edera rossa piuttosto alta.

«Siamo i Magiocchi degli Oscurabi.

La Sapiens finlandese oltrepassi il fogliame.
Una bottiglia di fluido l'attende».

Dorathea sorrise, salutò René e Geno e s'infilò nella siepe sperando che il misterioso "fluido" fosse di suo gradimento.

«Perché mai ci dividono in questo modo?» chiese Geno al fratello.

«Non lo so. Temo che la nostra visita sarà lunga e ricca di sorprese» rispose René agitando le ali.

Alla fine della siepe si aprì ai loro occhi una stanza immensa le cui pareti erano grandi vetrate. L'interno era ricolmo di piantine multicolori e fiori giganteschi.

Tutti contrassegnati da un cartellino, scritto a caratteri gotici.

Ogni vaso, appoggiato su un tronco di colonna, veniva irrigato grazie a un cubo azzurro di madreperla incastonato nel soffitto. Da questo blocco partiva un intreccio di tubicini che, goccia a goccia, forniva nutrimento e acqua ad ogni pianta.

I fratelli Hastor Venti rimasero a bocca aperta, lo spettacolo di tanta meraviglia era davvero insolito. Inoltre l'aria era profumatissima.

«Siamo i Magiocchi degli Oscurabi.
I fratelli entrino nella Serra Magipsichica.
L'occorrente c'è per realizzare ciò che sapete».

«Ma certo, il ClonaFort! Ecco le piante!» esclamò Geno euforico.

Gli occhi di René brillarono di felicità: finalmente ora avrebbero potuto realizzare l'intruglio magipsichico che Von Zantar aveva avidamente cercato di ottenere.

La Serra Magipsichica era un luogo davvero straordinario, l'eleganza e la bellezza ne esaltavano l'atmosfera magica.

Persino il pozzo posto in mezzo alla stanza, in ferro battuto con bordi dorati, sembrava progettato e costruito da menti eccelse.

Con la formula di Erboria in mano i due fratelli iniziarono a cercare le piante da utilizzare.

Concentrati e indaffarati non si resero conto che qualcuno li spiava. Infatti, dietro una grata invisibile due Faber controllavano ogni loro movimento. Il loro interesse era rivolto soprattutto a René, destinato a vivere nella Domus Ermetica e quindi valutato per tutto ciò che avrebbe detto e fatto in quell'occasione.

Geno trovò immediatamente l'Achillea Millefolia, chiamata anche Balocco del Diavolo. Prese un paio di forbici adatte e una cesta, che aveva trovato appoggiate su una panca, e tagliò di netto sei foglie, così come era indicato sulla pergamena.

Tra fiori di dimensioni stratosferiche ne vide uno piccolissimo lilla. Il suo cartellino indicava: "Pulsatilla Pratensis".

Ne prese nove petali. René aveva già trovato quattro bellissimi boccioli bianchi sfumati di rosso di Oxalis Acetosella.

Nel giro di pochi minuti riuscirono a mettere nella cesta le due foglie di Lychnis Flos-Cuculi, con le giuste secrezioni bianche prodotte dalle larve di insetti, sette petali dell'Epilobium Hirsutum, due di Tanacetum Vulgaris e tre del Papaver Rhoeas.

«Il nostro avo Paul Hastor Venti era davvero un bravissimo erborista» disse René affondando le mani dentro la moltitudine di petali raccolti.

«Già, e pensare che fu proprio un Oscurabio ad ucciderlo mi fa venire i brividi. Vermine Fricasseo qui, nella Domus Ermetica, ha covato l'odio per Paul fino a farlo morire. Non so se ce la farò ad amare questo luogo» René si rabbuiò.

Geno, con la cesta in mano, guardò il fratello e provò un dolore lacerante nel sapere che non sarebbe tornato a vivere a Campana di Sotto. Ancora una volta la sua famiglia non sarebbe stata riunita.

Uno scricchiolio proveniente dall'ingresso della Serra Magipsichica distolse i due ragazzi. Pochi secondi dopo due voci roboanti li fecero sussultare.

«Un'ampolla colma di scintille userà il futuro Oscurabio, mentre il giovane Anteo di Terzo Livello maneggerà l'osso del Deserto Cobalto. Nel Pozzo Antico il legno tornerà come un tempo».

Le voci erano quelle dei Faber che li stavano spiando.

«È un ordine! È una prova!» esclamò René agitando le ali.

«Sì, e si riferisce alla Botte Sacra. Dobbiamo ricostruirla. L'indicazione è precisa» disse Geno appoggiando la cesta per terra.

«I Faber ci stanno guardando. Non dobbiamo sbagliare» il giovane alato si sentì sotto esame.

Geno si tolse lo zaino dalle spalle e tirò fuori i frammenti di legno. Poi si avvicinò al pozzo: «Le voci hanno parlato del mio CantOssum! Lo userò con piacere».

Mentre metteva le mani in tasca per prendere l'oggetto, vide un'ampolla fumante volare dal fondo della stanza verso il fratello, ad un'altezza di circa un metro.

René l'afferrò e le sue mani diventarono brillanti.

Improvvisamente la luce calò e l'intera Serra Magipsichica piombò nella penombra. Solo i due ragazzi erano illuminati da un alone di luce polverizzata.

«Forza, usa l'ampolla, mentre io getto i legni nel pozzo» disse Geno con il batticuore.

Il fratello inclinò l'ampolla e versò il liquido scintillante.

La sua mente si espanse, come se i pensieri si dilatassero nello spazio e nel tempo e provò una sensazione di felicità e calma interiore.

"Forse è così che si sentono gli Oscurabi!" rifletté in una frazione di secondo.

Geno aveva gettato i pezzi di legno nel pozzo stringendo il CantOssum e, a occhi chiusi, pregava che tutto andasse bene.

Il liquido dell'ampolla illuminò la bocca del pozzo, i pezzi di legno s'infiammarono e il CantOssum vibrò emettendo una musica dolcissima.

Un fascio di luce brillò facendo splendere piante, fiori e vetrate. René portò l'ampolla verso il petto e anche il suo corpo scintillò.

La tunica dorata, i suoi capelli biondi, le ali vaporose: tutto di lui diventò luminescente.

Geno, sbalordito per quella visione, strinse l'osso del deserto e istintivamente gridò.

La musica scomparve, la luce ritornò in tutta la stanza.

Ai piedi dei due fratelli Hastor Venti era apparsa la Botte Sacra perfettamente integra.

Geno s'inginocchiò e l'abbracciò come se fosse un bambino di legno: «Ecco! Ce l'abbiamo fatta. Adesso possiamo creare il ClonaFort!».

Renè, che ancora stringeva l'ampolla, si commosse. Troppe le emozioni, troppi i sentimenti che lo agitavano.

Il giovane alato comprese la potenza della Magipsia di Faber e Oscurabi e capì che il suo destino era davvero restare nella Domus Ermetica.

Dopo tanto tempo sentiva finalmente il cuore leggero e il suo sguardo divenne dolce e sereno. Tutto ora gli era chiaro.

Appoggiò l'ampolla nell'aria e, con una piccola spinta, la fece volare da dove era venuta.

«Qui, dove mani assassine hanno creato il veleno mortale per il Summus Sapiens Paul Hastor Venti, io trasformerò l'odio in amore».

Le parole di René furono udite perfettamente dai Faber dietro la grata invisibile. Il giovane alato non solo aveva superato la prova ma era entrato nella giusta dimensione magipsichica della Domus Ermetica.

Geno in silenzio di fronte al fratello, si rialzò e lo abbracciò. I due cuori batterono lo stesso ritmo. Stretti uno all'altro capirono che le loro strade si sarebbero presto divise.

«Giurami che tornerai almeno una volta a Campana di Sotto» sussurrò Geno.

«Certo. Voglio tornare con te e i nostri genitori. Ti voglio bene, fratello» René agitò le ali e Geno sorrise mentre le lacrime gli scendevano sul viso.

«Non piangere. Sei tu quello più forte. Lo so, e lo sanno tutti. Hai tenerezza e coraggio. Hai volontà, ingenuità e genialità. Sei unico!» disse il fratello maggiore. E con quelle parole espresse tutto l'affetto che provava, ma anche la consapevolezza che i loro destini sarebbero stati molto diversi.

René prese la botte e si avviò verso l'uscita.

Geno afferrò la cesta colma di foglie e petali e, con il volto ancora bagnato dalle lacrime, seguì il fratello ripensando alle sue parole. Quando furono nel corridoio non trovarono più i Magiocchi.

«Che facciamo? Proseguiamo da soli?» chiese Geno,

ansioso di parlare con la Crikken e sapere se Ilies Buchar aveva risolto l'incantesimo dell'Anello.

René cercò di mettersi in contatto telepatico con Dorathea, temeva che fosse finita nei guai per via di quel fluido misterioso.

Invece la bella Sapiens finlandese sbucò dalla siepe tenendo in mano una bottiglia che aveva la forma di uno dei pavoni giganti che avevano incontrato all'entrata. All'interno della bottiglia galleggiava un fluido liquido misto a vapore condensato.

«Che c'è dentro?» chiese il giovane alato.

«Felix Trasmutathia, il profumo è ottimo. Spero che la Crikken sappia cosa fare di questo fluido. Io non ne ho la minima idea» Dorathea era raggiante. Stare alla Domus Ermetica le piaceva tantissimo.

Quando notò che i due fratelli avevano la Botte Sacra e la cesta piena di foglie e fiori i suoi occhi sprizzarono felicità: «Accidenti! Siete stati bravissimi! Allora è possibile ricreare il ClonaFort!».

«Sì, finalmente potremmo bere la sostanza magica che ha creato così tanti guai alla nostra famiglia» rispose Geno con una certa soddisfazione.

Riattraversarono il chiostro, la vasca al centro traboccava d'acqua che, al contatto con il pavimento, evaporava creando sottili nuvole perlacee.

Incuriositi fecero per avvicinarsi, ma videro arrivare i Magiocchi e si fermarono.

«Siamo i Magiocchi degli Oscurabi.
Il Summus Sapiens vi attende nell'Obola Triccata
Contegno e serietà vanno mantenute
Gli sguardi dei quadri non vanno offesi».

Gli stravaganti personaggi avevano proferito parole proprio incomprensibili.

«Obola Triccata? Che cos'è?» domandò Dorathea sperando che René lo sapesse. Il ragazzo fece di no con la testa e Geno alzò le spalle con una smorfia.

I Magiocchi li fecero entrare in un cunicolo che s'inoltrava nei sotterranei della Domus Ermetica. L'Obola Triccata si trovava là sotto.

Era l'immensa sala delle assemblee dei Faber e degli Oscurabi. Un luogo segreto e mai frequentato neppure da Extra Sapientes e Summus Sapiens. Era la prima volta, dal 1666, che vi accedevano persone non appartenenti alla Domus.

Il portone, laccato di rosso cupo, era chiuso e si aprì solo quando i Magiocchi pronunciarono la frase magipsichica dal significato ermetico.

«Des Invenia O Plena».

Il primo ad entrare fu René, seguito dagli altri due.

Decine di PoltraPape, le comodissime poltrone con le zampe da papera, galleggiavano nell'aria spostandosi lentamente da una parte all'altra dell'enorme stanza.

Grandi e piccoli cuscini di velluto erano sparsi sul pavimento madreperlato e in fondo spiccava un lunghissimo Tavolo Gobbo, molto simile a quello della stanza dell'Arx Mentis dove erano tenuti prigionieri Pier e Corinna. Alle pareti brillavano piccole lanterne gialle che creavano una luce soffusa e accogliente. Centinaia di quadri erano appesi al soffitto e le tele si muovevano come mosse dal vento. I dipinti rappresentavano scene magipsichiche: laboratori alchemici, prati di erba viola, animali stravaganti, oggetti dalle forme irregolari e di indubbio utilizzo.

Tutti i quadri avevano però un particolare in comune: gli occhi! Già, occhi piccoli e grandi che sembravano vivi.

Madame Crikken era seduta su una PoltraPape, a circa

due metri d'altezza. Con movimenti sinuosi l'originale poltrona scese verso i ragazzi rimanendo però sospesa da terra. Margot teneva in mano la scatolina di bronzo, al cui interno c'era l'Anello:

«È un privilegio grandissimo poter essere in questa stanza. Ilies Buchar ha compiuto un'eccezione per noi. Infatti secondo il Regolamento Aureo qui non si potrebbe entrare» dietro alle sue parole pacate, madame nascondeva un forte turbamento. Il dialogo con Ilies l'aveva sconvolta.

Era il destino. Era la volontà della Magipsia. La Crikken avrebbe dovuto svelare lentamente la verità.

Avrebbe riservato alcune novità solo a Suomi e a Dorathea, altre a Geno e altre ancora a René. Ognuno avrebbe seguito un suo percorso mentale. Una strada che segnava le loro singole vite. Una lieve malinconia attraversò gli occhi di Margot, ma non poteva lasciarsi andare. Fu la voce di Geno a riportarla alla realtà dei fatti:

«Allora? L'Anello?» il ragazzo fremeva tenendo nervosamente la cesta e non si era accorto del disagio della Crikken.

«Prima di parlare dell'Anello devo comunicarvi che gli Oscurabi e i Faber costruiranno la Comidora Fluttuante, una sedia a rotelle specialissima per Lambert. Spero che l'Anteo si riprenda e accetti la sua nuova condizione» l'annuncio fu accolto con positività dai tre ragazzi, sebbene significasse che la sorte di Lambert era segnata.

«Lo aiuteremo a superare ogni difficoltà. Con la Magipsia saprà trovare soddisfazioni e nuovi stimoli. In qualità di Cerimoniere farò di tutto per agevolare la vita di Lambert all'Arx Mentis» dichiarò Dorathea.

René e Geno si scambiarono sguardi intensi: la loro comprensibile frenesia per liberare i genitori doveva fare i conti anche con tanti altri problemi dell'Arx. E il dramma dell'Anteo francese aveva la precedenza.

La Crikken, volteggiando sulla PoltraPape, scese finalmente a terra e tornò a parlare dell'Anello.

«Il Focus Albus che lo avvolge è il rimedio migliore, Ilies me lo ha confermato. Ci vorranno tre mesi prima che torni come prima» madame diede la notizia tanto attesa che, però, creò sconcerto.

«Tre mesi? Non è possibile!» esordì René.

«Infatti! Per accelerare i tempi serve la VerbuLapis. L'hai portata, Geno?» la Crikken scese dalla poltrona.

«Certo! Eccola!» il ragazzo appoggiò la cesta per terra e tirò fuori dalla tasca la pietra verde.

«Apri la scatola e mettila accanto all'Anello la VerbuLapis» ordinò Margot.

Geno corrugò la fronte: non si aspettava di dover dare la pietra magica del deserto. Esitò, ma fu René a incitarlo. Aprì la scatola con delicatezza e infilò la VerbuLapis che, in un istante, produsse un bigliettino con scritto: «Nel chiuso spegnerò il fuoco e l'oro brillerà più del sole».

Madame Crikken fece un cenno d'assenso, la pietra stava eseguendo l'ordine.

«Ora richiudi la scatola e appoggiala là sopra» disse a Geno indicando il Tavolo Gobbo.

Hastor Venti attraversò la sala e sentì che tutti gli occhi dei quadri lo stavano osservando. Ricordò perfettamente che i Magiocchi avevano detto di non "offendere gli sguardi" e sorridendo alzò la testa. Quando appoggiò la scatolina vide che sul tavolo comparivano delle macchie di colori diversi. Le chiazze si dilatavano e cambiavano dimensione e forma.

«Allontanati e non toccare nulla» precisò ad alta voce

il Summus Sapiens, sistemandosi il cappellino con le genziane.

Il ragazzo tornò indietro stando col naso all'insù nella speranza che gli occhi dei quadri non si offendessero. A quel punto la Crikken si complimentò con i due fratelli per essere riusciti a ricostruire la Botte Sacra: «Ora il ClonaFort non sarà più un misterioso miscuglio, con queste foglie e questi fiori. Potremo berlo tutti, alla faccia di Yatto! Per l'Anello... dobbiamo pazientare».

«Ma quanto tempo ci vorrà? I miei genitori non possono aspettare ancora! Chissà cosa starà combinando Pilo con i maledetti Froder e Olleni» Geno aveva ragione.

«L'Anello rimarrà qui venti giorni, nella stanza Obola Triccata, sotto la sorveglianza degli occhi dei quadri. Soltanto dopo potremo usarlo» questo era l'accordo che madame aveva preso con Ilies.

«Verremo a prenderlo?» domandò René, che ben sapeva di dover tornare alla Domus.

«No. Lo riporterai tu all'Arx!» lo raggelò madame.

«Io? Allora... devo rimanere qui?» René fu preso dal panico. Dorathea iniziò ad agitarsi e Geno sentì la tristezza scorrergli nelle vene.

«Non sono pronto. Non so se...» il giovane sbatté le ali. Il suo sguardo vagava, mentre la sua mente cercava un appiglio per evitare il suo destino. Ma non era possibile modificare ciò che la Magipsia aveva già deciso.

«Diventerai un Oscurabio, lo sai. In questi giorni imparerai a vivere nella Domus Ermetica, inizierai a leggere il Regolamento Aureo, userai i Duvi almeno un'ora al giorno e indosserai la tunica nera. Scoprirai i tanti segreti che da secoli sono rinchiusi tra queste mura. Ilies Buchar conta molto su di te» madame Margot Crikken accarezzò il volto affilato di René.

Avrebbe voluto dirgli che anche lei era una Hastor Venti, ma Ilies, al quale aveva raccontato tutta la verità, non glielo aveva permesso. Non era ancora giunto il tempo per confessare. Prima doveva risolvere il problema di Yatto, Butterfly e Agata. Senza la Paskas era tutto più complesso.

Dorathea si intristì e non ebbe il coraggio di dire nulla davanti alla Crikken, ma il suo cuore traboccava di dolore: il distacco da René fu un duro colpo.

Margot percepì le sue vibrazioni e la comprese.

Ilies Buchar aveva trovato una soluzione per non dividere i due giovani innamorati, anche se il Regolamento Aureo non permetteva visite frequenti e soprattutto vietava i contatti con i Sapientes.

René sarebbe stato un'eccezione.

In fondo, era colpa di Yatto Von Zantar se la sua storia, la sua infanzia, come quella di Geno, e il suo futuro erano stati così crudelmente compromessi.

In più gli Hastor Venti avevano subito per troppi secoli un'ingiusta denigrazione. L'uccisione di Paul per mano di Vermine Fricasseo rappresentava un'onta per tutti.

Oscurabi e Faber avevano dunque deciso che, dopo la nomina ufficiale di René, la Sapiens Dorathea, la bella Suomi e anche madame Crikken, avrebbero avuto accesso alla Domus Ermetica di notte. Ma solo ad una condizione: bere la Felix Trasmutathia.

Geno non doveva sapere nulla, però, degli effetti del fluido magico. Lui non doveva bere la sostanza. Il suo destino era diverso. Sicuramente avrebbe potuto frequentare René ma Ilies Buchar non aveva detto come e quando.

Margot guardò la bottiglia a forma di pavone che teneva Dorathea: «È Felix Trasmutathia, un fluido magico. Vero?».

«Sì, lo conosci? Lo hai già bevuto?» chiese la Saggia finlandese.

«No, non l'ho mai bevuto. Mi raccomando, stai attenta a non far cadere la bottiglia. Ci servirà all'Arx» disse la Crikken senza svelare troppo.

Geno era troppo preso dal pensiero che suo fratello sarebbe rimasto alla Domus e non seguì il discorso tra le due donne. Anche René aveva la mente altrove, pensava ai genitori e a Von Zantar.

«Come farò senza di te? E tu come ti troverai qui?» Geno parlò con un soffio di voce.

«Andrà tutto bene. Pensa a Suomi e al fatto che presto libereremo i nostri genitori. Non ti preoccupare per me, i giorni passeranno in fretta. Questa sarà la mia futura casa. Diventerò un Oscurabio e, se è scritto nel mio destino, significa che è giusto così». René consegnò la Botte a madame Crikken e si diresse al Tavolo Gobbo per controllare la scatolina. Quel tesoro era più importante di qualsiasi altra cosa.

Dorathea lo chiamò: «Abbi cura di te. Io ti aspetterò e ogni sera il mio pensiero ti raggiungerà. Gli Oscurabi e i Faber non ti lasceranno solo nella trasformazione. Vedranno quanto soffri quando diventi falco e quanto coraggio hai nell'affrontare la tua nuova vita».

La Sapiens uscì di corsa dall'Obola Triccata. Non voleva piangere davanti a René, non desiderava affatto rendergli il distacco ancor più straziante.

Madame seguì Dorathea e, dopo un forte abbraccio al fratello, anche Geno uscì dalla sala.

Dal fondo dell'Obola Triccata la voce profonda e limpida di René pronunciò la frase che chiudeva la porta della stanza:

«Des Invenia O Plena».

Il giovane alato era già entrato nella giusta atmosfera della Domus Ermetica. Stava prendendo coscienza di essere un Oscurabio.

La porta si chiuse.

Con gli sguardi rivolti a terra, Geno, Dorathea e madame percorsero il sotterraneo, risalirono velocemente e inforcarono il lungo corridoio fino a raggiungere l'uscita.

I Magiocchi li stavano aspettando.

La visita era terminata.

Il grande piede li accompagnò oltre il cancello d'oro e, quando furono sul sentiero, Margot cominciò a svelare una parte delle informazioni che Buchar le aveva fornito in merito a Yatto Von Zantar, Butterfly e Agata.

«Fermatevi, devo parlarvi. La perdita della Paskas rappresenta un grave problema. Anche se esistono molte regole per espellere a vita chi ha commesso gravi fatti all'Arx, senza la Paskas, che era una certezza, non posso avere la sicurezza che Von Zantar o miss O'Connor siano per sempre innocui. Sapete bene che sono potenti e conoscono le arti magipsichiche come pochi altri» la Crikken guardò negli occhi Hastor Venti.

«E allora? Che cosa dobbiamo fare?» domandò il ragazzo.

«Ilies Buchar sostiene che per annientare ogni loro potere magico ed essere sicuri che non torneranno mai più all'Arx Mentis è necessario usare l'Adularia Infinia» appena madame ebbe pronunciato quelle due parole, Dorathea ebbe un sussulto.

«Adularia Infinia? Ma non esiste!» disse con tono deciso.

«Sì, esiste. Ma la custodisce una persona che è meglio non nominare» il discorso, sempre più misterioso, innervosì alquanto Geno.

«Che cos'è l'Adularia Infinia e chi è la persona da non

citare?» domandò tenendo ben stretta la cesta con i petali e le foglie.

La Crikken spiegò che si trattava di una pietra preziosissima, una gemma che aveva poteri enormi.

«Riccardo Del Pigio Ferro mi disse che l'aveva creata un Extra Sapiens...».

Margot fissò di nuovo Geno, e lui capì.

«Tantre! Tantre Sheng Vioo! Lui ha la pietra! Lui ha creato l'Adularia Infinia!» Hastor Venti sentì lo stomaco in subbuglio.

«Sì... sì... è lui. E non l'ha mai consegnata all'Arx. Per questo le Pietre Magipsichiche sono solo 12» confermò madame.

Dorathea diventò serissima: «Quindi bisogna contattarlo e farsi consegnare la pietra? Io non lo faccio. Mi dispiace. Non desidero avere altri problemi».

«Non ti preoccupare, non sei tu la persona che farà questo» la Crikken tamburellò con le dita sulla Botte Sacra e attese la reazione di Geno.

«Io? Davvero?» esclamò il ragazzo, destinato a incontrare Tantre Sheng Vioo.

«Sì. L'Oscurabio Ilies Buchar dice di aver visto il futuro in modo molto nitido. Non ha voluto svelare nulla di più. Solo una cosa però mi ha detto di fare, e la farò. Sono il Summus Sapiens e ho l'obbligo di rischiare per prima» Margot alzò lo sguardo verso il cielo.

«Cosa?» insisté Hastor Venti.

«Lo saprai quando arriveremo all'Arx. E anche tu, Dorathea, dovrai ascoltarmi ed eseguire ciò che ti dirò. La liberazione di Pier e Corinna e la giusta punizione di Yatto dipendono da noi. Per questo non ho voluto dire nulla a René. Lui ha il compito di riportare l'Anello. Se gli avessi raccontato dell'Adularia Infinia si sarebbe agitato».

Madame riprese il cammino e, passo dopo passo, sentì sulle esili spalle il peso di tutta la sua vita. La nebbia della palude si fece fitta, stava calando la sera e il buio presto avrebbe avvolto la *Vallée des Pensées*. Persino l'attraversata con lo zoccolo assieme al fantasma incappucciato non provocò nessuna reazione. I tre viandanti erano talmente stanchi da non provare alcun timore per quella presenza inquietante.

In groppa agli Ippovoli, nel silenzio del cielo, ognuno di loro pensò a René, il giovane che gli Oscurabi avevano accolto nella loro dimora. Il suo battito d'ali e il suo cuore colmo di sentimenti avrebbero portato gioia e nuova speranza alla Domus Ermetica. La morte di Paul aveva avuto giustizia: ora un Hastor Venti occupava il posto che gli era dovuto.

Adesso toccava a Geno: Tantre Sheng Vioo lo stava attendendo.

CAPITOLO NONO

"Comidora Fluttuante"

Gli occhi di Suomi

Quando la Batacchia Tremula scoccò le 20, i tre Ippovoli planarono dolcemente vicino alla Scuderia.

Psiofi, Sapientes ed Antei cenavano ognuno nella propria stanza.

Solo tre maghe portoghesi erano di guardia alla Stante Ferrosa e chiacchieravano senza perdere d'occhio i prigionieri.

Naso Bendatov non aveva ancora messo nulla sotto i denti, poiché stava visitando Suomi.

«*Ocen Xorochò.* Molto bene. Sei in formissima. La ferita si è rimarginata del tutto. Mi raccomando, stasera mangia molto. Ti servono energie» il medico le diede un buffetto sulla guancia e lei sorrise.

«Grazie infinite, Naso. Non vedo l'ora di vedere Geno» disse l'Antea scendendo dal letto.

«Non so quando tornerà» rispose il Saggio russo starnutendo tre volte.

«Dove è andato?» chiese Suomi, già preoccupata.

Il dottore dell'Arx le accennò alla Palude degli Oscurabi esortandola a non stare in ansia perché René, Dorathea e il Summus Sapiens erano con lui.

La ragazza stava per mettersi in comunicazione telempatica con il Vertiglio, quando la porta della Clinica Vaga si aprì.

Geno, con la cesta ancora in mano, entrò senza bussare.

«Suomi!» esclamò sgranando gli occhi.

«Geno!» l'Antea afferrò il bastone bianco e andò verso di lui di slancio.

Hastor Venti mollò la cesta per terra e abbracciò il suo amore biondo: «Sei guarita perfettamente! Naso è proprio un grande!».

La strinse così tanto a sé che Suomi arrossì per l'imbarazzo. Non voleva certo dare spettacolo davanti al dottore.

Bendatov starnutì ben otto volte e brontolando andò verso i ragazzi: «Calma, calma. Frenate gli entusiasmi. Ricordatevi che qui c'è Lambert che sta ancora molto male».

Infatti l'Anteo francese non si era ancora svegliato dallo stato comatoso. I due innamorati si avvicinarono al letto e lo guardarono con pietà.

«Presto avrà una magnifica Comidora Fluttuante, la magica sedia a rotelle che lo aiuterà a muoversi agilmente. Faber e Oscurabi la stanno costruendo per lui» spiegò Hastor Venti.

«*Ocen Xorochò*, benissimo. Allora quando si sveglierà forse potrò fargli accettare con minor dolore il fatto che non camminerà mai più» il dottore accarezzò con tenerezza i capelli dell'Anteo francese. Al suo risveglio mancava poco.

«E poi gli faremo bere il ClonaFort!» aggiunse Geno con grandissima soddisfazione.

«ClonaFort! Allora avete trovato tutte le piante di Erboria!» Suomi fu invasa da una gioia infinita.

«Sì, e abbiamo ricostruito anche la Botte Sacra» Hastor Venti vide Naso Bendatov proiettarsi immediatamente sulla cesta.

«*Vjelikoljèpnyj!* Magnifico! Staremo tutti meglio, bevendo qualche goccia di quella straordinaria sostanza magipsichica!»

Il dottore raccolse un pugno di fiori e se li portò al naso, ma il loro effetto fu... un'enorme serie di starnuti!

Portò subito le mani sul viso per trattenerli. Poi fece un gran sorriso e sistemandosi il colbacco si rivolse a Geno: «E l'Anello?».

«Ci vorrà tempo. René è rimasto alla Domus Ermetica per controllare che il Focus Albus faccia il giusto effetto. Non dobbiamo preoccuparci, tornerà qui con l'Anello e finalmente libereremo i nostri genitori» il ragazzo spiegò per filo e per segno tutto quello che era accaduto nella Palude.

Ancora una volta la porta si aprì improvvisamente: entrarono madame e Dorathea.

«Summus Sapiens! Bentornate! Mi consola sapere che arriverà una sedia a rotelle per Lambert. Ed è una bella notizia che, con il ClonaFort, potremo tutti essere più felici. In attesa che torni René con l'Anello dobbiamo stare tranquilli» Naso starnutì e si complimentò con Margot.

La francese, dopo un cenno di assenso, appoggiò la Botte per terra e diede uno sguardo a Suomi e all'Anteo in coma.

«Sono felice di vederti in salute. Per Lambert stiamo facendo tutto il possibile» disse Margot accarezzando prima i capelli della finlandese e poi il viso emaciato e spento di Lambert.

Si girò nuovamente e, facendosi forza, continuò: «Mi raccomando, le lezioni vanno seguite regolarmente. Ora però Geno ha bisogno di dormire e rilassarsi. Domani dovrà incominciare a usare le piante di Erboria. Non è poi così semplice rifare il ClonaFort. E poi deve prepararsi all'incontro con...» la Crikken non finì la frase.

Naso sgranò gli occhi e Suomi trattenne il respiro e sussurrò: «Con chi?».

Geno strinse dolcemente la mano della ragazza: «Con il Terzo Extra Sapiens. Ha lui l'Adularia Infinia, una gemma potentissima che annienterà Yatto, Butterfly e Agata».

Il dottore pestò i pugni sopra un'asse colma di ampolle di vetro facendole traballare: «Non nominarlo! Quello porta iella!».

«Non dire così. D'altra parte Ilies Buchar mi ha dato questa indicazione perché abbiamo perso la Paskas nel lago della palude» spiegò madame con un certo fastidio.

«Persa? Ma come avete fatto?» il dottore s'infuriò.

«Colpa mia» confessò subito Dorathea.

Suomi portò le mani al viso: «È terribile! Senza Paskas Geno è obbligato a incontrare Tantre».

«Non nominarlo!» urlò ancora il Saggio russo.

«Io non ho paura. Se è necessario lo farò. Il solo pensiero che usando l'Adularia Infinia non vedrò mai più la brutta faccia di Yatto mi riempie di forza interiore» esclamò Hastor Venti.

«Adularia Infinia? Ma... quando è stato deciso che te la devi far consegnare da... da lui?» il dottore russo fissò con estremo stupore prima Geno e poi la Crikken.

«Naso, non agitarti. Geno ce la farà» madame interruppe bruscamente la discussione. Il ragazzo non disse più nulla e Suomi si mordicchiò le labbra, con ansia crescente.

«*Bien.* Si sta facendo tardi, e di queste cose parleremo domani» madame si mosse per uscire.

Dorathea sbadigliò vistosamente e per poco non le cadde la bottiglia di Felix Trasmutathia.

Il Saggio russo osservò lo strano fluido e si avvicinò per toccare la bottiglia, ma madame Crikken con uno scatto lo fermò: «Non è cosa per te».

Il dottore ci rimase male, però, conoscendo troppo

bene il carattere talvolta spigoloso della Crikken, lasciò perdere.

Prima di uscire Margot appoggiò la Botte Sacra sul pavimento e chiese a Naso di controllarla, poi richiamò l'attenzione di Suomi e Dorathea: «Voi due venite al terzo piano. Dobbiamo parlare».

Geno la rincorse: «Ma non dovevi parlare anche con me?».

«Non ora. Vai a dormire. Domani saprai quello che devo comunicarti» la Crikken lasciò di stucco Hastor Venti, che non si spiegava quell'aria misterosa. Diede un bacio sulla fronte a Suomi cercando di non pensare allo stravagante comportamento che di tanto in tanto aveva Margot: «Vai, Suomi, sicuramente la Crikken ha delle sorprese per te e tua cugina. Io vado a dormire. Domani sarà un'altra giornata pesante» appoggiò la cesta accanto alla Botte e comunicò a Naso che avrebbe realizzato il ClonaFort sotto il suo controllo.

Bendatov ne fu onorato, e per preparare l'evento coprì tutto con teli di lino. La notte sembrò trascorrere serena.

Neppure Yatto diede segni di insofferenza, tanto da sembrare rassegnato.

Sembrava, ma non lo era affatto.

Timpatubi e Scantoppie erano sempre attive, e il contatto con Pilo Magic Brocca continuava senza interruzioni.

Von Zantar era in grado di sapere tutto ciò che accadeva all'Arx e dunque poteva organizzare l'ennesima trappola senza che nessuno lo intuisse.

Butterfly e Agata, dal canto loro, erano pronte ad agire in qualsiasi momento.

Quando ebbe inizio l'incontro tra la Crikken, la Sapiens finlandese e la giovane Antea al Terzo Piano, le due ragazze erano curiose di sapere cosa doveva dire il Summus Sapiens.

La riunione durò molte ore e avvenne però solo attraverso i Vertigli. Madame sapeva bene di essere spiata.

Con grande sorpresa sia Dorathea, sia Suomi furono rese partecipi di quanto Buchar aveva detto a Margot. Due erano gli avvenimenti. Il primo riguardava proprio loro tre, il secondo era destinato a tutti gli Antei che avrebbero affrontato gli Intercanti di Primo, Secondo e Terzo Livello.

I Vertigli si illuminarono e madame iniziò a spiegare tenendo in braccio il suo amato Napoleon. Oscar, ai suoi piedi, si grattava le lunghe orecchie.

«Mie care, domani mattina una serie di Paropalle sveglieranno Sapientes, Psiofi ed Antei. Comunicherò un cambio importante per i prossimi Intercanti. Dato che l'Anello sarà pronto tra una ventina di giorni e a questo seguirà la liberazione di Pier e Corinna, è evidente che Geno non può partire per l'Intercanto e tornare a Campana di Sotto. Dovrà rimanere qui. La liberazione non sarà semplice e c'è bisogno della forza magipsichica di tutti noi per affrontare Pilo Magic Brocca, Froder e Olleni. Dunque per questo ciclo, e solo per questa volta, tutti gli Antei partiranno per l'Intercanto ma torneranno subito dopo qui all'Arx».

La comunicazione di Margot scosse in particolare Suomi, che immediatamente chiese: «Geno lo sa già?».

«No. Glielo comunicherò domani, prima che inizi la procedura per ricreare il ClonaFort» rispose la Crikken.

«Ma come faranno gli Antei a tornare qui? I Sigilli sono programmati diversamente» aggiunse Dorathea.

«Infatti. Per questo verrà adottata la tecnica della Revola Riflussa». L'annuncio spiazzò Suomi. In verità aveva letto come si svolgeva la Revola Riflussa nel Regolamento Largo, dove era anche scritto che non era mai stata usata prima.

«Allora useremo le Pietre Magipsichiche» il pensiero di Suomi arrivò dritto alla mente della Crikken.

«Esatto. Come sapete, la Revola Riflussa è una tecnica particolare, ma sono certa che tutti gli Antei si sottoporranno con gioia per partecipare alla liberazione di Pier e Corinna».

«L'Intercanto di Geno sarà molto importante» Suomi aveva intuito dove sarebbe andato il suo ragazzo.

«Sì, io conosco già il luogo dove andrà. Deve incontrare il Terzo Extra Sapiens e farsi consegnare l'Adularia Infinia. Per questo lo accompagnerò io. Anzi, verrai anche tu, mia cara Suomi» l'affermazione della Crikken sbalordì ancora una volta la giovane Antea.

«Entreremo nel Sigillo Nero tutti e tre insieme? Ma non è previsto da nessun Regolamento!» Suomi agitò il suo bastone bianco.

«Lo so benissimo. Ma è troppo importante questo ultimo viaggio per Geno. Non so come si comporterà Tantre Sheng Vioo. Inoltre tu hai trascorso gli altri due Intercanti nel Sigillo di Hastor Venti, trasgredendo le regole ben note! Quindi non puoi mancare al terzo!» madame sorrise mentre Napoleon miagolava.

«Dopo queste trasgressioni mi sa che i Regolamenti dovranno essere rivisti!» precisò Suomi.

«Di questo non preoccuparti. Sono il Summus Sapiens e decido quando e come modificare le regole» la Crikken fu impassibile.

«E io? E René?» chiese preoccupata la cugina.

«Tu rimarrai qui all'Arx e attenderai René con l'Anello. Insieme aspetterete il nostro ritorno dall'Intercanto».

Madame doveva dare alle due ragazze anche un altro annuncio. Una novità che avrebbe sconvolto ulteriormente la vita delle due cugine finlandesi.

«Come sapete, tra non molto René vivrà definitivamente alla Domus Ermetica. Ebbene, per fargli visita, c'è un solo modo: bere la Felix Trasmutathia. Ora dovete dirmi se accettate» la Crikken abbassò gli occhialini e attese.

«E cosa ci accadrà se la beviamo?» chiese sospettosa Suomi.

«Non posso dirvelo. Se ci tenete a René lo fate e basta» rispose freddamente Margot.

«Se bevi anche tu questo fluido significa che non corriamo rischi mortali. Vero?» Dorathea era piuttosto confusa, non voleva assolutamente perdere l'amore di René ma quel liquido magipsichico rappresentava un'incognita.

«Certo, berrò anch'io. D'altra parte ho valide ragioni per farlo. René, così come Geno, sono molto importanti per me» madame fu sincera.

I Vertigli continuarono a brillare finché la Crikken prese la bottiglia che teneva Dorathea e versò il fluido dentro tre bicchieri: «Beviamo! Ora!».

La prima fu proprio Margot, sotto lo sguardo attento di Dorathea che, subito dopo, chiuse gli occhi e mandò giù. Suomi dapprima lo assaggiò: era amarognolo ma passabile.

In due sorsi svuotò il bicchiere.

Madame Crikken chiuse la porta della camera: «Sediamoci comode sui cuscini. Non abbiate alcuna paura se sentirete dolore».

Suomi stava per chiedere spiegazioni ma una fitta lancinante al petto la fece impallidire. Dorathea provò la stessa cosa. Con la voce strozzata riuscì solo a dire: «È veleno!».

Margot si stese tra i cuscini, portò le mani sulla pancia e sforzandosi rispose: «No. Anche René ha bevuto un fluido simile al Felix Trasmutathia: Von Zantar usò una pozione quasi uguale. Capite? Capite quello che ci accadrà adesso?» l'anziana francese strinse i denti e non disse più nulla. I dolori aumentarono tanto da far rotolare sul pavimento le due ragazze. Per circa un'ora gemiti e lamenti furono le sole espressioni che accompagnarono la loro trasformazione.

I loro corpi diventarono piccoli e si riempirono di piume. I volti si affilarono, mani e piedi sparirono e al loro posto apparvero artigli e zampe rugose. Madame Crikken ora era un'aquila. Una maestosa aquila nera. Dorathea e Suomi invece presero le sembianze di due candide colombe.

Si era avverato ciò che Ilies Buchar aveva voluto.

Madame aveva seguito le sue indicazioni fidandosi totalmente perché voleva a tutti i costi ridare dignità e serenità all'Arx Mentis attraverso la liberazione di Pier e Corinna. Un evento che si sarebbe realizzato solo ed esclusivamente accettando alcune condizioni che coinvolgevano lei stessa, le due cugine e i fratelli Hastor Venti.

L'alba fu annunciata da lievi raggi di sole che filtrarono dalla finestra: sul pavimento, tra tappeti e cuscini i tre uccelli zampettavano muovendo le ali e aprendo il becco. La più agitata era la colomba più piccola: Suomi. Continuava ad emettere suoni acutissimi zampettando intorno ai mobili mentre Napoleon miagolava e Oscar guaiva sbattendo le orecchie come impazzito. Cane e gatto avevano assistito ad un vera e propria magia.

La piccola colomba girava e planava, s'innalzava verso il soffitto danzando gioiosa. Ogni mossa d'ala esprimeva felicità.

L'aquila e l'altra colomba erano invece ferme, appollaiate e silenti.

Con l'arrivo del sole anche la trasmutazione terminò. In una nuvola di piume bianche e nere si riformarono i corpi, rispuntarono i capelli, la pelle si dilatò e tornò rosea. Appena madame riprese le sue sembianze cercò gli occhiali e il cappellino, Dorathea si guardò mani e piedi controllando che tutto fosse normale. Solo Suomi continuò a gridare a squarciagola mentre i capelli fluttuavano nell'aria.

Non urlava per il dolore. Urlava di gioia!

«Ho visto! Ho visto tutto. I miei occhi di colomba vedono! Capite? È bellissimo! Il mio cuore stava per scoppiare dalla felicità!» l'Antea saltellò montando sui cuscini. Tese le mani in avanti e abbracciò Dorathea, poi riempì di baci madame Crikken. Non stava più nella pelle. I suoi grandi occhi verdi erano sbarrati come se cercassero di introiettare le immagini di ogni cosa.

«Non sei più cieca?» domandò Margot alzandosi di scatto, dimenticando di usare il Vertiglio. Stavano parlando normalmente e ogni parola passò per Scantoppie e Timpatubi. Pilo Magic Brocca stava ascoltando.

Suomi continuò ad agitarsi e rispose con enfasi a Margot: «No, purtroppo il buio mi avvolge ancora. Ma come colomba ci vedo. Non so cosa sia accaduto. È stata l'esperienza più grande della mia vita. Ho visto i colori, ho visto la stanza, i mobili e poi voi due. Tu, madame Crikken, eri un'aquila nera avevi un becco forte e artigli potenti».

L'Antea non frenava più le parole e rivolgendosi a Dorathea disse: «Cugina cara, tu eri colomba come me. Bellissima!».

La Sapiens l'abbracciò forte: «Santo cielo! Allora puoi vedere davvero!».

«Anche se i miei occhi spenti si accenderanno solo quando diventerò nuovamente colomba, mi basta per sapere com'è fatto il mondo.

La mente non mi ha mai tradito ma è meraviglioso poter usare gli occhi!» Suomi riprese il suo bastone bianco e lo puntò per terra.

Madame le si avvicinò, e con mano dolce le accarezzò il viso: «Anche se la trasformazione è stata dolorosa, sono davvero felice che si sia rivelato un dono inaspettato».

«Grazie Margot! Grazie mio Summus Sapiens. Ma quando potrò ritrasformarmi ancora? Voglio vedere Geno. Voglio guardarlo negli occhi e dirgli che finalmente anch'io posso ammirare tutto quello che ci circonda» la ragazza fremeva e desiderava essere colomba al più presto.

«Capisco. E il tuo desiderio si avvererà ogni volta che berrai il fluido. Diversamente da come accade a René, noi non ci trasformeremo ogni notte ma solo quando lo vorremo. Per questo Ilies Buchar ha fatto trovare a Dorathea la bottiglia di Felix Trasmutathia. Solo così potremmo entrare alla Domus Ermetica e andare a trovare René. Un trucco per non portare scompiglio a tutti gli Oscurabi e ai Faber che non potevano certo tollerare le nostre visite. Ma non dite nulla a nessuno. Deve rimanere un segreto tra noi. Neppure Geno deve saperlo, perché lui non può bere questo fluido. Buchar mi ha detto che morirebbe all'istante. Il destino di Geno è un altro» Margot svelò così il vero motivo.

Dorathea pianse, e anche dagli occhi oramai spenti di Suomi scesero grossi lacrimoni: i sentimenti che provavano erano strani e laceranti.

Nessuna parola poteva esprimere ciò che provavano. Con la Felix Trasmutathia si era rafforzato il legame già intenso tra loro e i due fratelli Hastor Venti. Un legame che oramai l'anziana Summus Sapiens aveva nel cuore.

«Allora Geno non potrà incontrare suo fratello quando diventerà Oscurabio?» domandò Suomi singhiozzando.

«Lo vedrà. Prima di tutto, René deve tornare qui all'Arx con l'Anello, poi, quando tornerà definitivamente alla Domus Ermetica credo che Ilies Buchar consentirà a Geno di entrare senza problemi. Ma non so dirvi come. Tutto è legato all'incontro di Geno con Tantre Sheng Vioo» madame non poteva spiegare altro.

«Allora non possiamo dire nulla a Geno?» ripeté Suomi.

«No. Verrà il momento giusto per dirglielo. Il fatto che tu, da colomba, riesca a vedere è straordinario e il desiderio che hai di comunicare a Geno la tua felicità è comprensibile. Ma bisogna rispettare quello che ha detto Ilies Buchar.

Da ora in poi tutto quello che accadrà è scritto nel destino di ciascuno. Dobbiamo avere fiducia nella Magipsia e sperare che Tantre Sheng Vioo non faccia del male a Geno» madame riprese in braccio Napoleon e si sdraiò sul letto esausta.

Suomi e Dorathea lasciarono il terzo piano dell'Arx tenendosi per mano. Stava per iniziare una giornata intensa.

Nella stanza numero 5 Geno aveva già terminato la colazione, sfogliando le pergamene di Erboria, e stava per uscire in corridoio dirigendosi verso la clinica Vaga.

La Batacchia Tremula scoccò le 8.

Quando passò davanti alla Stante Ferrosa fu insultato da Yatto: «Piccolo bastardo!».

Hastor Venti si aggiustò il Tonca rosso e con un mezzo sorriso gli mostrò le pergamene: «Noi berremo il Clona-Fort. Tu e quelle due sciagurate guarderete e basta!».

Butterfly reagì d'istinto: «Molto presto ti divorerà un Froder».

Agata, accucciata come un topo, sputò per terra.

La scena non scalfì neppure Dorathea e Suomi che stavano scendendo dalle scale.

«Siete state dalla Crikken tutta la notte?» chiese sorpreso.

«Sì, ed è stato bellissimo» rispose Suomi avanzando con il bastone. Il ragazzo la guardò con ammirazione: aveva un volto splendente e il suo sorriso era diverso.

Non riusciva a nascondere la felicità per ciò che le era accaduto.

Suomi si trattenne e rispettò il segreto. Geno continuava a guardarla, pensando che fosse la più bella ragazza del mondo.

Von Zantar si girò verso le due ragazze e ringhiò: «Riunione al terzo piano: riunione tra streghe! Nulla di ciò che pensate vi salverà. Siete due colombe da impiccare!».

Geno non capì perché Yatto le aveva chiamate colombe e le due cugine si strinsero le mani come segno di complicità. Dorathea fece brillare il Vertiglio di Suomi: «Yatto lo sa! Ma come ha fatto?».

L'Antea rispose prontamente: «Timpatubi e Scantoppie! Sicuramente erano attivi e qualcuno ci ha spiato mentre eravamo dalla Crikken!».

«Qualcuno? L'unico è Pilo Magic Brocca!» ribatté Dorathea sbiancando in volto.

In pochissime secondi la Sapiens finlandese inviò un messaggio telempatico a madame informandola di tutto.

Il segreto era stato violato!

Geno osservò il brillare dei Vertigli delle due cugine senza rendersi conto del dialogo che stavano avendo.

Dorathea si avvicinò alle sbarre e con calma, sistemandosi i capelli, reagì come una vera Saggia: «Ciò che pensiamo è molto lontano da ciò che può partorire la tua mente perversa. Sei un perdente. E presto non sarai più nulla.

La forza di madame Crikken non ha paragoni. Sappi che anche le colombe hanno molto da insegnarti».

«Che storia è quella delle colombe?» insisté Hastor Venti.

«Nulla, è un modo di dire» tagliò corto Suomi.

Yatto stava per parlare ancora, ma Dorathea allargò le braccia e fece partire dalle sue mani una scia luminosa che attraversò le sbarre abbagliando l'ex Summus Sapiens. Yatto si coprì gli occhi: «Maledetta! Te ne approfitti perché io non posso reagire» sbraitò il tedesco.

Geno fu colpito dall'azione di Dorathea ma Suomi lo distrasse baciandolo inaspettatamente.

In quel momento una valanga di Paropalle scese dalle scale raggiungendo Psiofi, Sapientes e Antei. Erano i messaggi che madame Crikken spediva a tutti comunicando ciò che Dorathea e Suomi sapevano già in parte.

Intercanti e Revola Riflussa

Tra due settimane terminerà il ciclo
e tutti gli Antei partiranno per l'Intercanto.
A causa della complessa situazione
che voi tutti conoscete, sono costretta
a svelare agli Antei di Primo e Secondo Livello
la RL.AM.1D del Regolamento Largo:
l'uso delle Pietre Magipsichiche
attraverso la Revola Riflussa.
Mi prendo la responsabilità per questa trasgressione,
ma è necessario che gli Antei siano sottoposti

a tale tecnica prima di partire
e ritornino all'Arx Mentis subito dopo l'Intercanto.
Soltanto in seguito potranno andare a casa
usando sempre i Sigilli
che, solo per questa volta, sono stati modificati.
La ragione è che Antei, Psiofi e Sapientes
devono essere tutti presenti all'Arx Mentis
affinché la liberazione di Pier e Corinna
avvenga in modo glorioso.
René avrà l'Anello che apre la Porta Bianca
soltanto tra venti giorni.
Da ora in poi nessuno parlerà della Revola Riflussa.
Timpatubi e Scantoppie sono attive
e Pilo Magic Brocca è in grado di comunicare
telepaticamente con Yatto Von Zantar.
Mi occuperò personalmente di questo.
Avviso inoltre chè, essendo tornato
in piena forma Yudi Oda, di Secondo Livello,
possono riprendere le lezioni di Telepatia
tenute da Daphne Hogrogian.
L'orario sarà dalle 13 alle 15.
Riprenderanno anche le lezioni di Salutria
di Naso Bendatov, dalle ore 9 alle ore 12.
Anche l'Anteo di Primo Livello, Toam Ratandra
può seguire le lezioni senza alcun ostacolo.
Restiamo in attesa della guarigione
di Lambert De Solange, e tutti speriamo
che si riprenda al più presto.

Siate fiduciosi e usate la mente con acume

Summus Sapiens
Margot Crikken

Quando Geno aprì la Paropalla e lesse il messaggio fissò Dorathea, che mantenendo un certo contegno per non insospettire Yatto, commentò: «Tutto bene. Non c'è da preoccuparsi, il messaggio del nostro Summus è tranquillizzante. Vero?».

Hastor Venti annuì, mentre Von Zantar analizzava ogni piccolo gesto per capire cosa mai contenesse il messaggio della Crikken.

Geno, facendo finta di nulla, si avviò da Naso Bendatov. Voleva creare al più presto il ClonaFort e chiedere delucidazioni sul perché fosse necessaria la Revola Riflussa!

Per non insospettire Von Zantar, Butterfly e Agata che guardavano esterrefatti il via vai di Paropalle sulle scale, corridoi e sale, il giovane Hastor Venti si fermò a due passi dalla Clinica Vaga, e ad alta voce disse: «Seguirò una lezione di Salutria, mi farà bene».

Suomi tossì leggermente: «Io invece sto con Dorathea, lei alle 9 inizierà Bioenergia».

Lo sconcerto creato dal messaggio della Crikken fu generale, anche Ezra, Yudi e Toam uscirono dalle loro camere cercando qualche Sapientes che potesse spiegare le ragioni della decisione del Summus Sapiens. Al primo piano, nell'Aula del Pensiero Sottile, trovarono Daphne Hogrogian intenta a leggere proprio il foglio spedito dalla Crikken.

La Saggia armena li rassicurò telepaticamente: il loro Intercanto non avrebbe subito modifiche se non quella del rientro all'Arx e non a casa.

La liberazione dei genitori di Geno e René richiedeva la presenza di tutti i componenti della Nuova Alleanza, Antei compresi.

Toam ed Ezra non obiettarono, anzi, si sentirono investiti di un ruolo che richiedeva coraggio e senso dell'amicizia. Yudi Oda preferì non rimanere con loro e decise di ripassare la lezione di Cucina Metafisica con Ranja.

Molti Psiofi furono spiazzati dalla decisione di madame, però alla fine concordarono pienamente comprendendo che il fine da raggiungere era davvero importante per la vita stessa dell'Arx Mentis.

L'unica cosa che non tollerarono fu sapere che Scantoppie e Timpatubi erano attive e confidarono nell'azione di madame che aveva promesso di risolvere il problema al più presto.

Nella confusione generale, Geno aveva il non facile compito di ricreare il ClonaFort.

«Dottor Bendatov, hai letto il messaggio della Crikken?» Geno entrò in Clinica Vaga senza chiedere permesso.

«Si bussa! Non l'hai ancora imparato?» quella mattina Naso era assai nervoso.

«Scusa, ma la storia della Revola Riflussa mi ha preoccupato» il ragazzo si fermò e rimase in piedi davanti al medico.

«*Da, da!* La Crikken sta decidendo molte cose che stravolgono i Regolamenti. Mi auguro che non finisca nei guai. In ogni caso è giusto che torniate dopo l'Intercanto. Soprattutto tu! Ma sei venuto per seguire Salutria o per Lambert?» chiese Naso afferrando una grossa siringa piena di un liquido giallognolo.

«Sono venuto per il ClonaFort! Lo hai dimenticato?» Hastor Venti mostrò le antiche pergamene con la formula.

«*Konjècno*! Certamente... il ClonaFort! Mettiamoci al lavoro» con un moto di entusiasmo il dottore appoggiò la siringa e prese la cassetta con fiori e foglie.

Il ragazzo tirò fuori la Wied-Nion, sapeva di doverla usare in qualche modo, poi lesse ad alta voce:

A.M. 1666
Magramana di Rofantloc

QUINQUE volte l'Astro luminoso passa sopra le cime
SEPTEM gocce di freddo ruscello cadono nella Sacra Botte di legno
OCTO brocche ramate si riempiono di succo erboso e fiorito che profumerà l'ultima stellata intera.

Geno e Naso si resero immediatamente conto che per realizzare il ClonaFort era necessario che la luna (l'Astro luminoso) fosse già passata cinque volte sopra le montagne della Valle dei Pensieri e, infine era necessario calcolare quando sarebbe stata l'ultima notte limpida e stellata del mese in corso. Solo così il liquido avrebbe avuto effetto.

Il giovane Hastor Venti rimase con la pergamena in mano, guardò la Sacra Botte e poi rivolse lo sguardo verso Naso, che stava controllando una complicata tabella appesa al muro. Era il calendario dell'Arx Mentis.

«*Da, da.* La luna è già passata cinque volte sopra le cime delle montagne. E le stelle si potranno ammirare proprio stanotte! Infatti dopo le giornate di temporali e pioggia ora il tempo sarà mite. Dunque, mio caro Geno, tutto va come un orologio. Devi solo comporre il liquido usando la ricetta di Erboria» concluse il dottore e portò le mani ai fianchi in attesa che il ragazzo iniziasse.

«Oggi la fortuna mi assiste. L'unica cosa che manca è l'acqua fredda di ruscello. Vado subito a raccoglierne un po'. Quella del canale andrà bene» Hastor Venti fece per uscire ma Naso lo afferrò per un braccio.

«Questa è perfetta!» disse il medico russo mostrando una grossa damigiana colma di acqua gelata.

«L'hai presa dal canale?» chiese sbalordito il giovane Anteo.

«Sì, poche ore fa, prima dell'alba. Me ne serve sempre parecchia di acqua fredda per fare le mie medicine, così ho fatto una nuotata con un Subcando. Lo sai, vero, che i cigni sono ancora molto addolorati per la morte dei loro compagni?» il Saggio russo toccò un punto dolente.

«Già, è vero. L'avevo quasi scordato. La Crikken deve aver parlato anche di questo con Ilies Buchar. Tre sono morti e farne nascere di nuovi non è cosa semplice» Geno prese un mestolo e mentre stava per immergerlo dentro la damigiana qualcuno bussò alla porta.

Quando Naso aprì, si trovò davanti madame Crikken: aveva un enorme cappello a forma di tazza, indossava un abito lungo e drappeggiato color miele. Il suo volto era radioso nonostante la stanchezza.

«*Bonjour.* Ho sentito che parlavate dei Subcandi» disse avanzando lentamente. «Bisognerà recuperare i tre poveri corpi che sono ancora sott'acqua. Darò disposizione di farlo ma per la nascita di nuovi candidi e magici cigni bisognerà attendere. Le uova custodite dagli Oscurabi devono essere trattate con molta attenzione».

Mentre Margot parlava Geno le indicò gli ingredienti per il ClonaFort.

«È tutto pronto e anche il cielo è propizio. Stelle e luna sono dalla nostra parte. Posso dunque procedere» Hastor Venti non vedeva l'ora di assaggiare quella benedetta bevanda che tanto scompiglio aveva creato nella sua famiglia.

La Crikken tentennò, tanto da far traballare l'ingombrante cappello: «Ritengo che tu debba fare la creazione del ClonaFort da solo, senza l'aiuto di altri. È un'esperienza importante e una prova della tua abilità».

Naso Bendatov s'incupì e brontolando andò verso il letto di Lambert: «Allora io non ti servo. Ed è giusto così. L'Anteo francese ha molto bisogno delle mie cure e poi, se arriveranno altri Psiofi per la lezione di Salutria dovrò accontentarli».

Madame riaprì la porta e fece segno a Geno di uscire: «Vai, e porta con te cesta e Botte Sacra. Io ti seguirò trasportando la damigiana colma d'acqua».

Hastor Venti eseguì senza fare domande, anche se non sapeva proprio dove andare per creare il magico farmaco. Ma il suo intuito funzionò alla perfezione e girando la testa verso Margot sussurrò: «UffioServo».

L'anziana annuì. Madame non aveva tutti i torti: quel luogo era l'unica stanza dell'Arx sconosciuta a Von Zantar.

Non c'erano Scantoppie e Timpatubi e, se la perfida mente di Yatto avesse partorito un'altra diabolica azione, Geno non sarebbe stato disturbato.

Con la cesta, la botte e la damigiana coperte da teli di lino, madame e Hastor Venti passarono proprio di fianco alla Stante Ferrosa e miss O'Connor puntò gli occhi su di loro come per prendere la mira.

«È inutile che cerchi di sapere cosa stiamo trasportando. Usa le tue poche energie mentali per chiacchierare di stupidaggini con la tua allieva preferita che sembra sempre più un topo in gabbia» la Crikken diede così una stilettata all'ex Governante, che digrignò i denti e trattenne la rabbia.

Von Zantar invece iniziò a ridere in modo isterico. L'allegria gli proveniva dalla certezza che Pilo Magic Brocca avrebbe agito con tale potenza da far schiattare tutti i suoi nemici.

Geno non reagì in alcun modo e salì le scale. Quando

fu davanti alla statua con il vaso rosso si bloccò: «Madame, tu non entri?».

«No, mio caro. Devi fare tutto da solo. Questa prova è più importante di qualsiasi lezione» e così dicendo la Crikken se ne andò appoggiando a terra la damigiana e spargendo la polverina Quercio-Sà.

Hastor Venti entrò nell'UffioServo con tutto l'occorrente e rimase in piedi, sotto il grande lampadario fatto a sole, per concentrarsi. Nella sua mente scorsero mille immagini e udì le voci di sua madre e di suo padre e ricordò l'incontro avvenuto durante l'Intercanto a Uisneach. Il cuore batté talmente forte che sembrò uscirgli dal petto.

Si mise in ginocchio davanti alla Botte Sacra, la sfiorò e nella sua mente confluirono centinaia e centinaia di pensieri, di voci, di volti. Era come se stesse ripercorrendo inconsapevolmente le vite di familiari che non aveva mai conosciuto. Sorrisi, sguardi, abiti sontuosi, paesaggi, case e caminetti. Geno era in un turbine di ricordi antichi che emergevano dalla sua anima di ragazzo ingenuo e geniale.

Il sangue corse lungo le sue vene come un getto infuocato. Chiuse gli occhi e si mise le mani tra i capelli. Il Tonca rosso gli cadde a terra scivolando sul pavimento.

«Che mi succede?» pensò impaurito. Guidato dall'istinto mise le mani in tasca e tirò fuori la Wied-Nion, il CantOssum e la AeterNummus, il suo tesoro magipsichico. Capì che avrebbe sempre trovato la forza di cercare se stesso contando solo sulle proprie capacità.

Immaginò René, anche lui solo nella stanza degli Oscurabi, a fare la guardia, nell'Obola Triccata, all'Anello e alla VerbuLapis.

«Insieme fratello mio! Insieme ce la faremo» mormorò guardando gli oggetti.

Nell'UffioServo il tempo sembrava essersi fermato e Geno stette con i suoi pensieri in silenzio.

Mentre se ne stava in piena solitudine, i suoi amici erano impegnati nelle aule dell'Arx.

Yudi Oda, in compagnia di quattro bizzarri stregoni austriaci, si stava divertendo parecchio a Cucina Metafisica: Ranja Mohaddina aveva ideato alcuni cibi assai complicati ma gustosissimi. E se il profumo di dolci e spezie usciva dall'Aula Sublime Cibaria, non era meno eccitante la lezione di Dorathea: Suomi e un paio di alchimiste egiziane erano impegnate a potenziare i loro corpi attraverso le tecniche di Bioenergia.

L'Antea era ancora estremamente agitata per la clamorosa magia vissuta poco prima. Il fatto di sapere che presto avrebbe nuovamente riacceso i suoi occhi la rendeva euforica.

Toam Ratandra e Ezra Moore assistevano attentissimi alle regole che stava insegnando Daphne Hogrogian. Apparentemente l'Arx Mentis aveva ripreso le attività come sempre. Ma tutti erano consapevoli dei rischi e dei pericoli che potevano manifestarsi da un momento all'altro.

La comunicazione della Crikken sulla Revola Riflussa era una chiara indicazione di quanto la situazione generale fosse a rischio.

Certo, le notizie dell'arrivo della Comidora Fluttuante per Lambert e delle tre uova per i Subcandi avevano rasserenato gli animi, ma la vera attesa era un'altra: il ritorno di René con l'Anello.

Quando scoccarono le 11 precise si udì un potente urlo: Naso Bendatov annunciava con gran clamore il risveglio di Lambert De Solange.

Le lezioni si fermarono immediatamente, tutti corsero verso la Clinica Vaga. Solo Geno Hastor Venti non si rese conto di nulla. Nell'UffioServo nessun rumore oltrepassava le pareti. Yatto, Butterfly e Agata avevano i volti grigi dalla rabbia. Gli Psiofi esultavano gioiosi, i Sapientes si scambiavano segni di felicità per non parlare dell'immensa contentezza degli Antei.

Lambert era pur sempre un ragazzo, anche se macchiato da una grave colpa. E il fatto che la vita lo avesse ripreso tra le sue braccia aveva un significato importante per tutti.

Attorno al suo capezzale si riunirono i Saggi dell'Arx, che si fecero da parte quando madame Crikken arrivò.

«Bentornato tra noi» lo salutò Margot con una carezza sul volto sudato ed emaciato.

«Nella grotta ho cercato di lottare contro i Ribelli ma...» Lambert si sforzò di parlare, ma la sua voce era debolissima.

«Stai tranquillo, devi riposare ancora. Il dottor Bendatov è stato bravissimo, fidati di lui» la Crikken si avvicinò con affetto.

«Ho tanti dolori alla schiena e non riesco a muovere le gambe» disse il ragazzo chiudendo gli occhi.

Nabir Kambil ed Eulalia Strabikasios chinarono la testa, Ranja si commosse e uscì dalla clinica singhiozzando. Daphne e Dorathea guardarono Naso, che starnutì due volte.

La Crikken passò le mani sopra le gambe di Lambert: erano immobili. Fredde.

«Uscite tutti. Desidero che rimanga solo il dottore» ordinò l'anziana francese.

Quando la porta si chiuse Naso prese le mani dell'Anteo e disse: «Sei forte. Il tuo corpo ha reagito benissimo e ora la tua mente deve accettare. Capisci?».

Lambert sollevò lievemente la testa, fissando il medico

e Margot, con un'espressione incredula: «Accettare? Cosa devo accettare?».

«La lesione che hai sulla schiena ha compromesso il funzionamento dei nervi e dei muscoli. Le tue gambe non cammineranno più. Questa è la realtà, non ci sono altre parole da usare. Sarebbe sciocco nasconderti questa verità» madame accarezzò ancora una volta il viso del ragazzo nel tentativo di trasmettergli la sua energia positiva.

«Infermo! Paralitico! Io... non potrò più camminare!» la disperazione si impossessò dell'Anteo, che riuscì solo a piangere lacrime amare. Spinse via le mani di Naso e si aggrappò alle lenzuola, come per cercare un aiuto che lo salvasse.

Margot si sedette sul letto accanto a lui, si tolse il cappello e con tenerezza provò a calmarlo: «Vivrai qui con me. Starai all'Arx Mentis. Imparerai le migliori tecniche della Magipsia. Non ti abbandonerò, stanne certo. Non so se questo può consolarti ma è ciò che posso offrirti».

Il cuore a brandelli, la mente confusa, le mani tremanti e l'angoscia che saliva come la marea. Madame Margot Crikken, Summus Sapiens, anziana signora col viso segnato dalle rughe, provò un forte sentimento per quel ragazzo che, dopotutto, era suo nipote acquisito. Lui le aveva rivelato la sua vera origine. Lui aveva tolto il velo del mistero sulla sua identità. Lambert aveva provocato la morte di Bob. Un'onta non cancellabile. Eppure, vederlo così sofferente e imprigionato dall'infermità non poteva che suscitare forte commozione.

«Vivere qui? Ma come? Sarò lo storpio dell'Arx. La Magipsia non mi ha aiutato. Non ci credo più. Non voglio nessun potere. Voglio morire! Morire e basta!» gridava, con la voce rauca per lo sforzo, e cominciò a sudare freddo e a tremare.

Il dottore gli mise sulla fronte una spugna pregna di Salvivia Conturbata, che lo fece calmare un po'.

«Arriverà un dono per te. Un regalo importante» Naso voleva alleviare la tensione annunciando una cosa positiva.

«Non m'importa! Non voglio regali! Rivoglio solo le mie gambe!» strillò sbattendo la testa sul cuscino.

«È la Comidora Fluttante, una sedia che ti permetterà di essere autonomo» spiegò Bendatov.

«Una sedia a rotelle? No! No! Non la voglio!» ribatté Lambert sempre più disperato.

La Crikken intervenne prontamente, anche se non poteva svelare che a costruire la sedia erano Oscurabi e Faber.

Lambert era ancora al Primo Livello e non conosceva l'esistenza degli Psiofi della Palude.

«Vedrai che ti troverai bene. È un dono prezioso. Credimi!» Margot si rimise il cappello e si alzò dal letto.

Il ragazzo si asciugò le lacrime con il lenzuolo e il suo sguardo si perse nel vuoto: «Non immaginavo di finire così. Forse è il prezzo da pagare per ciò che ho fatto».

«Non dire stupidaggini! Nulla potrà cancellare la colpa che hai, ma sei stato coraggioso e hai sfidato i nemici per salvare gli altri Antei. E questo gesto valoroso ti è costato carissimo. Imparerai ad accettare il tuo destino. Devi farlo! Sei un Anteo dell'Arx Mentis. E la forza dei pensieri deve prevalere su tutto. La Magipsia ti aiuterà».

Il Summus Sapiens si avvicinò alla porta. Mentre stava per uscire Lambert la richiamò: «Margot, ma gli altri come stanno? Geno, Suomi e Lupo Rosso sono rimasti feriti?».

«Stanno tutti bene, Suomi è guarita. Geno sta creando proprio in questo momento il ClonaFort. Ne berrai anche tu, ti farà benissimo. Lupo Rosso è oramai uno Psiofo assai in gamba. E se vuoi sapere anche di Ezra Moore posso dirti che segue le lezioni con molta serietà. Toam Ratandra e Yudi Oda non sono più uniti come siamesi. Vedi tu stesso che in Clinica sei solo. Tutti, ma proprio tutti, sono felici del tuo risveglio e sapranno aiutarti nei momenti difficili. Hai molti amici, e non è cosa da poco» madame uscì lasciando il ragazzo alle cure di Naso.

Fuori, vicino alla Stante Ferrosa, si era riunita la gran parte degli Psiofi, mentre i Sapientes erano ritornati nelle loro Aule in attesa di disposizioni da parte della Crikken.

Il più agitato era Lupo Rosso. Quando vide arrivare madame, si fece avanti, ma in quel momento le Staffore Inverse parlarono a gran voce:

«La sedia è in arrivo, guardate in alto».

La Crikken fece mezzo sorriso: «Oscurabi e Faber stanno per consegnare la Comidora Fluttuante per Lambert».

«Capisco. Sebbene non nutra sentimenti di amicizia per l'Anteo francese sono comunque contento che si sia ripreso» disse Anoki Kerioki.

«Avrà bisogno di tutti noi. Anche di te. Confido nella tua intelligenza» rispose Margot.

Gli Psiofi chiesero notizie e li tranquillizzò spiegando che entro ventiquattr'ore avrebbero bevuto il ClonaFort.

Alla parola ClonaFort si scatenò l'ira di Von Zantar.

«Maledetta vecchiaccia! Onde buie ti avvolgeranno. Gelerai come un ghiacciolo. La tua fine, e la fine di tutti voi, è vicina. Il ClonaFort non vi salverà» sbraitò sbavando.

«La salvezza è nell'armonia. Il ClonaFort è solo una potente delizia che berremo per festeggiare la tua nullità» ribatté madame Crikken senza batter ciglio.

In quell'istante un messaggio telepatico dell'Oscurabio Ilies Buchar entrò nella mente di Margot: nel cielo dell'Arx era in arrivo il dono per Lambert.

Margot alzò il braccio destro e fieramente fece segno agli Psiofi di seguirla.

Uscirono tutti nel Prato Veloso e con il naso all'insù, videro volare una brillante sedia a rotelle color rosso fiammante. Era la Comidora Fluttante. Le ruote giravano vorticosamente e un piccolo motore scoppiettante la dirigeva verso il basso.

Appena la sedia fu sull'erba, il motore si spense creando una nuvola azzurra. La Crikken corse cercando di non inciampare sul lungo vestito drappeggiato, seguita da le streghe e i medium.

«Meravigliosa! Un vero capolavoro magipsichico!» gridò entusiasta tenendosi il cappellino che dondolava sulla sua testa.

Anoki Kerioki sfiorò lo schienale: alto e tondeggiante, mentre il cuscino era morbido e vellutato. Le ruote erano di legno e rame e riportavano incise le iniziali dell'Anteo Francese: L.D.S.

Dietro lo schienale era appeso un sacco bianco annodato con tre fiocchi di velo.

La Crikken lo aprì e tirò fuori tre magnifiche uova di Subcando. Dentro al sacco c'era una lettera, era per lei.

PER IL SUMMUS SAPIENS MARGOT CRIKKEN

Queste sono le uova che faranno nascere tra pochi giorni tre piccoli Subcandi. Devono essere covate con amore e solo una persona di animo gentile potrà controllarne la crescita. Quella persona sarà Lambert De Solange.

Per lui abbiamo realizzato la Comidora Fluttuante. Quando sarà al Secondo Livello saprà dell'esistenza della Domus Ermetica.

Ecco le istruzioni per l'uso della sedia.

1 - La leva sulla ruota anteriore destra serve per aprire l'ombrello.
2 - Il pulsante sulla ruota anteriore sinistra serve per azionare il motore.
3 - Alzando la leva e premendo il pulsante il motore si accende e la Comidora vola come una piuma.
4 - La velocità, sia in volo sia a terra, è calibrata dalla mente di chi usa la Comidora.
5 - Il motore è alimentato dall'Acquonia Fessa, con un litro si viaggia per 24 ore.
La sostanza è di facile reperimento:
ce l'ha il Sapiens russo Naso Bendatov.

Oscurabio Ilies Buchar

Madame strinse il foglio e guardò meravigliata la sedia e le tre uova: «Ilies Buchar ha avuto proprio un'ottima idea! Lambert, non solo potrà volare con la Comidora, ma avrà anche il compito di seguire la crescita dei Subcandi. Gli piacerà molto, ne sono convinta».

Gli Psiofi applaudirono festosamente, Anoki spinse la sedia e con fierezza guardò Margot: «Se permetti vengo anch'io con te da Lambert. Sarà l'occasione giusta per parlare. Io non ho perdonato ciò che ha fatto. Bob Lippman è morto ma volevano uccidere me. Mi sforzerò di superare la rabbia che sento».

Il Summus Sapiens acconsentì, ricordando a Lupo Rosso che non doveva svelare chi aveva costruito la sedia e neppure da dove venivano le uova.

Il gruppo ritornò dentro l'Arx e quando Von Zantar vide Anoki spingere la Comidora digrignò i denti. Miss

O'Connor si voltò dall'altra parte, mentre Agata, in piedi, urlò come un'ossessa:

«Anche gli storpi accettate all'Arx! Vergognatevi! Lambert non merita nulla. Sarà lo zimbello di tutti».

Lupo Rosso si fermò davanti alla Stante Ferrosa, gonfiò il petto e fissò l'Antea. In questo modo, le gettò addosso una marea di pensieri pieni di negatività. Agata Woicik iniziò a tremare e dovette rimettersi a sedere a testa bassa.

Quando Anoki entrò assieme alla Crikken nella Clinica Vaga, il dottor Bendatov esultò dalla gioia. La Comidora Fluttuante era una vera salvezza per Lambert.

Convincerlo a sedersi e provarla non fu facile, ma proprio Lupo Rosso lo aiutò spiegandogli che la vita sarebbe stata ricca di emozioni anche se non poteva più usare le gambe.

«Avrai cura di te stesso e di queste tre preziosissime uova» Lupo Rosso vide il volto di Lambert illuminarsi.

Ne prese in mano una: era liscia e profumava di acqua turchina:

«Non posso crederci! Qui c'è un piccolo cigno! Ma cosa devo fare?».

«Porterai tu stesso queste uova nel LagoStorto, dai Subcandi. Controllerai la covata e assisterai alla schiusa. Sarai responsabile della crescita dei piccoli. Un'esperienza che solo in pochi hanno vissuto. I cigni dell'Arx sono magici e si affezioneranno a te. Hai un ruolo impegnativo, ricordalo» aggiunse la Crikken, che si emozionò a tal punto da doversi sedere.

Il ragazzo tenne quel piccolo involucro e, come avevano previsto gli Oscurabi, provò affetto e amore: «Dentro c'è una vita. E io ne sono responsabile» disse, finalmente sorridendo.

Anoki, Naso e Margot si scambiarono uno sguardo d'intesa, Lambert era pronto. La sfortuna gli aveva insegnato il valore della vita.

Di ogni vita!

E mentre l'Anteo francese iniziava a prendere confidenza con la Comidora, nell'UffioServo stava succedendo un altro evento importante.

Geno aveva già messo le foglie e i fiori di Erboria nella Botte Sacra e con attenzione versava le sette gocce d'acqua fredda. Ogni goccia provocava un sottile fumo colorato che evaporava in pochi secondi. Il succo erboso si stava formando e bolliva come se la Botte fosse sul fuoco.

«Una vera magia alchemica!» mormorò il ragazzo osservando lo strano effetto.

Prese la Wied-Nion, luminosa ed evanescente, e la sollevò sopra la Botte Sacra. Il piccolo cerchio che era inciso sulla runa brillò di un azzurro trasparente. Il fumo colorato si addensò e dal fondo della botte risalì passando attraverso la Wied-Nion. Per qualche secondo le mani di Geno diventarono trasparenti. La luminescenza si sparse in tutto l'UffioServo.

Al ragazzo sembrò impossibile: ce l'aveva fatta!

Aveva composto la sostanza magipsichica, la cui formula segreta aveva provocato tanto scompiglio. D'altra parte l'aveva inventata il suo avo Paul Hastor Venti, che avrebbe voluto diffonderla per i benefici che provocava: dava forza mentale e felicità. Per questo Paul aveva suscitato invidie e rancori. «Tutta colpa dell'Oscurabio Vermine Fricasseo che l'ha avvelenato! Ma ora basta! La maledizione sulla mia famiglia deve finire!» Geno era determinato.

Adesso bisognava attendere soltanto la notte.

Rimise in tasca la Runa Bianca, prese la Botte e uscì

dall'UffioServo spargendo un pizzico di Quercio-Sà. Con la Botte Sacra ben stretta scese le scale e incrociò madame Crikken, che non solo si complimentò con lui per aver fatto tutto da solo, ma gli raccontò anche della sorpresa per Lambert.

Il ragazzo rimase perplesso: «Sono contento per lui ma ciò significa che resterà qui con te! Vivrà all'Arx Mentis?».

«È il minimo che posso fare per lui» rispose Margot seria.

Un velo di tristezza attraversò lo sguardo di Geno e la Crikken capì che quell'ombra era gelosia.

«Non essere geloso di Lambert! Sapessi quanto affetto provo per te!» madame avrebbe voluto dirgli che lei era la sorella di suo nonno. Che avevano lo stesso sangue. La stessa origine. La tentazione fu fortissima e Geno sentì l'energia di Margot espandersi, ma non ebbe il coraggio di leggere i suoi pensieri.

«Geloso? Io? Ma cosa dici?» il volto gli diventò rosso pomodoro.

Margot prese tra le mani il volto di Geno, passò le dita tra i suoi riccioli neri e sorrise, tornando a parlare del ClonaFort: «Stanotte appoggerai la Botte sull'erba del Prato Veloso, le stelle illumineranno l'intera vallata. Non dovrai dormire. All'alba il ClonaFort sarà pronto e potremo berlo tutti. Anche Lambert ne ha grande bisogno. La giornata sarà assai impegnativa, soprattutto per Voi Antei: vi preparerete alla Revola Riflussa».

«Ho letto sul Regolamento Largo che è una tecnica magipsichica mai provata. Sarà una cosa lunga... poi, io non so se ce la farò a superare il Terzo Intercanto. Sono molto stanco. E poi non ti nascondo che ho paura di incontrare Tantre» Geno voleva sapere tutto.

«Non ti preoccupare. Non sarai solo nel Sigillo. Verrò

con te. Voglio essere presente quando Tantre ti parlerà» la Crikken aveva gli occhi che brillavano, sapeva perfettamente che quel viaggio magipsichico sarebbe stato fondamentale per la vita di Geno.

«Con me? Allora lo incontrerò durante l'Intercanto!» il ragazzo era stupito.

«Sì. E non dovrai tradire la tua mente. Comportati come ti detta il cuore» l'anziana francese lo salutò. Salendo al terzo piano cercò di immaginare come si sarebbe svolto quel momento tanto misterioso. Anche lei era molto curiosa di conoscere Tantre Sheng Vioo.

Sapeva che Scantoppie e Timpatubi erano sempre attivi, ma aveva sfidato la sorte e lasciato che il viscido Pilo Magic Brocca udisse i discorsi tra lei e Geno. Quando attraversò il piccolo ponte levatoio per entrare nella Stanza della Visione urlò rivolta ai muri: «Se mi ascolti, sappi che non potrai mai impossessarti del ClonaFort. Siamo tutti pronti a difenderlo. Puoi scatenare quanti Froder e Olleni vuoi, ma perderai! Devi solo arrenderti! Tanto verremo noi a prendere Pier e Corinna.

È solo una questione di giorni! René porterà l'Anello e apriremo la Porta Bianca! Allora sì, mio sciocco alleato di Yatto, te la vedrai con me!».

Nella penombra, con le fiamme del braciere che si allungavano sul soffitto, madame Margot Crikken non ebbe paura. Forse aveva trovato il sistema per distruggere Timpatubi e Scantoppie. In un vecchio libro di pratiche magico-alchemiche aveva trovato una frase contro le spie invisibili. Sfogliò il volume e iniziò a declamare a voce alta:

«Tra i mattoni e le rocce chi ascolta in modo nascosto è passibile di distruzione. Pronunicare tre volte "Insennazia murevole" e attendere gli effetti».

Margot eseguì la magia. Gridò con voce sonante:

«Insennazia murevole! Insennazia murevole! Insennazia murevole». Poi richiuse il libro e si accasciò sullo scranno guardandosi attorno. Prese in braccio Napoleon e accarezzò Oscar: «Spero che questa formula funzioni. Non c'è scritto quanto tempo ci vuole ma l'importante è che Scantoppie e Timpatubi si guastino».

Intanto Hastor Venti, sceso dalle scale, si ritrovò nuovamente davanti alla Stante Ferrosa.

Con un'aggressività che non gli apparteneva si mise dritto davanti a Yatto Von Zantar:

«Hai riversato la tua malignità su tutti per niente. Ecco il ClonaFort! È qui dentro. È mio! È di tutti coloro che sanno vivere con dignità all'Arx Mentis! Hai provocato tanto dolore a me, alla mia famiglia e tante altre persone per ottenere che cosa? Sei un uomo finito!».

Yatto aprì la bocca, la spalancò in maniera mostruosa e sputò saliva viola. I suoi occhi divennero rossi come quelli di un diavolo.

Butterfly tese le mani in avanti per creare qualche nefasta magia, ma Geno, grazie all'uso perfetto della telecinesi, allungò le maniche dell'abito della sciagurata irlandese annodandole attorno alle sue dita. Miss O'Connor si innervosì e sbraitò parole inconsulte.

Agata tentò di afferrare le sbarre rischiando di rimanere fulminata, ma Yatto l'allontanò con una spinta che la fece cadere sul pavimento.

«Come mi fate pena! Non siete neppure in grado di compiere le più elementari azioni magipsichiche» Geno fece una smorfia e se ne andò soddisfatto.

Von Zantar vide negli occhi di Geno una luce gloriosa. Era solo un ragazzo, ma la sua mente era talmente potente che niente lo avrebbe sconfitto. Nel pieno della disperazione si rimise in contatto telepatico con Pilo Magic Brocca: «Allora? Mi aspetto un'azione eclatante!».

L'ex Cerimoniere rispose prontamente:

«Vedrai, mio Summus, che cosa sto organizzando. La Crikken e i suoi seguaci la pagheranno carissima. So che Geno ha creato il ClonaFort. Se vuoi organizzo stanotte una spedizione di spettri che si manifesteranno sul Prato Veloso, così...» la comunicazione di Pilo fu interrotta.

Yatto lo fermò: «No. Non stanotte. Dovete agire quando tornerà René. Lui ha l'Anello! L'azione che farete con spettri e fantasmi dovrà annientare tutti! Capisci? Non ne dovrà rimanere vivo neppure uno!».

L'ex Cerimoniere non contraddisse Von Zantar, anzi, disse di essere perfettamente d'accordo, aggiungendo che Pier e Corinna erano allo stremo.

«Non so se reggeranno ancora per molto. Secondo me crepano prima della nostra vittoria» disse Magic Brocca con estrema soddisfazione.

«No! Non devono morire ora! Voglio godermi lo strazio di quei due mocciosi quando, prima di ammazzarli tutti, vedranno in quali condizioni abbiamo ridotto i genitori.

Spargerò il loro sangue in tutte le stanze dell'Arx. E poi tutto tornerà come prima. Io siederò nuovamente sullo scranno e saprò ricompensare tutti coloro che mi hanno aiutato» Yatto era oramai pieno di rabbia e odio. Ogni nervo, ogni muscolo del suo corpo era pervaso dalla cattiveria.

«Vinceremo!» Pilo ne era convinto al cento per cento.

«Sì, saremo vittoriosi e brinderemo con il Clonafort!» rispose mentalmente Von Zantar fregandosi le mani.

Geno non poteva immaginare la sconvolgente trappola che stava per essere attuata. Trascorse il pomeriggio dormendo, per essere in piena forma durante la notte stellata.

Verso tarda sera fu svegliato dalla musica del carillon: in camera era arrivata una Paropalla di Suomi: «So che hai creato il ClonaFort. Ti aspetto al Prato Veloso. Porta due coperte, devo parlarti».

Hastor Venti prese la Botte Sacra, le pergamene, gli oggetti magipsichici e due coperte. Si sistemò il Tonca, i guanti e gli stivali rossi e corse fuori. Nel corridoio incrociò Ezra Moore e Yudi Oda.

«Hai saputo di Lambert?» Ezra era visibilmente contento, tanto che si grattava in continuazione le orecchie.

«Sì, ce l'ha fatta! Ora però non posso fermarmi a parlare con voi. Ci vediamo domani mattina, alla prova della Revola Riflussa» rispose stringendo la Botte e le coperte.

«Ma dove vai con quella cosa in braccio e le coperte?» Yudi sorrise nel vederlo così conciato.

«Preparatevi a bere il ClonaFort. Ho un appuntamento con Suomi» rispose correndo come un razzo.

I due Antei rimasero senza parole, Geno riusciva sempre a sorprenderli.

Quando uscì dall'Arx l'aria fresca della sera frizzò sul suo volto.

Nel cielo era già spuntata la luna e i riflessi della luce azzurra si posavano sul Prato Veloso. Vicino ai blocchi di cemento degli Spiccafili c'era Suomi.

«Ecco, ho portato le coperte» Geno gliene mise una sulle spalle.

«Posso toccare la Botte?» chiese Suomi allungando le mani.

«Certo, poi toglierò il coperchio e lascerò che la luce delle stelle entri dentro» Geno si sedette nell'erba e Suomi si mise accanto a lui.

«Cosa devi dirmi di tanto importante?» Hastor Venti guardò gli occhi di Suomi. Erano belli anche se non brillavano.

«Se tu avessi un segreto, me lo sveleresti?» chiese la ragazza.

«Penso di sì. Di te mi fido, ti voglio bene» Geno le prese le mani tenendole tra le sue.

«Io non posso dirti il mio segreto. Perdonami. Ma è una cosa che scoprirai tra poco. Spero che ne sarai contento» Suomi, che aveva attivato la Parola Bloccante, non voleva che Geno le leggesse i pensieri.

Doveva rispettare il divieto imposto da madame Crikken. Non poteva raccontare della sua trasformazione in colomba. Non poteva dire al suo grande amore che i suoi occhi vedevano!

«Deve trattarsi di una cosa davvero importantissima. Mi dà fastidio il fatto che tu non me la dica. Tu sai tutto di me» il sospetto cominciò a crescere.

«È una cosa bella. Meravigliosa. Vorrei dirtela ma proprio non posso farlo» replicò l'Antea stringendo sempre più le mani di Geno.

«La Crikken lo sa?» il ragazzo temeva che il segreto riguardasse René o i suoi genitori.

«Sì, anche Dorathea lo sa. Ma ti prego, non fare altre domande. Sappi solo che ne sarai contento anche tu» la giovane finlandese si stese sull'erba avvolgendosi nella coperta.

I suoi occhi spenti erano rivolti verso il cielo.

«Io non vedo le stelle. Non vedo la meraviglia del firmamento. Ma sento la bellezza che ammanta la natura. Stammi vicino e guarda tu la brillantezza della luna. Guardala anche per me» malinconica e saggia, l'Antea cieca rimase immobile accanto a Geno.

Stesi sull'erba, avvolti dalle calde coperte, trascorsero l'intera notte sotto le stelle della Valle dei Pensieri mentre gli Spiccafili volteggiavano nell'aria trattenuti dalle corde.

I raggi di luce illuminarono la Botte Sacra. Piccole scintille scoppiettarono all'interno e il succo erboso diventò di un luminosissimo color argento.

Mano nella mano, con i visi appiccicati i due ragazzi furono sorpresi all'alba da Naso Bendatov.

«Che fate qui? Vi sarete presi la polmonite!» il dottore non voleva sentire scuse.

«Naso, non arrabbiarti. Guarda la Botte! Il ClonaFort è pronto!» disse Geno alzandosi infreddolito.

Suomi, spettinata e assonnata riprese il suo bastone bianco e si scusò con Bendatov.

Il saggio russo brontolò starnutendo tre volte.

«Porta la Botte in Clinica Vaga. Spero tu voglia far bere la magica sostanza a Lambert! Ne ha bisogno» aggiunse Naso calcando il colbacco sulla fronte.

«Certo! Lo berremo tutti!» Hastor Venti era fiero di ciò che aveva fatto.

Mancavano pochi minuti alle 7. A quell'ora gli Antei e gli Psiofi stavano ancora dormendo. Solo alcune alchimiste e sensitive erano ancora impegnate con Nabir Kambil nella lezione di Sogni Vivi. Persino Yatto, Butterfly e Agata stavano dormendo rannicchiati sul pavimento della Stante Ferrosa.

Già sveglie e attive, Dorathea, Daphne e madame Crikken.

Nell'Aula Sublime Cibaria aiutavano Ranja Mohaddina a preparare una speciale colazione per Lambert De Solange.

«Burro Epicureo, Bigné alla Crema Estatica, Torta al

Miele Agostiniano, mi sembra un menù perfetto». Madame era molto soddisfatta.

Daphne, golosa come al solito, si era già mangiata tre bigné e Dorathea la dovette allontanare in fretta dal vassoio.

Geno, Suomi e Naso udirono le risa delle tre donne. Quando entrarono in cucina, la Crikken si ricompose.

«Ecco il ClonaFort!» esordì Hastor Venti mostrando la Botte Sacra.

Daphne quasi soffocò inghiottendo l'ultimo bigné. Dorathea congiunse le mani e Ranja lasciò andare per terra il mestolo di rame che stava usando.

Margot si avvicinò a Geno e lo baciò in fronte: «Te lo meriti! Sei stato bravissimo. Solo tu potevi riuscirci. Tu e nessun altro. Gli Hastor Venti saranno fieri di te!» ma questa frase riferita a misteriosi parenti fece uno strano effetto su Geno.

«Che io sappia siamo tre Hastor Venti! Mio padre, mio fratello e io. Hai forse scoperto altri miei familiari?» il ragazzo ricordò perfettamente la lettera del nonno.

Madame trattenne il respiro mentre le altre Sapientes la guardavano curiose.

«Una famiglia come la tua avrà ovviamente dei discendenti. Tu, e tuo fratello, non intendete avere figli?» Margot cercò di sviare l'argomento parlando del loro futuro.

«Ah, ti riferivi a questo?» Geno sorrise girandosi verso Suomi e sorridendo a Dorathea.

«Invece di stare qui a chiacchierare, ritengo sia urgente far bere il ClonaFort a Lambert!» interruppe Naso Bendatov.

Il dottore aveva ragione. Dopo un'ora, allo scoccare della Batacchia Tremula, tutti si ritrovarono davanti alle Staffore Inverse. Madame aveva ben pensato che i tre prigionieri dovessero vedere la scena del brindisi con il ClonaFort.

Yatto aveva i capelli bianchi e neri appiccicati sul viso. Sporco, sudato e maleodorante fissò la congrega di Psiofi, Antei e Sapientes.

Un grande applauso si levò quando fece il suo ingresso Geno Hastor Venti con la Botte tra le braccia.

E un altro applauso con grida festose accompagnò l'arrivo di Lambert, seduto sulla scoppiettante Comidora Fluttuante.

Era perfettamente vestito con la divisa del Primo Livello: Tonca, guanti e stivali neri.

Geno si avvicinò sorridente: «Fiammante e velocissima! Nessuno si permetterà di ostacolare il tuo passaggio».

Lambert era assai imbarazzato e, a toglierlo dall'impiccio, ci pensò Ezra Moore, che gli s'inginocchiò davanti:

«Sei l'amico più forte che ho. Passeremo i Livelli insieme. Diventeremo speciali Psiofi! Tu mi guiderai perché vivrai all'Arx e sarai bravissimo con le tecniche magipsichiche».

L'Anteo francese si commosse. Prima che gli scendessero le lacrime madame gli porse un calice: «Tu berrai per primo il ClonaFort!».

Naso Bendatov appoggiò accanto alle Staffore Inverse le otto brocche ramate.

Come diceva la formula antica, il liquido doveva essere versato e poi bevuto.

Il calice di Lambert fu riempito e in un baleno il ragazzo buttò giù il ClonaFort.

Tutti lo guardarono attendendo chissà quali reazioni.

Lambert sbarrò gli occhi, sentì il corpo pieno di energia.

I muscoli si tesero, le guance diventarono rosse e con una voce potente urlò: «Buonissimo! Mi sento un leone!».

La risata fu generale.

I calici si levarono alti e insieme tutti bevettero il ClonaFort. L'euforia era totale.

Geno saltellò intorno alla Stante Ferrosa mentre Yatto digrignava i denti e si agitava come un'anguilla.

Felicità, forza, consapevolezza, gioia e spensieratezza colmarono gli animi degli Psiofi della Nuova Alleanza. Madame Crikken sorseggiò il dolce liquido argenteo. Ricordò il rapimento di Pier e Corinna, le urla di René che non voleva lasciare il piccolo Geno nelle braccia di Flebo.

Tristezza e amarezza attraversarono il suo sguardo.

"Rapiti per questa sostanza! Rapiti per la follia di Yatto. E ora io sono qui con l'anima ancora macchiata. Sono una Hastor Venti e voglio la felicità di questa famiglia. Voglio ritrovare il mio gemello! Voglio che all'Arx Mentis ritorni la Pace". I pensieri si accavallavano uno sull'altro. Madame Margot Crikken sollevò il calice e brindò al futuro e alla liberazione di Pier e Corinna.

Geno saltò con un sol balzo tre gradini delle scale e allargando le braccia si rivolse a tutti:

«Sono solo un Anteo di Terzo Livello ma vi prometto che darò la mia vita per salvare ognuno di voi. Affronteremo i Froder e gli Olleni, schiacceremo il Male che invade l'Arx. Guardate,» disse con tono acceso «in quella gabbia c'è il passato. Loro marciranno! Noi vivremo uniti e felici. Manca poco al ritorno dell'armonia della Magipsisa!».

Esultanti ed euforici, con le menti lucide e i corpi pieni di energia, tutti cantarono e ballarono intorno alla Stante Ferrosa.

Molte streghe e sciamani si innalzarono in levitazione tra applausi che rimbombavano nella stanza.

Margot si fece da parte e guardò la festa rimanendo in un angolo. Sapeva che Geno doveva ancora affrontare la prova più dura: Tantre Sheng Vioo.

CAPITOLO DECIMO

"Revola Riflussa"

Il Gelo dei Froder

Che la Revola Riflussa non fosse una tecnica magipsichica semplice era risaputo. E infatti, proprio per le reazioni che comportava, non era mai stata usata.

La Crikken non aveva alternative.

La RL.AM.1C era molto chiara: solo gli Antei di Terzo Livello potevano conoscere in cosa consisteva l'uso delle Pietre Magipsichiche nella Revola Riflussa.

Margot convocò tutti gli Antei nell'Aula dell'Ipnosi alle 9,30, sconvolgendo persino il Programma del Mese. Diede precise indicazioni anche a Eulalia Strabikasios, che, in preda al nervosismo, non riusciva a stare ferma con le gambe e continuava a girare gli occhi come mulini a vento.

Lambert De Solange, seduto sulla Comidora, assisteva incuriosito: non poteva eseguire l'esercizio come gli altri. Lui non avrebbe fatto l'Intercanto. Ormai era deciso: avrebbe vissuto all'Arx e chissà quando sarebbe entrato di nuovo nel suo Sigillo.

La Crikken consegnò a Ezra, Toam e Yudi una cartellina contenente l'elenco delle pietre.

«Leggete con attenzione, ma non fate domande» la voce severa non ammetteva interruzioni. Poi fece segno a Eulalia di aprire il vecchio armadio dove erano conservate le gemme.

Geno e Suomi le avevano già usate, ma questa volta sarebbe stato tutto diverso.

Ezra Moore aveva le orecchie rosse per il continuo strofinamento, era agitato e osservava ogni movimento della Saggia greca. Non voleva fare una brutta figura!

I ragazzi lessero con grande curiosità gli eccezionali effetti magici e salutari delle pietre. A ognuna corrispondeva una parte del corpo: collo, testa, braccia e gambe. Ma questa volta, con la Revola Riflussa, non si trattava di guarire da malattie e le reazioni sul fisico sarebbero state diverse.

«Bene Eulalia, posa sul pavimento i cuscini di velluto rosso con le pietre» ordinò madame Crikken.

Yudi Oda e Toam Ratandra sgranarono gli occhi davanti alla brillantezza di quei gioielli antichi.

«Consegnerò una pietra per volta ad ognuno di voi e farete ciò che dico. Sarà una lezione lunga, ma questa tecnica vi permetterà di entrare nei vostri Sigilli e affrontare l'Intercanto senza problemi. Poi gli scenari dei Sigilli cambieranno per permettervi il ritorno immediato qui all'Arx. I vostri corpi saranno magnetizzati da queste pietre e non dovrete temere nulla».

Margot parlava mentre passeggiava tra i ragazzi che ascoltavano in silenzio.

Sapeva che le reazioni alla Revola Riflussa sarebbero state imprevedibili.

«Stendetevi su quel tappeto» disse la Crikken puntando il dito verso il basso.

Lambert, che si era messo vicino ad un panca, portò le mani sui braccioli della Comidora e li strinse. Non provò rabbia, anzi, il suo cuore batteva forte: temeva per la sorte dei suoi amici.

Suomi e Geno si stesero rimanendo vicini, poco più in là presero posizione Yudi, Toam ed Ezra.

Madame accarezzò il primo cuscino e infilò l'indice e

il pollice della mano destra dentro il contenitore di cristallo colmo di Acqua Nera.

Con delicatezza tirò fuori la pietra Serena Cristallata: era di colore verde-azzurro, sul lato destro aveva conficcato un ricciolo di Rame lodato.

Si diresse verso Ezra Moore, che rimase immobile.

Gli appoggiò la pietra sul collo intimando al ragazzo di stare fermo per almeno due minuti.

Nel frattempo Eulalia prese il Quarzo Fumoso e lo posò esattamente sulla tempia sinistra di Yudi Oda. Una ad una le dodici gemme furono posizionate, a tempi alterni, nelle varie parti del corpo dei ragazzi, che non provarono alcun effetto. Dopo quattro ore, Geno sussurrò: «Madame, ma non succede nulla!».

La Crikken si alterò immediatamente e lo zittì con fermezza: «Silenzio!».

Hastor Venti si intimorì e non disse più nulla.

Aveva oramai provato parecchie gemme, ma quando fu la volta del Rubino Formoso accadde qualcosa di insolito.

Eulalia srotolò il Panno Dormiente con il quale era avvolto il Rubino magico, e la Crikken si fermò a guardare, come se sapesse che stava per succedere un fatto strano.

Infatti appena la Sapiens greca appoggiò sulla bocca di Geno la gemma di colore rosso vivo, una scossa pervase il corpo del ragazzo.

L'alone di energia si spostò da Geno a Suomi nel giro di pochi secondi.

L'Antea cercò di stare ferma, anche perché nell'orecchio destro aveva appoggiato lo Smeraldo Fischiato.

«State calmi tutti e due» intervenne prontamente Margot.

Geno, con il Rubino sulle labbra, non poté proprio parlare.

«Quella pietra magipsichica segnala l'amore vero. E non sono sorpresa nel vedere la reazione che c'è stata».

Eulalia scoppiò a ridere, Suomi arrossì e gli altri tre Antei si trattennero con difficoltà.

La prova della Revola Riflussa non sembrò affatto difficile e neppure pericolosa. Gli effetti si sarebbero manifestati dopo.

L'intera giornata trascorse lenta, e anche la notte sembrò non finire mai.

Gli Antei di tanto in tanto si addormentavano fino a quando, al sorgere del sole, madame li congedò con gentilezza: «Siete stati bravi e silenziosi. Ora andate a fare una doccia e una buona colazione. Dovete riprendere le lezioni regolarmente. All'Intercanto mancano ancora un paio di giorni e tra poche ore sentirete gli effetti delle Pietre. Se insorgono problemi, avvisatemi».

Prima di salire al terzo piano madame si accostò a Lambert, che aveva avuto la costanza di stare zitto tutto il tempo: «Vai a riposare anche tu. Più tardi dovrai occuparti delle uova dei Subcandi. Mi raccomando, è un compito importante».

Il ragazzo francese sbadigliò e avviando il motore della Comidora sollevò la sedia a pochi centimetri da terra e volò giù per le scale pensando ai cigni da far covare.

Quando la Batacchia Tremula scoccò le 15 in punto, Lambert si diresse verso il LagoStorto.

Oscar lo seguiva abbaiando allegramente.

Al cane piaceva molto la Comidora Fluttuante e, per stare al passo con la velocità della sedia, di tanto in tanto inciampava nelle sue lunghe orecchie.

Il bassethound e Lambert entrarono nel rifugio dei

Subcandi. Il ragazzo teneva tra le mani le tre preziosissime uova.

I grandi cigni bianchi lo accolsero con gioia e con una luce di speranza nei loro occhi.

Oscar smise di abbaiare e si mise seduto a guardare. L'Anteo appoggiò le uova sulla paglia e tre Subcandi si accucciarono iniziando la cova. Con dolcezza sistemarono le piume e le ali piegando il lungo collo come fosse di gomma.

Lambert girò la Comidora e si mise accanto agli altri cigni, che aprirono i becchi emettendo un suono mite.

La tenerezza per i piccoli che sarebbero nati pervase l'intero rifugio e in quel momento il LagoStorto diventò un luogo pieno d'amore per la natura.

Con l'emozione che gli stringeva la gola, Lambert si mise in contatto telempatico con il Summus Sapiens:

"Madame, i cigni stanno covando ed è una scena meravigliosa".

Il Vertiglio della Crikken s'illuminò e anche il suo volto diventò radioso.

Era contenta che Lambert avesse trovato una dimensione serena e decise di raggiungerlo, ma proprio in quell'istante i muri dell'Arx Mentis scricchiolarono e si aprirono delle crepe.

Margot si guardò intorno preoccupata, temeva qualche malefica magia di Von Zantar o di Pilo Magic Brocca, ma il sorriso le tornò immediatamente. La formula per interrompere il funzionamento di Timpatubi e Scantoppie aveva finalmente dato i suoi frutti.

I muri di tutte le stanze tremarono leggermente facendo spuntare le grandi orecchie spione collegate a tubi che s'intrecciavano tra loro.

L'incredibile manifestazione magipsichica sbalordì

Sapientes, Psiofi ed Antei, che immediatamente iniziarono a commentare l'episodio.

Madame, soddisfatta, chiese alla nuova Governante Daphne Hogrogian di appendere un cartello nel Salotto dei Fenicotteri:

> NESSUNO CI SPIERÀ MAI PIÙ.
> I MURI SARANNO RISISTEMATI AL PIÙ PRESTO.
> ANCHE IL CONTATTO TELEPATICO TRA YATTO VON ZANTAR
> E PILO MAGIC BROCCA SARÀ INTERROTTO VELOCEMENTE.
> HO ORDINATO A RANJA MOHADDINA DI PREPARARE
> AI TRE PRIGIONIERI UNA CALDA BEVANDA MOLTO PROFUMATA
> E DOLCE: LA MIELOSA SARTIANA. LA TISANA METAFISICA
> CONTERRÀ DEL SONNIFERO CHE LI FARÀ ADDORMENTARE.
> YATTO, BUTTERFLY E AGATA NON SOSPETTERANNO NULLA,
> PERCHÉ A SERVIRLI SARÀ IL GIOVANE INGLESE
> EZRA MOORE, DI PRIMO LIVELLO.

Ranja diede l'ordine a Ezra e l'Anteo si sentì fortemente agitato, perché non aveva mai avuto un compito così importante.

Aveva paura e non lo nascondeva: continuò a grattarsi le orecchie fino a quasi spellarle.

Quando Yatto vide apparire sui muri accanto alle Staffore Inverse due enormi Timpatubi, sentì l'odio crescere dentro la sua sporca anima e reagì con una violenza inaudita. Anche miss O'Connor e Agata erano furibonde.

La Crikken, seguita dall'inseparabile Napoleon, scese di corsa le scale per andare da Lambert. Diede un'occhiata alla Stante Ferrosa e si fece una risata. I tre prigionieri non reagirono, ma covavano dentro i loro cuori una dolorosa vendetta.

Dal Salotto dei Fenicotteri sbucarono Geno e Suomi, che non erano riusciti a riposare.

Erano troppo agitati e attendevano le reazioni della Revola Riflussa.

«Non seguite mai i mie ordini!» quando madame li vide si alterò parecchio.

«Scusaci, Summus Sapiens, ma è straordinario vedere finalmente Timpatubi e Scantoppie! Li abbiamo temuti, li abbiamo odiati.

E ora ecco spuntare sui muri le maledette spie!» rispose con energia Hastor Venti.

Margot accennò un sorriso: «E va bene. Capisco la vostra sorpresa. Se venite con me ne avrete un'altra».

Suomi agitò il bastone bianco: «Sì, certo! Dove andiamo?».

Madame fece segno a Geno di seguirla fuori dall'Arx.

E mentre stavano per andarsene, Yatto puntò i suoi occhi indiavolati su di loro, ma si trattenne.

Che Timpatubi e Scantoppie fossero fuori uso era un dato di fatto, ma Von Zantar non aveva nessuna intenzione di piegarsi davanti alla magia di Margot. Aver bloccato le spie era davvero una manovra intelligente, ma non ancora determinante.

Yatto spedì un immediato messaggio telepatico a Pilo, che rispose in maniera confusa.

«Sì, anche qui Timpatubi e Scantoppie sono fuori uso. I Froder sono agitati e temo una loro reazione. Non posso controllarli» rispose prontamente Pilo.

Ma il messaggio dell'ex Cerimoniere s'interruppe bruscamente.

Von Zantar non fece in tempo a chiedersi che cosa fosse successo, perché vide arrivare Ezra Moore.

L'Anteo inglese aveva un vassoio con tre tazze di Mielosa Sartiana che, con gesto veloce, passò tra una sbarra e l'altra consegnandole ai prigionieri.

«Bevete, è buona» disse l'Anteo guardando in faccia miss O'Connor.

Yatto sputò per terra: «Non voglio nulla da voi! Come mai ci porti questa tisana. Chi l'ha fatta?».

«È Milosa Sartiana, vi disseterà e vi nutrirà» rispose Ezra con voce tremante.

Agata ingurgitò velocemente la tisana, ne sentiva il bisogno. Aveva una gran sete e il suo stomaco era vuoto.

Anche Butterfly prese la tazza e sorseggiò la bevanda. Di Ezra si fidava.

Il ragazzo guardò gli occhi tristi dell'ex Governante.

Nonostante provasse dispiacere per lei, era oramai convinto della sua malvagità.

«Von Zantar, bevi anche tu. Ti farà bene» disse Butterfly non sospettando nulla.

Yatto afferrò la tazza: «Oramai avete scoperto Scantoppie e Timpatubi! State distruggendo tutto quello che avevo creato».

Ezra indietreggiò qualche passo, Von Zantar incuteva terrore.

«Bevete. Non abbiate timori. Ora tutti noi possiamo vedere le spie che avevi sparso ovunque. Ma... non arrabbiarti».

L'ingenuità, mescolata al coraggio del giovane inglese, persuase i tre ostaggi.

Il profumo della Mielosa Sartiana era talmente invitante che Yatto cedette. Anche se la rabbia lo pervadeva, consumò la bevanda in un attimo:

«Bene. Ma non morirò. Io non mi farò uccidere da voi. Anche se mi avvelenate, la mia anima magipsichica vi tormenterà per sempre».

In un lampo il sonno rapì i tre prigionieri. Agata si accasciò sul pavimento come morta, Butterfly chiuse gli occhi e si addormentò seduta e Yatto crollò come un sasso russando rumorosamente.

Subito prima di crollare, miss O'Connor, con una reazione mentale fortissima, capì il tradimento di Ezra, capì di essere persa. Usò le sue ultime energie per mettersi in contatto con i Froder e ci riuscì.

Un messaggio, uno soltanto. E gli spettri ricevettero l'ordine.

Ezra si grattò le orecchie a sventola e guardò il volto di Butterfly. Era teso, segnato.

Alle sue spalle arrivò Ranja: «Bravissimo! Ci sono cascati tutti e tre» disse accarezzando i capelli dell'inglese.

«Non sono morti, vero?» chiese sgomento.

«No. Dormiranno per parecchi giorni, poi avranno quello che si meritano. Solo Geno Hastor Venti ha il compito di eliminarli definitivamente».

La Saggia araba fu spietata nella sua risposta e l'Anteo inglese non riuscì a chiederle più nulla. Che Geno avesse poteri straordinari e una forza magipsichica fuori dalla norma era una certezza.

Se all'Arx tutto sembrava andare secondo i piani di madame Crikken, nella Cupola d'oro si stava scatenando la terribile reazione dei Froder. Pilo non riusciva più a gestire i fantasmi di ghiaccio.

Solo gli Olleni si erano tranquillizzati e sostavano nella stanza del Tavolo Gobbo tenendo prigionieri nella loro camera Pier e Corinna, oramai privi di speranza.

«Non riusciremo mai più a rivedere i nostri figli. Moriremo qui, in questo luogo che da troppi anni odiamo» mormorò Corinna tra le lacrime.

Pier, seduto con i gomiti appoggiati sul tavolo, portò le mani tra i capelli e disperato scosse la testa.

Trattenuti, emarginati, minacciati.

Pier e Corinna erano in balia di fantasmi e spettri. La salvezza e la liberazione sembravano una chimera.

Nei cunicoli e nelle stanze segrete della Cupola D'Oro, una decina di Froder decise di agire, seguendo il messaggio ricevuto da miss Buttefly. Oltrepassarono la Porta Bianca e invasero il terzo piano della Rocca della Mente. Avevano campo libero: l'assenza di madame Crikken rappresentava una vera pacchia!

L'ex Cerimoniere tentò di fermarli, ma non ci fu nulla da fare. Pilo, preso dal panico, si mise nuovamente in contatto telepatico con Von Zantar che ovviamente non rispose.

I Froder gelarono completamente la camera di Margot avanzando pericolosamente verso la Loggia Psiche. Come fili di luce argentea, gli spettri creati da miss O'Connor toccavano con le loro mani scheletriche oggetti, mobili e muri ammantandoli di ghiaccio. Anche la O' Grande fu coperta di stalattiti e stalagmiti. I Tre giganti non funzionavano più. La temperatura scese rapidamente in tutte le aule dell'Arx.

Nabir Kambil si allertò immediatamente. Era nell'Aula dell'Oblio, al secondo piano, e stava sistemando alcuni documenti per le future lezioni.

Improvvisamente venne investito da tre Froder che lo cristallizzarono all'istante. Come una statua di ghiaccio il povero santone tibetano rimase bloccato senza poter minimamente reagire.

Stessa cosa accadde a Eulalia, che era rimasta nell'Aula dell'Ipnosi per rimettere nell'armadio le dodici Pietre Magipsichiche e assicurarsi che tutto fosse in ordine. Daphne e Dorathea vennero aggredite da quattro Froder nel corridoio del primo piano.

Le due sagge non ebbero il tempo di rendersi conto di ciò che stava accadendo.

Il ghiaccio stava congelando tutto e tutti.

Gli spettri avanzarono velocemente scendendo a piano terra, i loro corpi filiformi e lunghissimi si aggirarono senza tregua.

Persino la Stante Ferrosa con Yatto, Butterfly e Agata venne ricoperta dal gelo.

Le Staffore Inverse tentarono di parlare, ma le loro labbra grosse e nere vennero congelate da un getto di acqua freddissima.

Ranja ed Ezra furono sorpresi alle spalle.

La Saggia araba si girò di scatto e gli occhi di un Froder la paralizzarono immediatamente.

Ezra rimase con le mani tese in avanti come per difendersi.

Il ghiaccio degli spettri avanzava sempre più. Il freddo ammantò il Salotto dei Fenicotteri dove erano riuniti gli Psiofi della nuova Alleanza. Neppure i più esperti stregoni riuscirono a salvarsi. Rimasero come statue trasparenti. Anoki Kerioki non fece neppure in tempo a scoccare una delle sue frecce. Il suo coraggio non bastò a fermare l'orda degli spettri.

I Froder entrarono nelle stanze degli Antei. Non ci fu scampo per Yudi Oda e Toam Ratandra. Anche la Clinica Vaga fu investita dall'onda polare e il dottor Bendatov fu congelato mentre trafficava con le sue medicine.

L'Arx era diventato un castello di cristallo ghiacciato.

I padroni dell'antica rocca ora erano i Froder!

Gli unici superstiti erano madame Crikken, Geno e Suomi poiché, per fortuna, avevano raggiunto Lambert al LagoStorto per vedere la covata meravogliosa dei Subcandi.

Quando erano entrati nel rifugio, madame aveva sentito un brivido. La sua mente si era annebbiata, i suoi sensi e le sue doti magipsichiche le mandavano segnali del disastro accaduto all'Arx. Ma il canto dei cigni aveva allontanato il suo pensiero da quella strana e improvvisa sensazione.

«Crikken! Che felicità vederti qui!» disse a bassa voce Lambert.

«Non potevo perdermi la scena della covata dei cigni» rispose sussurrando l'anziana francese.

Geno rimase sulla soglia della porta e, con occhi incantati guardò lo spettacolo spiegando a Suomi ogni cosa.

«È stupendo. I Subcandi sono adorabili» disse tenendo la mano dell'Antea.

Lambert avanzò con la sua Comidora cercando di non infastidire i cigni.

«Stanno covando e sono molto curioso di vedere quando nasceranno i piccoli». Lambert aveva ripreso la vita tra le mani. La sua infermità era un calvario, ma l'entusiasmo per la bellezza della natura lo appagava e lo consolava.

«Sei stato proprio bravo. Sono sicuro che i Subcandi ti saranno per sempre riconoscenti» Hastor Venti provò per la prima volta un sentimento di amicizia vera per quel ragazzo, che oramai non aveva più odio negli occhi.

Suomi allungò le mani in avanti per sentire le energie dei cigni. Sorrise, si toccò i capelli e ascoltò la melodia di quegli uccelli magici tanto importanti per la vita dell'Arx.

Improvvisamente la giovane finlandese sentì strani formicolii alle braccia e fece una smorfia.

Madame se ne accorse: «Non temere, sono le prime conseguenze della Revola Riflussa. Siediti e non preoccuparti».

Anche Geno iniziò a subire qualche reazione: la sua pelle diventò quasi trasparente e, di secondo in secondo, cambiava colore.

Lambert s'impressionò, ma Margot cercò di tranquillizzare i tre ragazzi.

«Calma, calma. Tutto passerà» disse la Crikken, che però stava ricominciando a sentire brividi e scosse.

Non erano sensazioni normali e quindi si mise immediatamente in contatto con Daphne per sapere se era accaduto qualcosa.

Nessuna risposta. Allora provò a far brillare il Vertiglio di Eulalia, ma neppure questa volta ricevette un segnale.

Tentò ancora con Nabir, e poi con Dorathea ed infine con Ranja e Naso. Nulla. Nessuno rispondeva ai suoi messaggi telepatici e telempatici.

Si fece scura in volto: «Dobbiamo tornare all'Arx. Dev'essere successo qualcosa di grave».

Oscar ricominciò ad abbaiare, i Subcandi s'innervosirono sollevando le ali.

«Usciamo, lasciamoli tranquilli a covare» disse Geno, poi prese per mano Suomi e uscì assieme alla Crikken.

Lambert si affrettò a mettere in moto la Comidora e lasciò il rifugio, seguito da Oscar e Napoleon.

Madame correva per il sentiero mentre Geno continuava a chiederle: «È opera di Von Zantar? Come è possibile che abbia potuto agire ancora? Forse Pilo ha fatto del male ai miei genitori...».

Hastor Venti aveva le gote rosse, era agitatissimo.

Senza neppure girarsi, l'anziana francese rispose di non avere la minima idea di cosa potesse essere accaduto.

Lambert azionò la leva della sedia e volò in avanti ma appena si rese conto che l'erba attorno alla Rocca era completamente ghiacciata riscese velocemente posizionandosi davanti alla Crikken.

Margot si bloccò: «Che c'è?».

«Ghiaccio! Un brutto segno. Mi sa che...» Lambert non ebbe il coraggio di dire ciò che pensava.

«Froder!» gridò madame facendo traballare il cappellino.

Suomi, che cercava di stare al passo con gli altri ficcò il bastone in mezzo all'erba: «Bastardi! Hanno usato i fantasmi in nostra assenza!».

Madame rimase come impietrita, con lo sguardo fisso verso l'Arx. Piegò le braccia e strinse i pugni: «Non possiamo entrare. Dobbiamo agire diversamente».

«Vado io. Volando con la Comidora posso raggiungere i tetti e controllare dalle finestre. Potrò vedere cosa sta accadendo» disse Lambert dimostrando per l'ennesima volta un notevole coraggio.

Il Summus Sapiens non esitò: «D'accordo. Ma non avvicinarti troppo».

La sedia si sollevò tra fumi colorati e raggiunse velocemente la finestra che dava della camera di Yudi Oda.

Quello che vide gli bloccò il respiro: il ragazzo giapponese era steso a letto completamente coperto di ghiaccio. L'armadio, il pavimento, tutti gli oggetti, comprese le briglie, la sella, il collare, la Tuta Stagna erano congelati.

Il silenzio regnava sovrano.

Una scia luminosa apparve d'improvviso nella stanza

di Yudi: era un Froder. Mostruoso, inquietante, orribile più che mai.

Lambert virò con la Comidora spostandosi dalla finestra. Non voleva che il fantasma lo scoprisse.

Volò in alto verso la Cupola d'Oro dove erano prigionieri i genitori di Geno. Con sorpresa si accorse che i tetti non erano congelati. I raggi del sole si riflettevano sulla cupola e le scie di vento sembravano colorate d'oro.

Ritornò con velocità estrema dagli altri, non vedeva l'ora di raccontare tutto.

«Lo giuro! Ho visto un Froder! Yudi era immobile a letto. Forse è morto. Forse i fantasmi hanno ucciso tutti quanti!» il ragazzo francese aveva le lacrime che gli scendevano sul volto stravolto dalla paura.

La Crikken raddrizzò le spalle: «Non dire così! Non è possibile che siano morti!».

Geno si mise a correre verso l'Arx, era disperato.

«Fermati! Torna indietro!» ordinò Margot urlando a squarciagola.

Hastor Venti continuò a correre. Questa volta fu Suomi a urlare: «Ti Prego! Torna qui!».

Il ragazzo si girò e gridando ancor di più disse: «Dobbiamo salvarli».

Madame riuscì a raggiungerlo con molta fatica: «Non fare l'eroe. Bisogna usare la testa. Non può essere opera di Von Zantar, Ezra gli ha somministrato la Mielosa Sartiana con il sonnifero. Lui, Butterfly e Agata non avevano alcuna possibilità di compiere magie. Solo Pilo Magic Brocca può aver attivato i Froder, oppure gli spettri hanno varcato la Porta Bianca da soli. Le mie energie mentali e le mie percezioni mi segnalano una vera rivolta di fantasmi».

Geno abbassò gli occhi: «Ezra? Coraggioso! Comunque hai ragione, è inutile entrare all'Arx senza usare una strategia. Ma non posso pensare che i Froder abbiano compiuto una strage. Ci sono i miei genitori. Ci sono i miei amici, Anoki e poi tutti i Sapientes e gli Psiofi».

«Li salveremo. Non dobbiamo perdere il controllo» aggiunse madame abbracciando il ragazzo.

Lambert si affiancò a Geno, mentre Oscar abbaiava e guaiva.

«I tetti e la Cupola d'Oro non sono gelati. Stai tranquillo, tuo padre e tua madre sono in salvo. Forse i Froder hanno agito solo nelle stanze e nelle aule. Anch'io sono preoccupato, ma non serve a nulla agitarsi».

Suomi scoppiò in un pianto isterico: «Dorathea, cugina cara. Cosa ti hanno fatto... cosa è accaduto...».

Inutilmente tentò di usare il Vertiglio per parlare con la bella Sapiens finlandese, ma nessun messaggio ebbe risposta.

In quel momento avrebbe tanto voluto diventare colomba ed entrare all'Arx. Suomi aveva bisogno degli occhi, aveva bisogno di vedere. Si chinò e cadde in ginocchio.

Geno l'abbracciò e con i riccioli che gli cadevano sugli occhi guardò il cielo maledicendo Von Zantar e Pilo Magic Brocca. Poi un'idea gli passò per la mente:

«Andiamo dagli Osc...» ma subito dopo si tappò la bocca. Stava per nominare gli Oscurabi e non poteva farlo. Lambert non conosceva la loro esistenza. Bisognava rispettare la RM.AM.6A anche in quella situazione drammatica.

La Crikken lo fulminò con uno sguardo: «Zitto. Non dire altro. Ce la caveremo da soli».

Lambert De Solange non capì a cosa si stesse riferendo Geno, era troppo angosciato per ciò che aveva visto.

«Useremo gli Ippovoli, e se è necessario faremo intervenire anche i Subcandi» annunciò madame Crikken.

Napoleon miagolò e soffiò sollevando il pelo, Oscar si coprì il muso con le lunghe orecchie e gli Antei rimasero a pensare cosa mai sarebbe successo.

«Lambert, torna nel rifugio dei Subcandi e attendi un mio messaggio telempatico. Io, Geno e Suomi andiamo nella Scuderia» dispose Margot. Poi respirò profondamente e i suoi pungenti occhi azzurri furono attraversati da una luminosa coscienza di terrore.

L'Anteo francese avanzò sulla sua Comidora e fece cenno alla Crikken di abbassarsi. Margot lo fece e Lambert sussurrò:

«Perché non dici a Geno chi sei veramente? Questo lo calmerà, lo rassicurerà».

«Non è il momento. Sapessi quante volte ho desiderato parlare con lui e René ma c'è sempre qualcosa di più importante da fare. Troverò il modo giusto, non ti preoccupare. Ora vai».

Lambert girò la sedia e se ne andò pensieroso.

Hastor Venti continuava a fissare la Rocca della Mente, la scrutò e ne osservò ogni minimo dettaglio.

Controllò di avere in tasca il CantOssum, l'AeterNummus e la Wied-Nion.

Di colpo si ricordò che l'osso del deserto aveva reagito benissimo davanti ai Froder quando si erano manifestati sulla Porta Bianca. Lo disse alla Crikken la quale gli rispose che avrebbero provato ad usarlo una volta entrati all'Arx.

Arrivati alla scuderia, videro che la porta del retro dell'Arx era semiaperta: il ghiaccio era ovunque.

«Potremmo entrare anche da lì, ma ora preferisco cavalcare gli Ippovoli. I Froder non possono uscire allo scoperto, alla luce del sole le loro forze malefiche si annullano».

Appena madame ebbe finito la frase, si rese conto che l'unico modo per sconfiggere gli spettri di miss O'Connor era proprio farli uscire dall'Arx.

In fretta salirono sui cavalli alati e, benché non avessero sella e briglie, si levarono in volo tenendo con le mani la criniera.

Suomi era un po' in difficoltà, ma la forza della disperazione la fece volare senza paura.

Madame Margot Crikken aizzava l'Ippovolo mettendosi in contatto mentale con lui. Il cavallo nitriva e sbatteva velocemente le grandi ali muovendo a ritmo le forti zampe muscolose.

I tre si avvicinarono alle finestre e si trovarono di fronte a uno spettacolo terrificante: lunghi steli di ghiaccio appesi al soffitto, i pavimenti coperti da lastre lucide e fredde. Riuscirono a scorgere anche i corpi di alcuni Psiofi completamente congelati.

I Froder si aggiravano in preda all'euforia. Con occhi gelidi e mani scheletriche toccavano oggetti e pareti.

Suomi cercò di vedere con gli occhi della mente, ma era talmente sconvolta che le immagini le si offuscavano. Le percezioni della ragazzina cieca erano fortissime e il suo cuore era colmo di angoscia.

Madame strinse i denti e nello sforzo le sue rughe apparvero ancor più profonde.

Stanca, disperata e senza più i suoi Sapientes, prese tutte le sue energie in pugno e mirò verso la grande finestra che dava sulle scale.

Tirò la criniera del cavallo, che eseguì subito l'ordine, e si gettò a tutta forza infrangendo i vetri.

Appena ebbe sfondato la finestra, un colpo di vento gelido respinse il cavallo, che per l'impatto perse l'equilibrio.

Con le zampe anteriori sollevate e il corpo eretto provocò la caduta libera di madame Crikken.

Geno Hastor Venti urlò come un pazzo e il suo Ippovolo si proiettò verso Margot.

Il giovane riuscì ad acciuffare un lembo del lungo vestito dell'anziana francese.

«Ti tengo. Resisti! Ti prego, non lasciarmi anche tu!» la voce tuonò nel cielo azzurro.

La Crikken, a testa in giù, guardò il Prato Veloso sotto di lei. L'altezza era paurosa. Se il vestito si fosse strappato sarebbe sicuramente morta sfracellata.

«Fai virare il cavallo. Fallo scendere un po'» gridò con quel poco di fiato che le rimaneva.

L'Ippovolo cavalcato da Geno eseguì perfettamente la virata ma il vestito stava per cedere. Uno strappo...e poi un altro.

«Madame!!!» il ragazzo non sapeva che cosa fare, mentre Suomi cercava di avvicinare anche il suo cavallo al corpo della Crikken, che dondolava come un pendolo in balia delle correnti d'aria.

L'ultimo strappo fu improvviso. Poi... la caduta! Margot volteggiava nell'aria a braccia aperte.

Chiuse gli occhi e aspettò la morte. In un lampo vide tutta la sua vita scorrere come un film velocissimo. Unico cruccio che le rimase impresso nella mente era di non aver detto la verità a Geno e a René.

Con un colpo di coda, il suo Ippovolo si riprese dalla sferzata di vento gelido e riconquistò la traiettoria. Come un vero e coraggioso cavallo magipsichico. si portò sotto la Crikken salvandola all'ultimo istante.

Adagiata sul dorso lucido e nero del cavallo alato, Margot respirò con affanno fino a quando sentì che gli zoccoli dell'Ippovolo toccarono terra.

In pochi secondi planarono anche gli altri due cavalli con Geno e Suomi.

Il ragazzo scese con un balzo e corse da madame.

«Stai bene? Dimmi che stai bene!» chiese l'Anteo, con la bocca asciutta e gli occhi sbarrati.

Geno avrebbe dato la sua vita per salvare quella vecchia signora che adorava.

La Crikken sollevò la testa. Era spettinata, aveva gli occhiali di traverso e il volto bianco come la neve.

«Sono viva. E purtroppo per te, lo sarò ancora per molto» disse con la sua solita ironia.

Geno tese le mani e le accarezzò il volto. Poi le diede un bacio sulla guancia:

«Ti voglio bene. Con te ho scoperto il valore dei sentimenti. Il valore della vita. Il valore che ognuno di noi ha».

In mezzo al Prato Veloso, tra gli Spiccafili che volteggiavano nel cielo, Geno Hastor Venti pianse davanti al suo Summus Sapiens.

Anche la Crikken si commosse nel guardare quel ragazzo che stava diventando grande.

Si ricompose sistemando l'abito oramai stracciato, brontolò per aver perso il cappellino e, per attenuare la tensione, diede un buffetto a Suomi che tremava come una foglia.

«Riportiamo gli Ippovoli in Scuderia. Questa volta ha vinto il Male» disse camminando un po' acciaccata.

La sera calò e, nel chiarore delle fiaccole accese della Scuderia, i tre si sedettero sulle panche a riposare.

«Non possiamo arrenderci. Chiamiamo Orso Quieto e Fionn. Ci aiuteranno» esordì Hastor Venti.

«Sì, è quello che hó pensato anch'io» rispose Margot pulendo le lenti degli occhiali.

A guardarla così non sembrava proprio una maga eccellente a capo dell'Arx Mentis. Eppure Geno vedeva in lei la forza della mente.

«Allora fallo!» insisté Suomi.

«Non è possibile che arrivino qui. Anche la O' Grande e le tre pietre giganti saranno sommerse di ghiaccio. La Bilocazione Traversa non è praticabile» secca e precisa, la risposta di madame fu come una pugnalata.

«Allora non abbiamo scampo!» Geno non voleva crederci ma la realtà era quella.

«Ho deciso che partiremo ora per l'Intercanto. Gli effetti della Revola Riflussa presto si faranno sentire e voi non sarete in grado di avere la mente lucida» spiegò l'anziana donna.

«Partire? Ora? Ma vuol dire che lì dentro moriranno tutti!» Hastor Venti si alzò in piedi rabbioso.

«Chiederemo l'aiuto a Tantre Sheng Vioo. Anche se è una persona temibile, non penso che permetterà questa strage» dichiarò il Summus Sapiens, che aveva deciso. Nulla avrebbe impedito il viaggio.

«E gli altri Antei? Agli Psiofi, ai Sapientes... a mia cugina Dorathea... Che cosa succederà a loro?» chiese Suomi sempre più agitata.

«Non lo so. Certamente il fatto che abbiano bevuto il ClonaFort li aiuterà a sopportare il congelamento, ma l'unica speranza di salvarli è partire» replicò la Crikken.

Geno provò nuovamente a insistere:

«Gli Oscurabi e i Faber ci daranno una mano, loro non possono lasciarci in questa situazione».

«Sai benissimo che non usano violenza o aggressione. È contro il loro Regolamento Aureo. Inoltre sarebbe inopportuno andare a chiedere aiuto, René sta affrontando un'importante sfida. Non solo diventare Oscurabio, ma soprattutto salvare l'Anello» madame accarezzò Napoleon che era visibilmente scosso.

«Posso usare il CantOssum, i Froder lo detestano!». L'Anteo italiano non voleva proprio partire.

«Tienilo da conto. Ci servirà durante l'Intercanto, Riccardo Del Pigio Ferro avrà previsto anche questo. Anche da morto riesce a guidare i nostri destini» disse malinconica l'anziana francese.

Suomi rimase in silenzio e Geno strinse l'osso magico, la moneta e la runa bianca. Tre tesori che lo convinsero di andare avanti e affrontare l'Intercanto.

Madame attivò il Vertiglio e mandò un messaggio telempatico a Lambert, che accese il motore della Comidora e schizzò raggiungendo la Scuderia.

Anche lui non voleva arrendersi e soprattutto non voleva restare solo: «Se ve ne andate, io cosa farò?».

«Starai con i Subcandi e verrai a dare il Fienareo agli Ippovoli. Qui nella Scuderia, dentro quella vecchia dispensa troverai alcune riserve di cibo metafisico. Non è molto ma ti basterà per sopravvivere. Giurami che non entrerai all'Arx!» la Crikken prese le mani dell'Anteo francese tra le sue.

«Sì, lo giuro. Resterò qui, sulla mia Comidora Fluttuante e attenderò il vostro ritorno. Ce la farò!» Lambert aveva gli occhi lucidi e Geno si chinò verso di lui pregandolo di non fare cose azzardate.

«Saprai cavartela benissimo. Cavalli e cigni ti faranno compagnia» ma le parole di Hastor Venti furono interrotte dall'abbaiare di Oscar.

«Già, c'è anche il cucciolo» aggiunse Suomi.

«Non solo, ma resterà anche Napoleon. Non posso certo portarlo nel Sigillo Nero» madame accarezzò il suo adorato gatto e lo mise in braccio a Lambert.

«Gli animali spesso sono migliori degli essere umani. Ne avrai la prova restando solo con loro» Margot si alzò con la schiena dolente e andò verso l'uscita della Scuderia.

Era notte fonda. La luna e le stelle tempestavano il cielo nero.

Era giunto il momento di partire lasciando l'Arx Mentis in balia degli spettri.

Capitolo Undicesimo

“Memorandum”
L’immagine riflessa

Crampi allo stomaco, giramenti di testa, gambe deboli e occhi gonfi. Suomi e Geno erano a pezzi. Le reazioni della Revola Riflussa si erano manifestate come aveva previsto madame Crikken.

Così ridotti non potevano certo attraversare il bosco e raggiungere il Sigillo Nero a piedi. Sarebbe stato molto più comodo scendere dai gradini di roccia dell’Arx, ma non potevano farlo. Dalla Scuderia avrebbero dovuto entrare all’Arx, raggiungere il Salotto dei Fenicotteri e quindi uscire nell’atrio dove c’era il Pendolo Secco e il grande portone della Rocca. Impossibile: i Froder erano in agguato.

Madame non aveva alternative, fece nuovamente salire i due ragazzi in groppa ai cavalli alati e insieme spiccarono il volo. Un breve tratto e gli Ippovoli li portarono agilmente là dove si trovava il grande Sigillo.

Suomi aveva la febbre alta, scottava come il fuoco. Geno invece riusciva a mala pena a stare in piedi, le gambe non lo reggevano.

«Vi passerà, il ClonaFort che avete bevuto attenuerà gli effetti negativi» disse Margot tirando la tenda amaranto.

I due ragazzi entrarono nello sgabuzzino del Sigillo pregando che il ClonaFort li guarisse al più presto.

L’importante era partire.

Le chiavi non servivano, così Margot impose le mani sulla porta che dava nel Secondo Passo, sapendo che, questa volta, non avrebbero trovato il Deserto Smeraldo.

L'Intercanto riservava a Geno un'altra strada.

Un altro luogo. Un altro mistero.

Le mani di Margot, concentrata al massimo, diventarono trasparenti. Sussultò senza un lamento e, muovendo il vestito lacero, attese che si manifestasse l'evento magipsichico dell'Intercanto. Un velo d'acqua scese a cascata e scivolò sulla porta. Madame prese per mano i due Antei e con coraggio oltrepassò il muro liquido.

Si ritrovarono tutti e tre all'interno di un cunicolo di gomma. Le pareti e il pavimento erano soffici e di un bel giallo acceso. Dal fondo proveniva una luce, come se un grande faro fosse puntato su di loro.

Di colpo le pareti vibrarono e il pavimento cominciò a spostarsi come un tappeto mobile. Il cunicolo si muoveva!

«Stendetevi. Non abbiate paura. È un nastro trasportatore che ci farà scorrere fin laggiù» spiegò la Crikken e si adagiò per prima. I due ragazzi la imitarono.

«Mi gira la testa e mi viene da vomitare» disse con un filo di voce la giovane Antea.

«Non parlare e respira a fondo. Tra un po' passerà» cercò di calmarla Margot.

«Io ho dolori in tutto il corpo. È come se mi fosse passato sopra un trattore» aggiunse Geno toccandosi le spalle.

La velocità del pavimento cominciò ad aumentare.

Suomi, con la fronte grondante per la febbre e per la paura, strinse forte il suo bastone. Geno, steso dietro di lei, ogni tanto alzava la testa per guardarla. Era confuso e osservava le pareti di gomma senza immaginare dove il pavimento li stava trasportando.

Una rapida accelerata e madame finì dentro una buca coperta di petali e foglie. Uno dopo l'altro anche Geno e Suomi vi caddero di peso. Immersi nei fiori, con un profumo che inebriava, rimasero immobili.

La Crikken cercò di alzarsi ma non ci riuscì, poiché la montagna di foglie era scivolosa e non c'era alcun sostegno. Più si agitavano e più sprofondavano.

L'Antea non sapeva cosa fare e si spaventò. Alzò il bastone bianco verso l'alto e gridò: «Aiutatemi, affogo tra le foglie!».

«Ferma! Stai ferma! Ragazzi, adoperate la mente e abbandonate il corpo. Usate le tecniche di meditazione» fu il giusto consiglio di Margot.

Geno respirò ritmicamente e così fece anche Suomi, che, nonostante l'ansia, riuscì a calmarsi. I nervi si distesero, così come i muscoli. Mani e braccia si abbandonarono al dondolio della marea profumata.

Un imbuto di luce illuminò il corpo di Hastor Venti e in un istante lo risucchiò verso l'alto.

La Crikken spalancò gli occhi emettendo un grido strozzato, che terrorizzò Suomi: non poteva immaginare che cosa era accaduto al suo ragazzo. Madame, sussurrando, le spiegò con delicatezza che Hastor Venti era scomparso nella luce.

L'Antea sollevò la testa colma di petali, spalancò la bocca e urlò il nome del ragazzo. In risposta ricevette soltanto l'eco della sua voce.

Un colpo di vento caldissimo portò via le foglie, mostrando il lucido pavimento di marmo nero. Otto lanterne di fuoco arancione si accesero ai lati e illuminarono un cartello sulla parete.

Nelle fiamme passerete per scoprire la verità
Entrate ora dove il cuore vede lontano

Extra Sapiens
Tantre Sheng Vioo

La Crikken lesse a voce alta, mentre Suomi continuava ad urlare.

«Stai tranquilla, dammi la mano. Dobbiamo andare» disse madame, pur non sentendosi sicura.

Tantre era una persona molto potente per la sua conoscenza profonda della Magipsia: i suoi pensieri e le sue reazioni erano imprevedibili.

Il timore che fosse accaduto qualcosa di serio a Geno era inevitabile, ma l'unico modo per scoprirlo era seguire le indicazioni dell'Extra Sapiens.

Le fiamme aumentarono di altezza e diventarono strisce di fuoco, tanto che le lanterne scoppiarono dando vita a un rogo infernale.

«Moriremo bruciate vive!» gridò Suomi il fuoco sui capelli.

L'anziana francese abbracciò la ragazza e in quell'istante le fiamme si cristallizzarono in vetro e si diffuse un forte rumore di cristalli.

L'Antea, senza rendersene conto, sfiorò con un piede una fiamma vetrificata, che si spaccò in mille pezzi creando una voragine senza fine.

Entrambe piombarono nel buio di un budello di terra. Boati, voci, scie di fumo, sorgenti di acqua purissima e ancora foreste di un verde brillante, nuvole enormi e prati colmi di fiori gialli e rossi. Cadere significava attraversare tutti i mondi immaginari di Tantre Sheng Vioo.

Madame e la ragazza volteggiando nel vuoto colmo di luoghi sognanti e terrorizzanti.

La paura si sommò alla bellezza.

Suomi, nella sua cecità, poté rendersi conto soltanto dei rumori e dei profumi, mentre madame Crikken viveva appieno il turbinio delle sensazioni che accompagnavano i vari paesaggi immaginari.

Tre giri di vento caldo, quattro fulmini azzurri e sei raggi di sole avvolsero ogni cosa.

Insieme, Margot e Suomi si ritrovarono in mezzo alla neve: distese, senza alcuna forza, urlarono a più non posso. Le loro voci si diffusero nello spazio enorme e silenzioso.

La Crikken aveva perso gli occhiali, che per fortuna ritrovò affondati nel manto nevoso. Se li rimise e guardò esterrefatta il paesaggio, mentre un vento gelido sferzava il suo volto stranito.

Montagne altissime, bianche, colme di ghiaccio e neve circondavano quel posto incredibile e sterminato, sotto un cielo di un azzurro intenso e senza nuvole.

L'aria purissima entrò di getto nei loro polmoni.

Suomi alzò la testa e agitò i capelli bagnati di neve: «Dove siamo finite? Sento molto freddo».

«Siamo in Tibet, dove le montagne baciano il cielo. La terra di Tantre» affermò l'anziana donna che, nonostante sentisse la pace dentro il cuore, era turbata dalla prospettiva di incontrare Sheng Vioo.

Si alzò dolorante, accorgendosi che il Sigillo Nero era intatto. La cosa la rassicurò: si poteva tornare indietro. Ma appena ebbe voltato le spalle al Sigillo, rimase impietrita.

Davanti le apparve maestoso un enorme monastero di pietra grigia con i tetti a pagoda colorati.

I raggi del sole illuminavano le pitture che adornavano quella costruzione gigantesca. Sulla neve erano piantati dei lunghi pali che trattenevano su corde spesse e nere, molte bandierine triangolari di diversi colori.

«*Mon dieu de la France*! *Merveilleux*! *Incroyable*!» Margot respirò profondamente e le sue rughe sembrarono carezze del tempo e non più solchi di vecchiaia.

«Cosa hai visto? Che c'è?» chiese la ragazza spaesata.

«Il monastero più bello che io abbia mai visto in tutta la mia vita. Se provi a concentrarti capterai le energie che emana» sbigottita e sgomenta, la Crikken sentì che la saggezza abitava proprio lì.

L'Antea annusò l'aria, sorrise e mosse le mani in una specie di danza: era l'effetto delle montagne, della neve e del monastero, che emanavano solo armonia.

Insieme, tenendosi per mano, affondarono le scarpe nella neve sino a raggiungere l'ingresso del monastero. Non c'era una porta, non c'era un cancello ma solo un gigantesco arco dal quale passare senza chiedere permesso.

Il cortile interno era attraversato da un torrente sottile sopra il quale erano stati costruiti dieci piccoli ponti di pietra.

Centinaia di finestre si affacciavano sul cortile deserto e nella parte alta del monastero spiccava una lunga vetrata senza tende.

«Che Geno sia finito qui? Lo ritroveremo, vero?» Suomi pregava che fosse così. Anche madame sperò di rivedere Hastor Venti in una delle innumerevoli stanze del monastero.

«Se Tantre vive qui non può essere una persona malvagia come si dice» disse Margot ripulendo il vestito come poteva. Non era presentabile, non era elegante. L'abito lacero e sporco non le si addiceva. Anche Suomi era ridotta malissimo: nel trambusto aveva perso il Tonca Rosso e anche i guanti, il viso era annerito dal fuoco e i capelli spettinati non rendevano giustizia alla sua bellezza di fanciulla.

Tre gong scossero il cortile e il rumore fece volare uno stormo di piccoli uccelli rossi. Quando tornò il silenzio, l'aria profumava di incenso ambrato e addolcì l'accoglienza alle due visitatrici.

L'anziana e la ragazza oltrepassarono uno dei piccoli ponti al centro del torrente e sentirono una musica tipicamente tibetana provenire dall'interno del monastero.

«Andiamo, sicuramente siamo attese» disse Margot aggiustandosi i capelli bianchi.

Sei campanelli tintinnarono attraendo l'attenzione: «Suonano da quella parte» Suomi puntò il bastone a sinistra.

Con il freddo nelle ossa si avviarono sperando di non sbagliare ingresso.

Passarono tra due larghe colonne blu e lo scricchiolio di una porta fu il segnale tanto atteso: «Ecco, là dentro c'è qualcuno» madame aumentò il passo.

La stanza era completamente viola, c'erano candele e candelabri ovunque, così come bastoncini di incenso e vasi di diverse dimensioni colmi di liquidi brillanti.

Margot scrutò pareti e soffitto e si guardò intorno. Non c'era nessuno ad attendere lei e Suomi.

Al centro della stanza, sopra un bellissimo tappeto giallo, c'era un radon d'oro, strumento musicale tibetano a forma di corno telescopico.

Soprau una panca lunga e stretta erano in bellavista degli abiti puliti, due bacinelle in rame colme e, nell'acqua calda, due morbide spugne per lavarsi. Più in là videro, accanto ad un paio di voluminosi libri antichi rilegati con fini cordicelle rosse, delle coperte di lana molto grossa ben piegate, poi una cesta colma di pane nero, frutta candita e bottigliette contenenti succhi di erbe di montagna.

Appoggiato sopra le coperte era in bellavista un foglio di carta marroncina, scritto rigorosamente a mano. Margot lo lesse a voce alta:

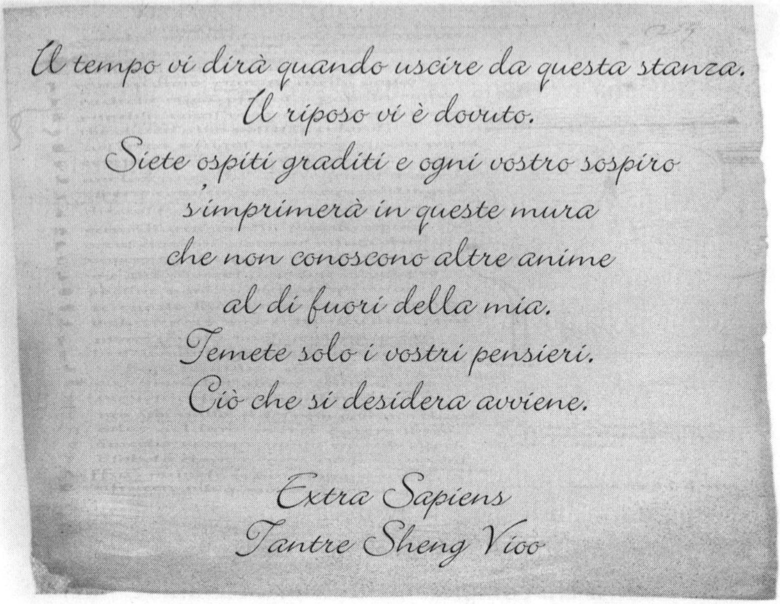

Il tempo vi dirà quando uscire da questa stanza.
Il riposo vi è dovuto.
Siete ospiti graditi e ogni vostro sospiro
s'imprimerà in queste mura
che non conoscono altre anime
al di fuori della mia.
Temete solo i vostri pensieri.
Ciò che si desidera avviene.

Extra Sapiens
Tantre Sheng Vioo

Suomi si sedette sulla panca: «Un messaggio positivo. Non mi pare che Tantre ci voglia far del male».

«*Oui,* e il fatto che ci dica di stare attente a ciò che pensiamo è un avvertimento non da poco. Diamogli fiducia e attendiamo» rispose la Crikken porgendo alla ragazza una delle due bacinelle.

L'ambiente, profumatissimo, era accogliente e nulla poteva far presagire qualcosa di tragico. Dopo essersi lavate indossarono gli abiti puliti. Madame era imbarazzata, perché il suo vestito, tipicamente tibetano, era di un verde un po' troppo brillante con ricami rosa acceso proprio sul davanti.

Suomi era carina con la sua tunica azzurra, ricca di nastri sulle spalline. Mangiarono tutto ciò che era contenuto nella cesta e attesero che accadesse qualcosa.

Margot chiuse gli occhi e si riposò, cercando di annullare ogni pensiero negativo.

L'Antea invece non riusciva a stare tranquilla: pensava a Geno. Sentiva la sua presenza.

Infatti Hastor Venti non era lontano. Anzi, era vicinissimo. La magia compiuta da Tantre lo aveva trasferito dal Sigillo alla sala più grande e sontuosa del monastero.

Il ragazzo dormiva beato sopra un enorme cuscino di lana grezza. L'Intercanto era stato traumatico e il suo risveglio lo sarebbe stato ancor di più.

La grande sala era riscaldata da quattro stufe, su due pareti erano appesi a grossi chiodi di legno degli arazzi e dei piccoli ninnoli. Lunghi mobili intarsiati occupavano la parte centrale della stanza e sopra tenevano statue d'oro dalle forme umane e divine.

Nella parete di fronte tre lunghi cilindri di legno e metallo giravano lentamente: erano le Ruote di Preghiera.

Intorno alla stanza scintillavano sette incensi grossi quanto dei ceri. Il loro profumo era inebriante.

Pesanti lampadari di ferro e argento illuminavano l'ambiente pur senza lampadine: fiammelle di candele, piccole e grandi, ardevano allungandosi verso il soffitto.

Accanto a Geno fumava una tazza di vetro amaranto colma fino all'orlo di una tisana e fu il suo odore a svegliarlo in modo dolce.

Quando aprì gli occhi capì che era capitato nel luogo misterioso dove viveva il Terzo Extra Sapiens. Mobili e profumi, oggetti e colori parlavano della presenza di quest'uomo tanto temuto.

Si alzò dal cuscino e guardò attentamente attorno a sé. Udì suoni armonici di campane e campanelli, annusò i profumi dolciastri e toccò il morbido e caldo cuscino di lana su cui aveva riposato. Di una cosa si accorse subito: non c'erano finestre e una parete era completamente spoglia. Nuda. Nera. Misteriosa.

Solo, con la piena consapevolezza che avrebbe incontrato Tantre, mise le mani in tasca e strinse gli oggetti magipsichici come per cercare sicurezza.

Poi prese la tazza con la strana tisana e assaggiò con timore: il gusto era simile all'arancia. Un sorso dietro l'altro e il liquido caldo gli entrò nello stomaco.

Il silenzio di quel luogo, interrotto solo dal suono delle campanelle, gli provocò sentimenti contrastanti.

Da un lato sentì la mente calma e rilassata, dall'altro la solitudine lo rese triste e sospettoso.

Così come il pensiero di Suomi si affacciava in lui, al tempo stesso il suo amore risuonava nel cuore della ragazza.

Eppure ogni facoltà mentale, comprese la telepatia e la telempia, sembravano interrotte. Fuori uso. Ogni pensiero si dilatava nell'aria e si perdeva nei fumi degli incensi.

Hastor Venti ebbe la netta sensazione di essere controllato mentalmente da un'energia sconosciuta.

Ed era vero: Tantre Sheng Vioo era entrato in lui.

Era dentro la sua mente.

Sottile, impercettibile, invisibile. La forza e la potenza dell'Extra Sapiens erano talmente fuori da ogni limite magipsichico che si potevano solo subire.

Il suono di tre gong fece sobbalzare Geno, che fissò il suo sguardo sulla parete nera. D'improvviso vide il muro trasformarsi in uno specchio: era enorme, lungo e rosso fiammante.

La stanza, i mobili, gli oggetti e il pavimento si riflettevano perfettamente: tutto era rosso porpora.

Lo specchio si muoveva come agitato da una brezza invisibile.

Hastor Venti si avvicinò e appoggiò le mani sulla sua immagine. Quel semplice gesto lo sconvolse.

L'immagine riflessa rimase immobile, come se quello specchio non riflettesse esattamente la sua figura.

«Come è possibile?» esclamò continuando a muoversi e parlare.

La sua immagine era ferma.

Mise ancora le mani sopra lo specchio come per toccare se stesso: le dita affondarono finendo nel vuoto.

Sconcertato e perplesso si allontanò di qualche passo: il suo corpo nello specchio rimaneva fermo come una statua.

«Sono Geno Hastor Venti, che scherzo è mai questo?» gridò, sperando che Tantre Sheng Vioo si facesse vivo.

Non arrivò alcuna risposta e i campanelli continuarono a tintinnare.

Il giovane provò terrore, e le labbra iniziarono a tremargli. Provava un unico desiderio: fuggire da quella stanza.

Cercò con gli occhi un'uscita, ma non vide porte.

Esasperato riguardò se stesso senza capire chi fosse quell'immagine riflessa.

«Non sono pazzo! Chiunque tu sia fatti avanti» urlò in preda alla rabbia.

Lo specchio si mosse come attraversato da un'onda rossa e la voce di Tantre Sheng Vioo scese come un tuono.

«Non puoi temere te stesso. Accetta il destino. Specchiati ancora e capirai».

Riconobbe immediatamente quella voce, era la stessa che aveva udito nel Deserto Smeraldo.

Brividi e sudori scossero il corpo del ragazzo. Un corpo che sembrava non appartenergli più.

Guidato dalla forza persuasiva di Tantre, appoggiò le

mani sullo specchio e questa volta la sua immagine seguì i suoi movimenti.

Mani contro mani, il tocco fu reale.

Al di là dello specchio c'era un altro Geno!

Spaventato cercò di ritrarsi, ma gli occhi riflessi lo fissavano a tal punto che non riuscì né a parlare né a ribellarsi.

La sua immagine parlò con la voce di Tantre Sheng Vioo.

«Io sono te, tu sei me. Siamo un'unica persona.
Sei pronto a scoprire la verità?»

La mente di Geno fu attraversata da un tumulto di immagini che si dissolvevano e si ricreavano: vide se stesso da piccolo, vide sua madre, suo padre e suo fratello. Scie di colori schizzavano veloci e tra una scena e l'altra gli apparvero via del Dolce Rosmarino e la villetta dei fantasmi con le finestre aperte e i fiori sbocciati nel giardino. E poi ancora gli passò davanti il volto di zio Flebo che parlava con un uomo sconosciuto che gli consegnava una lettera.

Geno non aveva mai visto, quell'uomo. Era suo nonno Svevo e quella lettera era finita poi dentro il cassetto di Flebo.

Volti, suoni, voci si accavallavano come fotogrammi di un film. Il tempo tornava indietro di anni e l'ultima scena che si presentò fu sconcertante: il ragazzo vide tre gemelli neonati. Due maschi e una femmina.

In un attimo la sua mente si arrestò e gli occhi tornarono a vedere la realtà dello specchio. Il suo se stesso era sempre lì, questa volta il volto era sorridente. La voce riparlò:

«Hai capito da dove vieni e da dove vengo io?».

Hastor Venti ebbe la tentazione di scappare, fuggire davanti allo specchio rosso che lo turbava al punto da non riuscire più a respirare.

**«Rispondimi Geno. Parla con me.
Parla con il tuo cuore che cerca la pace».**

«Non capisco. Ho paura, lasciami andare» lo scongiurò guardando l'immagine.

**«Sono Tantre Sheng Vioo, sono molto vecchio.
Ma ho la tua stessa età.
Non è difficile capire ciò che dico.
La tua mente è pronta.
Prova a ricordare come hai fatto a scoprire
le formule del ClonaFort. Trovasti le pergamene
con scritto Magramana di Rofantloc. Ricordi?»**

«Sì, ricordo. Magramana di Rofantloc era l'anagramma di ClonaFort. Ma questo cosa c'entra?».

«Pensa al mio nome e fai lo stesso».

Le pupille si dilatarono di colpo, le labbra si seccarono per l'emozione e il ragazzo urlò: «Tantre Sheng Vioo è l'anagramma di Geno Hastor Venti! Tu hai lo stesso mio nome e cognome!».

Spaventato, terrorizzato, sconvolto, il ragazzo tolse le mani dallo specchio e cadde in ginocchio. Scosse la testa come per cacciare ogni altro pensiero. Sentiva di impazzire veramente.

«Sì. È così. Il mio vero nome è uguale al tuo,
ma non ho potuto mantenere la mia identità.
Quando sono arrivato qui al monastero
ho creato l'anagramma e da allora
sono Tantre Sheng Vioo».

«Ma chi sei, davvero? Come fai ad essere mio parente?» chiese il ragazzo sempre più sospettoso.

«Io sono il terzo gemello.
Il fratello di tuo nonno Svevo.
Vivo qui da moltissimi anni
per volontà di Riccardo Del Pigio Ferro
che mi ha salvato dalla disperazione.
Il mio aspetto è rimasto quello
di quando ero un ragazzino della tua età.
La mia esistenza si è fermata tra le nevi
e le preghiere di questo monastero.
Ho atteso la tua nascita.
Ho atteso il tuo arrivo all'Arx Mentis.
Ora posso morire e donare a te
ciò che non ho avuto:
la vita.
La vita fatta di amore e sentimenti.
La vita in una famiglia che ora tu avrai.
Gli Hastor Venti hanno pagato un caro prezzo
per le doti magipsichiche che da sempre
hanno avuto. Da ora in poi tutto sarà diverso.
Tu, Geno Hastor Venti porterai l'armonia e la pace.
Questo era ed è il tuo destino.
Alzati e guardami adesso.
Le rughe possono finalmente segnare
il mio volto di vecchio».

Il ragazzo alzò la testa, le lacrime gli scendevano senza che se ne accorgesse.

Stravolto, sorpreso, con il cuore in gola guardò lo specchio rosso e non vide più se stesso ma un uomo anziano che indossava una lunga tunica arancione simile a quella di Nabir Kambil.

Aveva riccioli bianchi e occhi stanchi.

Tantre Sheng Vioo attraversò lo specchio e abbracciò il giovane con un tal affetto che attorno ai loro corpi si formò una luce azzurra d'amore.

Tantre si levò da terra trasportato dalla luce e con sé portò anche Geno.

Toccarono il soffitto e in balia di un invisibile sostegno si trovarono uno di fronte all'altro. Tantre allargò le braccia e aprì le mani, formando due sfere di fuoco che lanciò verso il basso. Le scintille e le fiamme si sparsero sul pavimento e crearono un tappeto di fiori rossi. Il profumo dei petali si sommò a quello degli incensi.

Al centro di un bocciolo di rosa apparve un involucro di Seta Lucente, che si aprì e mostrò una pietra preziosa luminosa, di forma triangolare: l'Adularia Infinia.

Tantre Sheng Vioo riscese lentamente tenendo Geno per un braccio.

Quando appoggiarono i piedi tra i fiori, il ragazzo si staccò dall'Extra Sapiens con lo sguardo fisso sulla gemma, che irradiava i colori dell'arcobaleno. Geno capì che si trattava della pietra utile per vincere Von Zantar, ma non l'afferrò: era troppo sconvolto per ciò che gli aveva svelato Tantre.

Con il volto tirato e gli occhi spalancati si rivolse a lui: «Tu... tu sei mio...» disse afferrando un lembo della tunica arancione come se volesse accertarsi che era una persona reale e non una proiezione dello specchio.

«Sono il fratello di tuo nonno Svevo,
abbiamo lo stesso sangue.
Ma il mio spirito, la mia anima è dentro di te.
Quando sei nato anch'io ho ricominciato
a sperare nella vita.
In quella vita che tu potevi avere al posto mio».

Tantre si sedette sul cuscino di lana e non staccò gli occhi da Geno. Il ragazzo si sentì smarrito di fronte a quell'uomo solitario che gli rivelava verità al di là di ogni comprensione.

Domande, interrogativi, sospetti, inquietudini. Il ragazzo fu travolto dal suo stesso destino. Mentre guardava quel vecchio che gli assomigliava ritornò con la mente nei deserti del Sigillo, risentì la voce di Riccardo Del Pigio Ferro che incitava a scoprire il senso della propria esistenza.

Mise le mani in tasca e strinse la AeterNummus.

Ricordò perfettamente che quella moneta gli era stata donata proprio da Tantre. La tirò fuori e gliela porse con gentilezza.

«Tienila, è tua e servirà tra non molto.
Non avere fretta, ci sono altre cose
che devi sapere».

Tantre Sheng Vioo accarezzò i capelli di Geno e sorrise.

I profumi degli incensi e l'atmosfera di quella stanza furono per il giovane Anteo come un ventre materno: caldo, accogliente e in penombra.

Da quel ventre però bisognava uscire: bisognava nascere di nuovo.

Doveva capire e affrontare la vita.

Geno ne stava prendendo coscienza.

Tantre spiegò tutta la storia dall'inizio, da quando Flemmo Hastor Venti e Dionisia lo avevano abbandonato assieme alla gemellina e gli parlò della sua solitudine. I genitori avevano tenuto soltanto Svevo, unico dei tre fratelli a non avere alcun potere magipsichico.

«Chi è la gemella? Di questo, nella lettera che mi ha dato zio Flebo, non se ne parla» domandò il ragazzo sempre più sgomento.

Il vecchio abbassò gli occhi e rispose che presto avrebbe incontrato anche lei.

Hastor Venti era sempre più confuso. Sentì la necessità di correre dai suoi genitori, di liberarli, stringerli e non lasciarli mai più.

Sentì la solitudine gelare il suo sangue, provò desolazione e rabbia per un passato che lo stava travolgendo e un presente difficile da accettare.

Il monaco raccontò della grande energia magipsichica che fin da piccolo aveva mostrato, tanto che Flemmo e Dionisia, spaventati, avevano decisero di darlo in adozione, così come poi avevano fatto con la gemella.

Geno ascoltava e sentiva crescere strane percezioni. Pensava alla misteriosa gemella, alla sua identità, alla sua vita.

A dove viveva. In qualche modo intuiva di sapere qualcosa di lei, ma non trovava nessun aggancio, nessuna spiegazione.

Intanto il monaco continuava a parlare dei suoi poteri, che andavano tenuti sotto controllo e in isolamento. Per questo Riccardo Del Pigio Ferro lo aveva nominato Extra Sapiens a soli 12 anni.

Meditazione, concentrazione, estraniamento.

Gli esercizi dell'anima e della mente erano stati per lui pane quotidiano.

Proprio Del Pigio Ferro diffuse la voce che Tantre era pericoloso. Cattivo. Malvagio.

In questo modo nessuno lo avrebbe mai voluto incontrare.

Una trappola, una bugia, una falsità per nascondere la drammatica verità sulla sua identità.

«Ma non potevi tornare a Campana di Sotto? Non potevi venire da noi e impedire il rapimento dei miei genitori?» chiese esasperato Geno.

«Ho donato la mia anima a te. Lo capisci?
Fuori da questo monastero non esisto.
Non posso esistere. Ho rinunciato alla vita
perché i miei poteri magipsichici
non mi avrebbero fatto vivere
come un uomo normale. E all'Arx Mentis nessuno
degli Psiofi e dei Sapientes avrebbe accettato
la mia presenza: ero un Hastor Venti.
Del Pigio Ferro avrebbe dovuto scontrarsi
con tutti per tenermi. La storia di Paul Hastor Venti
era ancora vivissima e tutti pensavano
che la nostra famiglia fosse maledetta.
Quando Del Pigio Ferro morì
io rimasi in attesa della tua nascita.
Riccardo mi aveva lasciato un incarico strano.
Dovevo pensare a mantenere in ordine
la villetta rosa, quella che tutti voi chiamate
la villetta dei fantasmi.
Nessuno sapeva di questa mia magia.
Neppure madame Margot conosceva
la verità quando venne a prenderti.

Geno lo interruppe bruscamente: «La villetta? Ma che significato ha?».

«È la tua casa. Lì vivrai con i tuoi genitori.
Tutto era già scritto. Tutto doveva avvenire
affinché tu entrassi all'Arx e dimostrassi
le tue vere capacità mentali
senza che gli altri ostacolassero
il tuo cammino.
Quando Yatto Von Zantar ha organizzato
il rapimento di Pier e Corinna
per via del ClonaFort ho capito
che un Hastor Venti poteva davvero
tornare a trionfare all'Arx.
Tuo fratello René purtroppo è stato plagiato,
ma ha conservato un cuore puro.
È bravissimo e diventerà
uno stimatissimo Oscurabio.
Ma tu... tu... sei diverso.
Sei l'erede predestinato.
Diventerai un grande esperto di Magipsia.
Io non ho potuto vivere la vita che volevo.
Tu ora vivrai anche per me.
Tuo padre e tua madre ti hanno dato
il mio nome senza sapere della mia esistenza.
Questo è stato un altro segno
del destino che ci univa».

Il vecchio monaco parlava con una calma fin troppo accentuata. Non era abituato a dialogare. Non aveva avuto mai ospiti.

«Vuoi dire che i miei genitori stanno rischiando la vita perché io dovevo fare questa esperienza? Dovevo affrontare una così difficile prova? Ma è folle!!!» esclamò Geno, irrigididito dalla rabbia.

«Ognuno di noi ha un compito nella vita.
Tutto ha un senso, anche se non sembra.
Lo Specchio Rosso della Verità che sta qui
di fronte a noi te lo ha dimostrato».

Tantre iniziò a respirare male e a tossire. La sua enorme forza magica stava diminuendo velocemente.

«Il mio tempo sta per scadere.
Ora in questa stanza arriveranno
due persone che conosci.
Una in particolare mi è tanto cara.
Lei ti dirà la sua verità».

Il monaco si stese tenendo una mano di Geno tra le sue.

Le Ruote di Preghiera iniziarono a girare sempre più in fretta e lo specchio rosso ricominciò a ondulare.

D'improvviso due figure, in pochi secondi, sbucarono dallo specchio: madame Margot Crikken e Suomi Liekko.

Erano arrivate secondo i tempi magici segnati da Tantre. Uscite dalla stanza riposate e rifocillate, senza saperlo, avevano attraversato lo specchio. Pronte per la verità.

«Madame! Suomi!» esclamò Geno.

Così vestite, con abiti e colori tibetani, fecero una strana impressione al ragazzo che rimase immobile a guardarle.

«Geno! Sei salvo. Sei qui!» la voce di Suomi si diffuse nella stanza.

L'angoscia e la felicità insieme fecero tremare la ragazza, che avanzò con il suo bastone bianco calpestando i fiori rossi sparsi sul pavimento.

Geno la strinse forte, le accarezzò i capelli e, rassicurandola le disse che era arrivata nella stanza dell'Extra Sapiens.

La Crikken rimase in silenzio: i suoi occhi erano puntati su Tantre Sheng Vioo. Lo scambio di energie mentali fu potentissimo: le gambe dell'anziana francese non la ressero e cadde a terra, in ginocchio. Si portò le mani alla bocca e cercò di parlare senza riuscirci.

Tantre si alzò dal cuscino con grande fatica e le porse una mano.

«Margot. Sorella mia adorata.
Le nostre rughe parlano del tempo che è passato.
Vieni verso di me,
è troppo il silenzio che ho sofferto.
È troppa la solitudine che ho vissuto.
Vieni, vieni da me».

«Fratello mio... sei tu il terzo gemello! Sei Geno Hastor Venti!» madame si sentì svenire, quello che lei e tutti gli altri consideravano un terribile mago era in realtà sangue del suo sangue.

La Crikken si gettò tra le sue braccia e insieme piansero di gioia. Vecchi, con le lacrime che scorrevano sui volti segnati dall'età, si guardarono scrutandosi. In effetti i lineamenti erano simili: entrambi magri, con occhi pungenti, capelli folti e bianchi e un sorriso che splendeva di felicità.

«Siete fratelli? Ma allora... io... non capisco... non capisco più nulla...» Suomi dall'agitazione cominciò a traballare e a perdere l'equilibrio.

Si appoggiò sul mobile accanto alla parete e rimase a bocca aperta.

«Madame! Tu sei una Hastor Venti?» Geno trasalì.

Guardò Margot con tale sorpresa che gli sembrò di vederla per la prima volta.

A quel punto la confusione che regnava nella sua testa fu totale.

«Sei la gemella? Sei stata rifiutata dai miei bisnonni e data in adozione anche tu? Perché? Perché non mi hai mai detto la verità?» il ragazzo le si avventò contro, scuotendola.

«Calmati, ti prego, torna in te!» la Crikken avrebbe voluto abbandonarsi e avere un moto d'affetto. La sua vita, tutta la sua esperienza si erano concentrate in pochi minuti in quel posto così anomalo e poco familiare.

Nel monastero tibetano, nel rifugio solitario e nevoso di Tantre, madame aveva ritrovato le sue origini.

«Bugiarda! Mi hai tradito! Mi hai usato!» Geno era furibondo.

Tantre alzò la mano destra e puntò l'indice sul ragazzo.

«Non infierire contro chi ha rischiato per te.
Margot non sapeva di essere una Hastor Venti.
Sentiva soltanto un grande trasporto verso di te.
Lei è stata usata.
Lei è stata ingannata anche da Riccardo Del Pigio Ferro. E questo è accaduto per raggiungere
il Bene e permettere a te di ritrovare te stesso.
Di ricostruire la tua famiglia.
Apri la mente e accetta la realtà».

La voce di Tantre divenne più bassa e profonda, la sua energia si stava esaurendo.

Madame accarezzò il volto del fratello: «Non voglio perderti adesso che ti ho trovato» disse disperata.

Poi rivolse lo sguardo a Geno: «Ho saputo di essere una Hastor Venti da poco.

Lo ha scoperto Lambert. Ti prego, ragazzo mio, non odiarmi. Io stessa ho provato angoscia e rabbia. Ma alla fine ho capito che la mia vita aveva un senso più grande di ciò che pensavo».

Geno guardò i due vecchi e urlò con tutta la rabbia che aveva in corpo: «Chi sono io? Ditemi chi sono!!!».

La Crikken si allontanò da Tantre e si mise davanti al ragazzo:

«Sei quello che senti di essere. Sei un giovane che sta attraversando un sentiero difficile. Sei un Hastor Venti e nel cuore hai coraggio e saggezza. Tutto ciò che abbiamo vissuto ha un grande valore. Siamo una famiglia. Capisci? Ci siamo ritrovati. Ci siamo scoperti. E ora dobbiamo affrontare l'ultima sfida: liberare Pier e Corinna».

Il respiro di Tantre Sheng Vioo si fece sottile, chiuse gli occhi e mormorò:

«Me ne sto andando.
Non abbiate paura per me.
Muoio felice perché so
che il Terzo Extra Sapiens
ora è Geno Hastor Venti.
Così ho deciso. Così dice il destino.
I nostri nomi, la nostra origine è questa.
La mia saggezza sarà la tua.
Conserva questo documento: è il Memorandum.
Sono le regole perché tu possa diventare
un Extra Sapiens che saprà onorare la Magipsia».

Dalle mani di Tantre si materializzò un rotolo di carta spessa giallo oro. Geno lo prese e l'aprì con emozione.

MEMORANDUM

Nel gioco degli specchi le immagini riflesse
non sono illusioni ma realtà

Lascia che la vita scorra come il fiume verso il mare.

Vivere è avere coscienza della propria esistenza.
È saper osservare il mondo e sentire di farne parte.

Non permettere mai a nessuno di ostacolare il tuo pensiero,
il cuore potrebbe non battere più il ritmo dettato
dal tuo destino.

Segui l'istinto, ragiona con i sentimenti,
nulla ti sarà di ostacolo.

Le idee vincono quando si spogliano dell'odio.

La saggezza si nutre di sorrisi.

Guarda con occhi limpidi, vedrai la potenza della natura.

Agisci nel Bene e otterrai il potere della Magipsia.

Le lacrime lavano la mente
di chi sa commuoversi guardando la luna.

Il futuro è già scritto,
leggilo rimanendo immobile nel tuo cammino.

Quando riuscirai a provare amore anche per un filo d'erba
la felicità arriverà senza che tu lo chieda.

La solitudine è danzare con la propria energia.

Stringi le mani del nemico, sentirà la sua stupidità.

Usa la voce per dire parole piene del tuo essere.

Cura il tuo corpo perché la mente ha bisogno di forza.

Osserva le fiamme e lascia che la mente voli
dentro la luminosità.

Aiuta chi non ti vuole, avrai salvato un'anima fragile.

Nel dolore non chinare la testa, alzala e guarda l'orizzonte.

Dona te stesso a te stesso, solo così potrai amare gli altri.

La veggenza è un'arte mentale alla quale non
si può rinunciare per conoscere gli errori.

Ricordati sempre che sei unico come gli altri.

Se la corrente del Male ti trascina dentro una casa d'oro
sappi che ciò che vedi è solo apparenza.

La vera ricchezza è ascoltare le voci del mondo.

Non temere la morte, arriverà comunque,
e tu dovrai saperla accogliere donando tutto ciò che sei stato
Perché solo quello che hai saputo dare resterà per sempre.

Onorato, con il tremore che faceva vibrare ogni muscolo del suo corpo, lesse le frasi e il suo sangue fluì nelle vene.

Un torrente di energia e passione, di amore e tolleranza, di gioia e pazienza colmò ogni ansia lasciando lo spazio a nuove emozioni.

Ora era pronto per la vita. Agile e coraggioso più di prima. Ora non era più un semplice Anteo di Terzo Livello. Era un Extra Sapiens ricco dell'esperienza ereditata da Tantre.

La sua personalità, i suoi pensieri, la sua mente si fondevano in un insieme creato dall'armonia dell'anima di quel vecchio monaco che portava il suo nome.

Geno e Tantre: due vite per un solo destino da accettare.

«Sono dunque un Extra Sapiens. Incredibile... pazzesco! Non so se sarò in grado di affrontare questo ruolo» disse con la sua solita ingenuità il giovane italiano.

«È proprio la tua incertezza a darti la forza
di essere ciò che sei.
Non temere i venti di burrasca,
non avere paura del fuoco che divampa,
non chiudere gli occhi di fronte alla vita.
Vivi Geno.
Vivi e assapora tutto quello che verrà».

Tantre Sheng Vioo aprì le mani e con un gesto di pace si rivolse al ragazzo che prendeva il suo posto.

Lo Specchio Rosso della Verità s'infiammò di colpo e in mezzo al fuoco apparve il teschio che Hastor Venti aveva già visto all'Arx Mentis, durante la prima lezione delle Pietre Magipsichiche.

Ricordò perfettamente che Eulalia Strabikasios aveva detto che il teschio rappresentava una rinascita. Ed era vero. Era la realtà che si mostrava in quel modo così tetro ma ricco di significato.

Il corpo di Tantre si sollevò dal cuscino di lana come se una forza misteriosa lo stesse portando via:

«Geno, prendi la AeterNummus e gettala dentro lo specchio».

Ma in quel momento intervenne la Crikken che sfiorò la tunica arancione di Tantre: «No! Non puoi morire adesso!».

«Vado nel mondo degli spiriti, non sarò solo».

Il corpo, sospeso nell'aria, con lentezza si spostò verso lo specchio nel quale, tra le fiamme, galleggiava il teschio.

Geno tirò fuori la moneta e la gettò. Il buio arrivò di colpo e la AeterNummus brillò come una stella tra le fiamme. La moneta salvava dal buio, così come Geno aveva sperimentato nel Deserto Smeraldo.

Madame e il ragazzo si abbracciarono, mentre Suomi, in silenzio, era preda del terrore che le danzava nello stomaco.

Prima di entrare nello specchio infuocato il vecchio monaco si rivolse a loro un'ultima volta:

«Quando tornerete all'Arx
molti Froder non ci saranno più.
Ho già provveduto a scacciarli
con le ultime mie forze mentali.
Ma i fantasmi di miss O'Connor sono ancora
potenti. Sifide e Olleni vi attaccheranno.
Sappiate difendervi».

«Sifide... Sifide persuasive e pericolose» ripeté madame Crikken, che sapeva molto bene quale potere avessero gli spettri femminili creati da Butterfly.

Geno ascoltò le parole di Tantre ma in quel momento non riuscì a controllare il pensiero. I sentimenti che provava erano troppo forti.

Continuava a stringere la Crikken come se stesse abbracciando sua madre. Il desiderio di amore, di affetto, di liberazione dal dolore erano più forti di ogni altra cosa. Il Memorandum era un documento vitale: quelle frasi, quei pensieri e quei concetti non lo avrebbero più abbandonato per tutta la vita.

Pensò a René, a quello che avrebbe provato nel sapere tutta la verità. Poi tese la mano verso il corpo di Tantre: «Non voglio che tu muoia. Non lasciarmi!».

Il vecchio non parlò più. Il suo cuore si era fermato. Le fiamme ingoiarono Tantre in pochi secondi.

La moneta d'oro e il teschio diventarono giganteschi e l'onda rossa portò via lo specchio creando un getto di energia fluorescente che si schiantò su Geno facendolo brillare dalla testa ai piedi.

L'anima e la potenza di Tantre Sheng Vioo erano entrate in lui.

Il ragazzo si sentì trapassare da aghi e spade, da spine e chiodi. Si piegò in avanti urlando come un ossesso.

Poi cadde a terra, gli occhi sbarrati rivolti verso l'alto.

La parete tornò nera e tutti i campanelli e tamburi del monastero suonarono contemporaneamente.

Le Ruote di Preghiera girarono vorticosamente e una luce azzurra si sparse in tutte le stanze.

Il vento entrò attraversando le spesse mura e i soffitti svanirono mostrando il cielo illuminato da un sole splendente.

L'enorme monastero tibetano scomparve come assorbito dall'aria pura e da cristalli di neve.

Tutti e tre si ritrovarono all'aperto, nel freddo pungente del Tibet.

In mezzo al gelo, vicino al Sigillo Nero brillava l'Adularia Infinia.

Accanto c'era un piccolo biglietto scritto da Tantre:

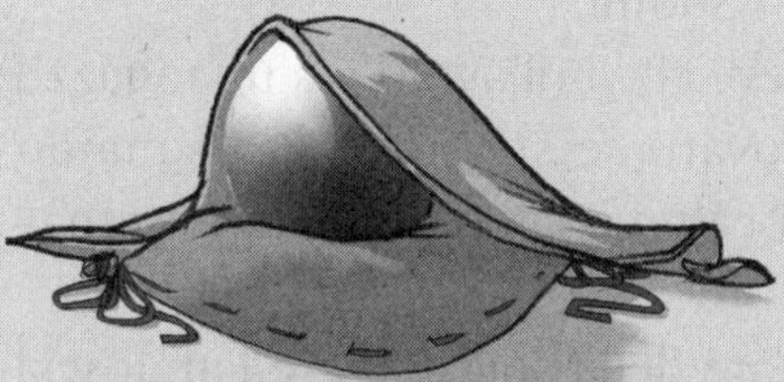

Adularia Infinia

COLORE: arcobaleno
INCANTESIMO: striata dall'innesto di sangue
MANUTENZIONE: avvolta da Seta Lucente
PROPRIETÀ: carica la mente e dona la conoscenza profonda della propria personalità.
POSIZIONE: cal centro della fronte

DI PROPRIETÀ ESCLUSIVA DEGLI HASTORVENTI

Suomi, completamente disorientata, ripeteva in continuazione il nome di Geno, senza riuscire a fare altro.

La Crikken si guardò intorno e vide solo la distesa di neve e le montagne che toccavano le nuvole. Geno era lì, in mezzo alla coltre ghiacciata. Immobile, con le pupille dilatate e le labbra secche.

Ancora un abbraccio e poi le carezze sui riccioli neri.

Margot temeva che il ragazzo non resistesse alla potenza magipsichica di Tantre. Il passaggio della sua anima nel corpo di Geno avrebbe potuto provocarne la morte.

«Respira! Ti prego!» gridò madame, afferrando il volto del giovane con la paura di non poter fare nulla.

«Io... io...» Geno stava riprendendo coscienza.

«Io so chi sono. Ora lo so» poche parole che entrarono nel cuore di madame e di Suomi.

Davanti a loro, nella neve che brillava, c'era un ragazzo che aveva finalmente trovato se stesso. Il suo sguardo diventò profondo, i gesti calmi e la voce chiara e trasparente.

Non sentiva più il dolore della solitudine e l'angoscia di sentirsi diverso.

Ora sapeva di poter riabbracciare i genitori. Sapeva di avere una vita davanti. Era consapevole del cammino che avrebbe compiuto.

Si alzò come un cavaliere senza ferite, osservò il manto nevoso e il Sigillo che splendeva davanti a lui.

«Ho Tantre nel cuore. Ho la forza di vivere. Sono Geno Hastor Venti e nessuno potrà più fermare i miei pensieri» nell'incredulità di madame e Suomi, raccolse l'Adularia Infinia e lesse il biglietto.

La gemma era unica. Magica. Indistruttibile. Era la pietra degli Hastor Venti che il vecchio Tantre aveva creato iniettandovi il suo sangue.

Con fierezza alzò al cielo l'Adularia Infinia: «Von Zantar, ti annienterò! Nulla ostacolerà più la mia vita!».

Il ragazzo entrò nel Sigillo Nero a passo deciso. La Crikken prese per mano l'Antea e insieme lo seguirono.

Il viaggio fu velocissimo. Un turbine di colori e paesaggi meravigliosi accompagnarono il volo nel mondo magipsichico. Nessuna tensione, nessuna paura.

L'ultimo passaggio dell'Intercanto di Geno e Suomi fu sereno. Le emozioni e i sentimenti si unirono all'armonia del Sigillo che, per la prima volta, li accolse senza insidie.

Quando arrivarono nel bosco della *Vallée des Pensées* i tre viaggiatori respirarono i profumi della primavera. Il prato dell'Arx Mentis era verdissimo e la Rocca non era più avvolta dal ghiaccio.

Geno si avvicinò a Suomi con delicatezza:

«Insieme siamo arrivati e insieme affronteremo l'ultimo ostacolo. Stai al mio fianco. Con te mi sento più forte».

La ragazza gli sorrise, mentre madame Crikken li guardava pensando al loro futuro.

L'anziana francese era commossa e turbata dall'emozione di entrare all'Arx e comunicare ciò che era avvenuto.

Ora finalmente poteva dire a tutti la verità.

Hastor Venti aveva le gote rosse e gli occhi brillavano come il suo sorriso.

«Sei un Extra Sapiens ed è la prima volta nella storia della Magipsia che un ragazzo della tua età ottiene un incarico così importante. È fuori da ogni Regolamento. Ma sei speciale e meriti ogni riconoscimento. Sappi però che dovrai affrontare lo stesso il Contra Unico. Non posso trasgredire totalmente le regole. E come sai, dalla morte di Bob ho deciso che all'esame finale non siano presenti gli Antei di primo e secondo Livello».

«Certo, lo farò. Ma voglio dirti che tu per me sei speciale, ti voglio bene. Sentivo che mi eri vicina anche se talvolta ho avuto dei sospetti. Fai parte della mia famiglia» Geno era sincero e sapeva di non poter più fare a meno della compagnia di Margot.

Colpita al cuore, presa nella rete dei sentimenti più cari, l'anziana signora distolse lo sguardo per non far vedere le lacrime.

«Sei la sorella di mio nonno, ma sei anche il mio Summus Sapiens e ho grande rispetto per te. Ora andiamo all'Arx e liberiamo i miei genitori. La vittoria è vicina» il ragazzo indicò gli Ippovoli che, pazientemente, avevano atteso il loro ritorno.

Volarono in groppa ai cavalli neri respirando la gioia di appartenere alla famiglia Hastor Venti.

In volo, madame attivò il Vertiglio avvisando tutti di prepararsi a ricevere il nuovo Extra Sapiens. Per Geno voleva un ingresso spettacolare.

La morte di Tantre la rattristava, ma il suo sacrificio valeva la vita di un giovane. In quel momento, sulle sue spalle, Margot sentì la propria vecchiaia pesare come un macigno.

Ora il suo obiettivo primario era riunire la famiglia Hastor Venti.

Quando i Sapientes ricevettero il messaggio telempatico del Summus Sapiens iniziarono a correre su e giù per le scale agitandosi come dei forsennati.

L'Intercanto aveva portato una ventata di cambiamento totale all'Arx. Non solo era stato nominato Extra Sapiens un Anteo di Terzo Livello, ma la notizia che madame era una Hastor Venti aveva sollevato un turbinio di pensieri e perplessità.

In preda ad un disordine euforico, Eulalia e Daphne srotolarono un lunghissimo tappeto rosso e accesero tutti i candelabri mentre Nabir Kambil, Naso Bendatov e Dorathea si posizionarono vicino alla porta del retro dalla quale Margot, Geno e Suomi sarebbero entrati.

Gli Ippovoli planarono proprio davanti e i tre scesero

con un balzo. Madame era visibilmente scossa ma radiosa. Geno sorrideva e mostrava l'Adularia Infinia come un trofeo di valore inestimabile. Suomi camminava fieramente giocherellando con il bastone.

Tutti gli Psiofi della Nuova Alleanza si schierarono ai lati del tappeto applaudendo i tre viaggiatori.

Lambert De Solange, a bordo della sua Comidora Fluttuante, arrivò come un razzo, dietro di lui abbaiava felice il piccolo Oscar.

«Bentornati all'Arx! Ci attende un'ultima battaglia, poi i nostri cuori saranno uniti fino alla fine. Vi annuncio anche la nascita di tre piccoli cigni. Sono bellissimi» il giovane francese aveva un'aria gioiosa. Napoleon, che gli stava in braccio, miagolò alla vista di Margot.

L'anziana lo prese e si complimentò con Lambert: «Grazie per tutto quello che hai fatto» poi, guardando i presenti, annunciò ufficialmente la nomina di Geno a Extra Sapiens.

Un coro si giubilo si levò altissimo e contemporaneamente suonarono tutti gli strumenti dell'Arx. Il Pendolo Secco, la Batacchia Tremula, il Fischiosugo, la Trombotta e il Piansereno unirono le loro note formando una musica roboante.

I muri rocciosi, per quanto pesanti, tremarono facendo traballare ciò che restava di Timpatubi e Scantoppie. Brandelli di intonaco e sassi caddero sui pavimenti ancora bagnati per lo sciogliersi del ghiaccio provocato dai Froder.

Vicino alle Staffore Inverse, chiusi nella Stante Ferrosa, Agata, Yatto e Butterfly si scatenarono in una ridda di voci e grugniti. La magia di Tantre aveva salvato anche loro dal gelo degli spettri e il risveglio dal sonnifero li aveva portati a un livello di odio ancor più forte.

Geno si fece largo e andò davanti a loro con l'Adularia Infinia in mano.

«Finirete nel nulla. Sarete anime perse. Di voi si avrà solo un orribile ricordo. Potrei distruggervi ora ma voglio che anche mio fratello veda lo spettacolo. René arriverà prestissimo e per voi non ci sarà nessuno scampo» il ragazzo non temeva più le loro magie.

Un brusio alle spalle di Geno interruppe la sentenza per i tre prigionieri. Erano alcuni Psiofi che commentavano la notizia che il Summus Sapiens era in realtà una Hastor Venti.

Il ragazzo si girò e li guardò, captò ogni loro parola:

«Dovete essere fieri che Margot appartenga alla mia famiglia. Non dovete temere nulla. La realtà parla da sola. Guardatevi attorno e capirete che Tantre Sheng Vioo vi ha salvati dai Froder. Che madame ha affrontato ogni pericolo e che io e mio fratello siamo destinati a riportare l'Arx Mentis all'antica gloria».

Serio, sicuro, felice. Il ragazzo dai riccioli neri aveva il mondo nelle sue mani, sentiva di poter donare amore e fare giustizia.

Anche madame si fece avanti dichiarando pubblicamente che da quel momento in poi il suo nome sarebbe stato: madame Margot Crikken Hastor Venti.

«Ho deciso così perché questa è la mia vera identità. Non rinnego di appartenere alla famiglia Crikken che mi ha cresciuto e amato. Ma sono una Hastor Venti, e ne vado fiera».

La reazione di Yatto Von Zantar fu bestiale: vomitò liquido verde e si accasciò a terra raggomitolandosi come un piccolo mostro colpito da mille pallottole. Distrutto, calpestato nel suo onore. Deriso, sbeffeggiato. L'ex Summus Sapiens era l'ombra di se stesso. Solo miss O'Connor ebbe la forza di reagire come una tigre: «Non è detta l'ultima parola. Spettri e fantasmi seguono i miei ordini. Cominciate a tremare fin da ora».

Anoki Kerioki, Yudi Oda, Toam Ratandra ed Ezra Moore si affiancarono a Geno: «Noi lotteremo senza paura».

La notte trascorse veloce. Dall'euforia nessuno riuscì a dormire. Tutti attesero l'alba sperando nel ritorno di René. Con l'Anello depurato e l'Adularia Infinia si sarebbe sancito un nuovo periodo di armonia e pace per l'Arx Mentis.

Capitolo Dodicesimo

"Pax Arx"

L'aquila, il falco e due colombe

Erano le 6 precise del mattino e come sempre la Batacchia Tremula scoccò l'ora avvisando l'inizio di una nuova giornata.

Gli Antei erano rimasti svegli tutta la notte a parlare nella Stanza Cerchiata.

Seduti attorno alle vasche di acqua infuocata si confidarono la paura dell'ultima sfida per la liberazione di Pier e Corinna.

Sotto gli occhi attenti dei suoi amici, Suomi narrò swlla morte del Terzo Extra Sapiens, del fatto che andandosene aveva consegnato la sua anima e i suoi poteri a Geno. Scese un rispettoso silenzio e tutti, per un momento, sentirono una stretta al cuore.

Ammutoliti e pensierosi, rifletterono sul destino del giovane italiano e di suo fratello.

Ezra era piuttosto inquieto e ne aveva tutte le ragioni: il suo primo ciclo stava terminando e come gli altri aveva subito la tecnica della Revola Riflussa.

Aveva seguito le lezioni secondo il Programma del Mese, ma le interruzioni erano state davvero troppe. Per non parlare del manto di ghiaccio che aveva fermato interamente l'Arx!

«Temo le conseguenze della Revola Riflussa, si sa che provoca guai seri alla salute. Sembrerà assurdo, ma dobbiamo ringraziare il gelo dei Froder che ci ha immobilizzato per molti giorni» disse Ezra, grattandosi le orecchie a sventola, poi sfogò ogni suo dubbio: «Tu e Geno, durante l'Intercanto, non vi siete sentiti male?».

«Sì, abbiamo avuto febbre, giramenti di testa ma poi è passato tutto. Ed è anche grazie al ClonaFort se nessuno di noi ha rischiato la morte. Voi l'avete bevuto, così come ho fatto io. È una sostanza magipsichica particolare, e lo sapete benissimo» rispose l'Antea.

«Hai ragione. In effetti anche Ranja ed Eulalia hanno detto la stessa cosa. È importante che il ClonaFort sia disponibile per ogni evenienza. Ma il problema ora è un altro: noi che cosa dobbiamo fare ora? Entrare nei nostri Sigilli e partire o no? Insomma, quando faremo il nostro Intercanto?» insisté l'inglese rivolgendosi agli altri.

«Ce lo spiegherà Margot. Però è previsto il ritorno di René e questo sconvolgerà nuovamente tutte le attività. Penso che dovremmo stare qui: la liberazione di Pier e Corinna è vicinissma» disse Yudi Oda.

Suomi annuì e anche Toam Ratandra fu della stessa opinione. Solo Lambert azzardò un'ipotesi:

«Sì, resterete ancora qui, ma sapete bene che nessun Anteo può assistere al Contra Unico. Geno e Suomi lo dovranno fare, me lo ha confermato madame Crikken. Io non guarderò, mi chiuderò nella mia camera. D'altra parte devo vivere qui per sempre».

Ezra si avvicinò all'amico che si era seduto sulla Comidora:

«Non sarai mai solo».

«Lo so. La vita qui cambierà molto. Quando riusciremo a liberare i genitori di Geno e René tutto sarà diverso» l'Anteo francese pensava ai Subcandi e alle nuove tecniche di Magipsia che Margot aveva promesso di insegnargli.

«Che ne pensate del Summus Sapiens? È proprio una storia incredibile che sia in realtà una Hastor Venti» borbottò Yudi Oda, e le sue parole suonarono come un velato sospetto sull'anziana signora.

«Sì, è una storia piuttosto stramba, ma è la verità. Credetemi, quando l'ho scoperto mi ha sconvolto. È per questo che sono tornato all'Arx. Ora capite perché madame mi ha accettato e ha fatto in modo di farmi rimanere» rispose Lambert d'impeto e il suo discorso rese ancor più pesante l'aria che si respirava.

Suomi conosceva già questo particolare, sapeva che era stato proprio lui a svelare a madame la sua vera origine e intervenne tentando di appianare i malumori:

«Il nostro Summus Sapiens è davvero una donna eccezionale. Quando ho incontrato Tantre Sheng Vioo ho capito tante cose. E vi posso assicurare che la famiglia di Geno ha sofferto davvero molto. Dal 1666, quando fu ucciso Paul Hastor Venti, una maledizione cadde su tutti i suoi eredi. Per questo ora è importante che Pier e Corinna tornino a Campana di Sotto e che Geno e René trovino pace nel loro cuore e una famiglia come le altre. Madame sarà sempre la stessa, non cambierà mai. Ha un'energia che neppure il diavolo in persona potrebbe arrestare».

Suomi fu convincente e i ragazzi, ascoltandola, compresero ancor di più la disperazione dei due fratelli italiani.

Se nella Stanza Cerchiata la riunione degli Antei si protraeva, al terzo piano, nella Loggia Psiche, Margot e Geno si stavano preparando mentalmente allo scontro con Pilo.

Madame camminava avanti e indietro tenendo le spalle curve:

«Quando arriverà René la prima cosa da fare è annientare Yatto. Userai l'Adularia Infinia. Non temere, quella pietra ha un potere davvero straordinario.

Sento il suo flusso magico espandersi».

Geno teneva l'Adularia tra le mani e con le dita sfiorava gli innesti di sangue che si erano cristallizzati all'interno.

«La userò come mi dirà l'istinto. Tantre è dentro di me. Ho la sua saggezza. Annienterò Von Zantar con grande soddisfazione» nessuna emozione tradiva il desiderio di Hastor Venti, eppure madame aveva il timore che il giovane si perdesse nella sicurezza lasciando quindi in disparte la vera potenza che albergava nella sua mente. La Crikken era troppo esperta per non sapere i reali pericoli che si sarebbero manifestati.

«*Oui*, l'anima di Tantre non ti abbandonerà mai, ma ogni tua azione sarà dettata dalla forza che ora hai. Ed è una forza solo tua. Sarà il destino a guidare ogni circostanza. Non voglio che ti succeda nulla. Sarò sempre accanto a te» Margot fissò l'Adularia e la sua luce sanguigna ne illuminò il volto stanco.

«È nostra. Questa pietra appartiene anche a te. Siamo Hastor Venti e nulla potrà più dividerci. Non ti deluderò. Saprò vivere onorando i Regolamenti» Geno s'inchinò davanti alla Crikken mostrando rispetto e umiltà.

«Alzati caro figliolo, il sangue che scorre in noi è identico così come uguale è l'affetto che proviamo. Ma ora serve coraggio. Tanto coraggio per aprire la Porta Bianca. Tuo fratello combatterà al tuo fianco» l'anziana guardò il braciere e le fiamme si spostarono verso sinistra e poi subito verso destra.

«Il fuoco arde sereno, ma presto le voci dell'inferno si faranno sentire. Sento la presenza dei Froder, sento l'odio degli Olleni ma soprattutto temo l'arrivo delle Sifide. Tu e gli altri Antei non le avete mai viste. Sono forme femminili assai belle. Le loro voci e i loro occhi fanno perdere il senso della realtà. Sii forte, Geno. Non ascoltare le loro parole. Non lasciarti ingannare dai loro sguardi» fu il fondamentale avvertimento di Margot.

«Già, le Sifide. Nel Regolamento Largo è spiegato che appaiono improvvisamente e spesso cambiano sembianze per indurre a seguirle. Nelle RL.AM10A e 10B, se non ricordo male. Solo che temo per i ragazzi di Secondo e Primo Livello. Loro non possono sapere come comportarsi se ne incontrano una».

Geno aveva perfettamente ragione, ma ogni Anteo aveva il suo destino. Margot lasciò che i pensieri vagassero nella Loggia Psiche:

«Mi auguro che nessuno rischi la vita. Ho già dato disposizione ai Sapientes e agli Psiofi di proteggere i più giovani. Le arti mentali dovranno funzionare alla perfezione. È una prova per tutti noi. Una prova durissima».

Il suono della Trombotta e il profumo della colazione addolcirono lievemente la tensione. Ranja Mohaddina aveva già preparato i vassoi con cibi metafisici ricchissimi di energia. Gli Psiofi assaggiarono con delizia le Brioche alla Crema Categorica, anche gli Antei mangiarono avidamente le Frittelle alla Marmellata di Visionaria.

L'attesa per l'arrivo di René provocava nervosismo e agitazione. Anoki Kerioki affilò le sue frecce mormorando preghiere Sioux, mentre dieci sciamane si riunirono in cerchio per un rito propiziatorio. Solo Geno e madame rimasero in silenzio a guardare l'Adularia Infinia.

Alle 8,09 un messaggio telepatico entrò nelle loro menti: era René. Stava volando solitario. Le ali d'oro erano spalancate e la sua nuova tunica nera svolazzava accarezzata dal vento.

Arrivò proprio davanti all'ingresso principale dell'Arx e tirò la corda: si levarono entrambi i cori, quello di bambini e quello di tenori e soprani. Il Pendolo Secco rintoccò più volte e Dorathea, da perfetto Cerimoniere, aprì.

Davanti alla bellissima Sapiens apparve il suo grande amore. Gli occhi di René sprizzavano di gioia e il loro abbraccio fu indimenticabile.

«Stai bene? Mi sei mancato. Sono successe tante cose che...» Dorathea sentì la mano del ragazzo sulla sua bocca.

«Non dire nulla. So già tutto» disse il giovane alato.

«Come sai già tutto?» la Sapiens si scostò fissandolo incuriosita.

«Dimentichi cosa sto per diventare» René indicò la sua tunica nera, il vestimento tipico degli Oscurabi.

«Scusami ma sono stordita e impaurita. Tuo fratello ha incontrato Tantre e lui...» Dorathea fu interrotta nuovamente.

«Lo so. Lo so. Adesso parlerò con lui e con madame Margot Crikken Hastor Venti» le rispose, scandendo bene il proprio cognome.

La ragazza sorrise socchiudendo gli occhi: René sapeva veramente tutto, Ilies Buchar lo aveva informato.

«Ecco l'Anello» disse il giovane mostrandolo alla luce del sole. «Ora possiamo usarlo. Finalmente i miei genitori torneranno liberi». La voce era tornata serena e le ali, in riposo, si piegarono dietro la schiena. René era pronto.

Mentre attraversavano il corridoio per raggiungere il Salotto dei Fenicotteri, Dorathea si sentì a disagio. Avrebbe voluto dirgli subito che ora anche lei era in grado di trasformarsi e diventare colomba, ma il segreto doveva rimanere chiuso nei suoi pensieri. La promessa fatta a madame andava mantenuta.

René la sorprese nuovamente leggendo i suoi pensieri.

«Non è un segreto per me» disse improvvisamente il giovane.

«Mi stai leggendo la mente! Non farlo!» rispose indispettita.

«Calmati. Ilies Buchar mi ha spiegato ogni cosa. La Felix Trasmutathia che tu, Suomi e Margot avete bevuto vi trasforma in uccelli. È una cosa straordinaria quella che fate per me. Tu e Suomi potrete venirmi a trovare alla Domus Ermetica diventando colombe e madame invece prenderà l'aspetto di una splendida aquila» René posò dolcemente le mani sulle spalle di Dorathea e la baciò con passione.

La ragazza si lasciò andare pensando che il loro amore non avrebbe trovato ostacoli. Lei colomba, lui falco, anche con le ali e piume avrebbero potuto stare insieme per sempre.

Quando la bocca di René si staccò dalla sua prese respiro: «Mi amerai anche se avrò il becco come te?».

«Certo. E sono sicuro che sarai una colomba bellissima» rispose il ragazzo prendendola per mano.

«Comunque Geno non deve sapere tutte queste cose. Mi raccomando» la Sapiens finlandese fu colta dal timore che il segreto venisse svelato.

«Non ti preoccupare. Mio fratello potrà frequentare la Domus Ermetica quando e come vorrà. Oramai è un Extra Sapiens. Come vedi sono perfettamente informato. Agli Oscurabi nulla sfugge. Geno ha un destino diverso dal mio e sono fiero di lui». René riprese il passo e Dorathea, innamorata più che mai, stette al suo fianco.

Appena gli Psiofi videro arrivare il giovane si levò un grande applauso e dalla scale si udì forte la voce di Geno che scendeva assieme alla Crikken: «Fratello! È giunta l'ora».

Geno aveva in pugno l'Adularia e René rispose mostrando l'Anello.

L'euforia e la confusione attirarono l'attenzione degli

Antei che, dalla Stanza Cerchiata si spostarono velocemente alla Stante Ferrosa.

Suomi, Yudi, Toam, Ezra e Lambert si mescolarono tra gli Psiofi: il momento tanto atteso era arrivato.

Yatto Von Zantar non si trattenne più.

La scena era troppo umiliante per lui, che non voleva perdere.

Non voleva darla vinta agli Hastor Venti. Il solo pensiero che René fosse pronto per diventare Oscurabio e che ce l'aveva fatta a risanare l'Anello lo portò ad uno stato mentale delirante. Puntò il suo sguardo verso Geno, che stringeva l'Adularia Infinia, un'arma contro cui non c'era nessuna magia di contrasto.

"Ignobile, piccolo e ignorante ragazzino. Dovevo ucciderti con il Suplicium" pensò Yatto sbavando e digrignando i denti. Il fatto che ora Geno fosse un Extra Sapiens gli sembrava insopportabile.

Von Zantar era arrabbiato, furioso, inviperito. Aveva cercato di mettersi in contatto con Pilo Magic Brocca per via telepatica chiedendogli aiuto, ma l'ex Cerimoniere non rispondeva più. I pochi Froder che si erano salvati dall'azione portentosa di Tantre Sheng Vioo erano ritornati nella Cupola d'Oro impedendo a Pilo ogni azione.

Pier e Corinna erano in balia delle loro forze oscure: erano convinti di morire e non rivedere mai più i loro figli.

I fantasmi di ghiaccio volevano prendere totalmente il potere dell'Arx e si erano accordati con Olleni e Sifide.

L'unica ad aver avuto un contatto mentale, seppur breve, con i Froder, era miss O'Connor, che aveva giurato a Yatto di far agire gli spettri in modo risolutivo.

Insomma, Butterfly era la sola ascoltata dai Froder, anche perché, in qualche modo, era la loro "madre": non potevano certo tradirla. Olleni e Sifide erano pronti a conquistare l'Arx e imperare per l'eternità. A loro poco importava della vita di Pier e Corinna.

Von Zantar non aveva dunque alternative, doveva affidarsi a miss O'Connor. L'obiettivo era scardinare le sbarre elettriche e chiamare all'adunata i fantasmi, che erano in attesa di un segnale mentale proprio dell'ex Governante.

Agata aveva paura, ma Butterfly la prese per un braccio e le sussurrò con voce stregata: «Esegui ciò che sai! Non essere codarda!».

I tre si tennero per mano, unirono le energie mentali e invocarono gli spettri e le Sifide. Con una concentrazione magica spettacolare, miss O'Connor fece girare tre volte la sua testa, come se il suo collo fosse di gomma.

Gli Psiofi della Nuova Alleanza captarono immediatamente ciò che stava per accadere. Allungarono le braccia in avanti e imposero le mani nel tentativo di fermare l'energia malvagia.

Molti maghi iniziarono a declamare antiche frasi ermetiche per bloccare l'influsso negativo dei tre prigionieri.

Agata sbarrò gli occhi e li girò all'indietro come se fosse posseduta dal demonio e Von Zantar e miss O'Connor urlarono aprendo enormemente la bocca: «Da noi! Venite da noi! Froder, Olleni e Sifide divorate gli infedeli!!!».

Geno, con quattro balzi, scese le scale e raggiunse il fratello. Con la pietra in mano si mise davanti alla Stante Ferrosa mentre un fumo bianco e verde si alzava dal pavimento.

«Fai presto!» lo incitò René.

Madame, Eulalia e Daphne levitarono volando sopra la gabbia e contemporaneamente Nabir Kambil, Naso Bendatov e Ranja Mohaddina entrarono in meditazione producendo suoni sillabici modulati, una tecnica che induceva i nemici a ridurre la loro perversa azione.

Suomi cercò di farsi avanti tra gli Psiofi gridando il nome di Geno, Ezra e Yudi riuscirono a raggiungere Dorathea mentre Toam stette vicino a Lambert seduto sulla Comidora.

Anoki Kerioki fece per avvicinarsi a Geno ma fu respinto da una barriera energetica potentissima.

Hastor Venti era totalmente concentrato. Posizionata l'Adularia al centro della testa, i suoi occhi diventarono bianchi e luminosi. La luce arcobalenante della gemma si sparse ovunque e le proiezioni di raggi violetti si indirizzarono su Yatto, che fu avvolto da uno sciame di cristalli. Stessa cosa accadde a miss O'Connor e ad Agata. Le tre figure rimasero per qualche istante immerse in un miscuglio di luce fiammante. Quando l'Adularia Infinia si spense, il sangue che aveva all'interno fuoriuscì con un rumore di acqua scrosciante.

I rivoli del sangue colarono tra i capelli di Geno, il liquido rosso scivolò sul volto del ragazzo che tremava senza dire nulla. Era impossibile guardarlo, faceva impressione.

Il suo viso era una maschera di sangue. La pietra magipsichica si illuminò nuovamente e un ultimo, spaventoso e animalesco grido di Von Zantar entrò come una bomba nelle orecchie dei presenti.

Poi il nulla.

I corpi dei tre prigionieri svanirono assorbiti dalla magia dell'Adularia Infinia.

Tutti guardarono per aria, fissarono muri e soffitti, ma nessuna ombra, nessuna scia spettrale si materializzò sopra la Stante Ferrosa.

«Anime dannate! Ora sono soltanto tre anime dannate che vagheranno in eterno senza mai trovare pace» la voce di Geno ruppe il silenzio che si era creato.

Il volto del ragazzo tornò pulito. Il sangue era rientrato velocemente nella pietra.

Hastor Venti prese per mano suo fratello: «L'insegnamento di Tantre Sheng Vioo e la sua saggezza ora vivono in me. Nel Memorandum che mi ha consegnato c'è una frase che ora voglio condividere con tutti voi: "Le idee vincono quando si spogliano dell'odio". È giunta l'ora di cancellare i rancori, di eliminare ogni voglia di vendetta. Giustizia sarà fatta ma senza spargimento di sangue».

René aprì le ali e avvolse Geno in un abbraccio denso di amore: «Hai ragione, fratello mio. I nostri genitori ritroveranno la libertà attraverso la nostra forza mentale. L'odio produce solo odio».

Madame riscese come una piuma, appoggiò i piedi sul pavimento, raddrizzò le spalle e a testa alta esclamò: «La sconfitta di Von Zantar rafforza la nostra Nuova Alleanza. La Setta dei Ribelli non esiste più. La libertà dell'Arx è vicina. Ora è il momento di agire tutti insieme e senza odio. Saliamo al terzo piano. Froder, Olleni e Sifide si arrenderanno davanti alla nostra grande e gioiosa voglia di vivere in pace».

Daphne e Dorathea si affiancarono a madame, Nabir prese per mano Anoki Kerioki, il dottor Bendatov e Ranja Mohaddina si misero vicini ad un gruppo di sciamane mentre Eulalia Strabikasios stette accanto a Lambert e agli altri Antei.

«Che la saggezza ci guidi» con queste parole la Crikken salì per prima le scale seguita da tutti gli altri.

Le Staffore Inverse iniziarono a cantare come non avevano mai fatto. Stregoni, sciamani, maghe e alchimisti, medium e sensitive unirono le loro energie, sostenuti dalla forza della Magipsia. La volontà di Psiofi, Antei e Sapientes li guidava compatti verso la fase finale.

Quando giunsero nella Stanza della Visione sentirono tremare il pavimento e due voci conosciute irruppero improvvisamente: erano tornati Orso Quieto e Fionn Artek. Con la Bilocazione Traversa avevano fatto in fretta. I due Extra Sapientes non volevano certo perdersi la vittoria.

Entrambi si diressero verso Geno, davvero felice di rivederli.

«Onorati e sorpresi per la tua nomina inaspettata» disse Orso muovendo il gran copricapo di piume.

«Che la tua giovane età possa portare nuova linfa all'Arx» aggiunse Fionn Artek picchiando il lungo bastone dei druidi.

Hastor Venti li guardò in faccia e con un sorriso sereno li ringraziò:

«Spero di essere degno di questo nuovo e imprevisto incarico. La vostra presenza mi dà ulteriore coraggio».

Anoki Kerioki si mise al fianco di suo nonno e gonfiando il petto mostrò tutto il suo coraggio:

«Froder e Olleni non avranno scampo».

Hastor Venti alzò il braccio destro impugnando l'Adularia Infinia. Stesso gesto fece René, mostrando l'Anello.

Un coro esultante si alzò verso il soffitto: tutti erano pronti ad aprire la Porta Bianca.

I due fratelli avanzarono con passo deciso, seguiti da madame Crikken, Suomi e Dorathea. Il brusio degli Psiofi si fece sempre più rumoroso, alcune streghe bisbigliavano formule magiche segrete e tre alchimiste spargevano polverine e sali magnetici. Eulalia roteò gli occhi ad una tale velocità che perse l'equilibrio e solo grazie all'intervento di Ezra Moore non cadde come una pera.

La tensione era altissima, e mentre René incastrava l'Anello sulla maniglia tutti trattennero il respiro. Con un gesto veloce e preciso, fece scroccare la serratura e senza alcun cigolio la porta si aprì. I due fratelli furono investiti da un getto di fumo giallo ma avanzarono senza paura.

Risate, strilli e boati invasero il corto corridoio che portava a una piccola scala. Froder e Olleni erano in agguato.

Geno salì i primi gradini mentre René rimase indietro, al suo fianco c'erano Margot e Dorathea. Suomi, assieme ai due Extra Sapientes voleva raggiungere il suo ragazzo, ma Nabir e Daphne la bloccarono:

«Calmati. Lascia agire noi Saggi. Il rischio è troppo elevato per te».

Geno arrivò alla fine della scala. Era buio pesto.

Ansimante, con l'Adularia in mano, si muoveva con lentezza. Inaspettatamente si ritrovò in un loculo senza uscita. Sentì qualcosa sfiorargli i capelli. Urlò fortissimo e suo fratello lo raggiunse: «È un Froder?».

«No, qualcosa di metallico» rispose il ragazzo allungando il braccio verso l'alto. Era una catena! La tirò azionando il meccanismo che apriva un varco sulla parete destra.

«C'è un passaggio» disse il giovane alato. E a quel punto si fece avanti la Crikken: «Conosco la strada per raggiungere l'Archivio Pensorio».

A Geno ricordò la mappa che proprio Margot gli aveva dato durante il primo ciclo, ma non fece in tempo a fermare l'anziana francese. All'improvviso apparve alle sue spalle un luogo luminosissimo: la parte bassa della Grande Cupola d'Oro.

Madame, che si era diretta verso sinistra fu richiamata da Geno, fermo davanti al quadro misterioso che raffigurava una grossa ampolla blu.

«Guardate, secondo me dietro a questa tela c'è un passaggio. Il mio istinto dice di andare lì. Sento un'energia potente».

Margot tornò indietro immediatamente raggiungendo i due fratelli. Nel frattempo anche gli altri si erano radunati dietro di loro.

Due medium iniziarono a borbottare e altre sensitive provarono dei brividi in tutto il corpo. Era un segnale importante. Il pericolo era vicino.

Fionn Artek e Orso Quieto agguantarono Geno: «No! Non farlo!».

Di colpo dal quadro fuoriuscirono tre Olleni: erano spaventosi. Le loro grandi teste viola, con le orecchie appuntite, senza occhi e con bocche enormi si fiondarono contro il druido e lo sciamano Sioux.

Fionn puntò il suo bastone magico infilandolo nella bocca di un Olleno e spaccandogli i denti, Orso soffiò fortissimo creando un vortice di fuoco.

Geno si accucciò riuscendo a strisciare per terra e tornare indietro. Nel farlo udì René che gridava come un forsennato:

«Venite da questa parte».

Il giovane aveva trovato la parete con il grande arazzo rosso che aveva come simbolo una bara. Era il passaggio segreto conosciuto da Yatto Von Zantar, che lui ricordava molto bene poiché era andato parecchie volte a trovare i genitori. Appoggiò la mano al centro e la preziosa tela si arrotolò come se avesse eseguito un comando.

Una luce fortissima abbagliò i fratelli, che si portarono le mani davanti agli occhi. Camminarono senza vedere dove stavano andando. Madame e Dorathea avanzarono pronte ad affrontare spettri e fantasmi, mentre Naso Bendatov aiutò Suomi ad avanzare senza inciampi.

I due fratelli sentirono un insidioso crepitio e subito dopo arrivò una ventata polare che tagliò l'aria come mille spade affilate. Una colata di ghiaccio cadde come un muro di morte separando Geno e Renè da tutti gli altri dietro di loro.

La luce diminuì e di fronte ai due, terrorizzati, si manifestarono tre Froder che svolazzavano nella stanza.

Il freddo era insopportabile, ogni oggetto era congelato. Il Tavolo Gobbo aveva almeno due dita di brina.

Il divano rosa antico era lacerato, i cuscini ovoidali completamente sfatti. Accanto all'armadio verde smeraldo che occupava un'intera parete videro un cumulo di stracci dai quali sbucavano due piedi e una mano.

Sul pavimento mille pezzi di vetro erano i resti di ampolle e boccette ricche di infusi e medicinali. Sparsi qua e là abiti di seta e lana pregiata, gonne, camicie, pantaloni e giacche di raso.

Quella stanza lussuosa, abitata per anni da Pier e Corinna, appariva un luogo di miseria e paura.

Geno sbarrò gli occhi e indicò al fratello il cumulo di stracci: «C'è un corpo là sotto».

L'angoscia gli salì fino al cervello, il pensiero terribile che quel corpo fosse di suo padre o di sua madre lo immobilizzò.

René spalancò le ali e tentò il volo, ma i Froder allungarono le loro mani scheletriche verso i due fratelli, impedendo loro ogni azione.

Il giovane alato si gettò contro un Froder e cercò, con le gambe e con le braccia, di fermare quel mostro mortale. Geno inatanto si difendeva dall'attacco di altri due spettri di ghiaccio.

Le voci erano come ruggiti, ogni suono emesso da quegli esseri immondi produceva vibrazioni negative.

Geno fu messo con le spalle al muro. Appoggiato alla parete rossa, si accorse di una maniglia fatta a giglio, la girò immediatamente sperando in una via di fuga.

«Di qua, vieni da questa parte» urlò al fratello in difficoltà.

Quando la parete rossa si aprì, scivolando come una porta scorrevole, Geno vide la straordinaria serra di Yatto Von Zantar. Piante officinali profumatissime, fiori e alberi.

I Froder lo pungevano con le dita scheletriche, ma il ragazzo era concentrato su un unico pensiero: "Ecco dove Von Zantar voleva ricreare il ClonaFort! Allora i miei genitori devono essere qui per forza!".

«Esci dalla serra. La camera di mamma e papà è dall'altra parte, al di là di quella parete viola» gli urlò René, che sapeva perfettamente come entrare.

Poi provò a chiamare il nome di sua madre. Ma nessuno rispose.

Con la coda dell'occhio Geno Hastor Venti si accorse che i piedi che sbucavano dal cumulo di stracci si muovevano, e con suo grande stupore vide sollevarsi da terra Pilo Magic Brocca. Era ridotto malissimo: ferito, sanguinante e con il volto tumefatto. Sul petto gli dondolava il suo amato medaglione, l'unica cosa preziosa che gli era rimasta,

L'ex Cerimoniere, orfano di Von Zantar e ostaggio di spettri e fantasmi, barcollò:

«Lasciateli. Lasciateli... vi prego, non siate feroci con quei due ragazzi. Vi darò tutto quello che volete. L'Arx sarà vostro».

I Froder si girarono verso di lui rimanendo sospesi a mezz'aria.

René ricompose le ali e Geno rimase a terra stordito, lo sguardo fisso sul viscido servo di Yatto che adesso sembrava pentito. Sembrava un'altra persona. L'esperienza con i fantasmi l'aveva trasformato veramente oppure si trattava dell'ennesima trappola?

«I miei genitori...dove sono?» gridò Geno stando accucciato.

Pilo indicò la parete viola e confermò ciò che aveva detto René.

Ma in quel momento al centro della stanza, proprio sopra il Tavolo Gobbo, apparve come un filo di fumo una figura femminile bellissima e luminosa. Era trasparente, con un volto dolcissimo e i capelli biondi lunghi fino ai piedi.

L'incantevole presenza si rivolse ai fantasmi: «Finitelo!» ordinò con voce potente e suadente.

I Froder obbedirono e si avventarono contro Pilo, che non tentò neppure di difendersi. Di lui rimase solo un ammasso di ghiaccio e sangue e il medaglione.

I due fratelli gridarono terrorizzati, Geno sentì la mente scoppiare. Ogni regola dell'Arx era stravolta. Violenza, morte, e paura regnavano sovrane.

Strinse l'Adularia Infinia e pregò che l'anima di Tantre si manifestasse al massimo delle sue potenzialità: "Aiutami ti prego" pensò al culmine della disperazione.

Ma la sventura e l'orrore erano più forti del desiderio di pace.

La figura femminile posò i piedi nudi sul pavimento e con mani aggraziate accarezzò uno ad uno i fantasmi, che rimasero immobili.

René fu attratto da lei, avanzò di un passo ma subito si arrestò: sul Tavolo Gobbo vide un'altra donna dall'aspetto avvenente. Anch'essa trasparente, aveva i capelli ricci e di un rosso cupo. Leggiadra volò a fianco dei due fratelli e con occhi rosa e luminosi li fissò sorridendo:

«Non abbiate paura. Noi sappiamo come fare. I Froder ci obbediscono. Loro ci ascoltano».

«Sifide!» esclamò Geno prendendo per mano René.

«Sì, siamo le Sifide. Ma tutto quello che vi hanno detto di noi è falso. Siamo creature docili e abbiamo consolato i vostri genitori. Se sono ancora vivi è grazie a noi» disse la prima figura femminile che, allontanandosi dai fantasmi, si portò verso la parete viola.

«No. Non vi credo!» Geno sudava e il suo cuore esplodeva di paura.

René riaprì le ali e agitandole smosse l'aria: «Dove sono i nostri genitori?».

«Sono qui. Oltre questa parete» rispose la Sifida dai capelli biondi.

René fece un passo in avanti, ma Geno lo fermò: «Non andare».

«Tu non ci credi? Peccato. La tua mente ti sta tradendo» affermarono insieme le due donne.

«So bene che dietro quella parete c'è la camera dei nostri genitori. Sono venuto a trovarli spesso in questi anni ma di voi non mi fido. Siete perfide e false» rispose René che non voleva assolutamente farsi persuadere dalle due Sifide.

«Bella quella pietra preziosa» cominciò una, muovendo sinuosamente il corpo e agitando i folti capelli biondi.

Geno strinse in pugno l'Adularia Infinia e se la portò al petto.

«Se me la regali ti porterò dai tuoi genitori» offrì la Sifide, avvicinandosi.

«Stai lontana. Vattene. Non avrai mai questa pietra. È nostra. È degli Hastor Venti» rispose Geno indietreggiando.

A quel punto le due Sifide si misero una accanto all'altra e i loro occhi dolci diventarono rossi, le bocche si allargarono mostrando denti aguzzi. I corpi aumentarono di volume, i capelli si arruffarono: da belle e leggiadre figure femminili si trasformarono in orribili creature.

«Siete morti! Sarete il nostro pasto!» sibilarono come serpi.

Un colpo e poi un altro allarmarono le Sifide.

Stava crollando la parete di ghiaccio.

La magia di Fionn e Orso, unita alla forza di Anoki e ai poteri mentali di madame Crikken aveva dissolto l'incantesimo dei Froder.

Sifide e fantasmi si scaraventarono verso il druido che alzando il bastone scatenò fulmini e saette. Orso Quieto impose le mani creando strisce di fuoco che avvolsero i Froder sciogliendoli tra grida disumane.

Madame Margot Crikken rimase ferma puntando i piedi, si concentrò e fissando le due Sifide entrò nelle loro piccole menti distruggendo ogni loro pensiero. Lo sforzo e il consumo di energia la fecero tremare e sussultare, fino a quando le creature diaboliche create da miss O'Connor si dissolsero in polvere nera.

Madame era sfinita e Fionn la prese in braccio appoggiandola sul divano: «Respira profondamente e riprendi forza».

Il gruppo di Psiofi, con gli Antei e i Sapientes, entrarono nella stanza ridotta ad un campo di battaglia. Naso Bendatov si precipitò sul cadavere di Pilo Magic Brocca.

Non provò pietà ma una morte non poteva essere comunque festeggiata. Gli coprì il volto con gli abiti che erano sparsi sul pavimento e togliendosi il colbacco si rivolse a Margot: «Ora nessuno ci ostacolerà. Non esistono più seguaci di Von Zantar».

Suomi, spettinata e con il volto tirato, cercò Geno e Dorathea l'accompagnò guidandola fino al ragazzo.

«Sei sano e salvo. Ho temuto per la tua vita» l'Antea stava per accarezzare il suo amore quando si udirono dei lamenti. Non erano grida d'aiuto ma debolissimi richiami.

I due fratelli si guardarono e senza dire una parola corsero verso la parete viola. René si abbassò ricordando che si apriva tirando verso l'alto: il muro si sollevò come una saracinesca.

Insieme varcarono la soglia e nella penombra videro due corpi stesi sul letto.

Geno sentì le gambe molli, le mani sudate e il sangue gelarsi nelle vene.

Si avvicinò al letto mentre Orso, Anoki e Fionn entrarono con i candelabri in mano per fare un po' di luce, seguiti da madame Crikken che ancora barcollava.

Il volto di Corinna fu illuminato dalla luce calda e rosea delle candele: aveva gli occhi chiusi e la bocca screpolata.

«Mamma... mamma... Sono Geno» il ragazzo si gettò sul corpo materno che mai aveva abbracciato.

Gli occhi di Corinna si aprirono lentamente e lo sguardo profondo e pieno d'amore attraversò il cuore di quel figlio che non aveva visto crescere.

«Tesoro mio. Amore della mia vita». Quelle parole, come soffi di primavera, accarezzarono le lacrime di Geno. Gocce di felicità che bagnarono i capelli biondi di quella donna che lo aveva fatto nascere.

L'abbraccio fu interminabile, e i baci affettuosi parlarono più di ogni altro gesto.

René si avvicinò al padre che con difficoltà alzò la testa dal cuscino: «Siete qui. Siete vivi. Avevamo perso la speranza».

Le mani calde accarezzarono il volto del giovane che tenne le ali piegate dietro la schiena.

Non voleva mostrare la sua trasformazione proprio in quel momento.

«Geno, figlio mio!» Pier si alzò dal letto, e debolissimo allargò le braccia.

Il ragazzo si tuffò su di lui come per perdersi dentro l'amore che non aveva avuto.

«Papà', ti voglio bene...» ancora lacrime e singhiozzi riempirono la camera desolata e solitaria dell'Arx Mentis.

Insieme, uniti, piangenti di felicità figli e genitori si strinsero in un unico abbraccio che spezzò il dolore straziante della lontananza.

I due Extra Sapientes e madame Crikken stettero in silenzio per non turbare quell'incontro tanto desiderato.

Geno avebbe voluto raccontare per intero la sua sconvolgente avventura, desiderava recuperare tutto il tempo perduto e svelare i tanti segreti degli Hastor Venti, ma l'emozione del contatto fisico con i genitori cancellò ogni pensiero.

«Andiamo a casa. Torniamo a Campana di Sotto, lasciamo questo posto maledetto» disse con voce strozzata Pier.

«Sì papà, partiamo al più presto. Ho tante cose da chiederti e da raccontarti» rispose Geno, che poteva finalmente guardare il volto di suo padre, visto tante volte in fotografia, alla luce delle candele che brillavano nei suoi occhi.

Naso Bendatov si fece avanti e aiutò Corinna ad alzarsi dal letto. Era magrissima.

Nabir Kambil, assieme ad Eulalia e Daphne si presero cura dei due genitori che, portati in trionfo, furono applauditi dagli Psiofi esultanti di gioia.

Il Sapiens tibetano, sofferente per la perdita di Tantre Sheng Vioo del quale aveva avuto una pessima impressione nel passato, gioioso per la liberazione di Pier e Corinna, fiero di Geno e René gridò con voce potente: «Pax Arx! Ora la pace regnerà per sempre».

Maghe e sciamani, medium e sensitive si misero a disposizione di Naso Bendatov per creare pozioni energetiche adatte a rimettere in forza Pier e Corinna.

Geno e René non lasciarono un attimo i loro genitori, stettero con loro in Clinica Vaga, li aiutarono a mangiare cibi metafisici super calorici, bevande e spremute alchemiche e dolci paradisiaci.

Madame Crikken diede disposizione di non disturbare la famiglia Hastor Venti e nei due giorni che seguirono solo il dottor Bendatov poté visitare e curare marito e moglie.

Se da un lato l'attenzione era soprattutto su Geno, che tanto aveva sofferto per il loro rapimento, dall'altro la sconvolgente trasformazione di René preoccupò non poco i genitori.

René, Roi, il Re, il Girifalco d'oro: questo era loro figlio. Un ragazzo-falco che apriva le ali dorate e riusciva a volare attraverso le nuvole. Quando finalmente la verità fu mostrata in tutta la sua sconvolgente realtà, il padre e la madre non accettarono lo strazio di sapere che ogni sera, al calar del sole, il giovane diventava un uccello magico.

«Non è possibile farti tornare normale?» chiese con apprensione Corinna.

«No, resterò così per sempre» René aveva ormai accettato la sua condizione e doveva trovare il modo di confessare la sua nuova vita da Oscurabio. Aveva appena ritrovato la sua famiglia e già sapeva di doverla abbandonare per vivere alla Domus Ermetica.

Geno non volle pensare all'addio del fratello, era troppo coinvolto emotivamente. Con l'irresistibile desiderio di dire tutta la verità sugli Hastor Venti iniziò a parlare di nonno Svevo, di Flemmo, di Tantre Sheng Vioo.

Pier ascoltava sbigottito e non riusciva a farsene una ragione: «Se solo avessi saputo la vera storia della nostra famiglia non avrei certamente usato il ClonaFort. Nulla di questa tragedia sarebbe avvenuto. È colpa mia!»

Come padre, sentì sulle spalle tutto il peso del dolore provocato ai suoi figli.

«Il nostro destino era segnato. Spine e dolori non si potevano evitare. Abbiamo attraversato un calvario lungo 12 anni ma ora siamo qui. Insieme. Io non mi sento più solo. L'affetto che non ho avuto mi è tornato a volare nel cuore» parole sagge, pregne di sentimento. Il ragazzo dai riccioli neri era cresciuto sfidando la sorte.

Corinna lo guardava estasiata, quel figlio era straordinario nella sua geniale ingenuità.

«Ora possiamo bere il ClonaFort e non temere più nulla» aggiunse René versando la bibita magipsichica in calici di cristallo.

Anche madame Crikken volle brindare con loro. I due fratelli sapevano perfettamente che doveva essere lei a svelare l'ultima verità. Convinta da Yatto, li aveva rapiti, sospettando che fossero dei maghi eversivi. Madame doveva assolutamente farsi perdonare. E la storia della sua origine era la chiave giusta per far capire a Pier e Corinna l'intreccio malefico creato dalla falsità e dall'invidia per gli Hastor Venti.

Madame si sedette di fronte a loro, in testa aveva uno dei suoi bizzarri cappellini: azzurro con margherite e tulipani infilzati come spilli.

Corinna la fissò curiosa e Pier attese che parlasse.

«Sono chi non immaginate neppure. Il mio vero cognome è Hastor Venti! Sono la gemella di Svevo e Tantre».

Secca, precisa, serissima. Margot raccontò la complessa

e triste storia della sua infanzia e della morte di Tantre, ovvero del terzo gemello che in realtà si chiamava Geno.

Corinna si sentì svenire, Pier sbarrò gli occhi e scuotendo la testa non volle credere ad una parola. Ma Geno e René aiutarono madame e convinsero i loro genitori dell'assoluta bontà dell'anziana signora.

«Ora gli Hastor Venti hanno recuperato dignità. Io sono Summus Sapiens, Geno è Extra Sapiens e René...» madame si bloccò e diede uno sguardo al ragazzo alato.

Pier strinse la mano della moglie: «René cosa? Che altro deve accadere?».

«Padre, ascoltami, non voglio darvi un altro dolore. Ma la mia vita non potrà essere quella che immaginate per me. Io vivrò alla Domus Ermetica. Diventerò un Oscurabio ma farò di tutto per potervi venire a trovare a Campana di Sotto. È il mio destino. Non posso sottrarmi».

Corinna si rivolse a Margot: «Non potete togliermi un figlio adesso che li ho trovati tutti e due. È crudele!».

«Mamma, nessuno ci dividerà. René sarà con noi quando potrà. E ci sarà vicino sempre con l'amore che ci lega» Geno mise il braccio intorno al collo del fratello e lo strinse, dimostrando che la loro unione era indissolubile.

«Dovete accettare la realtà. Gli Hastor Venti ora occupano ruoli importanti dell'Arx Mentis e fanno parte della storia della Magipsia» disse madame alzandosi in piedi.

Pier le andò accanto: «Non voglio dividere la mia famiglia. Anche tu ne fai parte. Se la Magipsia vuole il bene delle persone allora non può permettere nessun altro dramma. Rivoglio i miei figli. Rivoglio una vita».

«Capisco. Ma i figli prima o poi trovano la loro strada. Anche se non fossero così potenti nelle arti magiche accadrebbe lo stesso. Accade in ogni famiglia. Tu e Corinna dovete accettare che crescano. Che diventino adulti. Che abbiano una loro vita. So bene che adesso avete bisogno di stare tutti insieme. E nessuno può negarvi questo desiderio. Però René ha già scelto. Non lo perderete. Anzi, dovete essere fieri di lui».

A malincuore i genitori accettarono la scelta del primogenito e a quel punto René presentò loro Dorathea:

«Io l'amo. Anche se diventerò Oscurabio saprò mantenere il legame con lei. È una ragazza speciale. È una Sapiens, è il Cerimoniere dell'Arx. Un giorno anche noi avremo una famiglia».

Corinna prese una mano della ragazza finlandese e la sfiorò. Poi la baciò sulle guance come se fosse una figlia. Anche Pier fece lo stesso, ma non riuscì a trattenersi:

«Sono contento del vostro rappporto, ma non vi sembra di essere un po' troppo giovani per una promessa d'amore così importante?».

«René non rispose perché intervenne Geno:

«Loro troppo giovani? E io allora? Ecco, questa è la mia ragazza» disse facendo avanzare Suomi.

«Certo, ci ricordiamo di lei. Tu ne parlasti quando il druido Fionn Artek riuscì a farci incontrare nella dimensione magica. Lei ti ha aiutato tanto» disse Corinna, puntando gli occhisull'Antea.

Suomi intuì i pensieri della donna, che aveva notato il bastone bianco, e prontamente disse: «Sì, sono cieca».

Pier si irrigidì ma la moglie lo tranquillizzò e avvicinandosi alla ragazza disse: «Se mio figlio ti vuole bene significa che hai gli occhi nel cuore».

Nessuna magia avrebbe potuto creare un'atmosfera così felice.

I sacrifici, le sfide, la solitudine, l'odio di Von Zantar, la follia di miss O'Connor e l'arroganza di Agata oramai erano sepolte da un mare di speranza per un futuro diverso.

Nella Rocca della Mente stava tornando l'armonia di un tempo. I Regolamenti ora potevano essere onorati senza più dubbi e senza trucchi.

E tra le regole da rispettare ce n'era una importantissima: il Contra Unico.

Geno e Suomi dovevano affrontarlo. I preparativi furono veloci, a darsi da fare fu soprattutto Daphne che aiutò Margot e Dorathea nel controllare gli Spiccafili. Gli Antei Ezra Moore, Toam Ratandra e Yudi Oda però non potevano assistere e partirono per il loro Intercanto che si svolse nella normalità.

La Revola Riflussa era stata annullata e i ragazzi sarebbero tornati nelle loro case attraversando i luoghi del Sigillo, secondo il Regolamento.

Il saluto a Geno e a René avvenne nella Sala Cerchiata, anche Lambert volle essere presente con il suo inseparabile Oscar.

«Come devo chiamarti? Geno o Extra Sapiens?» disse scherzando Yudi.

«Chiamami amico mio. È più semplice. Forse, chissà, nel tuo prossimo Intercanto potrei anche apparire e portarti in un luogo misterioso. Gli Extra Sapientes possono farlo. E lo sai» rispose mostrando la sua forte energia mentale.

Ezra strinse la mano a Geno: «Quando sono arrivato all'Arx avevo paura di affrontare le lezioni. Ma non avrei mai immaginato di trovarmi in un caos del genere. Sono felice che tu abbia ritrovato la tua famiglia. È la cosa più preziosa che potevi avere».

Poi fu la volta di Toam Ratandra. Timidamente guardò Hastor Venti e lo abbracciò fortissimo: «Sei degno del ruolo che ti hanno dato. Sono contento di ritrovarti qui all'Arx al prossimo ciclo».

«Sì, ci sarò. Ma ora voglio solo pensare a tornare a casa.

Lo capite vero?» Geno si levò il Tonca rosso e lo rigirò tra le mani. Poi aggiunse: «Metterò il Tonca in camera dopo il Contra Unico. Resterà certamente tra i ricordi più importanti perché segna un periodo fondamentale della mia vita. È strano, certe volte ci sono dei colori che portano a pensare. Il Tonca, i guanti e gli stivali rossi, e poi ancora lo Specchio rosso della verità nel quale ho ritrovato me stesso. Così come è rosso il sentimento che provo per voi tutti, amici miei».

Il Pendolo Secco suonò, Daphne, perfetta Governante, era pronta davanti al portone ed uno ad uno gli Antei uscirono agitando le mani.

Geno girò le spalle e pensò che anche quei ragazzi ora sarebbero tornati a dormire nelle loro case assieme ai loro genitori.

Anche lui ora poteva pensare a questo. Non era più un desiderio che rodeva l'anima. Non c'erano più spine nel suo cuore.

L'indomani nel Prato Veloso tutto era pronto per il grande esame finale: gli Psiofi erano tutti vestiti in modo elegante, alcune streghe, piuttosto eccentriche, si erano messe cappelli a tre punte, altre impugnavano amuleti e le più giovani si erano dipinte il volto con fiori e cuori.

Suomi arrivò accompagnata da Dorathea. Per l'occasione indossava un paio di pantaloni lilla e una magliettina corta in tinta. Con i capelli raccolti e puntati con un fermaglio a forma di rosa si presentò ai blocchi di cemento dove erano ben tese le corde con gli Spiccafili.

Quattro aquiloni magipsichici, tutti bellissimi li attendevano. Il primo raffigurava un delfino, il secondo una stella, il terzo un fiore gigantesco e il quarto una coppa rossa. In alto, a circa 800 metri d'alteza, due boe nere portavano le bandiere dell'Arx.

L'arrivo di Geno fu accolto da un applauso. Madame era emozionata e, come lei, anche Pier, Corinna e René, seduti vicini.

«*Bien*, siamo qui riuniti per il Contra Unico. Gli Spiccafili sono pronti all'uso, il cielo è limpido e soffia un vento propizio» Margot si rivolse ai due ragazzi indicando gli aquiloni: «Ditemi quale sceglierete».

Suomi toccò le quattro corde e si fermò davanti a quella che aveva lo Spiccafilo fatto a Stella.

Geno scelse la Coppa rossa.

Contemporaneamente afferrarono le corde e con un sol strappo il volo iniziò.

Le loro menti erano strettamente legate e l'energia prodotta fece schizzare gli Spiccafili ad un'altezza enorme. Soli, nell'aria pura della Valle dei Pensieri i due fidanzatini volteggiarono mantenendo l'equilibrio. La Stella brillava sotto i raggi del sole e la Coppa si stagliava nell'azzurro senza nuvole.

In piena sintonia e con una sincronia perfetta dirottarono con i pensieri i due Spiccafili che girarono le boe e tornarono a planare come da manuale.

Prima di toccare terra le corde si intrecciarono in una danza acrobatica: Geno e Suomi si tennero per mano e si accasciarono sull'erba ridendo felici.

Corinna era rimasta tutto il tempo aggrappata a Pier. Ma la paura per suo figlio svanì come vapore al vento. Le risate di Suomi e Geno furono contagiose e tutti gli Psiofi iniziarono a danzare inneggiando al nuovo corso dell'Arx Mentis.

Nulla avrebbe potuto rovinare quella festa.

La magia aveva trionfato sull'odio.

Ora bisognava attendere l'inizio del nuovo ciclo per rimettere l'intero assetto in ordine. Tutti erano curiosi di sapere quando René sarebbe andato definitivamente alla Domus Ermetica e come Geno, Extra Sapientes ma così giovane, avrebbe svolto il suo nuovo incarico.

I dubbi vennero presto sciolti. Durante la ricca cena, un menù metafisico strepitoso, madame diede la comunicazione tanto attesa.

«Domani mattina la famiglia Hastor Venti tornerà a Campana di Sotto. Il nostro caro Geno avrà come luogo meditativo la Farmacia e frequenterà l'Arx Mentis quando e come lo riterrà opportuno. René, prima di entrare definitivamente alla Domus potrà trascorrere qualche ora a casa. Così ho deciso» Margot si sedette ricevendo i complimenti di Orso e Fionn.

Geno saltò dalla gioia sapendo che la Farmacia avrebbe ripreso a funzionare e non vedeva l'ora di entrarci con i suoi genitori.

René stette per tutta la cena accanto a Dorathea, ma con enorme affetto parlò con mamma e papà rassicurandoli ancora una volta sul suo destino.

La notte calò come una coperta calda sopra la Rocca della Mente, Geno sognò lo zio Flebo e l'amico Nicosia. Presto, molto presto, li avrebbe incontrati.

Ma una cosa non sapeva il giovane Hastor Venti: non avrebbe compiuto il viaggio entrando nel Sigillo. Oramai era un Extra Sapiens e, per spostarsi, poteva servirsi della O' Grande.

Quando alle 7 in punto ricevette una Paropalla da Margot s'immalinconì. Abbandonare il Sigillo Nero? Non usarlo mai più?

Seduto sul letto, con il messaggio in mano, non riuscì neppure a bere una tazza di Cioccolata Kantiana.

Suomi, come al solito, entrò con il suo vassoio pronta a fare colazione: «Non mangi nulla?».

«No. Madame mi ha appena scritto che non userò il Sigillo!» rispose abbacchiato.

La ragazza sapeva già cosa sarebbe accaduto. Ma volle tenere il segreto fino alla fine: «Non ti preoccupare. Sarà un'esperienza bellissima quella di farsi trasportare dalla Bilocazione Traversa. Io spero tanto di salire al più presto su una Bi-Flap. Ti rendi conto che la prossima volta sarò nominata Psiofa?».

Geno guardò la sua ragazza, bella anche di prima mattina. Provò tenerezza e affetto. E si sentì a disagio nel doverla salutare in quel modo.

«Mi incontrerai molto presto. Il bacio del buon viaggio lo riceverai lo stesso ma non qui. E non ora» disse Suomi uscendo.

Hastor Venti rimase di stucco. Non capiva il suo comportamento e quando tentò di riparlarle, si accorse che nel corridoio non c'era più.

Si vestì in fretta e salì al terzo piano dove lo attendevano madame, René, Dorathea e i suoi genitori.

«Sei pronto?» chiese Margot girandogli intorno e guardandolo dalla testa ai piedi.

«Sì anche se non so bene cosa devo fare» rispose un po' turbato, ma quando vide che i suoi genitori erano agitati cercò di far finta di nulla.

«Loro viaggeranno con te, nell'auto decappottabile, vero?» la domanda di Geno non ebbe risposta.

L'anziana signora francese s'incamminò verso il piccolo ponte levatoio dirigendosi nella Loggia Psiche.

Geno la seguì assieme agli altri. Arrivati nella O' Grande, madame aiutò Pier e Corinna a stendersi sulle pietre già calde.

«Anche loro?» esclamò Hastor Venti.

«Sì, fratello mio, anche loro. Viaggerete insieme e in

pochi istanti sarete a casa» spiegò René agitando morbidamente le ali dorate.

In quel momento arrivò Suomi e Geno si sorprese ancor di più:

«Ma che succede? Non capisco. Tu che ci fai qui? E René, tu non vieni con noi?».

«Non sforzare la mente per intuire cosa faremo noi. Usa l'energia per la Bilocazione Traversa. Ci vedremo a Campana di Sotto. Non fare altre domande» madame lo spinse sopra la terza pietra.

Pier era tesissimo. Corinna, con gli occhi chiusi, riuscì a dire solo: «Fate presto, non resisto. Ho paura».

Dorathea tranquillizzò marito e moglie e in un baleno i Tre Giganti si illuminarono grazie all'intervento mentale di Margot.

Geno sprigionò la forza del pensiero ed entrò nel vortice magipsichico. Un volo nella dimensione senza tempo mentre il cuore pulsava forte e veloce.

Il bagliore divampò nella cucina della villetta rosa, al numero 67 di via del Dolce Rosmarino. Corinna si ritrovò davanti al fornello, Pier aprì gli occhi e vide apparire Geno seduto a terra.

«State tutti bene?» domandò il padre guardandosi attorno.

«Ma dove siamo?» Corinna abbracciò il figlio pensando di essere finita nella Sublime Cibaria dell'Arx.

«Siamo a casa mamma. Siamo nella nostra casa. Nella villetta rosa che da sempre Tantre Sheng Vioo ha curato per noi senza che nessuno lo sapesse. È il regalo che ci ha voluto fare» Geno sentì la presenza di Tantre e socchiuse gli occhi mandandogli un dolce pensiero di gratitudine.

Il ragazzo sgattaiolò fuori dalla cucina e nel corridoio

si bloccò di fronte alla porta che dava nella stanza segreta del Sigillo.

L'aprì con timore: il grande cerchio magico non c'era più. Al suo posto vide due letti, un grande armadio, un tavolo, una libreria e un soffice tappeto blu.

«Una camera per me e mio fratello... certo... René qualche volta potrà dormire da noi!» esclamò sorpreso.

Geno non aveva più bisogno del Sigillo: ora era un Extra Sapiens e poteva viaggiare attraverso la Bilocazione Traversa.

Sentì un colpo al cuore, il Sigillo era stato il luogo della scoperta, dell'avventura, della sfida.

Con un po' di malinconia richiuse la porta mentre i suoi genitori continuavano a parlare e a gesticolare. La donna scostò le tendine e guardò fuori, vide l'insegna della Farmacia. Era lucidissima.

Prese per mano suo figlio e corse fuori, seguita dal marito.

Pier non credeva ai suoi occhi. Raggiunse il centro della strada e guardò il vicolo del Giglio Nero. Era pulitissimo, non c'erano sterpaglie.

«Siamo a casa. Ci siamo davvero» urlò Corinna.

Dal fondo di via del Dolce Rosmarino videro arrivare un uomo dalla camminata goffa, con un ragazzino un po' cicciottello.

«Zio! Nicosia!» gridò Geno correndo loro incontro.

Flebo Molecola iniziò ad agitarsi e Nicosia affrettò il passo facendo traballare la sua pancetta.

Anche Pier e Corinna scattarono come lepri andando verso il vecchio medico.

Flebo baciò Geno e poi allungò le braccia verso la sorella: «Corinna cara. Quanto tempo...quanto ho atteso questo momento».

Nicosia arrivò con il fiatone e capì perfettamente che quell'uomo e quella donna erano i genitori del suo strepitoso amico: «Grande Geno! Ce l'hai fatta! Sono tanto contento per te. Ora nessuno potrà più dire che sei pazzo».

Corinna singhiozzava mentre Flebo, con la pressione a mille, sudava come sempre.

Pier era in subbuglio, guardava le case, gli alberi, non sapeva cosa fare per dimostrare la sua enorme felicità.

Gli schiamazzi fecero uscire di casa gli altri ragazzi. Galimede si presentò con un pallone, Mirta, Gioia e Marlonia arrivarono di corsa in sella alle bici.

Geno non stava più nella pelle, gridava a tutti: «Sono tornati i miei genitori. Venite tutti. Sono tornati».

Alle finestre si affacciarono numerose persone che guardarono la scena.

Molti non credevano che quei due fossero veramente Pier e Corinna. Erano passati dodici anni e non era possibile fossero ancora vivi e vegeti.

Parecchie mamme e papà scesero in strada accogliendo con sorpresa i due rapiti. Qualcuno iniziò a fare anche delle domande ma Pier rispose solo con grandi sorrisi.

L'euforia e l'incredulità arrivarono al massimo quando proprio Mirta Bini urlò come una cornacchia: «La Farmacia è aperta. È tutto in ordine!».

Flebo, con gli occhiali appannati dalle lacrime dondolò come un pendolo: «Come aperta? E chi è stato?».

Geno e suo padre corsero come razzi: era vero. Era tutto vero.

Il pavimento era lucidissimo, i vasi per i medicinali e le antiche ampolle perfettamente pulite.

"Qui accoglierò gli Antei durante i loro Intercanti" pensò il ragazzo sentendo sempre più suo il ruolo di Extra Sapiens.

Un lieve battito di ali e qualche verso stridulo si mescolarono alle grida e alle chiacchiere delle gente accorsa sul posto.

Nella confusione nessuno notò due colombe, un falco e un'aquila che sbirciavano tra i rami degli alberi.

Solo Geno sentì il ronzio dentro le orecchie, ma era talmente felice che non si soffermò a riflettere.

Decine e decine di cittadini entrarono curiosi nella Farmacia mentre Corinna toccava come fosse oro ogni mobile e ogni oggetto. Pier continuava a salutare tutti e a ringraziare.

«Il grazie lo dovete a noi» la voce si sovrappose alle altre. Era quella di Margot.

L'anziana francese si fece largo tra la folla, e dietro a lei sfilarono Suomi, Dorathea e René che, per nascondere le ali, aveva indossato un largo mantello bianco.

Geno allargò le spalle come per dire che proprio non se lo aspettava.

Pier e Corinna si tennero vicini, Flebo portò le mani sui capelli per paura che madame combinasse una magia davanti a tutti. Ma quando vide René diventò rosso e iniziò a balbettare.

«Zio. Amatissimo zio Flebo» il giovane si mise davanti a quell'uomo buffo e impacciato finché si tuffarono uno verso l'altro in un abbraccio caloroso.

Mirta e Marlonia fissarono esterrefatte René: «Bellissimo! Ma chi è?».

Geno, che udì perfettamente, rispose a tono:

«Si chiama René ed è mio fratello. E quella laggiù è la sua fidanzata Dorathea. Vi consiglio vivamente di non fare le stupide con lui altrimenti rischiate grosso».

Mirta, che era stata ai patti, chiuse la bocca e non fiatò più.

Gioia invece guardò storto Suomi: «Quella è cieca!».

«Attenta a come parli. È la mia ragazza. Vede cose che tu non puoi neppure immaginare» ringhiò Hastor Venti.

Galimede intervenne con la sua solita spocchiosità: «Ci risiamo. Sei pazzo! Ti metti pure con una cieca!».

A quel punto ci pensò Nicosia: «Smettila di dire fesserie. Sei stupido. Sei ignorante! Zitto!».

Madame si girò verso i ragazzi e li fulminò con un solo sguardo: «Imparerete, prima o poi, a non giudicare dalle apparenze».

Mirta deglutì, sentiva la testa girare. Non poteva proprio accettare di aver sbagliato con Geno.

Eppure ciò che stava accadendo non era normale. Non era una cosa di tutti i giorni.

Guardò Pier e Corinna, non sembravano affatto dei pazzi farmacisti eppure in paese la voce era sempre stata quella.

Confusa e agitata la ragazzina uscì seguita dalle sue amiche.

Solo allora Geno si avvicinò a madame e sussurrando in un orecchio chiese:

«Ma come avete fatto a sistemare tutta la Farmacia. Quando siete arrivati? E soprattutto come siete arrivati qui?"

«Usa la mente, Geno. Dovresti saperlo fare molto bene, adesso» Margot sorrise e non aggiunse altro.

La giornata passò tra un abbraccio e un saluto, tra lacrime di gioia e mille dubbi sospesi come nuvole.

Se da un lato gli abitanti di Campana di Sotto erano contenti di rivedere una famiglia unita, dall'altro non riuscivano a darsi una spiegazione di cosa effettivamente fosse accaduto dodici anni prima.

Il mistero sugli Hastor Venti rimase un chiodo fisso ma

nessuno osò più mettere in dubbio la salute mentale di quella famiglia .

La villetta dai muri color albicocca riprese a vivere come una qualsiasi altra casa di paese. Corinna era talmente felice che iniziò a cucinare assieme a Margot mentre i ragazzi stettero in giardino a parlare. Pier accese la radio e dopo tanto tempo gustò il piacere della musica.

Flebo rimase accanto a René con il timore che qualcuno notasse le ali che aveva sotto il mantello.

«Quando Geno mi ha detto che eri il falco ho pensato che la follia si fosse impossessata del suo cervello. E invece eccoti qua. Come sei diventato grande e bello. Ma ora che farai?».

Il giovane spiegò anche allo zio che non poteva rimanere a casa, e la partenza sarebbe stata vicinissima: «Quando il sole tramonterà me ne dovrò andare. Con me verranno anche Margot, Suomi e Dorathea. Noi non possiamo restare».

Ancora un distacco. Una lacerazione. Un dolore.

Flebo Molecola ritornò cupo.

Ma fu proprio sua sorella a togliergli il velo della tristezza convincendolo che il bene più grande per René era quello di volare altrove. Di andare in quel mondo che oramai gli apparteneva.

«Anch'io me ne andrò. Non ora, e neppure tra qualche giorno. Ma capiterà. Sono cresciuto, ho delle responsabilità. Ma questa sarà sempre la mia casa. E nessuno potrà più togliermi i genitori» disse Geno.

Poi prese la bicicletta e chiese a Suomi di sedersi sul manubrio: «Andiamo a fare un giro. Ho sempre desiderato che anche tu fossi qui con me, nel paese dove sono nato».

Ma la ragazza rispose di no. Il tempo stava per scadere, gli ultimi raggi del sole stavano diminuendo di luminosità.

La sera giungeva morbidamente cambiando i colori del cielo delle colline.

Suomi corse verso la villetta lasciando Geno in sella alla sua bici. Non un bacio. Non un saluto.

Mirta, che con gli altri era a metà della via del Dolce Rosmarino decise di parlare ancora con quel ragazzo dai riccioli neri che tanto aveva detestato e così andò verso di lui.

Un minuto, forse due. Dalle finestre della villetta rosa spiccarono il volo un'aquila nera, un falco d'oro e due colombe bianche. Geno rabbrividì. Non diede ascolto alle parole di Mirta. Anche Nicosia rimase a bocca aperta.

Una delle due colombe virò verso di loro. Aveva gli occhi verdi spalancati e con dolcezza si portò davanti a Geno.

Riconobbe quegli occhi immediatamente.

In un lampo il pensiero telepatico della colomba entrò nella mente del ragazzo: «Ti vedo. Ti posso vedere. Capisci? È questo il segreto che non potevo svelarti. Io colomba per amore. Il mondo ha bellissimi colori e tu sei come immaginavo».

Un fulmine avrebbe fatto minor effetto.

Geno prese per le zampe la piccola colomba bianca e la guardò provando l'amore più grande del mondo.

Lei aprì leggermente il becco e davanti agli sguardi increduli dei ragazzi, picchiettò sulle labbra di Geno.

Un bacio. Un bacio e basta.

Hastor Venti sentì il sangue fluire come un fiume in piena e sempre telepaticamente rispose:

«Suomi... Suomi... i tuoi occhi vivono. È meraviglioso! Ma perché vi siete trasformati in uccelli?».

«È il volere di Ilies Buchar. Io sono colomba per poter vedere te ed entrare alla Domus Ermetica. Solo in questo modo madame Crikken, mia cugina e io potremmo andare a trovare tuo fratello quando diventerà Oscurabio. Tutto merito della Felix Trasmutathia. Ma non ti preoccupare. Tornerò la Suomi di sempre e i miei occhi si spegneranno di nuovo. Questa formula magica funziona solo quando voglio. Tu non hai bisogno di bere la pozione. Come Extra Sapiens potrai entrare nella Domus in qualsiasi momento».

Mirta, Marlonia, Galimede e Nicosia non riuscirono a spiccicare una parola. Guardarono senza fiatare quella colomba bianca che baciava Geno agitando le ali e rimanendo a mezz'aria.

Poi, una virata improvvisa, e la colomba raggiunse gli altri uccelli che giravano attorno alla villetta. L'aquila guidò il piccolo stormo che si diresse verso nord.

Gli occhi neri di Geno fissarono il cielo striato di rosso.

Nel tramonto che scendeva sulle Colline Mielose un'aquila, un falco e due colombe si allontanavano perdendosi nell'orizzonte.

Una lacrima, una soltanto, scese sul volto del ragazzo, che rivolto a Mirta Bini disse:

«Spesso ciò che si vede è ben diverso dalla realtà. Bisogna guardare con la mente e con il cuore. Spero che tu e gli altri un giorno possiate riuscirci. Io ci ho messo un po' per capirlo. La vita offre occasioni, dolori e gioie. Pazzi sono coloro che non sanno camminare amando anche l'aria che respirano».

Mirta guardò in alto mentre il sole si spegneva e poi abbassò la testa, Galimede rimase impietrito, Gioia e Marlonia indietreggiarono di qualche passo. Solo Nicosia parlò: «Io so usare il cuore perché l'amicizia che provo per te mi ha fatto scoprire un mondo straordinario».

Poi la voce di una donna irruppe nel silenzio che ovattava via del Dolce Rosmarino. Era Corinna affacciata alla finestra: «Geno, la cena è pronta. Vieni a mangiare».

Un richiamo familiare, una voce d'amore, una scena di assoluta normalità.

Hastor Venti riprese la bici sfidando il vento che gli arruffava i capelli. Quando passò sotto l'insegna della Farmacia si bloccò, mise le mani in tasca stringendo la Wied-Nion e l'Adularia Infinia.

Gli occhi brillarono riguardando il cielo che s'imbruniva, il pensiero galoppò lontano: "Chissà cosa mi riserverà il destino ora. La vera magia sarà affrontarlo senza timore. Mio fratello saprà starmi vicino e io lo aiuterò se sarà in difficoltà".

Rimise i piedi sui pedali e la bicicletta cigolò fino al cancello della villetta. Era aperto, la luce della cucina illuminava la finestra, e da dietro le tendine si vedevano Pier e Corinna con lo zio Flebo seduti a tavola.

Quell'istante valse una vita: lì, davanti alla porta, non c'era più un ragazzo triste e malinconico. C'era Geno Hastor Venti che finalmente aveva trovato se stesso. Aveva una casa con una famiglia che lo attendeva.

Fine

Le Pietre Magipsichiche

Serena Cristallata

COLORE: verde-azzurro
INCANTESIMO: sul lato destro è stato inserito un filo di Rame Iodato che fuoriesce dalla pietra come un ricciolo
MANUTENZIONE: a bagno in Acqua Nera
PROPRIETÀ: aiuta a ritrovare la chiarezza mentale e favorisce la comunicazione veloce. Può essere usata anche per curare l'asma e le allergie respiratorie
POSIZIONE: collo

Quarzo Fumoso

COLORE: grigio chiaro
INCANTESIMO: in alto, spostata leggermente a destra, è stata incastonata una piccola sfera di Mercurio Solido che lampeggia in modo intermittente
MANUTENZIONE: legato con Spago Rovente
PROPRIETÀ: restituisce la capacità di interpretare i sogni e di scacciare le paure
POSIZIONE: tempia sinistra

Almandino Ferrato

COLORE: rosso-bruno

INCANTESIMO: in basso a sinistra è stato inserito un piccolo cubo di Ferro Gentile che non arrugginisce mai

MANUTENZIONE: scatola di Legno Cipressato

PROPRIETÀ: rende ottimisti e favorisce i sentimenti postivi

POSIZIONE: palmo della mano destra

Ametista Cornata

COLORE: lilla-rosa

INCANTESIMO: in alto, sia a destra sia a sinistra, sono state inserite due punte di Corallo Soffiato

MANUTENZIONE: fazzoletto di Raso Floscio

PROPRIETÀ: stimola la creatività

POSIZIONE: tempia destra

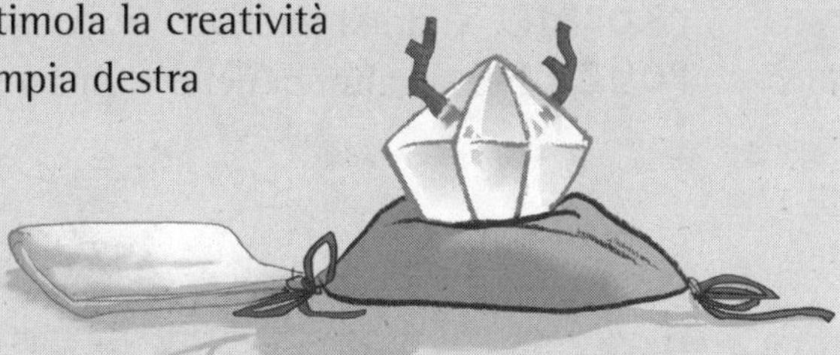

Amazzonite Freddata

COLORE: verde scuro
INCANTESIMO: sul lato destro è stata inserita una placca di Ottone Vetrato
MANUTENZIONE: cofanetto di Cera Sontuosa
PROPRIETÀ: dona vigore e forza fisica
POSIZIONE: coscia destra

Ambra Unghiata

COLORE: giallo dorato
INCANTESIMO: al centro è stato inserito un pezzo di Piuma di Subcando
MANUTENZIONE: avvolta in Paglia Fluorente
PROPRIETÀ: dona serenità
POSIZIONE: all'altezza dello stomaco

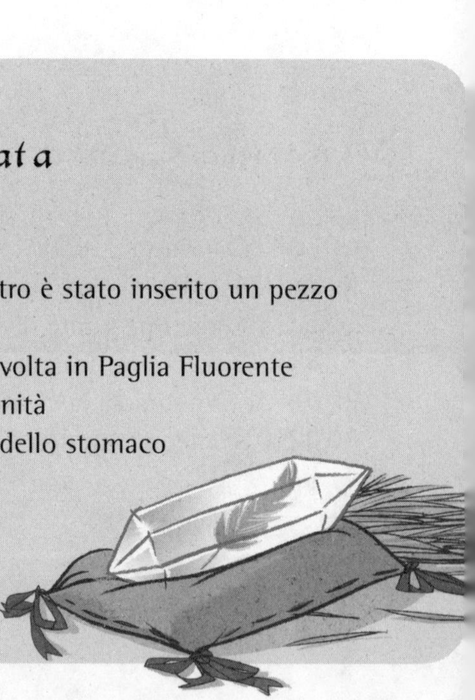

Citrino Confuso

COLORE: giallo chiaro

INCANTESIMO: in basso è stata inserita una foglia di Gelso Pomato.

MANUTENZIONE: appesa tra due travi

PROPRIETÀ: disintossicante

POSIZIONE: piede destro

Diamante Forzato

COLORE: bianco luminoso

INCANTESIMO: al centro è stato inserito un petalo di Rosa Severina

MANUTENZIONE: immerso nella Terra Fertile

PROPRIETÀ: regola le energie del corpo

POSIZIONE: all'altezza del cuore

Giada Volante

COLORE: verde e azzurro chiaro
INCANTESIMO: nei lati è stata fissata Polvere Lunare
MANUTENZIONE: cilindro pieno d'Aria Densa
PROPRIETÀ: aiuta a ricordare le vite passate
POSIZIONE: alla base della spina dorsale

Tormalina Elettrica

COLORE: rosso violaceo

INCANTESIMO: in alto è stata incastonata la punta di un Ago Frecciato

MANUTENZIONE: avvolta da Cotone Pungente

PROPRIETÀ: rende più facili i rapporti con gli altri

POSIZIONE: braccio sinistro

Smeraldo Fischiato

COLORE: verde brillante

INCANTESIMO: tutt'intorno, nella parte alta, è stato inserito un filo ondulante d'Erba Nascosta

MANUTENZIONE: dentro un vaso di Terracotta Bruciata

PROPRIETÀ: rinfresca le idee

POSIZIONE: orecchio destro

Rubino Formoso

COLORE: rosso vivo

INCANTESIMO: in basso, leggermente a destra, è stato inserito un Seme Vagante.

MANUTENZIONE: avvolto dal Panno Dormiente

PROPRIETÀ: dona amore vero

POSIZIONE: bocca

REGOLAMENTO
Iniziatico dell'Arx Mentis
AM
Per Antei
di
Primo Livello

PER ANTEI DI PRIMO LIVELLO

REGOLAMENTO
Iniziatico dell'Arx Mentis

Correva l'anno 1555 quando i primi Sapientes, provenienti da diversi Paesi del mondo, crearono nella segretissima Vallée des Pensées, l'Arx Mentis, la Rocca della Mente. Un luogo dove studiare e praticare i poteri della Magipsia, ovvero l'arte del pensare, del meditare e della magia.

Un'unica legge ha sempre regnato sovrana: quella del rispetto del Regolamento. Le RI-AM, le Regole Iniziatiche dell'Arx Mentis sono sacre per Antei, Psiofi e Sapientes.

I diversi Grandi Saggi che si sono succeduti nei secoli hanno via via affinato alcune norme. Le ultime modifiche sono opera dell'attuale Summus Sapiens, Yatto Von Zantar e sono siglate.

Antei, Psiofi e Sapientes se trasgrediscono volontariamente le prime 4 RI-AM verranno espulsi a vita dalla Rocca della Mente.

RI-AM. 1 - La Prima di tutte le Regole

Non svelare l'esistenza dell'Arx Mentis

RI-AM. 2 - La Seconda di tutte le Regole

Non esercitare la Magipsia per provocare dolore

RI-AM. 3 - La Terza di tutte le Regole

Non cercare i luoghi segreti dell'Arx Mentis

RI-AM. 4 - La Quarta di tutte le Regole

Non ostacolare le decisioni del Summus Sapiens

RI-AM. 5 - Regole del trasporto

5A - SIGILLO NERO – Tutti gli Antei ricevono in dono da Psiofi o Sapientes un Sigillo Nero: unico mezzo di trasporto per giungere all'Arx Mentis. Ognuno può scegliere il profumo del vapore. Una volta superati i Tre luoghi utilizzando la mente è necessario leggere attentamente questo Regolamento Iniziatico. Tutti gli oggetti, indumenti e casse vengono trasferiti negli alloggi dell'Arx dal Summus Sapiens attraverso il pensiero telecinetico. Il Sigillo Nero resterà nel bosco in attesa del ritorno degli Antei per gli Intercanti. Se si danneggia il Sigillo Nero o si fanno entrare persone non adatte si rischia l'espulsione a vita dall'Arx e il Sigillo verrà distrutto.

5B - SCHIZZOSI - Pattini speciali. Si trovano nel terzo luogo del Sigillo Nero. Hanno rotelle che si mettono in moto schiacciando un piccolo pulsante posizionato sulla punta. Nella parte posteriore si trovano due tubi di acciaio dai quali esce fuoco. Una volta indossati gli Schizzosi è necessario stare in equilibrio e lasciarsi trasportare. Gli Antei di Primo Livello usano questi pattini per arrivare all'Arx. Se si prestano i propri Schizzosi a qualcun altro la punizione è di non poter entrare per una settimana nella Stanza Cerchiata.

5C - BI-FLAP – Biciclette volanti. Le usano solo gli Psiofi per raggiungere l'Arx Mentis. Ai lati hanno due grandi ali di pipistrello che si agitano quando si pedala. Le Bi-Flap devono essere posteggiate vicino al ponte levatoio. È vietato usare la Bi-Flap nel mondo reale. Il trasgressore salterà un GalApeiron.

5D - BASSALTO – È l'ascensore che permette di salire velocemente all'Arx. Lo possono usare solo gli Psiofi. Se un Anteo viene sorpreso nel BassAlto verrà punito severamente: gli sarà annullata una settimana di prove con gli Ippovoli.

5E - Le tecniche di Bilocazione Chiusa e Bilocazione Traversa si effettuano solo nella Loggia Psiche.

5F - BILOCAZIONE CHIUSA - Presenza simultanea in due luoghi diversi. Questa tecnica non si può usare all'interno dell'Arx ma solo nel mondo esterno e in casi eccezionali. L'effetto dura 24 ore. È necessaria l'attivazione della Ruota

Conica mediante un'alta concentrazione medianica. Il permesso di usare la Bilocazione Chiusa è concesso dal Summus solo ai Sapientes e a Psiofi selezionati. Gli Antei possono vedere le prove solo su richiesta. I trasgressori verranno puniti in maniera esemplare con l'espulsione a tempo indeterminato dall'Arx.

5G - BILOCAZIONE TRAVERSA – Presenza di un Sapiens nel mondo esterno e sua integrazione. L'abbandono a tempo indeterminato dell'Arx Mentis è concesso solo per effettuare mansioni speciali tra la gente. È necessario entrare nella O' Grande e stendersi rimanendo in equilibrio tra i Tre Giganti, le pietre piatte ricche di energia che formano un triangolo magico. Il permesso di usare la Bilocazione Traversa è raro e viene concesso in casi eccezionali dal Summus Sapiens solo ai Sapientes. I Saggi che trasgrediscono questa regola non possono più rientrare all'Arx per il resto della loro vita.

RI-AM. 6 - Regole del tempo

6A - PENDOLO SECCO – È l'orologio che si trova dietro il portone d'ingresso dell'Arx Mentis. Segna i giorni e le ore di entrata e uscita di Antei e Psiofi. Il Pendolo Secco si attiva tirando la corda che si trova accanto al portone. Quando entra uno Psiofo si sente cantare un tenore, quando invece è una Psiofa canta una soprano, mentre per gli Antei si ode un coro di bambini. Si entra uno alla volta. Entrare o uscire senza aver azionato il Pendolo Secco comporta l'esclusione temporanea dall'Arx. Nessun Anteo può andarsene prima della fine dell'Intercanto.

6B - BATACCHIA TREMULA – È la grande campana che si trova nella torre più alta dell'Arx Mentis e segna le ore. È vietato raggiungerla. I trasgressori saranno espulsi per la durata di tre cicli.

6C - TROMBOTTA – È suonata ogni mattina alle ore 7 dalla Governante. È vietato dormire oltre l'ora consentita, pena l'esclusione dalle prove magipsichiche per una giornata.

6D - FISCHIOSUGO – È il fischio che segnala l'ora della cena. Antei e Psiofi si devono recare nel proprio alloggio. Solo coloro che sono impegnati in esperimenti magipsichici possono assentarsi.

6E - PIANSERENO – È l'antichissimo e maestoso organo che si trova nel Megasoffio dal 1555. Controlla e attiva il Pendolo Secco, la Batacchia Tremula e il Fischiosugo. Solo il Sapiens medico si può occupare della sua manutenzione e nessuno può avvicinarsi se non è autorizzato. Chi manomette o rompe il Piansereno viene espulso all'istante. È il Summus Sapiens a decidere quando potrà rientrare.

RI-AM. 7 - Regole del vestimento

7A - TONCA – Sono i berretti a scodella che indossano anche gli Antei e si associano ai guanti e agli stivali. Ce ne sono di tre colori: nero, per il I° Livello; bianco, per il II° Livello; rosso, per il III° Livello. Tutti gli Antei devono usare il Tonca. I trasgressori saranno puniti con due giorni di digiuno. Stessa punizione per chi non indossa gli stivali e i guanti.

7B - SKERJA E OSCIO – La Skerja è una tunica arancione e si indossa durante le prove di Meditazione. L'Oscio è il cuscino dove ci si appoggia. È severamente vietato usarli fuori dall'Aula dell'Oblio. La pena è di lucidare le Staffore Inverse.

7C - TUTA STAGNA E COLLARE DI CUOIO – La Tuta è di colore blu e nel girocollo ha due tubicini che servono per respirare sottacqua. La Tuta Stagna contiene Ossigeno Piatto che consente di nuotare per lunghe ore senza ritornare in superficie. Il Collare di cuoio al quale sono agganciati due lacci viene messo al collo del Subcando.

7D - BRIGLIE E SELLA – Sono gli strumenti per cavalcare gli Ippovoli. È indispensabile mantenerli puliti e in ordine. Chi non esegue con scrupolo la pulizia non potrà frequentare Psicofonia per tre giorni.

RI-AM. 8 - Regole dei contatti

8A - PAROPALLA – Si tratta di sfere di legno con levetta. Possono contenere messaggi scritti. Quando hanno una lettera al loro interno suonano come un carillon girando per corridoi e stanze finché si fermano precisamente davanti alla persona cercata o alla sua stanza. È vietato rubare la Paropalla di un altro. La punizione sarà la confisca della Paropalla e il divieto di usare la Telempia per una settimana.

8B - VERTIGLI – Sono triangoli che brillano nel momento in cui è in atto un contatto telempatico. In essi viene dirottata la forza del pensiero e per questo è consigliabile usarli raramente altrimenti il corpo si esaurisce. All'Arx si portano agganciati alla cintura quando si vuole avere contatti mentali. È vietato usarli nel mondo reale quando si è in pubblico. Chi trasgredisce verrà escluso due cicli.

8C - TELEPATIA – È la forma più antica di comunicazione tra persone mentalmente dotate. Questa tecnica è usata sia fuori che dentro l'Arx. È vietato mandare messaggi offensivi o di morte. Chi trasgredisce viene espulso per la durata di un ciclo. Gli Antei, durante la frequentazione dell'Arx e l'Intercanto, non possono mettersi in contatto telepaticamente con Psiofi che sono nel mondo reale. Pena: l'espulsione immediata.

8D - TELEMPIA – Sono due le tecniche di Telempia e per usarle serve molta energia mentale. La prima aiuta a capire chi è passato nelle ultime ore da un luogo, la seconda (la più usata) mette in contatto due o più persone attraverso un dialogo mentale attivato dai Vertigli. Come per la Telepatia anche la Telempia non può essere usata dagli Antei durante l'Intercanto o per mettersi in contatto con gli Psiofi che sono nel mondo reale. Pena: l'espulsione immediata. Esclusivamente i Sapientes possono attivare questa tecnica per casi di emergenza.

8E - VOCOFONO – È il microfono del Megasoffio dal quale escono le voci della mente e le fa ascoltare ai presenti. È uno strumento di comunicazione molto importante e chi lo rompe dovrà stare in silenzio nel suo alloggio per quattro giorni.

8F - STAFFORE INVERSE – Le due bocche parlanti danno indicazioni vere e false. Bisogna affinare la mente e intuire la cosa giusta da fare.

RI-AM.9 - Regole dello spostamento oggetti

9A - CERCHI DI SOPHIA – L'esercizio con questi oggetti è tipico della prova di Telecinesi. Nessuno deve perdere i suoi Cerchi, pena la pulizia profonda del canale proveniente dal Lagostorto. Lo spostamento di altri oggetti con il pensiero è accettato solo se in tasca si tengono i Cerchi.

RI-AM.10 - Regole del volo

10A - IPPOVOLI – Sono i magnifici cavalli alati di colore nero. Da sempre ne esistono venti nella Scuderia che ora porta il nome del defunto Summus Sapiens Riccardo Del Pigio Ferro. Si tratta di animali magici che si cavalcano mantenendo il contatto mentale. Sono sensibili e richiedono una grande cura. La morte dei un Ippovolo rappresenta una perdita gravissima per l'Arx. Chi ferisce o provoca la morte di un cavallo alato viene espulso per sei cicli e non potrà più cavalcarne alcuno. È vietato cavalcare un Ippovolo senza il controllo del Cerimoniere. La punizione è stare rinchiusi nella Scuderia per due notti.

10B - SPICCAFILI – Aquiloni di Transcarta e corda forte. Sono gli strumenti di volo più pericolosi. È necessario trasferire correttamente le proprie energie mentali alla corda e alla Transcarta. Solo con il pensiero si riesce a farli volare in modo corretto. Gli Spiccafili sono usati nel Contra Unico.

RI-AM.11 - Regole del Nuoto

11A - SUBCANDI – Sono cigni giganti bianchissimi. Sanno nuotare perfettamente sott'acqua e possono rimanere senza ossigeno per ore. Ma sono delicatissimi. Hanno piume morbide e sensibili. Danno felicità e serenità a chi li cavalca nei fondali del Lagostorto. È vietato dar loro da mangiare. Chi provoca il ferimento o la morte di un Subcando viene espulso per sei cicli e non potrà più nuotare.

RI-AM.12 - Regole del cibo

12A - CENE IN ONORE DELLE LETTERE – All'inizio di ogni ciclo viene offerta la cena in Onore di una Lettera. La lettera scelta indica una particolare dote della mente. I cibi cotti secondo la Filosofia della Cucina Metafisica sono molto energetici. Non si può portare all'Arx cibo o alimenti provenienti dal mondo reale. Il trasgressore verrà punito lavando per due giorni piatti e posate.

RI-AM.13 - Regole dei viaggi mentali

13A - PRIMO INTERCANTO – Nel primo viaggio mentale non si può portare nessun oggetto o libro. Va vissuto in piena armonia con l'atmosfera del Sigillo Nero. Durante il viaggio non si possono avere contatti con altri Antei o Psiofi: pena l'esclusione dall'Arx per due cicli. Ogni entità magipsichica o situazione medianica vissuta negli 8 giorni dovrà essere affrontata solo con i mezzi del pensiero. Chi non supera l'Intercanto torna nel mondo reale senza più poteri magipsichici e non potrà frequentare l'Arx per il resto della vita.

RI-AM.14 - Regole del vivere all'Arx

14A - ALLOGGI – Le camere degli Antei si trovano a pianoterra. Le porte non si possono chiudere a chiave. Tutte le chiavi le ha la Governante. Gli alloggi delle Psiofe e delle Sapientes donne si trovano al primo piano mentre per i maschi sono al secondo piano. Agli Antei è vietato entrare nelle loro stanze. Pena: la Governante chiuderà a chiave il trasgressore nella propria camera dove rimarrà per tre giorni senza mangiare e non potrà comunicare telepaticamente o telempaticamente con gli altri. Gli verrà tolta la Paropalla. Se non manterrà il silenzio gli sarà prolungata la punizione o assegnata una nuova e più pesante. Al terzo piano si trova l'alloggio del Summus Sapiens. Vi possono accedere soltanto i Sapientes solo dopo essere stati annuncianti dal Cerimoniere. I Saggi entrano appoggiando le loro mani sul mosaico che riporta le loro immagini a grandezza naturale. Chi tenta di entrare nella camera del Summus senza preavviso rischia l'espulsione per tre cicli.

14B - SALOTTO DEI FENICOTTERI — Il Salotto è accessibile soprattutto agli Psiofi dove possono riposarsi. Gli Antei possono soggiornare ma non per molto tempo.

14C - STANZA CERCHIATA — Questo è il luogo di ritrovo degli Antei. È possibile giocare e scambiare opinioni sulle prove magipsichiche. Le liti verranno severamente punite con tre giorni di lavoro nella Scuderia.

14D - STANZA DELLA VISIONE — È l'ampia sala di ricevimento del Summus Sapiens. Non si può accedere senza essere stati annunciati dal Cerimoniere. Chi vi entra di nascosto sarà punito con tre giorni di lavoro per la manutenzione degli SpiccaFili.

14E - LUOGHI DELLE PROVE — In tutte le Aule dove si svolgono le prove e gli esperimenti è obbligo per Antei e Psiofi mantenere un certo contegno. Durante le prove, a orario stabilito dal Programma del Mese, si eseguono gli esperimenti sotto la guida del Sapiens esperto. Fuori orario ognuno è responsabile del proprio comportamento e ne paga le conseguenze se provoca danni o manomissioni degli strumenti magipsichici. L'espulsione è immediata.

Y.V.Z.

Orientamento e Disposizione delle Aule

Sotterraneo

MEGASOFFIO
Psicofonia, GalApeiron

Piano terra

AULA SUBLIME CIBARIA
Cucina Metafisica, Controfisca, Fandonfia

CLINICA VAGA
Infermeria dell'Arx Mentis, Salutria

Primo Piano

AULA DELL'IPNOSI
Retrocognizione, Veggenza,
Magia Bianca (Àrcoloria-Odoria-Venofia)

AULA DEL PENSIERO SOTTILE
Telecinesi, Telempia, Telepatia, Fantasmi

Secondo Piano

AULA DELL'OBLIO

Meditazione

AULA LIMBICA

Sogni vivi, Fasi del sonno-Sogno

AULA DELLA LEGGEREZZA

Levitazione, Bioenergia

Terzo Piano

LOGGIA PSICHE

Materializzazione, Biosmia

Bilocazione Chiusa, Bilocazione Traversa

REGOLAMENTO

Mediano dell'Arx Mentis

Per Antei
di
Secondo Livello

PER ANTEI DI SECONDO LIVELLO

REGOLAMENTO
Iniziatico dell'Arx Mentis

In forza del Regolamento Iniziatico e in virtù della quieta convivenza magipsichica leggere e imparare a memoria il Regolamento Mediano tenendo presente nel cuore e nell'anima che ogni trasgressione verrà severamente punita.

RM-AM.1 - Regole del Sano Utilizzo

1A - SIGILLO NERO – Gli Antei che fingono di usare il Sigillo o sostengono ingiustamente che non funzioni saranno puniti con espulsione immediata dall'Arx Mentis. Il loro Sigillo verrà consegnato ai Faber che ne modificheranno l'identità per darlo a nuovi Antei in arrivo.

1B - SACRE RUNE – Si tratta delle rune dai grandi poteri magipsichici. Sono sacre e se qualcuno le rompe o danneggia sarà punito dal Summus immediatamente: non solo sarà espulso ma dovrà trascorrere due anni senza poter studiare o provare le tecniche magiche.

1C - SCHIZZOSI – Vanno sempre puliti dopo il loro uso. È indispensabile controllare il loro funzionamento e bisogna conservarli nella propria stanza. È vietato usare gli Schizzosi nei sentieri della Valle dei Pensieri senza autorizzazione del Summus Sapiens. I trasgressori dormiranno una notte nella capanna del Lagostorto con i Subcandi.

1D - BI-FLAP – È vietato agli Antei di ogni Livello usare le Bi-Flap degli Psiofi. Chi viene sorpreso a volare con tale mezzo di trasporto salterà due prove con gli Ippovoli.

1E - BASSALTO – Nessun Anteo può salire o scendere con il BassAlto. Solo in casi eccezionali e su approvazione del Summus Sapiens uno Psiofo può portare un Anteo.

RM-AM.2 - Regole del Tempo

2A - STRUMENTI – Piansereno, Fischiosugo, Trombotta e Pendolo Secco vengono bloccati in casi di grave pericolo o nella circostanza di un lutto. Unica a suonare sarà la Batacchia Tremula.

2B - BATACCHIA TREMULA – Solo il Cerimoniere e la Governante possono avviare i rintocchi della Batacchia come programmato dal Piansereno. In caso di impossibilità saranno sostituiti dagli altri Sapientes che garantiranno il perfetto funzionamento della grande campana dell'Arx.

RM-AM.3 - Regole dei Contatti

3A - STAFFORE INVERSE – Quando sono annunciate comunicazioni generali di estrema importanza da parte del Summus Sapiens le Staffore Inverse vengono zittite. In caso di lutto saranno coperte da drappi neri.

3B - PAROPALLE – In caso di rottura involontaria bisogna consegnare la propria Paropalla al Summus Sapiens che ne procurerà una nuova.

RM-AM.4 - Regole del Volo

4A - SPICCAFILI – Chi manomette gli SpiccaFili per generare problemi agli Antei di Terzo Livello che si preparano al ContraUnico verrà punito con l'espulsione immeditata. Il Tonca verrà stracciato e i guanti non potranno essere più usati.

4B - IPPOVOLI – È vietato cavalcare gli Ippovoli di notte. I trasgressori saranno espulsi per un intero ciclo.

RM-AM.5 - Regole del Nuoto

5A - SUBCANDI – Data la delicatezza dei Subcandi è severamente vietato cavalcarli quando il LagoStorto e il canale sono ghiacciati. Gli Antei che non seguiranno tale regola non potranno usare i Subcandi nel ciclo successivo.

RM-AM.6 - Regole del Vivere all'Arx Mentis

6A - CONTEGNO – Gli Antei di Secondo Livello non possono svelare il contenuto del Regolamento Mediano agli Antei di Primo Livello. Chi trasgredisce non potrà fare le prove con i Subcandi e non cenerà per una settimana. Gli verrà sequestrato il Vertiglio per tutto il ciclo. Gli Antei di Terzo Livello, se svelano il contenuto del Regolamento Largo a quelli di Secondo e Primo Livello saranno portati dal Summus Sapiens il quale deciderà quale punizione infliggere. Psiofi e Sapientes hanno l'obbligo di informare il Summus se vengono a conoscenza dei trasgressori.

6B - INFIDA STALLO – Viene proclamata dal Summus Sapiens in caso di grave situazione e di pericolo. Si tratta del blocco totale delle prove magipsichiche. Se l'Infida Stallo dura più di un mese ogni oggetto e strumento magipsichico dell'Arx Mentis potrebbe sparire per sempre causando la perdita di ogni potere magico da parte di tutti i frequentatori.

6C - SOSPENS GRAVE – È la punizione che il Summus Sapiens infligge ad un Sapiens che ha trasgredito le regole dell'Arx. Il Sapiens viene condotto nella sua stanza e lì rinchiuso. Gli vengono tolti il Vertiglio e la Paropalla, inoltre non potrà avere contatti di alcun genere (telempatici e telepatici) con gli altri Saggi e con gli Antei. Unico interlocutore sarà il Summus.

6D - SUPLICIUM – Si tratta di un castigo molto crudele inflitto agli Antei di Secondo Livello che hanno rubato oggetti preziosi o animali magici del Summus Sapiens. La tortura dura 48 ore e l'Anteo in castigo rimarrà chiuso nella sua camera senza poter parlare o avere contatti con altri. Se qualcuno cerca di entrare nella stanza o parlare con il castigato sarà punito severamente dal Summus il quale lo farà stare per due notti al cimitero dell'Arx Mentis.

6E - PUNTRATTI – L'uso di queste speciali penne magiche si effettua solo durante le prove delle Sacre Rune. Psiofi e Antei devono usare il Puntratto senza rivelare agli altri né la loro domanda né la risposta della runa scelta. Chi trasgredisce si punirà da solo in quanto il desiderio espresso alla runa non verrà esaudito.

6F - AGGRESSIONE E VIOLENZA – Chi aggredisce o provoca la morte di un Anteo, di uno Psiofo, di un Sapientes o addirittura del Summus Sapiens viene espulso a vita dall'Arx. Nel modo reale continuerà a pagare la sua pena vivendo in carcere o in strutture penitenziarie adeguate. Gli verranno tolti i poteri magipsichici e sarà condannato all'infelicità eterna. Solo il Summus Sapiens può decidere tale condanna anche senza processare il colpevole.

RM-AM.7 - Regole di Non Avvicinamento

7A - FABER – Sono particolari Psiofi che, dopo una dura selezione e attestazioni di merito, vengono nominati dal Summus Sapiens. In caso di morte di un Faber la sostituzione avviene entro 48 ore.

Il compito dei Faber è aiutare gli Oscurabi a costruire nuove macchine e strumenti magipsichici. In caso di necessità assoluta vengono chiamati all'Arx per aggiustare, modificare o cambiare pezzi di strumentazioni guaste. Ciò li irrita parecchio perché, se un qualsiasi oggetto o strumento della Rocca della Mente si è rotto oppure non funziona a dovere, significa che i Sapientes e il Summus Sapiens non sono stati sufficientemente attenti.

I Faber non possono avere contatti con gli Antei. Soprattutto non possono essere visti da quelli di Primo Livello i quali non sanno della loro esistenza. Gli Antei che guardano un Faber o un Oscurabio rischiano la Glamura: possono diventare muti o perdere la memoria.

Chi trasgredisce e si reca volontariamente alla Domus Ermetica viene espulso a vita dall'Arx Mentis.

I Faber parlano con il Summus, con gli Psiofi e con i Sapientes. Rarissimamente hanno contatti con gli Extra Sapientes. I Faber vivono e lavorano nella palude dove si trova la Domus Ermetica. Con loro ci sono gli Oscurabi.

I Faber indossano mantelli viola e sul capo portano il Pastro, cappello a forma di ciambella intrecciata. Parlano molto poco e preferiscono la solitudine. Eseguono gli ordini degli Oscurabi.

I Faber non partecipano al GalApeiron e non possono eleggere il Summus Sapiens. Ogni Faber deve seguire il Regolamento Aureo della Domus Ermetica.

7B - OSCURABI – Sono Psiofi molto anziani scelti e nominati dal Summus Sapiens. In caso di morte di un Oscurabio la sostituzione avviene entro 72 ore. Gli Oscurabi hanno altissime capacità mentali e inventano nuovi strumenti magipsichici. Sono i detentori dei segreti di costruzione e ideazione di tutti gli oggetti dell'Arx. Custodiscono il misterioso segreto della realizzazione dei Sigilli. Oltre a loro e ai Faber solo il Summus Sapiens a conoscenza di tale segreto.

Gli Oscurabi non frequentano l'Arx Mentis, non parlano con Sapientes, Psiofi e Antei. Chi li avvicina sarà espulso a vita.

Gli Oscurabi possono avere contatti solo con il Summus Sapiens, i Faber e talvolta con gli Extra Sapientes. Indossano tuniche nere e portano i Duvi, speciali occhiali con lenti d'argento che permettono di vedere l'interno delle cose.

Se si incontra un Oscurabio non si deve mai guardarlo in faccia, si rischia la cancellazione della memoria o si diventa muti (Glamura). Gli Oscurabi non partecipano al GalApeiron e non possono eleggere il Summus Sapiens. Ogni Oscurabio segue il Regolamento Aureo.

7C - EXTRA SAPIENTES – Sono tre e vengono sostituiti in caso di morte. La loro nomina viene decisa dal Summus Sapiens, dagli Oscurabi e dai Faber. Gli Extra Sapientes vivono in località nascoste e con la compagnia di pochi prescelti. Spesso preferiscono la totale solitudine. Non frequentano l'Arx ma possono intervenire liberamente; sono consiglieri speciali dei Sapientes e del Summus Sapiens.

Possono parlare con gli Oscurabi e raramente con i Faber. Soltanto alcuni Antei hanno la fortuna di incontrarli durante gli Intercanti. La vita degli Extra Sapientes è di tipo meditativo e spirituale.

7D - REGOLAMENTO AUREO – Si tratta di un libro molto prezioso e antico. È stato scritto sempre nel 1555 e regola il comportamento dei Faber e degli Oscurabi. Esistono solo due copie del Regolamento Aureo, una si trova nella Domus Ermetica e l'altra è a disposizione del Summus Sapiens.

Nessun altro può leggere questo importante Regolamento.

I trasgressori verranno puniti dagli Oscurabi anche con la morte.

REGOLAMENTO
Largo dell'Arx Mentis
AM
Per Antei
di
Terzo Livello

PER ANTEI DI TERZO LIVELLO

REGOLAMENTO
Largo dell'Arx Mentis

In forza dei Regolamenti Iniziatico e Mediano e in virtù dell'armonia magipsichica leggere e imparare a memoria il Regolamento Largo. Il Terzo Ciclo forgerà le menti e accompagnerà la crescita interiore.

RL-AM.1 - Regole del Sapere Magipsichico

1A - MATERIALIZZAZIONE – Le lezioni si svolgono nella Loggia Psiche sotto la direzione del Summus Sapiens. Hanno accesso gli Antei di Terzo Livello e gli Psiofi. Per gli Antei serve il permesso del Summus. Solo gli Psiofi e i Sapientes possono conservare gli oggetti prodotti dal pensiero e realizzati durante le prove. La Materializzazione delle idee rappresenta uno dei più alti gradi della Magipsia. È severamente vietato usare gli strumenti dell'Aula senza il consenso del Summus. Ai trasgressori verranno ingessate le dita di entrambe le mani. La punizione durerà 30 giorni.

1B - BIOSMIA – Le tecniche di Biosmia possono modificarsi nel tempo in base alla potenza mentale. È consentito l'uso di piante e vegetali, ma è vietato introdurre animali durante la lezione.

Chi trasgredisce sarà punito severamente con due giorni di digiuno e l'impossibilità di frequentare la Loggia Psiche per un intero ciclo.

1C - PIETRE MAGIPSICHICHE – Custodite nel grande armadio dell'Aula dell'Ipnosi, sono tra gli oggetti più preziosi ed antichi dell'Arx. Sono in tutto 12 e ciascuna ha poteri salutari. Chi le danneggia sarà immediatamente espulso e dovrà ripetere il ciclo. Chi tenta di rubarle sarà sottoposto al volere del Summus che deciderà sul suo destino. Nessun Anteo di Primo e Secondo Livello può toccare o usare le Pietre Magipsichiche: i trasgressori rimarranno in silenzio per 15 giorni e non potranno entrare nella Stanza Cerchiata.

1D - REVOLA RIFLUSSA – Data la pericolosità, è consigliabile non adottare questa tecnica. Solo in casi eccezionali il Summus Sapiens può utilizzare le 12 pietre per modificare i tempi e il viaggio dell'ultimo Intercanto, facendo applicare agli Antei le gemme nelle varie parti del corpo. Si possono verificare numerosi malesseri: dal vomito alla febbre. Può anche sopraggiungere la morte per complicazioni.

1E - LA COPIA FISICA – Quando il Summus Sapiens o uno dei Sapientes usa la Ruota Conica, la sua copia fisica resterà in un luogo preciso dell'Arx. Gli Antei non possono contestare la scelta di coloro che usano la Ruota Conica anche se ciò impedisce una regolare conduzione delle lezioni o se interrompe un progetto magipsichico. Chi protesterà, salterà la cena per una settimana.

RL.AM.2 - Regole del Saggio Comportamento

2A - RAPPORTI CON ANTEI DI PRIMO E SECONDO LIVELLO – La salda amicizia che può sorgere tra Antei è molto significativa ed apprezzata, ma al Terzo Livello la responsabilità di mantenere il segreto del Regolamento Largo è una prova da non sottovalutare. Chi usa la Telempia o la Telepatia per informare gli Antei di gradi diversi svelando queste regole sarà punito immediatamamte: gli verranno confiscati il Vertiglio e la Paropalla.

2B - RAPPORTI CON GLI PSIOFI – La vicinanza con gli Psiofi aiuterà a comprendere maggiormente la vita dell'Arx. Il rispetto per maghe, sciamani, medium, sensitive, stregoni e alchimisti va messo al primo posto. Osservare ed imparare le tecniche magipsichiche aiuterà a valutare la piena autonomia e le capacità singole degli Psiofi. Nessun Anteo può permettersi di offenderli, la pena è severissima: espulsione per 60 giorni e annullamento del Terzo Ciclo che sarà ripetuto quando lo decide il Summus Sapiens.

2C - RAPPORTI CON SAPIENTES E SUMMUS SAPIENS – L'orario delle lezioni con i Sapientes va rispettato. La richiesta di poter ottenere l'ingresso alle aule anche senza la presenza di un Saggio sarà consentita di volta in volta, ma solo il Summus Sapiens può garantire l'ordine prestabilito. Offendere e attaccare senza giusta motivazione un Sapiens comporta lo strappo del Tonca, dei guanti rossi e degli stivali. L'espulsione prevista è di 90 giorni. Il Terzo Ciclo sarà ripetuto solo se l'Anteo dimostra abilità mentali degne dell'Arx.

RL.AM.3 - Regole del Contra Unico

3A - SPICCAFILI E ISTINTO – È indipensabile prepararsi al volo finale con gli SpiccaFili. La scelta dell'aquilone andrà fatta all'istante usando l'intuito. La forza della mente prevarrà su ogni comportamento. Un solo errore e lo stacco di energia del pensiero può provocare l'annullamento del Contra Unico. Non è consentito alcun commento prima dell'esame ed è vietato contraddire l'eventuale decisione del Summus Sapiens che può decidere quale SpiccaFilo assegnare anche contrastando con il volere dell'Anteo sottoposto all'esame.

3B - PIOGGIA E BEVANDA – Durante il Contra Unico non si deve perdere il Tonca, i guanti non si possono rovinare e, in caso di pioggia, è consigliato bere una caraffa intera di Aranciata Clorina che permette l'impermeabilità della pelle.

RL.AM.4 - Regole della Cerimonia

4A - MEGASOFFIO IN FESTA – La cerimonia che attesta la fine del Terzo Livello si svolge nel Megasoffio. Candele fluttuanti accoglieranno l'Anteo in modo festoso. Saranno presenti tutti i Sapientes e il Summus Sapiens, che saliranno sul palco. Gli Psiofi rimarranno invece seduti in platea. È vietatissimo a tutti gli Antei di Primo e Secondo Livello partecipare alla Festa. A loro non deve essere svelata la Cerimonia poiché si tratta di un momento importantissimo che sancisce il cambio di ruolo. Gli Psiofi sono molto gelosi e rigorosi, perciò non desiderano affatto che la grande festa sia allargata agli Antei dei livelli minori. La coscienza di far parte della Magipsia è un atto dovuto e rispettoso, ma soprattutto richiede la impidezza dell'anima. La Cerimonia si svolge subito dopo il Contra Unico e solo in asi eccezionali può essere rimandata all'inizio del ciclo successivo. A decretare la omina a Psiofo sarà il Summus Sapiens che consegnerà la pergamena d'argento: n attestato importante che dovrà essere conservato con amore. Gli Psiofi potranno ommentare le qualità del nuovo nominato e donargli amuleti portafortuna.

RL.AM5 - Regole della pulizia

5A - ABBANDONO DELLA CAMERA A PIANO TERRA – Lo gombero e la pulizia della camera occupata durante i Tre Cicli va fatto dopo la Cerimonia. Ogni oggetto di proprietà va portato via. Chi dimenticherà anche un solo ndumento subirà la punizione decisa dalla Governante. Il nome e cognome del giovane e il numero della camera occupata verranno aggiunti al lungo elenco in possesso del Summus. Dal 1555 questa regola non è stata mai modificata. Ogni camera degli alloggi degli Antei ha una storia da non dimenticare.

5B - NUOVO ALLOGGIO – Dopo la Cerimonia è possibile scegliere la nuova camera da occupare al primo o al secondo piano dell'Arx. Una volta entrati, isogna spolverare e pulire mobili e cassetti anche se risultano in perfetto ordine. La Governante controllerà minuziosamente. Da questo momento in poi si potranno isare abiti di proprio gusto e sarà possibile riconsegnare la divisa del Terzo Livello.

5C - ANIMALI ALL'ARX – Quando si diventa Psiofi si è liberi di portare animali nell'Arx rispettando l'igiene e la pulizia di ogni luogo. Ogni animale, he sia insetto o mammifero, non deve essere tenuto in gabbia o al guinzaglio.

RL.AM.6 - L'Abbandono del Sigillo

6A - VIETATO RIENTRARE NEL CERCHIO MAGICO – La ine del Terzo Livello e il superamento del Contra Unico non consente più l'utilizzo lel Sigillo Nero. Il Cerchio Magico non servirà più. I mondi e gli Intercanti attraversati resteranno nella memoria e serviranno come esperienze magipsichiche. È vietato entrare nuovamente nel Sigillo. La punizione arriverà immediatamente: non sarà consegnata la Bi-Flap per due cicli.

6B - VIETATO ANCHE SOLO AVVICINARSI — È vietato avvicinarsi al Sigillo Nero una volta concluso il Contra Unico. Il luogo in cui è stato lasciato sarà sottoposto ad un incantesimo che solo i Faber e gli Oscurabi conoscono.

RL.AM7 - Regole strumentali

7A - USO DELLE BI-FLAP — Una settimana dopo la nomina a Psiofi, sarà consegnata una Bi-Flap nuova di zecca. L'uso è consentito per partire e arrivare all'Arx. È necessario oliare i meccanismi delle ruote e delle ali, per farlo è indispensabile chiedere spiegazioni al Cerimoniere. È vietato trasportare estranei, la punizione sarà pesantissima: le ali dei pipistrelli verranno spezzate impedendo l'uso della Bi-Flap per 30 giorni. Solo il Summus Sapiens può concedere una deroga.

7B - USO DEL BASSALTO — L'antico ascensore dell'Arx potrà essere usato con facilità. La mente guiderà il BassAlto che scorrerà sulle pareti della Rocca. È vietato far entrare nell'ascensore gli Antei: chi trasgredisce dovrà salire a piedi per ben dieci volte. Solo su concessione straordinaria del Summus Sapiens un Anteo può entrare nell'ascensore assieme ad uno Psiofo.

RL. AM.8 - Studi e ricerche

8A - CREATIVITÀ E INTELLIGENZA — Dopo la nomina a Psiofi, è possibile iniziare ricerche magiche e creare pozioni alchemiche sotto la guida dei Sapientes. È concesso viaggiare ed assentarsi dall'Arx per studi approfonditi e soggiorni meditativi. Le documentazioni andranno poi consegnate al Summus Sapiens.

RL.AM.9 - Subcandi e Ippovoli

9A - NASCITA E MORTE – Uccidere i magici cigni dell'Arx o provocare la morte degli splendidi cavalli alati è cosa gravissima. La punizione è tra le più severe. L'espulsione è immediata. Inoltre, non solo verranno cancellati tutti i poteri magipsichici, ma la mente di chi ha compiuto un fatto così deprecabile vivrà senza mai poter dormire. L'incubo sarà eterno.

9B - UOVA INCANTATE – La nascita dei Subcandi è decisa da Oscurabi e Faber. Loro detengono il segreto della formazione delle uova. In caso di morte di un Subcando saranno consegnate nuove uova che dovranno essere covate con amore e attenzione.

9C - PULEDRI E FABER – La nascita di un Ippovolo avviene in una particolare culla della Domus Ermetica e solo un Faber può consegnare il puledro all'Arx. La circostanza richiede la presenza di almeno un Extra Sapiens.

RL.AM.10 - Sifide persuasive

10A - FIGURE FEMMINILI – Tra i fantasmi più pericolosi e di recente creazione ci sono le Sifide. Queste creature, assai belle ed avvenenti, non devono trarre in inganno. La loro forza persuasiva è notevolissima ed anche i più esperti Psiofi, quando le incontrano, spesso cadono nei loro tranelli. È raro che le Sifide si facciano vedere all'Arx. Di norma preferiscono vivere nella loro dimensione spettrale ma, quando decidono di vagare per le stanze dell'Arx, significa che lo fanno per un motivo preciso.

10B - MUTAZIONE – Le Sifide sono in grado di trasformare il loro aspetto mutandosi in orribili mostri. In questo caso diventano ancor più pericolose e spietate. In pochi si possono salvare dalla morte.

AM

Indice

L'autrice

Il successo di Moony Witcher è davvero inarrestabile e ormai ha contagiato bambini di ogni Paese, lingua ed età. Nina e Geno, i suoi fantastici personaggi, sono sbarcati in tutti i continenti portando fantasia, creatività, avventura e sentimenti in tutte le lingue.

Il fantastico mondo di Moony Witcher

Serie La bambina della Sesta Luna

La bambina della Sesta Luna
Nina e il Mistero dell'Ottava Nota
Nina e la Maledizione del Serpente Piumato
Nina e l'Occhio Segreto di Atlantide

L'Alchimia di Nina

Nina, la bambina della Sesta Luna. Tutta la storia

Serie Geno Hastor Venti

Geno e il Sigillo Nero di Madame Crikken
Geno e la Runa Bianca del Girifalco d'Oro
Geno e lo Specchio Rosso della Verità